애니멀
위스퍼러

옮긴이 이지수

중앙대학교 국제대학원 한중 전문통번역학과를 졸업하고 현대자동차에서 전문 통번역사로 일했다. 문학, 인문, 실용, 아동서 분야의 전문 번역 작가로 원서의 배경과 문화를 잘 살피면서도 우리 작가의 글처럼 자연스럽게 읽혀야 한다는 생각으로 번역에 임하고 있다. 현재는 번역 에이전시 엔터스코리아에서 출판기획 및 중국어 전문 번역가로 활동하고 있다.

주요 역서로는 『기분을 이기는 생각: 90년대생, 성공한 꼰대가 외친다』, 『매일 10분 철학 수업: 짧고 굵게 배우는 서양 철학!』, 『회복력 수업』, 『성장을 꿈꾸는 너에게』, 『1초 만에 잠드는 방법』, 『수학책을 탈출한 미적분』, 『어떻게 살아야 할지 막막한 너에게』, 『착하게 살았다면 큰일 날 뻔했다』, 『나는 오늘부터 내 감정에 지지 않기로 했다』, 『기질 속에 너의 길이 있다』, 『동자승의 하루』, 『동화의 숲』, 『동화의 마음』, 『내 인생 내버려 두지 않기』, 『한 그릇에 담는 중국 가정식』, 『발레나 해 볼까: 몸치인 그대를 위한 그림 에세이』, 『뚜뚜베어의 교통기관 시리즈 1-4』, 『달과 소년』, 『1,2,3,4 영어회화』, 『그때 당신이 거기에 있었다』, 『내 안의 나와 나누는 대화』, 『떠나기 전에 나를 깨워줘』, 『엄마, 내 마음속을 봐주세요』, 『사소한 것들로부터의 위로』, 『왼쪽으로 가는 여자 오른쪽으로 가는 남자』, 『나만의 무기』, 『끊을 수 없는 달콤함』, 『이것은 누구나의 사랑』, 『인생의 6년은 아빠로 살아라』, 『사랑 우리가 놓친 것은』, 『마법의 수학암호를 풀어라』

The Story About A Pet Whisperer
Copyright ⓒ 2019 Liu Kaixi
First published in Taiwan in 2019 by sBooker Publications,
a division of Cite Publishing Ltd. Korean edition copyright ⓒ 2024
All rights reserved.
This Korean edition published by arrangement with sBooker Publications,
a division of Cite Publishing Ltd. through The PaiSha Agency,
Taipei and Shinwon Agency Co., Seoul.

이 책의 한국어판 저작권은 원저작권자의 독점 계약으로
도서출판 케이미라클모닝에 있습니다.
신저작권법에 의하여 저작권 보호를 받는 서적으로 무단 전재와 복제를 금합니다.

애니멀 위스퍼러
Animal Whisperer

무무 카페의
반려동물 이야기

류카이시 劉凱西 지음
이지수 옮김

케이미라클모닝

추천의 글

그들의 목소리에 귀 기울여본다면 귀여운 털북숭이들이 당신에게 얼마나 많은 것을 주고 있는지 깨닫게 될 것이다

— 영화감독 리례(李烈)

애니멀 위스퍼링을 직접 공부하고 전문 수의사에게 고양이 행동에 관한 수업을 찾아 들을 만큼 우리 집 고양이를 행복하게 해주기 위해 노력했다. 하지만 정작 다른 사람을 위해서는 이 정도 노력을 기울인 적이 없는 것 같다. 이 책을 통해 동물과 인간의 소통뿐만 아니라 인간끼리 소통하는 즐거움을 느낄 수 있었다.

— 배우 차이찬더(蔡燦得)

카이시에게 글을 써달라는 부탁을 받자마자 곧바로 수락했습니다. 동물들의 이야기를 담은 소설이라니, 너무 흥미로울 것 같았기 때문이죠. 저는 이 소설을 순식간에 다 읽었습니다. '애니멀 위스퍼링'은 최근 많은 관심을 받는 분야이기도 합니다. 하지만 작가의 말처럼 이 소설은 애니멀 위스퍼러라는 직업을 홍보하기 위해서가 아니라, 더 많은 이들이 동물들의 처지에서 생각하고 그들의 마음을 잘 헤아려서 동물 유기나 학대가 줄어들기를 바라며 쓴 책입니다. 《애니멀 위스퍼러》는 굉장히 흥미로운 소설입니다. 한 번 읽기 시작하면 멈출 수가 없을 것입니다. 강력히 추천합니다!

— 배우 판훼이루(潘慧如)

애니멀 위스퍼러가 위스퍼링을 하는 대상은 동물일까? 사람일까? 동물이든 사람이든 영혼의 여행을 통해 만나는 모든 생명은 우리 인생에 신비하고 특별한 의미를 지닙니다.

— 음악가 왕시원(王希文)

《애니멀 위스퍼러》는 강한 몰입감과 감동을 동시에 느낄 수 있는 소설입니다. 사람을 울리는 동물들의 감동적인 이야기와 손에 땀을 쥐게 하는 긴장감 있는 스토리텔링이 인상적이었습니다. 한번 시작하면 손에서 놓을 수 없는 매력적인 책입니다. 그동안 개, 고양이, 새, 거북이 등 다양한 반려동물을 키우면서 동물들이 어떤 생각을 하고 있을까, 주인에 대해서 어떻게 생각할까 궁금한 적이 많았습니다.

소설 《애니멀 위스퍼러》는 우리가 마음의 문을 활짝 열고 동물들의 마음을 이해하고 사랑해 줘야 한다고 말해주고 있습니다. 또한 동물뿐만 아니라 가족이나 친구들과도 이처럼 마음을 열고 소통하고 그들과 함께하는 모든 순간을 소중히 여겨야 한다고 말합니다. 반려동물과 함께 살아가는 모든 분에게 강력히 추천합니다.

— 베스트셀러 작가 정평(鄭丰)

인간은 다른 동물들보다 도덕적으로 우월하다고 자부합니다. 하지만 동시에 인간은 수많은 문제를 만들기도 하죠. 저자는 인간과 동물이 서로 보듬고 사랑해야 한다고 말하며 삶에 대해 여러 가지 깊은 생각을 하도록 만듭니다

— 베스트셀러 작가 천위루(陳郁如)

이 특별한 이야기는 반려동물을 키우는 사람들이 그들의 소통과 생활방식을 바꾸게 만들고, 반려동물을 키우지 않는 사람들에게는 집 없이 떠도는 개나 고양이에 대한 인식을 바꾸도록 도와주는 힘을 지니고 있습니다.

— 소설가 루벤탄(路邊攤)

저자는 애니멀 위스퍼링 경험을 바탕으로 인간과 동물의 소통을 흥미롭고 감동적인 방법으로 묘사하고 있습니다. 동물들은 표현 능력이 없지만 그들은 순수하고 감정이 풍부하며 생각하고 기억할 줄도 압니다. 동물의 세계는 인간을 더욱 겸손하게 만듭니다. 많은 이들이 인간의 오만함을 버리고 동물을 아끼고 존중하며 그

들과 소통의 벽을 뛰어넘어 우정을 나눌 수 있기를 바랍니다.

― 애니멀 위스퍼러 싱야(星亞)

애니멀 위스퍼러 천팡링의 이야기는 따뜻함과 재미를 모두 담고 있습니다. 주인공들의 러브스토리부터 긴장감 넘치는 사건 추리까지! 저도 모르게 이 책에 빠져들었고 이야기가 끝나는 게 너무 아쉬울 정도였습니다. 동물을 사랑하거나 애니멀 위스퍼링에 관심 있는 사람들이라면 분명 이 책을 읽으며 저와 같은 경험을 하실 수 있을 것입니다.

― 애니멀 위스퍼러 쑤페이탕(蘇菲糖)

반려동물은 하늘이 보내준 천사들입니다. 인연이 닿는다면 살면서 분명 당신의 천사를 만나게 될 겁니다. 그리고 천사들은 세상의 모든 언어를 다 말할 줄 압니다. 비록 동물들은 인간의 말을 하지 못하지만, 당신이 그 아이들을 진심으로 사랑해 준다면 그들이 하는 말을 들을 수 있게 될 것입니다. 그 어떤 신비로운 힘이나 고된 훈련도 필요하지 않습니다. 오직 당신의 진실한 마음만 있으면 됩니다!

― 반려동물 인플루언서 코기 Coffee Time

추천사

소통…. 처음은 언제나 그렇게 시작된다.
　내가 원했거나 소원한 적 없는…. 그런 암흑 같은 시간 속에 홀로 버려진 것 같은,
　그런 절벽에서 꽃은 피어나기 시작한다.

《애니멀 위스퍼러》 원고를 행운처럼 받아 들게 된 날, 스토리에 푹 빠져든 후 위의 세 문장이 마음에 진주같이 응집되어 남았다. 마지막 장을 맞이하기까지 시간의 흐름을 잊을 정도로 흥미롭고 재미있게 읽어 내려간 나는 책 속에 이 말이 아직도 뇌리에 남는다.

"개들은 어떻게든 살아보려고 애쓰는데, 인간들은 종종 너무

쉽게 포기해버려요."

이 말처럼 주인공인 천팡링이 인생의 밑바닥을 찍게 된 채 모든 것을 포기하려는 순간 운명처럼 콩콩이와 후추를 만나게 된다. 자존감이 바닥이었던 그녀는 콩콩이와 후추를 가족으로 받아들이면서 '애니멀 위스퍼러'라는 직업을 통해 미스터리한 사건까지 해결해 나아가게 된다. 그러면서 천팡링은 자신이 무인도에서 굶고 있는 콩콩이를 구한 것이 아니라 서로가 서로를 구한 것이라는 말을 한다.

인간의 욕심으로 선택된 동물들은 선택된 것에 대한 후회와 원망을 하지 않는다. 있는 그대로의 주인을, 환경을 받아들인다. 동물들은 자신의 생각으로 인간을 판단하지 않고, 항상 그 자리에서 믿어주고 기다려준다. 사람은 소통을 위해 얼마나 기다려 줄 수 있었던가.

이 책에서 동물의 행동을 이해하기 위해 주인들이 제일 먼저 깨달은 것은 자신들의 왜곡된 생각과 일방적인 사고방식이 잘못되었다는 것이었다. 반려 동물이 행복을 느끼게 하는 소통 방식을 찾게 되면서 주인과 반려동물들 모두 더 행복한 관계를 맺게 된다.

동물 행동학 박사 제인구달은 이런 말을 했다.

"사람에게는 동물을 다스릴 권한이 있는 것이 아니라, 모든 생명체를 지킬 의무가 있는 것이다."

인간은 살아있는 모든 생명과 소통하며 살아가고 있음에 감사함을 가지게 되는 순간이 온다. 꽃과 나무, 신선한 공기와 따스한 햇살, 아름다운 새소리, 산책하는 중 마주치는 작고 귀여운 반려견. 자연과 동물들을 통해 우리가 받고 있는 무한한 사랑에 우리는 얼마나 열린 마음을 갖고 있었나? 살아있는 모든 생명체와 소통하는 삶이 지금 이 순간 온전한 나로 가장 풍요로운 삶을 살게 해주는 것이 아닐까?

마음의 상처와 외로움을 극복하려 반려동물과 함께 하고자 하는 분들이라면 먼저 이 책을 꼭 읽어 보길 추천한다. 분명히 서로의 마음을 어루만져주는 좋은 가족이 될 수 있을 것이다.

― 르네 소설가 윤정원

서문

2016년, 처음으로 강아지를 입양했다. 검정 믹스견이었는데 입양할 당시 이미 세 살이었다. 그 강아지를 선택한 이유는 간단했다. 소개 글에 '짖지 않고, 가구를 망가뜨리지 않아요'라고 적혀 있었기 때문이다. 당시 내가 세 들어 살던 집 주인은 강아지 키우는 걸 허락하기는 했지만 그래도 남의 집에 폐를 끼치고 싶지 않았다. 그래서 이 문구를 보자마자 입양처에 연락했고 우여곡절 끝에 '콩콩이'를 집으로 데려오게 되었다.

'콩콩이'는 소설 속 여주인공이 처음으로 기르게 된 강아지 이름이기도 하다. 소설 속 여주인공처럼 나 역시 강아지 이름을 짓는 데 큰 공을 들이지 않았다. 입양하기 전에 사람들이 그 아이를 '검정콩'이라 불러서 나도 그렇게 부르기 시작했는데 그러다가

서서히 '콩콩이'로 변하게 된 것이다.

콩콩이는 굉장히 똑똑하고 충성스러운 아이다. 그리고 무엇보다 처음 소개 글에 나와 있었던 것처럼 큰 소리로 짖지 않고 가구를 망가뜨리는 법도 없다. 하지만 콩콩이를 키우는 과정은 결코 수월하지 않았다. 아무 데나 볼일을 봐놓고 해맑게 뛰어와서 알려주기도 하고, 함께 데리고 외출하면 한시도 가만히 있는 법이 없으며, 목욕시킬 때마다 온 힘을 다해 버텼다. 게다가 입맛도 까다로워서 아무리 좋은 사료를 줘도 잘 먹지 않았다. 콩콩이가 처음 우리 집에 오고 석 달 동안은 이렇게 매일 콩콩이와 실랑이를 벌이느라 진이 빠졌다.

그러던 어느 날 친구가 이렇게 물었다.

"애니멀 위스퍼러의 도움을 받아 보면 어떠니?"

나는 '애니멀 위스퍼러'라는 직업이 있다는 걸 그때 처음 알았다.

마침 친구가 교육을 마치고 실습 기회를 찾고 있는 애니멀 위스퍼러가 한 명 있다고 해서 소개를 받았다.

사실 처음에는 큰 기대를 하지 않았다. 그런데 애니멀 위스퍼러가 가르쳐 준 정보들을 바탕으로 콩콩이와 교류 방식을 바꿨더니 놀랍게도 그때부터 생활 전반에서 콩콩이와 호흡이 잘 맞았고, 그동안 나를 힘들게 했던 일들도 둘만의 약속을 통해 조정해 나갈 수 있게 되었다.

이렇게 애니멀 위스퍼링을 처음 접한 이후 이 분야에 관심이 생겨 전문 교육 과정에 대해 알아봤고 한 애니멀 위스퍼러의 도움을 받아 기본 교육 과정을 수료했다. 교육을 마친 이후에는 개, 고양이, 앵무새, 햄스터 심지어 도마뱀까지 다양한 반려동물들을 대상으로 실습했다. 물론 전문 애니멀 위스퍼러가 되려고 한 것은 아니었다. 나는 단지 동물들의 마음을 더 잘 이해하고 싶었을 뿐이다.

동물들과 소통하는 것은 생각보다 어렵지 않다. 오히려 더 어려운 쪽은 동물 주인들과의 소통이다. 일부 주인들은 자신이 기르는 반려동물을 진심으로 이해하려 하지 않고 그저 자신이 원하는 방식으로 동물들이 행동해 주기를 바라기 때문이다. 그들이 이런 마음을 가지고 있는 경우 나로서는 소통이 상당히 힘들었다.

그래서 약 50회 정도 실습을 마친 이후로는 더 이상 다른 사람들의 소통은 돕지 않기로 결심했다. 내가 알고 싶은 동물들의 마음을 이해할 수 있다면 그것으로 충분했다.

그러다 문득 애니멀 위스퍼링에 관한 이야기를 쓰고 싶다는 생각이 들었다. 사람과 개는 아무 어려움 없이 소통하는데 오히려 사람끼리 소통에 어려움을 겪고 서로를 이해하지 못하는 이야기는 어떨까? 이러한 생각은 내 머릿속에서 점점 무르익어 마침내 2년 전 이야기의 주인공이자 애니멀 위스퍼러인 '천팡링'이라는 인물을 만들어냈고 주변 인물들도 서서히 구체화하기 시작했다.

원래 이 이야기는 5천자 정도의 영화 시놉시스로 출발했다. 주인공 천팡링이 한 검사와 함께 살인사건 현장에서 유일하게 생존한 피해자의 개와 소통하면서 사건을 해결해 나가는 내용이 주축이었다. 그러다 화싱(華星)엔터테인먼트의 리량위(李良玉) 대표의 제안으로 내용을 점점 확장해 가족, 로맨스, 우정, 반려동물에 미스터리까지 더한 장편 소설이 탄생하게 되었다.

애니멀 위스퍼링을 직접 경험해본 덕분에 글 쓰는 사전 준비 작업은 비교적 수월했다. 다만 조금 더 다양하고 깊이 있는 이야기로 만들기 위해 애니멀 위스퍼링 경험이 있는 친구들과 전문 애니멀 위스퍼러 분들의 도움을 받기도 했다.

사실 이 이야기는 현실의 모습을 그대로 옮겨 놓은 부분이 많다. 예를 들어 주인공이 입양해서 키우는 콩콩이, 후추 그리고 후반부에 등장하는 메이메이는 내가 실제로 키우는 세 마리의 강아지들이다. 이렇게 내가 키우는 반려견들을 이야기에 등장시킨 이유는 캐릭터의 특징을 설정하기가 용이하고 무엇보다 사람보다 수명이 짧은 강아지들이 오랜 시간이 흐른 뒤에도 이야기 속 캐릭터로나마 내 곁에 있어 주면 좋겠다는 생각에서였다. 아마 강아지를 키우는 사람들이라면 이런 내 마음을 이해할 수 있을 것이다.

그 밖에도 이야기에 나오는 몇몇 위스퍼링 사례는 실제 사례를 바탕으로 썼다. 물론 위스퍼링 과정만 가져온 것이고 등장인물과 사건의 배경은 모두 허구다.

애니멀 위스퍼링은 이미 여러 전문가에 의해 과학적인 원리가 설명되었지만, 여전히 많은 이들이 이를 믿지 못하고 심지어 일반 사람들은 범접할 수 없는 무속의 영역이라고 생각하기도 한다.

그렇다고 이 책을 쓴 목적이 애니멀 위스퍼링을 믿지 못하는 사람들을 설득하거나 애니멀 위스퍼링을 홍보하기 위한 것은 아니다. 단지 이 책을 통해 많은 사람이 동물들의 입장에 서서 그들의 마음을 헤아려주길 바랄 뿐이다. '역지사지'는 애니멀 위스퍼링의 본질이자 사람과 사람 혹은 사람과 동물 등 모든 소통의 가장 기본 요소다. 모든 사람이 이것을 마음속 깊이 이해하고 실천한다면 반려동물 학대나 파양 같은 가슴 아픈 일들을 막을 수 있고 나아가 우리가 사는 세상도 더 따뜻해질 것이다.

마지막으로 이 책이 세상에 나올 수 있도록 도움을 준 모든 사람에게 감사 인사를 전하고 싶다.

먼저 나의 오랜 친구 우치룽(吳奇龍), 이 이야기를 쓰도록 무한 격려해 주신 리량위 대표님, 저를 끝까지 믿어주신 북문화(布克文化) 출판사에게 감사를 전한다. 그 외에도 이 장편 소설을 완성하는 데 도움을 준 친구 시에이룽(謝宜蓉), 차이찬더(蔡燦得), Chantel, 허펑웨이(何梵瑋), 양즈린(楊智麟) 그리고 애니멀 위스퍼링 자문을 해주신 애니멀 위스퍼러 쑤페이탕(蘇菲糖), 애니멀 위스퍼링 의뢰를 맡겨주신 모든 분, 소통에 응해준 모든 동물에게도 감사의 마음을 전한다. 또 콩콩이를 저에게 보내주신 Apple님 감사합니다.

    마지막으로 비록 허락을 구하지 않았지만, 기꺼이 소설 속 캐릭터가 되어준 나의 세 반려견 콩콩이, 후추, 메이메이 정말 고마워! 글을 읽지 못하는 너희들에게는 이 엄마가 맛있는 스테이크로 보답할게!

2019년 7월 15일

류카이시

목차

추천의 글 … 4

추천사 … 8

서문 … 11

1. 생명의 '은견(恩犬)' … 20
2. 오직 당신이 행복하기를 바랍니다 … 36
3. 우주복을 입은 거북이 … 62
4. 재회의 대가 … 97
5. 나와 함께 살지 않을래? … 137
6. 엄마에게 말하면 안 돼요! … 184
7. 제가 분명히 말했잖아요 … 227
8. 사랑의 한계 … 248
9. 모두 다 널 위한 거야 … 287
10. 당신은 아무것도 바꿀 필요 없어요 … 321
11. 후추의 과거 … 356
12. 후추의 증언 … 393
13. 사건의 진실 … 420
14. 365일째 날 … 444

1.
생명의 '은견思犬'

그날은 팡링의 서른세 번째 생일이었다.

아침에 눈을 떠보니 시계는 어느새 8시를 가리키고 있었다. 욕실로 걸어가 거울에 비친 자신 모습을 바라보았다. 부스스한 머리에 잔뜩 부은 두 눈. 이미 3년 전부터 눈가에 주름이 하나둘 자리 잡기 시작했지만, 그들과 평화롭게 공존하는 법은 아직 배우지 못했다. 스물세 살 팡링의 눈망울은 지금과 달리 맑고 투명했다. 그간 세상의 온갖 풍파를 겪어서인지 십 년 전까지만 해도 천진난만하고 어리숙했던 아가씨의 모습을 더 이상 찾아볼 수 없었다.

"안 돼! 이대로는 정말 안 되겠어!"

팡링이 거울 속의 헝클어진 자신의 모습을 보며 말했다. 그런 생각을 한 지는 꽤 오래되었다. 인생은 원래 슬픔과 고통으로 가득한 법, 특히나 깊은 수렁 속에 빠졌을 때 현실을 대면할 용기가 없어 움츠리기만 하는 사람에게는 더욱 그렇다.

"이건 세상에 대한 예의가 아니지!"

팡링은 곧장 샤워부스로 들어가 머리부터 발끝까지 깨끗이 목욕했다. 목욕하고 나와서는 작년에 사놓고 한 번도 입지 않은 원피스를 입고 거울 앞에 서서 이리저리 비춰보았다.

"안 꾸며도 예쁜데 뭘 그렇게 차려입어?"

팡링의 약혼자, 아니 정확히 말하면 그녀의 '전'약혼자가 했던 말이 떠올랐다. 팡링에게는 오랫동안 사랑했던 한 남자가 있었다. 그런데 애니멀 위스퍼러 교육 과정이 끝난 이후 남자는 돌연 아무 말도 없이 떠나버렸고 그 일로 팡링은 마음에 큰 상처를 입었다. 그 이후 몇 년을 사랑의 바다에서 외롭게 표류하던 중 자신을 다시금 행복하게 해줄 것 같은 그 남자를 만나게 된 것이다. 그렇게 두 사람은 연애를 시작했다. 그 무렵 팡링은 애니멀 위스퍼링 업무 의뢰가 끊임없이 들어왔고, 동시에 잘 생기고 능력 있는 남자친구의 사랑까지 듬뿍 받으면서 그야말로 일과 사랑이라는 두 마리 토끼를 모두 잡은 듯했다. 비록 아버지와 관계가 소원하고, 그녀의 절친 린아이링이 남자 친구를 영 못마땅하게 생각했지만 그렇다고 해도 팡링은 자신이 세상 그 누구보다 행복한 여자라고 생각했다. 적어도 겉으로 보기에는 그랬다.

변화가 생기기 시작한 건 대략 일 년 전쯤이었다. 팡링이 한 신문사와 인터뷰를 할 때 악질 기자가 파 놓은 함정에 걸려들고 만 것이다. 그 기자는 자신이 쓴 기사에서 팡링의 애니멀 위스퍼링이 모두 거짓이라고 주장했고, 인터뷰 기사가 나가자마자 여러 매체에서 이를 앞다투어 보도했다. 사실 그렇게 큰 파장을 일으킬 만큼 중요한 뉴스가 아니었는데도 말이다. 애니멀 위스퍼링 업계의 여왕이라 불리며 승승장구하던 팡링은 한순간에 모두의 지탄 대상이 되어 며칠 동안 집안에만 꼭꼭 숨어 있어야 했다. 하필 그때 아버지까지 중풍으로 병원에 입원하면서 팡링의 몸과 마음은 완전히 지쳐버렸다. 행복하고 안정적인 삶이 간절해진 팡링은 남자 친구에게 자신과 결혼해달라고 간청했고 남자도 결혼에 대한 의사를 보였다. 팡링은 그가 사실은 결혼을 망설이고 있다는 것은 꿈에도 모른 채 드디어 영원한 행복을 찾은 것 같다며 안도했다. 그래서 곧장 애니멀 위스퍼링 일을 그만두고 기쁜 마음으로 결혼식 준비를 시작했다.

한편 팡링의 절친 린아이링은 소식을 듣자마자 그녀의 결혼을 극구 반대하고 나섰다.

"네가 그 남자랑 결혼하면, 아니 아마 결혼하기도 전에 그 남자는 너한테 상처를 줄 거야. 너 원래 예전에 만나던 그 남자 잊으려고 지금 그 사람 만난 거잖아. 지난 5년 동안 이 남자 마음에 안 드는 걸 겨우 참고 지켜봤는데 이제 결혼하겠다고? 너 정말 제정신이니?"

그날 이후 오랜 시간 누구보다 친밀했던 두 사람의 관계에 금이 가기 시작했다. 그러다 린아이링이 일 때문에 홍콩으로 이사하면서 연락을 끊었고 결국 팡링은 홀로 결혼 준비를 해야만 했다.

그런데 어쩌다 보니 결혼식은 계속 미뤄졌고 팡링은 무언가 이상한 낌새를 느끼기 시작했다.

그러던 어느 날, 팡링은 저녁 늦게까지 야근하는 남자 친구에게 깜짝 선물을 해주기 위해 야식을 만들어 그의 회사로 찾아갔다. 하지만 분명 일하고 있다던 그는 회사에 없었다. 팡링이 곧장 전화를 걸어 추궁하자 남자는 마침내 솔직한 속내를 털어놓았다.

"나 사랑하는 사람이 생겼어. 그 사람이 내 아이를 가졌대. 우리 그만 헤어지자."

그의 말은 팡링의 인생을 한순간에 소용돌이로 빠뜨렸다.

다음날 남자는 곧장 짐을 챙겨 집을 나가버렸고 그녀가 사용하던 신용카드와 계좌도 곧바로 정지시켰다. 이로써 팡링의 인생은 경제적으로나 감정적으로나 화재로 모든 것이 불타버린 듯 한 줌의 잿더미만 남게 되었다. 팡링은 이 기막힌 상황을 누구에게 털어놓아야 할지 몰랐다. 아이링과는 더 이상 연락이 되지 않았고 유일한 가족인 아버지는 요양병원에 입원하신 이후로 딸 얼굴을 제대로 알아보지 못하셨다. 그러다 문득 예전에 자신에게 상처를 주고 떠난 그 남자가 떠올랐다. 팡링은 여전히 그의 연락처를 간직하고 있었지만, 도대체 어떻게 그에게 연락한단 말인가?

이 절망적인 시기에 유일하게 위로를 해준 사람은 그동안 얼굴조차 몰랐던 집주인 아주머니였다. 아주머니는 세입자가 집을 뺀다는 소식을 듣고 찾아왔다가 팡링의 사정을 듣게 되었다. 같은 여자여서 그랬을까? 아주머니는 팡링이 다시 일자리를 찾거나 이사 갈 집을 구할 때까지 당분간 월세를 내지 않아도 된다고 그녀를 안심시켰다. 그러나 팡링은 누구보다 잘 알고 있었다. 낯선 이의 친절은 결코 오래 가지 않을 것이고, 자신이 언제까지나 다른 사람의 짐이 될 수는 없다는 사실을 말이다.

예쁜 원피스를 차려입은 팡링은 오랫동안 사용하지 않은 화장품들을 꺼내 푸석한 얼굴에 화사하게 화장도 했다. 밖으로 나오니, 파란 하늘에 눈부신 햇살이 쏟아졌다. 팡링은 선글라스를 하나 사기 위해 집 앞 편의점에 들어갔다. 보통 계산대 옆쪽으로 있었던 것 같은데, 오늘따라 온갖 잡지들만 눈에 띄었다. 잡지 표지에는 며칠 전 있었던 일가족 살인사건에 관한 기사 제목이 크게 적혀 있었지만 별로 관심이 가지 않았다. 누가 죽었던 지금 그녀와는 상관없는 일이었기 때문이다.

"오랜만이에요. 어디 외출하시나 봐요!"

편의점 점장이 먼저 반갑게 인사를 건넸지만, 팡링은 무표정한 얼굴로 별다른 대꾸를 하지 않았다. 선글라스를 찾지 못한 팡링은 할 수 없이 물 한 병을 집어 계산대에 올려놓았다. 편의점 점장은 조금 전과 같은 민망한 상황을 피하고자 아무 말 없이 계산만 했다. 편의점을 나가기 전 팡링은 들어올 때와는 달리 또랑또랑한 목소리로 '안녕히 계세요'라고 인사했다. 점장은 어리둥절한 표정으로 그녀를 바라봤다.

팡링은 곧바로 주차장으로 갔지만 어디에 주차해뒀는지 기억나지 않았다. 리모컨을 들고 이리저리 한참을 누른 끝에야 마침내 차를 찾을 수 있었다. 그런데 차 문을 열자, 무언가 심하게 부패한 냄새가 코를 찔러 자기도 모르게 세 걸음이나 뒷걸음질 치고 말았다. 부패해 버린 사랑의 냄새였나? 그녀는 코를 움켜쥐고 천천히 차 안을 살펴보다가 뒷좌석에서 그날 밤 남자 친구에게 가져다주려고 했던 야식을 발견했다. 그랬다. 그것은 부패한 사랑의 냄새가 맞았다! 사랑을 듬뿍 담아 만들었던 맛있는 요리는 오늘날 두 사람의 관계처럼 부패해서 악취가 나는 쓰레기로 변해버렸다.

광링은 갑자기 화가 치밀어 음식물을 바닥에 던져 버리고는 가방에서 향수를 꺼내 차 안에 마구 뿌려댔다. 그리고 악취가 사라진 걸 확인하고 나서야 다시 고상한 척 운전석에 앉았다.

"가보자!"

광링은 차에 시동을 걸고 오늘의 목적지인 둥베이자오(東北角, 타이베이 근교에 있는 해안가-역주) 해안으로 출발했다. 그녀는 콧노래를 흥얼거리며 속으로는 즐거운 여행을 떠나고 있는 거라고 계속 되뇌었다. 광링은 경치가 아름다운 해변에 앉아서 시원한 바닷바람에 그동안의 모든 아픔과 상처를 날려버리고 싶었다. 그리고 그렇게 모든 걸 훌훌 털어낸 다음 끝없이 펼쳐진 해안선을 바라보며 미련 없이 바다에 뛰어들 작정이었다. 분명 즐거운 여행이 될 것이다.

그러나 모든 일이 계획대로 되는 건 아니었다. 광링이 아주 중요한 일 한 가지를 깜박한 것이다. 바로 떠나기 전에 주유하기. 경치가 가장 아름다운 해안을 찾아가겠다던 본래의 계획과는 달리 도중에 기름이 떨어져 차를 길가에 멈춰야 했다.

차가 멈췄을 때 광링은 그런 자신이 너무나 한심했다. 그리고 기껏해야 죽을 장소를 찾으러 가면서 속으로는 스스로 격려했다.

'걱정하지 마. 둥베이자오잖아! 어디든 아름다울 거야.'

팡링은 차에서 내려 도로를 따라 걷기 시작했다. 얼마 지나지 않아 작은 샛길 하나가 나타났는데 어쩐지 해변으로 이어지는 길 같았다. 잡초와 자갈들로 뒤덮인 길을 보니 문득 오늘 스니커즈를 신고 와서 다행이라는 생각이 들었다. 하이힐을 신었다면 얼마 못 가 뒤꿈치가 까져 피가 철철 흘렀을 법한 길이었다.

샛길을 따라 걸은 지 얼마 지나지 않았을 때 팡링은 어디선가 나타난 검정개 한 마리가 자신의 뒤를 쫓아오고 있다는 걸 알아차렸다. 팡링이 일부러 못 본 체하고 계속 걷는데 검정개도 졸래졸래 그 뒤를 계속 쫓아갔다.

얼마 후 팡링은 검정개가 보내는 신호를 들었다.

'여기에는 무슨 일로 왔어요? 여기는 우리 밥을 챙겨주는 아주머니 말고는 사람이 안 다니는 길인데요.'

일반적으로 동물들이 인간에게 먼저 말을 거는 법이 거의 없으므로 팡링은 이 상황이 굉장히 의아했지만, 오늘만큼은 자신의 결심을 누구에게도 방해받고 싶지 않아 모른 척했다. 하지만 검정개는 계속 그녀를 따라오며 신호를 보냈다.

'혹시 물이 있나요? 날씨가 너무 더워서 목이 마르네요.'

'아주머니가 며칠 안 오셨는데 혹시 아주머니 대신 온 건가요?'

'제 친구들은 저녁에나 올 거예요. 낮에는 보통 산에서 지내거든요. 저녁에 다시 와 보세요!'

'참나, 이렇게 말 많은 개는 처음 보네.'

팡링은 검정개가 보내는 신호를 계속 무시하고 발걸음을 재촉하며 앞만 보고 걸어갔다. 그리고 드디어 머릿속으로 그리던 장면에 딱 맞는 해안가에 도착했다. 팡링은 해변에 앉아 가만히 바다를 바라봤다. 오늘따라 파도도 잠잠하고 유난히 파란 바다는 마치 거대한 사파이어 보석 같았다. 이대로 바다에 뛰어들면 마치 호박에 박힌 한 마리 파리처럼 뛰어들 때의 자세와 표정 그대로 몇 억 년 동안 박제되어 버리는 게 아닐까 하는 생각이 들었다. 그녀는 자신이 파란 사파이어 속으로 서서히 가라앉고 있는 아름다운 장면을 상상했다. 그런데 그때, 팡링을 따라 험한 산길을 넘어온 검정개가 뒤에서 모습을 드러냈다.

'정말 물이 없나요? 여기까지 따라왔는데 정말 물이 조금도 없는 거예요?'

사파이어 보석에 관한 생각이 비눗방울 터지듯 순식간에 사라져 버렸다. 팡링은 해변에 홀로 앉아 있는 자신의 꼴이 우스웠다. 그것도 잔뜩 굶주린 채 끊임없이 신호를 보내는 성가신 개 한 마리와 함께 라니.

'배고파요. 밥 좀 주세요.'

'더워요. 물 좀 주세요.'

'밥 좀 주세요', '물 좀 주세요'

검정개가 보내는 신호는 고장 나 버린 기계음처럼 무한 반복되어 들려왔다. 오늘 하루 애써 유지하던 평정심과 고상함은 갑자기 나타난 막무가내의 개 한 마리 때문에 완전히 깨지고 말았다.

"그만해! 나는 너에게 나눠줄 밥도 없고 물도 없어. 네가 말한 그 아주머니가 보낸 사람도 아니란 말이야!"

팡링은 고개를 돌려 검정개에게 소리쳤다.

검정개는 아랑곳하지 않고 다시 신호를 보냈다.

'그럼 먹을 것 좀 구해주세요.'

'너무 배가 고파요. 이렇게 며칠 동안 아무것도 먹지 못하면 굶어 죽고 말 거예요.'

'배가 고파 죽을 지경에요.'

'사람들이 저를 여기에 버렸어요…….'

당초 우아하게 세상을 떠나고 싶었던 팡링의 계획은 배고프고 목마른 검정개 한 마리 때문에 물거품이 되고 말았다. 만약 지금 이대로 바다에 뛰어든다면 이 세상에서의 마지막 기억은 이 배고프고 목마르고 성가신 개가 될 것이 뻔했다.

'관두자!'

팡링은 자리에서 일어나 왔던 길을 되돌아갔다. 검정개는 신이 나서 그녀를 따라나섰다. 울퉁불퉁한 바윗길을 통과하고 평지를 지나 샛길 입구에 도착했다. 샛길을 빠져나와 차도를 따라 걷다 보니 어느새 자신의 차가 멈춰 선 곳에 도착했다.

팡링은 마지못해 검정개를 바라봤다. 검정개는 팡링의 발 옆에 앉아 해맑은 얼굴로 그녀를 바라보고 있었다. 팡링은 차에서 생수를 꺼내 손에 따랐다. 검정개는 물을 할짝할짝 몇 모금 마시더니 고개를 들어 팡링을 쳐다봤다.

'물이 뜨거워요!'

"차에 놔둬서 그래. 마시기 싫으면 말고!"

검정개는 고개를 숙이더니 물을 몇 모금 더 마셨다. 그런 다음 자동차 타이어에 코를 대고 킁킁 냄새를 맡더니 이내 가까운 나무에 다가가 시원하게 오줌을 눴다. 팡링은 근처에서 냄새를 맡는 검정개를 보며 이제 물도 마셨으니 제 갈 길을 가겠다 싶어 차에 올라타서 잠시 생각을 정리했다.

'정말 이상한 하루다……. 그리고 참 이상한 개다.

팡링은 마음을 가다듬고 다시 출발 준비를 했다. 그런데 시동을 걸려는 순간 차에 기름이 떨어졌다는 사실이 떠올랐다. 집에 돌아가려면 긴급출동 서비스를 부를 수밖에 없었다. 팡링은 크게 한숨을 내쉬며 등받이에 털썩 기대어 앉았다. 절망감과 황당함이 동시에 몰려왔다. 그러다 자기도 모르게 허탈한 웃음이 터져 나왔다.

그때 검정개가 차 문 위로 뛰어오르며 차창 밖에서 힘차게 짖어댔다.

'지금 어디 가려고요? 전 아직 아무 음식도 먹지 못했다고요. 배고파요. 음식을 먹어야 해요!'

팡링은 창문 너머로 개를 바라봤다. 만약 저 개가 사람이었다면 당장 미친놈이라고 욕했을 것이다. 하지만 상대는 개가 아니던가. 게다가 선명하게 드러난 갈비뼈를 보니 정말 오랫동안 굶주린 것 같았다.

지금 생각해도 팡링은 그날의 일을 이해할 수 없었다. 아마도 그 순간 뭔가에 씌었던 게 분명했다. 애니멀 위스퍼러라는 직업을 갖고 있었지만 그녀는 한 번도 동물을 길러본 적이 없었다. 그런데 그날 그 순간, 팡링은 검정개를 위해 자연스럽게 조수석 문을 열어줬다. 그리고 개는 당연하다는 듯 차에 올라탔다.

'우리 뭐 먹으러 가는 건가요?'

'그래 뭐 좀 먹자.'

검정개가 활짝 웃었다.

팡링은 긴급출동 서비스에 전화를 걸어 출동하는 길에 닭다리 도시락도 하나만 사다 달라고 부탁했다. 도시락이 왔을 때 검정개는 닭다리를, 팡링은 나머지 반찬을 사이좋게 나눠 먹었다. 둘 다 정말 오랜만에 먹는 밥이었다.

동네로 다시 돌아오자, 날은 이미 어둑어둑해지고 있었다. 팡링은 주차장에 차를 세우고 아파트를 향해 걸어갔다. 검정개는 팡링의 옆에 바짝 붙어 함께 걸었다. 마치 처음부터 자신의 운명을 알고 있었던 것처럼. 어쩌면 팡링은 검정개에게 목숨을 빚진 것인지도 몰랐다.

어쨌든 죽지 못했으니 이제 살아야 했다. 팡링은 편의점으로 들어가 현금인출기 앞에 섰다. 혹시나 하고 통장 잔액을 조회해 봤지만 남은 돈이 있을 리 없었다. 이제 어떻게 먹고 살아야 할지, 또 죽어라 나만 쫓아오는 이 개는 어떻게 먹여 살려야 할지 앞이 캄캄했다.

팡링은 강아지용 통조림과 사료 그리고 자신이 먹을 도시락을 들고 계산하러 갔다. 그런데 그때 계산대 앞에 붙은 구인 광고가 눈에 들어왔다.

'야간 알바 구함, 경력 무관'

편의점 점장이 물건을 계산하는 동안 팡링은 구인 광고만 뚫어져라 쳐다보고 있었다.

"강아지를 입양하러 다녀왔나 봐요? 역시 개는 토종개가 최고죠! 암컷이에요? 수컷이에요? 이름이 뭐예요?"

점장은 검정개에게 큰 관심을 보였다. 검정개도 반가운 친구를 만나기라도 한 듯 해맑은 얼굴로 점장을 바라봤다.

팡링은 아무 대꾸도 하지 않았다. 정확히 말하면 점장의 질문에 어떻게 대답해야 할지 몰랐다. 아직 그녀는 이 개가 암컷인지 수컷인지조차도 몰랐기 때문이다. 팡링이 아무 반응이 없자 점장은 멋쩍어하며 계산대 밖으로 나와 검정개를 살펴봤다.

"아이고, 공주님이구나! 중성화 수술은 했나 모르겠네. 내일 당장 동물병원에 데려가 봐요. 예방접종도 하고, 구충제도 먹여야 하고, 칩도……."

"점장님……."

팡링이 점장의 말을 끊었다. 그리고 이렇게 묻고 싶었다.

"혹시 이 개 데려다 키우실래요?"

하지만 생각해 보니 지금 그녀에게 더 적절한 건 일자리였다. 그래서 질문을 바꿨다.

"혹시 아르바이트생 구하시나요?"

"네. 얼마 전까지 야간에 일하던 젊은 친구가 갑자기 그만뒀지, 뭐예요. 그래서 할 수 없이 아내랑 번갈아 교대 근무를 하고 있는데, 밤에 일하랴 낮에는 아이들 돌보랴 둘 다 너무 힘든 상태예요. 혹시 주변에 당장 일할 수 있는 친구가 있으면 소개해 줄래요? 부탁합니다."

점장은 과장된 몸짓으로 두 손을 모으며 말했다.

"저한테 맡겨보시면 어때요?"

1. 생명의 '은견' 31

그러자 점장은 두 손을 모은 채로 갑자기 정지상태가 되었다.
"그쪽이요?"
팡링이 대답했다.
"네, 저요."
"하지만 아가씨는……. 여자잖아요. 여자 혼자 야간 근무는 너무 위험해요!"
점장이 걱정 가득한 얼굴로 말했다.
"부탁드립니다. 저 정말 일자리가 필요해요. 중간에 그만두지 않고 정말 열심히 할게요. 믿고 맡겨주세요. 내일, 아니 당장 오늘 밤부터 시작할 수 있어요!"
팡링의 간절한 부탁을 들은 점장은 그녀의 사정을 짐작한 듯 한숨을 한 번 내쉬고는 계산대로 돌아가 검정개를 바라봤다.
그리고 이내 팡링에게 물었다.
"저 개랑 좀 친해졌나요?"
"네……. 오늘 온종일 저만 따라다닌걸요."
"좋습니다."
점장은 붙여 놨던 구인 광고를 떼어 돌돌 말아 쓰레기통에 던져버렸다.
"여기서 일해도 좋아요. 대신 한 가지 조건이 있어요. 출근할 때 저 개랑 꼭 같이 와야 합니다."
"네? 그게 무슨 말씀이죠?"
팡링은 자신이 잘못 들은 줄 알고 점장에게 되물었다. 개랑 같이 출근하라니!

"저 개랑 같이 있으면 무슨 일이 생겨도 아가씨를 보호할 수 있잖아요. 하지만 개를 데리고 일한다는 건 절대 쉬운 일이 아니에요. 개가 가게 안을 어지르거나 손님들을 불편하게 하지 않도록 잘 지켜봐야 하고, 개를 좋아하지 않는 손님들이 있을 수 있으니 마음대로 돌아다니게 해서도 안 돼요. 물론 그렇다고 아가씨가 해야 할 일을 소홀히 해서도 안 돼요. 잘할 수 있겠어요?"

팡링은 다소 불안한 표정으로 검정개를 바라봤다. 개는 점장의 말을 이해하기라도 한 것처럼 환하게 웃고 있었다.

"네! 잘할 수 있어요."

팡링은 어느 때보다 결연한 눈빛으로 고개를 끄덕였다. 사실 못해도 해내야만 하는 상황이었다.

"그래요."

점장도 고개를 끄덕였다.

"우선 이 개를 깨끗이 씻기고, 병원에 데려가서 예방접종부터 하세요. 그리고 내일 시간이 되면 들러서 서류를 작성하고 온 김에 사전 교육도 받으면 좋을 것 같아요."

"네. 그렇게 할게요."

"참, 이름이 뭐였죠?"

"저는 천팡링입니다. 향기 나는 마름(주로 연못에서 자라는 마름모 모양의 식물-역주)이라는 뜻이에요."

"그러면 저 개는요?"

점장이 검정개를 가리키며 물었다.

"저 개는……."

그 순간 진열대 위에 놓인 콩알 모양 초콜릿이 팡링의 눈에 들어왔다.

"콩콩이요. 이름이 콩콩이예요."

점장이 고개를 끄덕이며 말했다.

"내 이름은 청샤오징이고, 이 편의점의 점장이에요. 내 이름이 기억나지 않으면 '청초하고 샤방샤방한 오징어'를 떠올려 봐요. 절대 잊어버릴 수 없겠죠?"

점장은 이렇게 말하고 혼자서 크게 웃었다. 그러다 어색한 표정으로 서 있는 팡링을 보고는 웃음을 멈추고 인제 그만 집에 돌아가라며 손을 흔들었다.

팡링은 집으로 돌아와 문 앞에 가만히 섰다. 아침까지만 해도 이곳에 다시는 돌아오지 않을 줄 알았는데 이렇게 다시 와 있었다.

콩콩이는 집안을 이리저리 다니며 구석구석 냄새를 맡았다. 팡링은 빈 그릇을 꺼내 편의점에서 사 온 사료를 담아 콩콩이에게 줬다. 콩콩이는 그릇을 깨끗이 비우고 화장실 앞에 놓인 발 매트 위에 자리를 잡더니 그대로 잠이 들었다.

'오늘은 정말 이상한 하루야.'

팡링이 속으로 생각했다. 절망의 늪에 빠져 스스로 생을 마감하겠다고 떠난 길이었다. 그런데 생애 첫 반려견과 새로운 일자리까지 얻어 다시 돌아올 줄이야. 그야말로 새로운 인생을 시작하는 기분이었다.

'콩콩이가 나를 따라오지 않았다면 지금쯤 나는 어떻게 되었

을까?'

　팡링은 깊이 잠든 콩콩이를 바라봤다. 그녀에게 오늘은 두 번째 생일이나 다름없었다. 어쩌면 콩콩이는 그녀가 삶을 포기하지 않고 계속 살아갈 수 있도록 하늘에서 보내준 천사가 아닐까. 한 가지 확실한 건 오늘 콩콩이는 팡링의 생명을 구해준 은견(恩犬)이었다.

　더 이상 팡링도 주저앉아 있을 수만은 없었다. 어떤 미래가 자신을 기다리고 있던 이제는 주어진 하루하루를 열심히 살아내야 했다. 팡링 자신뿐만 아니라 콩콩이를 위해서라도 말이다.

2.
오직 당신이
행복하기를 바랍니다

100일째 날 °

기묘했던 하루가 지나고 다음 날 아침, 잠에서 깬 팡링이 부엌으로 향했다. 하지만 찬장에 있는 커피 말고는 아침으로 먹을 만한 것이 하나도 없었다. 팡링은 콩콩이의 밥을 챙겨주고 식탁에 앉아 커피를 마셨다. 식탁 옆에는 작은 달력과 일정을 적어 놓는 화이트보드가 걸려 있었는데 벌써 몇 주째 하얗게 비어 있는 상태였다. 그녀는 가만히 지켜보다가 무언가 결심한 듯 보드마커를 들고 달력의 오늘 날짜에 숫자 '1'을 적었다. 새로운 인생의 첫 번째 날이라는 의미였다. 팡링은 그렇게 매일 아침 달력에 숫자를 적었다.

그리고 드디어 100일째 날이 되었다. 100일 동안 팡링은 행복했을까? 엄청난 행복까지는 아니어도 그럭저럭 괜찮은 날들이었다. 지난 100일은 팡링과 콩콩이가 서로에게 적응해 가는 시간이었다. 팡링은 이 기간에 개 주인으로서 중요한 깨달음을 하나 얻었다. 아무리 똑똑하고 말 잘 듣는 개를 데려와도 주인과 개가 서로 적응하기까지는 최소 100일 정도의 시간이 필요하다는 것을 말이다. 콩콩이는 밖에 나가면 말도 잘 듣고 보는 사람마다 칭찬하는 순둥이였지만 집안에서는 작은 악마가 따로 없었다. 밤새워 일하고 온 팡링이 낮에 잠을 좀 자려고 할 때마다 콩콩이는 집안 아무 데나 볼일을 보고는 침대로 뛰어와 그녀를 깨웠고, 그럴 때마다 할 수 없이 지친 몸으로 일어나 뒤처리를 해야 했다. 팡링은 콩콩이를 어르고 달래고, 때로는 무섭게 혼도 내봤지만 나쁜 습관은 고쳐지지 않았다.

그러던 어느 날, 더 이상 참다못한 팡링이 베란다로 향하는 방충망에 큰 구멍을 하나 뚫은 다음 베란다 바닥 전체에 배변 패드를 깔아놓고 콩콩이가 스스로 밖에 나가 볼일을 볼 수 있게 했다. 놀랍게도 그날 이후 콩콩이는 집 안에 볼일을 보지 않았다. 대신 콩콩이는 이제 무조건 집 밖에서만 볼일을 봤다. 아무리 거센 비바람이 몰아치는 날에도 콩콩이는 팡링을 이끌고 기어코 밖으로 나가 볼일을 봤다.

"너 대체 왜 그래? 베란다에서 편하게 볼일 보라고 만들어놨더니 왜 꼭 밖으로 나가자는 거야?"

콩콩이는 늘 이렇게 대답했다.

'내가 집안에서 볼일 보는 걸 싫어하잖아요!'

팡링은 한숨을 내쉬며 혼잣말했다.

'지금까지 멋대로 해놓고 인제 와서 나를 생각해 주는 거야?'

배변뿐만 아니라 콩콩이에게 밥을 먹이는 것도 쉽지 않았다. 콩콩이는 사료를 줘도 안 먹고, 통조림을 줘도 안 먹고, 팡링이 먹다 남은 음식을 줘도 먹는 둥 마는 둥 했다. 콩콩이가 맛있게 먹는 유일한 것은 팡링이 도시락을 먹을 때 조금씩 나눠주는 음식이었다.

'주인님이 먹는 음식이 제일 맛있어요.'

"하지만 너는 내가 먹는 음식을 먹으면 안 돼."

'음식은 맛있는 걸 먹어야죠! 주인님은 맛있는 걸 먹으면서 왜 나는 맛없는 것만 먹어야 해요?'

이런 식의 논쟁이 매일 계속되자 팡링은 지쳐버렸고, 어느 날 밥그릇에 사료를 부어주며 콩콩이에게 경고하듯 말했다.

"먹을 거면 먹고, 먹기 싫으면 먹지 마. 안 먹으면 너만 배고플 테니까. 길거리를 떠돌 적에도 음식을 가려 먹었어?"

콩콩이는 정말 사흘 동안 사료를 단 한 톨도 먹지 않았다. 밤에 팡링과 함께 편의점을 지킬 때 손님들이 콩콩이에게 먹을 것을 주려고 하면 팡링이 얼른 나서서 제지했다. 마침내 어느 날 아침, 편의점에서 돌아와 잠을 자고 있는데 잠결에 허겁지겁 사료 먹는 소리가 들렸다. 콩콩이가 사료를 한 톨도 남김없이 모두 먹은 것이다. 그날부터 콩콩이는 먹는 것에 대해서는 고집을 부리지 않았고, 팡링 역시 더 이상 아무 잔소리도 하지 않았다.

'먹는 일에 관해서는 더 이상 아무것도 묻지 말아 주세요. 어차피 제가 무슨 말을 해도 마음에 들지 않잖아요!'

새로 시작한 편의점 일도 힘들었지만, 무엇보다 팡링을 애태우고 고민하게 만든 건 콩콩이었다. 물론 현재 그녀의 인생에 콩콩이 말고 달리 신경을 쓸 일이 없어서 그렇기도 했다. 솔직히 콩콩이는 꽤 까다롭고 도도한 개다. 아마 다른 주인을 만났다면 몇 주 만에 쫓겨났을지도 모른다. 그렇지만 팡링은 콩콩이에게 화가 날 때마다 속으로 이렇게 되뇌었다. 내가 오늘 이렇게 살아서 화를 낼 수 있는 것도 다 이 말썽꾸러기 개 덕분이라고 말이다. 콩콩이가 콩콩이라는 이름으로 새롭게 살아온 모든 날이 팡링에게도 마찬가지로 새로운 인생의 모든 날이었다. 그녀는 콩콩이를 원망하거나 미워할 이유가 없었고, 다른 곳으로 보낼 생각은 더더욱 없었다.

"요 말썽꾸러기! 그래도 이제부터 난 언제나 네 곁에 있을 거야."

콩콩이가 애교를 부리며 품에 파고들 때면 팡링은 언제나 이렇게 말했다. 콩콩이는 아무 대답도 하지 않았다.

얼마 전부터 여름 방학이 끝나면서 아침 등교 시간은 팡링의 일과 중 가장 바쁜 시간이 되었다. 이 바쁜 시간이 지나야 팡링의 퇴근 시간이었다. 반면 대부분의 업무 시간인 심야 시간대는 손님이 많지 않았다. 거의 매일 고정으로 들르는 손님들이 대부분이었는데 그들은 각자 자신만의 사연이 있어 보였다.

팡링이 일을 시작하고 얼마 후, 매일 새벽 서너 시만 되면 짙은 화장을 한 여자 손님이 담배와 커피를 사러 편의점에 들렀는데 콩콩이를 아주 예뻐했다. 그 손님은 처음에 콩콩이가 떠돌이 개인 줄 알고 올 때마다 삶은 달걀을 사서 줬는데, 달걀을 주면서 '이 세상에 태어난 걸 어쩌겠니, 우리 같이 잘살아 보자'라는 등의 이상한 말을 중얼거렸다. 퐝링은 콩콩이가 매번 달걀을 얻어먹는 것이 미안해서 어느 날 그 손님에게 콩콩이가 자신의 개라고 설명했다. 손님은 마치 오랜 동지를 잃은 것처럼 망연자실했다. 그 이후에도 매일 편의점에 와서 콩콩이를 붙들고 하소연했다.

"내가 나쁜 놈에게 잘못 시집갔는데, 그놈마저 날 버리고 떠나서 이렇게 혼자가 되었지 뭐니. 이놈의 인생 내가 정말 죽지 못해 산다……."

말은 그렇게 해도 다행히 여자는 죽지 않고 살아서 매일 편의점에 들렀다.

어느 날 새벽, 여느 날처럼 그 여자 손님이 콩콩이를 붙들고 하소연하고 있는데 떠돌이 개 한 마리가 편의점으로 들어왔다.

'여긴 참 시원하네.'

퐝링은 처음에 떠돌이 개가 더위를 피해 머물 곳을 찾아온 줄 알고 어떻게 해야 하나 난처해했다. 하지만 개는 잠시 밥을 얻어먹으러 들른 것뿐이었다.

'오랫동안 걸어서 배고프고 목말라요.'

퐝링은 진열대에서 통조림 하나를 계산대로 가져와 자기 돈으로 결제했다. 그리고 뚜껑을 따서 개에게 주고 커다란 그릇에 물도 가득 떠다 줬다. 개는 음식과 물을 금세 먹어 치운 후 입구에 누워 잠시 쉬더니 이내 몸을 일으켜 제 갈 길을 갔다. 콩콩이는 편의점 입구에 서서 떠나는 개의 뒷모습을 바라봤다.

'다시 돌아올 거예요.'

팡링은 직감적으로 알았다. 저 개는 멀리까지 와서 주인에게 버려졌다는 것을. 개는 어떻게든 집으로 돌아가기 위해 애쓰고 있지만 설령 다시 집을 찾아간다 한들 주인은 그 개를 받아주지 않을 것이다. 그런데도 개는 주인에 대한 충성심을 져버릴 수 없기에 상처받은 마음을 안고 묵묵히 자신을 버린 주인을 찾아 헤맬 것이다. 그러다 어느 날 그를 집으로 데려가 식구로 받아주고 사랑해 줄 수 있는 새로운 주인을 만난다면 떠돌이 개 신세를 면하고 그동안의 상처를 치유 받을 수 있을지도 모른다.

'개들은 어떻게든 살아보려고 애쓰는데, 인간들은 종종 너무 쉽게 포기해버려요.'

"개들은 어떻게든 살아보려고 애쓰는데, 인간들은 너무 쉽게 포기해 버리지……."

팡링은 콩콩이가 한 말을 혼자서 되뇌었다. 콩콩이를 붙들고 하소연하던 여자 손님은 팡링이 자신에게 하는 말인 줄 알고 흠칫 놀라며 울음을 멈추고 조용해졌다.

팡링은 콩콩이를 가만히 바라봤다. 사실 콩콩이는 그동안 팡링이 수없이 했던 질문에 답을 하는 것이었다. 그녀는 콩콩이에게 그날 자신이 바다에 뛰어들려는 걸 알고 일부러 쫓아온 게 아니냐고 종종 물어보곤 했다. 그때마다 콩콩이는 무슨 말인지 모르겠다는 표정으로 눈을 멀뚱멀뚱 뜨고는 배를 긁어달라며 팡링의 손을 잡아당길 뿐이었다. 팡링은 이제야 알 것 같았다. 그날 콩콩이가 자신을 구한 것이 아니라, 서로서로 구한 것뿐이라는 것을. 콩콩이는 어떻게든 살아보려고 애썼고, 팡링도 끝끝내 생을 포기하지 않았다.

그날 이후, 그 여자 손님은 더 이상 편의점에 모습을 드러내지 않았다.

대신 이번에는 젊은 청년 하나가 눈에 띄었다. 그 청년은 매일 자정이 조금 넘은 시간에 편의점에 들렀는데, 손에는 항상 만화책이 들려 있었고 매번 냉면, 어묵, 삶은 달걀, 콜라를 똑같이 샀다.

콩콩이는 그 청년을 무척 좋아했다. 물론 그가 매일 삶은 달걀의 달걀노른자를 콩콩이에게 나눠줬기 때문이었다. 콩콩이는 청년이 음식을 먹으며 만화책을 보는 동안 옆에 자리 잡고 함께 앉아 있었다. 그는 그렇게 매일 두 시간 정도 편의점에 머물렀고, 그날 가져온 만화책을 다 보면 콩콩이를 몇 번 쓰다듬고는 자리에서 일어나 집으로 돌아갔다.

팡링은 귀엽게 생긴 청년에게 호감이 가면서도 한편으로는 그가 편의점에 나타나기만 하면 그의 개인 듯 행동하는 콩콩이에게 질투심을 조금 느꼈다. 그런데 청년은 단 한 번도 콩콩이가 누구의 개인지 묻지 않았다. 그에게 편의점은 인생의 충전소 같았다. 그렇게 하루에 두 시간씩 머무르며 연료를 채운 뒤 때가 되면 미련 없이 떠났다.

"저 남자, 따라다니는 여자들이 줄을 섰겠는걸."

편의점을 나서는 청년의 뒷모습을 보며 팡링이 혼잣말했다.

점장 청샤오징은 남자치고 굉장히 수다스럽고 오지랖 넓은 사람이었다. 그는 매일 밤 팡팅과 교대하면서 그날 하루 편의점에서 있었던 일들을 미주알고주알 이야기하기 바빴다.

그 치매 할머니가 또 길을 잃어버렸더라, 만날 와서 물건을 바꿔 가는 무례한 손님이 오늘도 와서 한바탕하고 갔다, 연예인 누구누구가 담배를 사러 왔더라, 애들이 음료 냉장고 문을 자주 여닫는 통에 정말 짜증이 난다는 등등. 처음에는 점장이 그저 말이 많은 줄로만 생각했는데 시간이 흐르면서 사실은 마음이 굉장히 따뜻한 사람이라는 걸 알게 되었다. 하루는 아내가 직접 만든 음식이라며 큰 보따리 하나를 팡팅에게 건넸다. 그러면서 아내가 편의점에 들른 적이 있는데 젊은 여자가 개를 데리고 혼자 있는 모습이 안쓰럽다며 밥이나 제대로 먹는지 걱정된다고 집에서 만든 음식을 좀 가져다주라고 했다고 말했다.

"사모님이 언제쯤 다녀가셨어요?"

팡팅이 음식 보따리를 바라보며 물었다.

"글쎄요, 어느 날 오후였다는데……. 혼자 도시락 사 가는 모습을 봤대요."

오후에는 또 다른 아르바이트생이 일하는 시간이다. 딱히 근무 시간이 아니어도 팡팅은 삼시세끼 대부분을 편의점에서 해결했다. 편의점에 점장이 나와 있을 때는 도시락을 그냥 주기도 하고 콩콩이가 먹을 것을 따로 챙겨주기도 하기 때문이었다.

"다녀가신 줄 몰랐어요……."

팡팅이 민망해하며 말했다.

"도시락을 계산하고 얼른 가버려서 아내도 인사할 틈이 없었대요."

팡링이 감사 인사를 하자, 점장은 별거 아니라며 손을 저었다. 사실 팡링은 줄곧 궁금한 점이 하나 있었다. 그녀가 이 편의점 건물에 산 지도 벌써 몇 년째고, 비록 대화를 나눈 적은 없지만 예전에는 편의점 단골손님 중 한 명이었다. 그런데 점장은 그녀가 어쩌다 편의점에서 일하게 되었는지 한 번도 물은 적이 없었다.

새로운 인생의 첫 100일 동안, 팡링은 자신이 굉장히 운이 좋은 사람이라고 생각했다. 인생의 깊은 수렁에 빠졌을 때 여러 은인이 나타나 그녀를 살리고 역경을 헤쳐 나갈 수 있도록 도움을 주지 않았는가. 팡링은 이제 다시 웃을 수 있었다. 그리고 웃을 때마다 생각했다. 지금, 이 순간 웃고 있는 천팡링은 더 이상 예전의 천팡링이 아니라고 말이다.

105일째 날°

그러나 이런 생각을 한 지 일주일도 채 지나지 않아 그녀의 인생에 새로운 위기가 닥쳤다. 야간 근무를 마치고 돌아와 잠을 자고 있을 때, 집주인의 어머니라는 사람에게 전화가 왔다.

통화 내용은 대략 이러했다.

"다시 일자리를 구했다고 들었어요. 축하해요. 계속 그 집에서 살 생각인가요? 우리 딸이 당분간 월세를 안 받겠다고 했다던데, 아가씨도 알다시피 지금 경기가 안 좋아서 더 이상 그렇게 해 줄 수 없을 것 같네요. 그 집에 계속 살고 싶으면 당장 이번 달부터 월세를 다시 내세요. 그렇지 않으면 새로운 세입자를 구할 수밖에요……. 나도 이렇게까지 하고 싶지는 않은데 우리도 먹고 살아야 하지 않겠어요. 그리고 말이 나온 김에, 그동안 밀린 월세도 천천히 갚아줬으면 해요. 우리가 자선 사업가도 아니고, 아가씨한테 공짜로 집을 내어줄 이유는 없잖아요. 게다가 집에서 개도 키운다면서요…….''

팡링은 당연히 지금 당장 다른 집을 구할 여력이 없었다. 그렇다고 편의점에서 받는 월급으로 월세도 내고 다른 생활을 유지하기란 사실상 불가능했다. 사실 월세를 받지 않으면 먹고살기 힘들다는 집주인 어머니의 말은 믿기 힘들었다. 그들은 전문으로 임대 사업을 하는 사람들이었고 타이베이 지역에만 임대하는 집이 여러 채 있는 걸로 알고 있었다. 그러니 당장 생계를 걱정해야 하는 상황은 아닐 터였다. 팡링을 도와준 집주인은 좋은 사람이지만 그 어머니는 결코 호락호락하지 않았다. 당장 이번 달부터 월세를 내지 못하면 집을 비워달라고 할 게 뻔했다.

잠시 후 집주인에게 메시지가 왔다.

'죄송해요. 엄마가 다 알아버려서 앞으로 월세를 다시 받아야 할 것 같아요. 대신 그동안 밀린 월세는 천천히 주셔도 돼요. 그리고 엄마가 개에 대해서 뭐라고 하신 것도 신경 쓰지 마세요. 집만 깨끗이 써주신다면 얼마든지 키우셔도 됩니다.'

하지만 팡링은 집주인의 호의가 언제까지나 계속되지 않을 거라는 사실을 잘 알고 있었다. 포기하지 않고 살아낸 인생이건만 현실의 벽은 계속 그녀의 살길을 가로막았다.

그런데 그때 기적처럼 그녀는 또 한 번 인생의 전환점을 맞이하게 되었다.

107일째 날°

팡링은 퇴근하고 돌아오면 보통 아침 9시부터 오후 5시까지 잠을 잤다. 물론 콩콩이도 옆에 누워 함께 잤다. 하지만 그날은 무슨 일인지 정오밖에 되지 않았는데 콩콩이가 쉴 새 없이 얼굴을 핥고 발로 팡링을 깨웠다.

"무슨 일이야? 불이라도 난 거야?"

다행히 불이 난 건 아니었다. 다만 무음으로 바꿔 놓은 휴대전화에 전화와 메시지가 끊임없이 들어오면서 계속 불이 반짝이고 있었다. 팡링은 졸린 눈을 비비며 휴대전화를 확인했다. 예전에 애니멀 위스퍼링을 맡겼던 고객이 지금도 계속 일하느냐고 묻는 메시지였다.

"별로 급한 일도 아닌 것 같은데 이따가 일어나서 답하면 안 될까?"

팡링은 휴대전화를 내려놓고 돌아누워 다시 잠을 청했다. 하지만 콩콩이는 어떻게든 팡링을 다시 깨우려고 계속 얼굴을 핥고 앞발로 찼다.

"너 오늘 진짜 왜 그래! 저리 좀 가라고!"

콩콩이는 혼이 나자 곧장 침대에서 내려오기는 했지만 계속 초조하게 발을 구르며 시끄럽게 짖기까지 했다. 참다못한 팡링이 이불을 걷어차고 일어나 때리는 시늉을 하자 그제야 콩콩이는 거실로 도망을 갔다. 팡링은 침대에 다시 누웠지만 잠이 오지 않아 휴대전화를 집어 들어 좀 전에 온 메시지를 다시 확인했다.

'우리 량량이가 곧 무지개다리를 건너려고 해요. 량량이와 마지막 대화를 나누고 싶은데 혹시 도와주실 수 있나요? 량량이가 다른 애니멀 위스퍼러와 전혀 소통하려고 하지 않아요……'

량량, 비글종, 수컷. 팡링이 기억하기로 량량은 분명 나이 많은 늙은 개가 아니었다. 3년 전 량량을 만났을 때 기껏해야 예닐곱 살 정도였으니 말이다. 하지만 번식장에서 태어난 량량은 무분별한 근친교배로 인해 이미 네다섯 살 무렵부터 몸에 이런저런 이상이 나타나기 시작했다. 개 나이 예닐곱 살이면 한창 신나게 뛰어다닐 때였지만 량량은 뒷다리에 심각한 고관절탈구로 제대로 걷지도 못하는 상태였다. 다행히 세상 누구보다 그를 사랑하고 경제적으로 여유 있는 주인 샤오잉을 만난 덕에 량량은 강아지 휠체어를 타고 다닐 수 있었고 정기적으로 수영을 하러 가기도 했다. 샤오잉은 량량이 건강을 회복하지 못한다 해도 그가 진심으로 행복하기를 바랐고, 애니멀 위스퍼링을 통해 량량의 마음을 이해하려고 애썼다.

하지만 지금 량량에게는 걷지 못하는 것보다 더 심각한 문제가 있었다. 바로 신부전이었다. 샤오잉의 보살핌과 수의사의 적절한 응급조치로 다행히 위험한 고비를 한 차례 넘겼지만, 그 이후로도 계속 만성 신부전을 앓으며 힘든 투병 생활을 이어갔다. 량량은 힘겹게 병마와 싸우는 와중에도 그의 상징인 살인미소를 보여주며 자신을 걱정하는 주인을 위로했다. 그런데 며칠 전 량량이 다시 쓰러져 의식이 불분명한 상태라고 했다. 수의사는 량량이 살날이 얼마 남지 않았으니 편히 쉬게 해주라며 안락사를 권했다. 하지만 샤오잉은 량량이 마지막으로 남기고 싶은 이야기가 있지 않을까 싶어 쉽게 보내주지 못하고 팡링에게 도움을 요청하게 된 것이다.

샤오잉은 팡링에게 보낸 메시지에 그동안의 일들을 자세히 설명했다. 그 사이 팡링은 잠이 완전히 깨버렸다. 사실 량량에 관한 기본적인 정보 외에 그 당시 소통 내용은 잘 기억나지 않았다. 의뢰를 맡긴 개 주인들은 대부분 과거의 소통 내용을 자세히 기억하고 있지만 애니멀 위스퍼러의 경우 따로 메모를 해놓지 않는 한 어떤 대화가 오갔는지 일일이 기억하지는 못한다. 그래서 일할 당시에도 신규 고객보다는 재의뢰한 고객을 상대하기가 더 어려웠다. '예전에 ○○가 했던 말들 기억하시죠?'라고 물어보면 팡링은 오래된 기억을 더듬느라 애를 먹었다. 그러다 그녀가 기억이 안 난다는 표정을 짓고 있으면 고객들은 크게 실망했고 심지어 우리 개한테 너무 관심이 없는 거 아니냐며 따지기도 했다.

팡링은 일어나 거실로 갔다. 콩콩이는 거실 소파 위에 도넛 모양으로 몸을 둥글게 말고 누워 있었다. 그녀는 물을 한 잔 따라 마른입을 적시고 콩콩이에게 물었다.

"너 그 개 때문에 나를 깨운 거지?"

콩콩이는 고개를 들어 귀를 뒤로 젖히고 꼬리를 세차게 흔들며 미안함을 표시했다. 사실 딱히 콩콩이가 잘못한 것도 아닌데 저렇게 귀엽게 사과하다니, 용서해 주지 않을 이유가 없었다.

팡링은 콩콩이를 한 번 쓰다듬고는 소파에 앉아 방금 들어온 의뢰에 대해 고민했다. 사실 머릿속으로는 이미 량량의 의뢰를 거절해야겠다고 생각하고 있었다.

팡링은 자신이 왜 애니멀 위스퍼러라는 직업을 포기했는지 잘 알고 있었다. 결정적인 계기는 그녀를 함정에 빠트려 악의적인 기사를 쓴 기자 때문이기는 했지만, 그보다 더 큰 이유는 동물 주인들과의 소통 때문이었다. 애니멀 위스퍼링을 의뢰한 개주인 대다수는 자신이 반려동물과 진심으로 소통하려하기보다는 그들이 자신의 명령과 지시에 무조건 복종하기를 바랐고, 팡링은 그런 사람들과의 소통이 언제나 어렵고 힘들었다. 하지만 반려동물과 사람은 떼려야 뗄 수 없는 관계라는 건 알기에 팡링은 일을 그만두기로 했다.

팡링은 량량의 주인이 지금 얼마나 마음이 초조하고 격앙된 상태인지 알기에 그녀를 대면하기가 두려웠다. 게다가 그런 감정 상태로 소통을 제대로 할 수 있을지 장담할 수 없었다. 그러나 이성적인 머리와 달리 마음으로는 량량과 대화를 나누고 편안한 마음으로 세상을 떠날 수 있도록 도와주고 싶었다.

팡링은 커피잔을 들고 소파에 앉아 계속 고민했다. 내면에서는 이성과 감성이 치열한 싸움을 벌였다. 하지만 결국 이성의 승리로 끝났다. 팡링은 애니멀 위스퍼링 때문에 지금 생활에 변화가 생기는 걸 원치 않았다.

그런데 답장을 보내려고 휴대전화를 집어 든 순간 샤오잉에게서 메시지가 도착했다.

'너무 급한 부탁이라는 걸 알아요. 대신 비용은 청구하시는 대로 얼마든지 드리겠습니다.'

팡링의 사정을 꿰뚫어 보기라도 한 걸까. 지금 그녀에게 무엇보다 간절한 건 바로 돈이었다. 팡링은 잠시 고민하다가 메시지를 보냈다.

'20만 원인데 괜찮으시겠어요?'

메시지를 보낸 순간 팡링은 자신이 너무 양심이 없었나 후회했다. 20만 원이면 예전청구 금액의 두 배가 넘는 돈이었기 때문이다. 그러나 이런저런 생각을 할 틈도 없이 샤오잉에게 답장이 왔다.

'네! 괜찮습니다.'

팡링이 계좌번호를 보내자, 샤오싱은 곧바로 돈을 입금했다. 편의점에서 받는 월급을 아껴 쓴다면 어쩌면 이번 달부터 월세를 낼 수 있을지도 몰랐다.

샤오잉과 시간 약속을 잡고 량량에 관한 세부 사항도 꼼꼼히 확인했다. 커리어의 정점에서 악질 기자의 농간으로 갑작스럽게 일을 그만둬야 했던 애니멀 위스퍼러 팡링이 다시 업계로 복귀한 것이다. 이렇게 말하니 뭔가 대단한 일처럼 느껴지지만, 실상은 인생의 막다른 길에서 살기 위해 등 떠밀려 나온 것이나 다름없었다.

샤오잉과 만나기로 한 날, 팡링은 약속 시간보다 조금 일찍 무무 카페에 도착했다. 그곳은 예전에 그녀가 애니멀 위스퍼링을 진행하던 장소였다. 팡링은 카페 입구에 도착해서 한참 동안 가만히 둘러봤다. 카페 정원은 여전히 싱그러운 초록빛으로 가득했고, 그녀가 좋아했던 플루메리아 나무가 듬직한 자태로 반겨줬다.

무무 카페의 사장은 마음이 따뜻하고 말수가 적은 훈남이었다. 그는 늘 계산대 뒤에서 조용히 커피를 내리고 있었지만, 카페 안에서 일어나고 있는 모든 일을 낱낱이 알고 있었다. 손님들이 떠드는 시시콜콜한 가십거리와 항간에 떠도는 온갖 소문들까지…….

카페 사장 린무무는 팡링에게 고맙고 미안한 사람이었다. 팡링의 애니멀 위스퍼링에 관한 악의적인 기사가 나간 이후 기자들이 카메라를 들고 무무 카페로 몰려왔을 때 그가 나서서 모든 걸 막아주고 팡링을 대신 변호해 주기도 했다. 하지만 팡링은 그 모든 상황이 너무 무서워서 카페 근처에도 가지 못하고 그에게 한마디 말도 없이 1년 남짓 발길을 끊었다.

팡링은 카페 입구에 서서 그를 어떻게 마주해야 할지 잠시 고민했다. 카페 안을 들여다보니 계산대 뒤에서 핸드드립 커피를 내리고 있는 린무무의 모습이 보였다. 그런데 그 순간 텔레파시라도 통한 듯 무무가 카페 입구를 바라봤다. 그는 어쩔 줄 모르고 서 있는 팡링을 발견하고는 손에서 주전자를 내려놓고 곧장 카페 입구로 가서 문을 활짝 열었다.

무무가 팡링을 바라봤다. 그는 감격에 겨워 하마터면 눈물이 나오려는 걸 애써 참고 그녀에게 미소를 지으며 말했다.

"다시 돌아왔군요!"

다시 만났을 때 어색하면 어쩌나 걱정했는데 그의 따뜻한 미소를 보자 마음이 놓였다. 팡링은 기쁜 표정으로 무무를 바라보며 고개를 끄덕였다. 무무가 성큼 다가가자, 팡링은 그가 포옹하려는 줄 알고 놀랐지만, 그는 단지 손을 뻗어 팡링을 가게 안으로 안내하려고 했던 것뿐이었다.

카페 안으로 들어가자, 무무는 서둘러 구석 자리에 앉은 손님에게 다가가 양해를 구하며 자리를 옮겨달라고 부탁했다. 그 자리는 예전에 팡링의 전용 좌석이었다. 팡링은 매일 오후 그 자리에 앉아 따뜻한 아메리카노 한 잔을 시켜놓고 동물 주인들을 만나 애니멀 위스퍼링을 진행했다.

"한동안은 자리를 비워놨는데 계속 안 오셔서……."

"괜찮아요."

팡링이 예전 그 자리에 앉으며 말했다.

"고맙습니다."

팡링의 말에 무무는 같이 웃었다.

"커피 마시러 왔어요? 아니면 일하러? 다시 일을 시작한 거예요? 커피는 따뜻한 아메리카노 맞죠? 케이크도 먹을래요? 식사는 했어요?"

평소 과묵하던 무무답지 않게 어쩐지 잔뜩 긴장해서 허둥지둥하는 모습이었다. 팡링은 지금껏 무무가 한 번에 세 마디 이상 말하는 걸 들어본 적이 없었다. 그런데 지금 무려 여섯 마디나 한

꺼번에 쏟아 내다니 놀라울 따름이었다.

팡링이 웃으며 말했다.

"왜 그렇게 긴장했어요? 밥은 먹었고, 오늘은 일하러 왔어요."

무무가 두 손을 모으며 반갑게 말했다.

"정말요? 다시 애니멀 위스퍼러로 복귀하는 거예요?"

그의 질문에 순간 팡링의 표정이 굳어졌다.

'이렇게 애니멀 위스퍼러로 복귀하는 건가? 다시 예전의 천 팡링으로 돌아간다고? 하지만 이제 새로운 인생을 살기로 했잖아……'

"아직은 잘 모르겠어요."

팡링이 고개를 숙이고 시선을 회피하자 무무는 그제야 자신이 너무 흥분해 있었다는 걸 깨달았다. 무무는 숨을 크게 한 번 들이쉬고 자신의 본업으로 돌아갔다.

"따뜻한 아메리카노 한 잔, 곧 가져다드리겠습니다."

그는 조용히 계산대 뒤 자신의 자리로 돌아갔다. 내리고 있던 커피는 이미 차갑게 식어 있었다. 무무는 식은 커피를 싱크대에 따라 버리면서 조금 전 자신의 행동이 팡링을 불편하게 한 건 아닌지 걱정했다.

팡링은 자신의 전용 좌석에 앉아 혼잣말했다.

"정말 오랜만이야."

애니멀 위스퍼링을 훈련하지 않은 지도 벌써 1년이 넘었다. 과연 예전처럼 동물들의 마음을 잘 읽을 수 있을까, 혹시 그동안 겪은 일들 때문에 동물들에게 온전히 마음을 열지 못하면 어쩌나 등등 이런저런 생각들이 팡링의 머릿속을 가득 채웠다.

팡링은 애니멀 위스퍼링을 처음 가르쳐줬던 선생님이 해준 말을 떠올렸다.

"선의를 갖고 마음을 다한다면 어떤 동물이든 분명 네게 마음을 열거야."

물론 때 묻지 않고 순수했던 그때의 팡링과 지금의 팡링은 완전히 다른 사람이었지만 그녀는 초심을 기억하며 계속 되뇌었다.

'마음을 다해야 해. 반드시 마음을 다할 거야.'

그러면서도 량량의 의뢰를 받아들인 결정적인 이유가 사실은 돈 때문이었다는 사실이 마음에 걸렸다.

잠시 후 카페 문이 벌컥 열리더니 샤오잉이 들어왔다. 그녀는 팡링을 발견하자마자 서둘러 다가와 자리에 앉았다. 그러고는 그동안 잘 지냈냐는 안부 인사 한마디 없이 가방에서 량량의 사진 두 장이 담긴 서류 파일을 꺼냈다.

"이야기 하신 것들 모두 준비해 놓았어요. 그런데 량량이 제 말을 들을 수 있는지 잘 모르겠어요. 요 며칠 계속 눈도 못 뜨고 링거를 맞으면서 겨우 버티고 있는 상태거든요. 솔직히 이렇게까지 하는 게 량량을 위해서 좋은 건지 잘 모르겠고요."

팡링은 괴로운 표정으로 울먹이며 이야기하는 샤오잉을 가만히 바라봤다. 예전에는 주인들이 하는 하소연을 모두 들어줬다. 어쩌면 그들도 그런 이야기를 털어놓을 곳이 여기밖에 없겠다는 생각에서였다. 하지만 오늘은 단호하게 샤오잉의 말을 끊었다.

"울지 마세요. 량량과 소통하려면 집중해야 해요."

샤오잉은 눈가에 맺힌 눈물을 닦으며 코를 훌쩍 들이마셨다.

팡링은 고개를 숙인 채 량량의 사진에 집중했다. 그녀는 량량의 두 눈을 바라보며 량량의 영혼 세계로 통하는 창이 열리기만을 기다렸다.

어느 순간 팡링은 량량의 몸에 들어가 있는 느낌을 받았다. 그녀의 두 팔과 두 다리는 각각 량량의 앞발과 뒷발로 변해 있었다. 량량은 부드러운 방석 위에 힘없이 누워 있었고 그 옆에는 샤오잉의 남편이 자리를 지키고 있었다. 그는 한 손으로 량량을 부드럽게 쓰다듬으며 귓가에 나지막이 속삭였다.

"엄마는 잠깐 외출했어. 금방 돌아온다고 했으니까 엄마 올 때까지 꼭 기다려야 해!"

량량은 고개를 돌려 그의 손을 핥아주고 싶었지만, 눈을 뜰 힘조차 없었다.

'왔어요? 당신을 기다렸어요…….'

기력이 쇠약해질 대로 쇠약해진 량량은 남아 있는 힘을 끌어모아 겨우 말을 건넸다.

'량량, 너 정말 많이 아프구나.'

'너무 힘들어요…… 걷지도 못하고…… 대소변도 못 가려서 지저분하고…… 내 꼴이 정말 말이 아니에요.'

량량은 대소변을 가리지 못해 주변을 엉망으로 만들어 죄책감을 느끼고 있었다. 이 죄책감은 몸이 아픈 것만큼이나 량량의 마음을 아프게 했다.

팡링의 마음도 아렸다. 사경을 헤매는 와중에도 가족들을 힘들게 할까봐 걱정하다니.

'량량, 이제 떠날 때가 되지 않았어?'

'엄마가 너무 힘들어해요.'

'엄마가 힘들어해서 떠나고 싶지 않은 거야?'

'엄마가 너무 슬퍼할 거예요.'

팡링은 고개를 들어 샤오잉을 바라봤다. 그녀는 팡링의 대답을 초조하게 기다리고 있었다.

"량량은……."

팡링은 마음이 무거웠다. 량량이 그녀에게 마음을 열고 소통한다는 것은 정말 다행이었지만 이렇게 마음 아픈 메시지를 전달하게 될 줄은 몰랐다. 량량은 자신이 지금 겪고 있는 육체적 고통보다 사랑하는 주인이 겪을 마음의 고통을 더 걱정하고 있었다. 개들은 왜 자신이 아닌 다른 생명체를 위해 이렇게 큰 고통을 감수하는 걸까?

"량량은 지금 굉장히 고통스러워하고 있어요. 자신이 곧 떠나야 한다는 걸 알고 있고, 그렇게 해야만 고통이 멈춘다는 것도 알고 있어요. 하지만 자신이 떠나면 당신이 너무 힘들어할까봐 차마 떠나지 못하고 있어요."

샤오잉은 팡링의 말을 듣자마자 참았던 눈물을 쏟아냈다.

"저도 알고 있어요……. 량량은 왜 그렇게까지 저를 위해 희생하려고 하는 걸까요? 그렇게 고통스러워하는 건 정말 원하지 않는데……."

샤오잉은 말을 잇지 못하고 고개를 숙인 채 흐느껴 울었다.

그러다 잠시 후 마음을 겨우 추스르고 팡링에게 물었다.

"그러면 량량이 더 살고 싶어 한다는 의미인가요? 그런 거라면 돈이 얼마나 들든 상관없어요! 제가 어떻게든……."

"그런 말이 아니에요!"

팡링이 샤오잉의 말을 거칠게 끊었다.

"량량은 지금 너무 힘들어하고 있단 말이에요! 진즉에 모든 걸 내려놓고 이 고통에서 해방될 수 있었어요. 하지만 당신이 너무 힘들어하니까 어떻게든 그 고통을 참으며 버티고 있는 거예요……."

'우리 엄마는 아무 잘못이 없어요…….'

팡링의 격앙된 목소리에 량량은 그녀가 샤오잉을 다그치고 있다고 생각한 모양이다.

순간 팡링은 몸속 깊은 곳에서부터 전해지는 강렬한 기운을 느꼈다. 따뜻하면서도 장미 다발처럼 향기로운 기운이 느껴지면서 앞에 있는 샤오잉을 꼭 끌어안아 주고 싶은 감정이 생겨났다. 팡링은 이 기운이 량량에게서 전해지고 있다는 걸 알 수 있었다. 량량은 주인이 조금이라도 힘들어하는 걸 볼 수 없어 그녀를 끌어안고 위로해 주고 싶었다.

그때 카페 사장 무무가 다가와 레몬을 넣은 물 한 병과 티슈를 테이블 위에 말없이 올려놓고 갔다. 팡링은 무무를 바라보며 눈빛으로 고마운 마음을 전했다.

샤오잉이 마음을 추스르는 동안 팡링은 다시 량량과 대화를 시도했다.

'량량 혹시 샤오잉한테 전하고 싶은 말이 있니?'

쇠약해진 육체만큼이나 량량의 정신도 점점 희미해져 갔다. 팡링은 량량이 정신을 집중하기 위해 온힘을 다하고 있다는 것을 느낄 수 있었다. 이것이 아마도 량량과의 마지막 대화가 될 것 같았다.

마침내 량량이 힘겹게 말을 시작했다.

'저를 쓰다듬어…….'

팡링의 머릿속에 샤오잉과 량량의 모습이 담긴 화면이 펼쳐졌다. 량량은 건강한 모습으로 샤오잉의 다리에 누워 반쯤 눈을 감고 달콤한 휴식을 즐기고 있었다. 샤오잉은 량량을 부드럽게 쓰다듬었고 량량은 행복한 미소를 지었다.

'잊지 못할 거예요. 저를 처음 쓰다듬어 주셨던 그 순간을…….'

이어서 량량이 어린 강아지 시절 지내던 보호소의 모습이 펼쳐졌다. 량량은 불법 번식장에서 구출된 후 보호소로 보내져 입양을 기다리고 있었다. 량량은 잔뜩 겁을 먹은 표정이었다. 다른 형제들은 모두 입양되어서 떠나고 케이지에 홀로 남아 있었기 때문이다. 그러다 샤오잉이 나타났고 두 팔로 그를 안아 올려 품에 안았다. 그때부터 량량은 아무것도 두렵지 않았다.

팡링은 자신이 보고 들은 모든 것을 샤오잉에게 전달했고, 샤오잉은 손바닥에 얼굴을 파묻고 흐느꼈다. 팡링이 그녀에게 물을 한 잔 따라 주며 말했다.

"량량은 당신을 정말 많이 사랑하고 있어요. 그래서 당신이 포기하지 않으면 떠나지 않을 거예요. 대신 엄청난 고통을 참아내야겠죠."

샤오잉이 눈물을 닦으며 울먹이는 목소리로 말했다.

"하지만 제가 어떻게 량량을 포기하겠어요……."

무슨 이유에서인지 팡링은 문득 병상에 누워 계신 아버지가 떠올랐다.

"물론 포기할 수 없죠. 하지만 마음을 굳게 먹고 강인한 모습을 보여줘야 해요. 그래야 량량도 마음 편히 떠날 수 있죠."

"정말 어렵네요."

샤오잉이 겨우 울음을 멈추고 말했다.

팡링은 다시 량량의 사진을 바라봤다. 이번에는 건강한 량량의 모습이 머릿속에 그려졌다. 량량은 휠체어 없이 꼬리를 힘차게 흔들며 행복한 미소를 짓고 있었다.

팡링이 미소를 지으며 샤오잉에게 말했다.

"그거 알아요? 량량이 자기는 떠나고 나면 더 건강하고 예쁘고 행복해질 수 있다고 아무 걱정하지 말라고 하네요."

샤오잉이 말없이 고개를 끄덕였다. 그녀는 커피를 다 마시고 팡링에게 감사 인사를 한 뒤 량량을 돌보러 가야겠다며 먼저 자리에서 일어났다. 샤오잉이 떠나고 팡링은 량량과 작별 인사를 했다.

'감사합니다.'

'이제 정말 떠날 거니?'

'엄마와 작별 인사를 나누고요. 우리는 세상에 태어나면 언젠가 다시 떠나야 하는 순간이 와요……. 그러니 너무 슬퍼하지 말아요.'

동물들의 삶은 비교적 단순하다. 시작과 과정 그리고 끝이 있을 뿐이다. 반면 인간들의 삶은 여기에 집착과 고통 그리고 온갖 감정들이 얽히고설켜 복잡하기 그지없다. 그래서 어쩌면 동물들이 인간들보다 세상의 이치를 더 쉽게 깨닫는지도 모르겠다.

팡링의 마음 깊은 곳에도 풀리지 않는 매듭처럼 단단히 엉킨 무언가가 자리 잡고 있었다. 하지만 그녀는 어떻게 하면 그 무거운 짐을 벗어 던질 수 있는지 방법을 알지 못했다.

팡링이 집에 들어서자 콩콩이가 반갑게 달려와 앞발을 들어 발톱으로 팡링의 배를 움켜잡았다. 팡링은 콩콩이를 밀어내고 소파에 털썩 주저앉았다. 콩콩이는 부지런히 그녀의 몸 여기저기 냄새를 맡았다. 마치 오늘 하루 무슨 일이 있었는지 철저히 검사하려는 것 같았다. 검사가 끝나자 콩콩이는 웬일로 팡링 앞에 얌전히 앉았다.

'다음에는 저도 갈래요.'

"어딜 가? 카페? 안 돼. 거긴 아주 먼 곳이야. 널 데리고 버스를 탈 수도 없고, 걸어가기에는 너무 멀어."

'다음에는 저도 갈래요.'

팡링은 콩콩이의 고집스러운 성격을 잘 알고 있었기 때문에 더 이상 대꾸하지 않았다. 지금 그녀는 편의점 야간 근무를 나가기 전까지 조금이라도 잠을 더 자고 싶을 뿐이었다.

'배고파요. 먹을 것 좀 주세요.'

"저녁에 먹어. 하루 종일 계속 먹으면 살쪄."

'그곳에 가면 저도 먹을 게 있나요?'

"아니, 거기 네가 먹을 수 있는 음식은 없어."

팡링은 더 이상 콩콩이를 상대하지 않고 커튼을 치고 귀마개를 꽂고 잘 준비했다. 콩콩이도 침대로 뛰어 올라와 팡링 옆에 누웠다. 팡링은 자연스럽게 콩콩이를 쓰다듬었다. 그러다 문득 콩콩이가 세상을 떠나야 할 날이 오면 오늘 샤오잉에게 했던 말처럼 마음 편히 보내줄 수 있을까 생각했다.

콩콩이가 다가와 팡링의 얼굴을 핥고 다시 누웠다. 그렇게 둘은 잠이 들었다.

일주일 후, 팡링이 편의점에서 일하고 있을 때 샤오잉의 메시지가 왔다.

'이제야 연락드려서 죄송합니다. 그날 저녁에 집에 돌아가 보니 량량이 눈을 겨우 뜨고 냄새를 맡더라고요. 량량에게 아무것도 걱정하지 말고 마음 편히 떠나라고, 엄마는 씩씩하게 잘 지낼 테니 이제 더 이상 아프지 말라고 말해줬어요. 그랬더니 신기하게 량량이 안심하는 것 같았어요. 그리고 모든 고통이 량량에게서 멀어지는 것 같았죠. 그렇게 량량은 편안한 모습으로 우리 곁을 떠났어요. 정말 감사드립니다. 앞으로 다시 이 일을 계속하셨으면 좋겠어요. 제가 보기에 진짜 용하시거든요!'

팡링은 샤오잉의 마지막 말에 어떻게 답을 해야 할지 몰랐다.

"용하다고? 사람들은 내가 점쟁이라고 생각하는 걸까?"

3. 우주복을 입은 거북이

124일째 날°

팡링은 조금 전에 다음 달 월세를 납부했다. 편의점에서 받은 월급에 량량의 위스퍼링 비용으로 받은 돈이 있었지만, 월세를 내고 나니 수중에 남은 돈이 거의 없었다. 팡링은 이 돈으로 한 달 동안 콩콩이와 어떻게 먹고 살아야 할지 고민하다가 며칠 동안 두통에 시달렸다. 그녀는 매일 편의점에서 유통 기한이 지난 도시락을 가져와 삼시세끼를 해결할 생각이었다. 하지만 콩콩이는 어쩐단 말인가?

"이번 달에는 간식도 없고, 통조림이나 고기도 없어. 무조건 사료만 먹어야 해, 알겠지? 너한테 아무것도 주고 싶지 않아서가 아니라 이번 달에는 정말 어쩔 수 없어."

사실 고기라고 해 봤자 그전에도 많이 준 건 아니었다. 기껏해야 가끔 한 번씩 할인하는 닭가슴살을 사다가 물에 삶아준 게 전부였다.

매끼 신선한 음식을 먹고 식품 건조기로 만든 여러 가지 영양가 있는 간식을 먹는 개들에 비해 콩콩이는 겨우 배를 곯지 않는 수준이었다.

하지만 콩콩이는 언제나 팡링 곁에 있었다. 편의점 문은 늘 활짝 열려 있었고, 야외 테이블에 앉은 손님들은 콩콩이에게 종종 먹을 것을 나눠주곤 했다. 그래도 콩콩이는 한 번도 그들을 따라간 적이 없었고 언제나 팡링의 시선이 닿는 곳에 머물렀다.

팡링의 근무 시간은 오전 8시까지였고, 보통 6시쯤 되면 점장이 출근해 일을 도왔다. 아침 6시부터 8시까지는 사람들이 가장 몰리는 한창 바쁜 시간이라서 행여나 손님들이 놀라지 않도록 카운터 뒤에 묶여 있어야 했다. 콩콩이도 제법 눈치가 있어서 이 시간에는 소란을 피우지 않고 얌전히 바닥에 누워 잠을 잤다. 아침 시간 손님들은 출근하랴, 등교하랴 바빠서 계산할 때 점원의 얼굴조차 쳐다보지 않는 경우가 허다했다. 그래서 계산대 아래에 몸무게가 18kg에 육박하는 검정개 한 마리가 있다는 사실조차 대부분 알아차리지 못했다.

그러나 최근 며칠 동안은 조금 달랐다. 매일 자정 무렵에 만화책을 보러 오는 청년이 어쩐 일인지 요 며칠은 아침 8시에 편의점에 나타났다.

"콩콩이는 뒤쪽에 있어요?"

팡링은 대강 고개를 끄덕이며 다음 손님의 계산을 받았다.

"제가 데리고 가서 같이 앉아 있어도 될까요?"

사실 청년이 편의점에 오면 콩콩이도 흥분해서 얌전히 있지 못했기 때문에 팡링과 점장도 일하는 데 애를 먹었다. 점장이 팡링에게 고개를 끄덕였다. 그리고 청년에게 말했다.

"대신 잘 데리고 있어야 해요. 절대 밖으로 나가게 하면 안 되고, 손님들이 웬만큼 빠질 때까지는 편의점 안에 혼자 돌아다니게 하지 말아요."

청년은 엄지손가락을 치켜세우며 알겠다는 표시를 했다. 콩콩이는 신이 나서 청년을 따라갔다. 콩콩이는 청년을 따라가면 삶은 달걀이나 핫도그, 크래커 등을 얻어먹을 수 있었다. 평소 팡링이 주지 못하는 간식들이었다.

"얘한테 사람이 먹는 음식을 너무 많이 주지 마세요. 특히 짠 음식들은 신장에 안 좋거든요."

팡링이 청년에게 당부했다.

"그러면 소금은 털어내고 먹이면 되죠."

청년이 대답했다.

콩콩이가 마치 자기 개라도 되는 것처럼 말하는 청년을 보고 팡링은 괜히 질투가 났다. 하지만 한창 바쁜 아침 시간에는 편의점이 그야말로 전쟁터 같았기 때문에 콩콩이에 관해 이런저런 신경을 쓸 여력이 없었다.

그런데 그 바쁜 틈에도 팡링은 청년이 몰래 자신을 지켜보고 있다는 느낌을 받았다. 고개를 들어 콩콩이를 확인할 때마다 청년이 그녀를 바라보고 있었기 때문이다.

팡링은 일부러 시선을 회피하고 곧바로 아무 일도 없었던 것처럼 다시 일에 전념했다.

팡링은 그것이 우연이거나 자신의 착각일 거라고 생각하려 애썼다. 예전에 기자가 파놓은 함정에 걸려 곤욕을 치른 이후로 팡링은 낯선 사람을 보면 저 사람도 기자가 아닐까, 의심하는 버릇이 생겼다.

팡링은 속으로 생각했다.

'에이, 설마 신문사에서 보낸 사람은 아니겠지. 저 사람은 그냥 평범한 동네 청년일 뿐이야……. 그나저나 여름 방학도 끝났는데 학교에 안 가고 아침부터 여기서 뭘 하는 거지?'

편의점에서 퇴근하면 팡링은 곧장 콩콩이를 데리고 가까운 공원으로 가서 산책시켰다. 이 시간은 팡링의 하루 중 가장 행복한 시간이었다. 콩콩이는 공원 잔디밭을 신나게 뛰어다니며 새들을 쫓기도 하고, 다람쥐를 구경하거나 볼일을 볼 장소를 찾아 이리저리 냄새를 맡으며 다니기도 했다. 그런 모습을 가만히 지켜보고 있으면 어느새 마음이 평온해졌다. 예전에는 강아지를 키우는 사람들을 보면서 매일 산책 시키고, 씻기고, 먹이는 일이 보통 힘든 일이 아닐 텐데, 왜 다들 사서 고생을 하나 생각했다. 그런데 콩콩이와 함께 지내다 보니 이제는 그 비밀이 무엇인지 알 것 같았다. 콩콩이가 마음껏 뛰어노는 모습을 지켜보고 있으면 머릿속을 가득 채웠던 복잡한 생각들이 서서히 사라졌다. 비록 매일 한 시간뿐이었지만 적어도 그 시간만큼은 다음 달 월세나 끼니에 대한 걱정은 내려놓을 수 있었다.

잠깐, 저기 벤치에 앉아 있는 저 남자는……!

콩콩이가 잔디밭에서 고난도 스쿼트 자세로 큰일을 보고 있을 때, 팡링이 편의점 그 청년을 발견했다. 분명 잘못 본 게 아니었다. 콩콩이도 그 청년을 알아봤기 때문이다. 콩콩이는 똥을 다 누고는 신이 나서 청년에게 달려갔다.

팡링은 봉투에 똥을 주워 넣으며 소리쳤다.

"콩콩아! 돌아와!"

그러나 콩콩이는 오랜 친구를 만난 듯 반갑게 달려가 청년의 몸에 올라탔고, 그는 웃으며 콩콩이를 쓰다듬었다. 똥을 다 치운 팡링이 화가 난 표정으로 그들에게 다가왔다.

"콩콩이, 당장 이리 와! 너 이렇게 아무한테나 달려들면 안 된다고 했지!"

콩콩이는 조금 망설였지만 이내 얌전히 팡링 옆으로 돌아왔다. 팡링은 얼른 목줄을 채웠다.

팡링의 굳은 표정을 본 청년이 다급히 말했다.

"저는 정말 괜찮아요. 우린 친구잖아요! 제가 원래 개들을 좋아해요."

"콩콩이가 이렇게 예의 없이 구는 건 싫어요."

'띠리링'

메시지 수신음이 팡링과 청년의 대화를 끊었다.

팡링은 최근 며칠간 예전 고객들에게서 다수의 메시지를 받았다.

지난번에 의뢰받았던 량량의 주인 샤오잉이 량량이 세상을 떠날 때까지의 마지막 여정을 글로 적어 인터넷 게시판에 올렸는데, 그 과정에서 팡링의 애니멀 위스퍼링에 관해 자세히 소개했기 때문이었다. 게다가 그 글이 해당 게시판 외에도 여러 곳에 공유되면서 이제는 예전 고객들뿐만 아니라 팡링과 일면식도 없는 사람들까지 그녀를 라인Line 메신저 친구로 추가해 메시지를 보냈다. 연락처에 모르는 사람들이 갑자기 늘어나고 메시지 수신음이 끊임없이 울려댔다. 팡링은 계정을 새로 만들까, 생각해 봤지만 기존 연락처를 옮기는 일이 귀찮아 그만뒀다. 하지만 한편으로는 이런 생각도 들었다. 연락처에 있는 사람들 중에서 현재 연락을 하는 사람들이 과연 몇 명이나 될까? 집주인, 편의점 점장, 무무 카페 사장 린무무……. 그리고 또 누가 있더라? 아무도 없다. 결혼에 실패하면서 팡링은 예전의 생활도, 친구도 모두 잃었다.

비둘기 떼가 하늘을 날자 콩콩이는 신나서 새들을 쫓아갔다. 그러다 어느새 나무에 있는 다람쥐로 시선이 꽂혀서 나무 아래로 달려갔다. 콩콩이는 다람쥐가 나무에서 내려와 같이 놀아주기를 기대하며 나무 아래 가만히 앉아 있었다. 그러는 동안 목줄을 잡고 있던 팡링은 콩콩이가 움직이는 대로 끌려갈 수밖에 없었다. 팡링은 목줄에 이끌려가는 동안 콩콩이를 계속 다그쳤지만 결국은 웃음을 터트리고 말았다. 자신의 덩치는 생각하지 않고 비둘기, 다람쥐와 친구가 될 수 있을 거라고 생각하는 콩콩이가 너무 귀여웠기 때문이다.

"콩콩이는 정말 귀여워요. 저도 이런 개를 키울 수 있으면 좋겠네요!"

청년이 콩콩이와 팡링 옆으로 다가와 말했다.

팡링은 아무 대꾸도 하지 않고 콩콩이의 목줄을 끌며 말했다.
"콩콩아, 이제 가자!"

그날은 점장이 평소보다 일찍 편의점에 출근했다. 그런데 평소와 달리 점장의 행동이 어딘가 수상쩍었다.

점장은 늘 하던 대로 매대 위에 물건을 진열하고 창고를 정리하면서 한편으로는 계속 팡링이 있는 쪽을 흘깃 쳐다봤다. 그러다 팡링과 눈이 마주치면 아무 일도 없었다는 듯 시선을 돌렸다.

점장은 마흔다섯 살 중년 남자였고, 예쁘고 젊은 아내와 결혼해 귀여운 쌍둥이들을 키우고 있는 한 집안의 가장이기도 했다. 그런 그가 혹시 팡링에게 딴생각이라도 품고 있는 걸까? 약혼자의 외도를 경험한 적 있는 팡링이기에 이런 의심이 드는 것도 무리는 아니었다.

팡링이 한창 편의점 인기 메뉴인 초밥을 진열대에 정리하고 있을 때 등 뒤에서 점장이 점점 가까이 다가오는 것이 느껴졌다. 팡링은 재빨리 머릿속으로 점장을 물리치고 도망칠 방법들을 생각했다. 계산대로 달려가 콩콩이의 목줄을 풀어 점장을 물게 하는 것도 그중 한 가지였다. 하지만 그 어떤 방법도 현실적으로 가능해 보이지는 않았다. 그러는 동안 초밥 진열이 끝나버렸다.

팡링이 뒤를 돌아보았을 때 점장은 그녀의 코앞에까지 다가와 있었고, 두 사람은 서로의 숨결이 느껴질 만큼 가까운 거리에 서 있었다. 점장이 서둘러 한 걸음 뒤로 물러나며 어색한 미소를 지었다.

"미안해요……."

"괜찮습니다."

팡링이 자리를 피하며 말했다.

"저기, 그게 말이죠……."

점장이 팡링을 다시 불러 세웠다.

"저……. 내가 듣기로는 그쪽이 동물들과 대화를 할 수 있다고 하던데……."

점장은 얼굴까지 빨개지며 조심스럽게 이야기를 꺼냈다.

팡링이 깜짝 놀라며 두 눈을 동그랗게 떴다. 하지만 적어도 그 문제라면 조금 전까지 걱정했던 일에 대해서는 안심할 수 있었다.

"그 이야기를 누구한테 들으셨어요?"

"그게 그러니까……."

점장은 마흔다섯 살 중년 아저씨 중에서도 약간 곰처럼 풍채가 좋은 아저씨였다. 그런 그가 당황해서 입술까지 부르르 떠는 모습에 팡링은 하마터면 웃음을 터트릴 뻔했다.

그때 편의점 문이 열렸고, 두 사람은 동시에 문 쪽으로 고개를 돌렸다. 그 청년이었다. 그 역시 무슨 일인지 오늘은 평소보다 더 일찍 편의점에 나타났다.

"저 친구가 말해줬어요!"

점장이 손가락으로 청년을 가리키며 말했다. 문을 열고 들어오던 청년은 당황해서 그 자리에 멈춰 섰다. 잠깐 편의점 안 공기가 얼어붙은 것 같았다.

"어험."

가장 먼저 침묵을 깬 건 점장이었다.

"저 친구가 며칠 전에 와서 물어보더라고요. 자기가 인터넷에서 한 미녀 애니멀 위스퍼러에 관한 글을 봤는데 그 사람이 검정개 한 마리를 데리고 편의점에서 야간 아르바이트를 한다는 거예요. 여자가 검정개를 데리고 편의점에서 야간 아르바이트를 하는 경우가 그렇게 흔한 건 아니니까 분명 당신이겠다 싶었죠."

점장은 속사포처럼 숨도 안 쉬고 말했다. 그리고 지원 사격을 요청하듯 청년을 바라봤다.

"디카드Dcard에서 봤어요! 못 믿겠으면 한 번 보세요!"

청년은 팡링에게 인터넷 게시판에 올라온 글을 보여주기 위해 휴대전화를 꺼냈다.

"됐어요!"

팡링은 한숨을 내쉬며 청년에게 말했다.

"그래서 그동안 저를 스토킹한 거예요?"

"제가요? 아니에요! 저는 단지⋯⋯."

청년은 문득 자신의 행동이 스토킹하는 것처럼 보일 수도 있었겠다고 생각했다.

"저는 단지 인터넷에 떠도는 소문에 관심이 많은 것뿐이에요⋯⋯. 그리고 제가 콩콩이를 좋아하기도 하고요! 참, 콩콩이는 어디 있어요? 콩콩아!"

콩콩이는 계산대 뒤에서 청년의 목소리를 듣고 이미 다리를 올리고 지켜보고 있었다. 청년이 반가운 표정으로 계산대로 걸어가 콩콩이를 향해 손을 뻗었다.

"이봐요, 콩콩이는 제 개예요! 함부로 만지지 마세요!"

팡링의 날카로운 목소리에 청년은 깜짝 놀라 한 걸음 뒤로 물러났다. 상황을 지켜보던 점장이 서둘러 중재에 나섰다.

"자자, 진정해요. 사실 그 이야기를 듣고 나서 애니멀 위스퍼링이 무엇인가 궁금했어요. 이 친구에게 물어봤더니 자세히 설명해 주더라고요. 오늘은 내가 꼭 물어보고 싶은 게 있어서 그래요."

"점장님이요?"

팡링이 의아한 표정으로 점장을 바라봤다.

"내가 정말 궁금한 점이 있는데, 혹시 모든 동물과 소통할 수 있나요?"

점장이 물었다.

"이론적으로는 가능해요."

팡링은 도대체 이게 무슨 상황인가 얼떨떨했지만, 조금 전보다 한결 차분한 목소리로 말했다.

"그렇지만 그건 해당 동물이 처한 상황에 따라 다르기도 해요."

"그……. 그러면 그건 어떻게 하는 거예요? 신당 같은 곳에 데려가야 하나요? 듣자니 엄청 신묘한 일이라고 하던데……. 동물들한테 원래 악귀 같은 게 잘 붙어서 그런가, 그러면 먼저 제사를 지내나요? 향도 피우고 약초물 같은 걸로 목욕도 시키고요?"

"아니요, 그런 건 다 필요 없어요."

팡링이 다급히 점장의 말을 끊었다.

"애니멀 위스퍼링은 일종의 텔레파시 같은 거예요. 원리를 과학적으로 설명해 놓은 자료도 있긴 한데……. 아마 보셔도 이해하시기 힘들 거예요."

"과학이라……. 내가 원래 어렸을 때부터 물리, 화학 같은 과학 과목에 약했어요. 뭐, 결국 반려동물을 키우는 일인데 왜 그렇게 음침하고 이상한 이야기들이 떠돌아다니는지 모르겠네요. 그러면 애니멀 위스퍼링은 어떻게 진행되는 거죠? 의뢰인이 동물을 데리고 오나요? 아니면 동물이 있는 장소로 찾아가나요?"

"그건 상황에 따라 달라요. 동물이 이동하는 데 어려움이 없으면 직접 만나기도 하고, 이동이 어렵거나 직접 만날 수 없는 경우에는 사진으로 대체하기도 해요. 사진은 꼭 렌즈를 정면으로 바라보고 있는 사진이어야 가능해요."

점장이 고개를 끄덕이며 혼자 중얼거렸다.

"렌즈를 정면으로 바라보고 있어야 한다니……. 그게 과연 가능할까? 그러면 직접 데려와야 하는데, 어떻게 데려온담……."

청년은 시무룩한 표정으로 그들 옆에 서 있었다.

"오늘은 뭐 줄까요?"

팡링이 물었다.

"따뜻한 라떼 라지 사이즈로 한잔이요."

"도시락은 안 필요해요?"

"네, 오늘은 먹고 싶지 않네요."

청년은 기분이 좋지 않아 보였지만 팡링은 별로 신경 쓰고 싶지 않았다. 얄미운 녀석!

"점장님, 애니멀 위스퍼링이 필요한 동물이 있으세요?"

팡링이 청년의 커피를 준비하면서 점장에게 물었다.

점장이 재빨리 고개를 끄덕거렸다.

"무슨 동물인데요?"

"거북이요."

"거북이요?"

"정확히 말하면 육지 거북이죠. 수족관 같은데 사는 작은 거북이는 아니에요. 크기는 이 정도고요."

점장이 두 손으로 우유 상자만 한 크기를 그려 보였다. 크기가 꽤 큰 거북이였다.

"거북이는 우리 아버지가 데려왔어요. 오래전에 내가 독립해서 집을 나간 이후로 부모님 두 분만 남게 되셨는데, 두 분이 서로 대화가 잘 통하는 편이 아니어서 거의 매일 같이 싸우셨나 봐요. 아버지가 적적해서 반려동물을 키우고 싶어 하셨는데, 어머니가 강아지나 고양이는 털 날리고, 대소변 처리하는 게 힘들다고 반대하셨어요. 그러더니 어느 날 아버지가 어디선가 거북이 한 마리를 데리고 오신 거예요. 처음 데려왔을 때는 작고 귀여운 거북이였어요. 그런데 얘가 점점 커지더니 웬만한 중형견만큼(체중 10kg~20kg 사이의 개를 중형견으로 구분-역자주) 커지지 뭐예요. 어머니가 완전히 경악하셨죠. 나중에 아버지가 치매에 걸리셨는데 그때는 오히려 거북이 덕을 봤어요. 아버지가 하루 종일 거북이 옆에만 계셨거든요. 거북이가 멀리 안 가고 집안에만 있으니까, 아버지도 혼자서 멀리 나가신 적은 없었어요. 둘은 늘 정원에서 이야기를 나눴어요. 아버지는 정말 사소한 일까지도 모두 거북이에게 이야기하셨죠. 종종 횡설수설하셔서 우리는 무슨 말인지 알아듣지 못했지만, 거북이는 언제나 묵묵히 아버지 옆에서 이야기를 들었어요. 아버지가 돌아가시기 얼마 전에 기력이 없으셔서 말씀 못 하실 때도 거북이는 아버지 곁을 떠나지 않았어요. 그리고 마지막 숨을 거두실 때까지 옆에 있었죠……."

점장은 목이 메어 더 이상 말을 잇지 못했다. 팡링은 커피를 청년에게 내어 주고 얼른 티슈 한 장을 뽑아 점장에게 건넸다. 점장은 눈물을 닦고 잠시 마음을 가라앉힌 다음 계속 말했다.

"아버지가 돌아가시기 몇 달 전부터는 우리 가족 누구와도 제대로 소통하지 못하셨어요. 말도 어눌하시고, 횡설수설하셔서 무슨 말씀을 하시는 건지 아무도 이해하지 못했죠. 하지만 아버지가 거북이에겐 무슨 말씀이든 다 하셨잖아요?

그래서 내가 부탁하고 싶은 건, 아버지가 거북이에게 어떤 말씀을 하셨는지, 세상을 떠나시기 전에 편안하고 행복하셨는지 거북이에게 대신 물어봐달라는 거예요."

편의점 문에 달린 종이 울리고 아침 출근 인파가 몰려들기 시작했다. 점장과 팡링은 대화를 멈추고 각자 계산대와 커피 머신 앞으로 자리를 옮겨 일할 준비를 했다. 두 사람은 웃으며 손님들을 맞이하면서 틈틈이 대화를 이어 나갔다.

"그래서 그 일이 가능할까요?"

점장이 커피 머신에서 커피를 추출하며 물었다.

"가능해요."

팡링이 대답했다.

"따뜻한 라떼 미디엄 사이즈 한 잔이랑 도시락 데운 거 드릴 게요."

"어떻게 진행되는 건가요?"

점장이 도시락을 전자레인지에 넣으며 물었다.

"따뜻한 아메리카노 미디엄 사이즈요!"

"시간 약속을 잡고 비용을 송금하시면 입금 확인 후에 바로 진행해요……. 총 2,500원입니다. 5,000원 받았고, 2,500원 거스름돈 드릴게요. 감사합니다."

팡링은 무표정한 얼굴로 점장과 대화하다가도 손님이 오면 얼른 환한 미소를 지었다.

"비용은 얼마에요?"

점장이 물었다.

"한 시간에 15만 원이요."

팡링이 대답했다.

점장이 놀라서 탄성을 내뿜었지만, 전자레인지의 '땡'하는 소리에 묻혀 들리지 않았다.

"도시락 나왔습니다……. 그렇게 비싸요?"

"비싸면 안 하시면 되잖아요. 손님, 지금 아메리카노 두 잔 하시면 25% 할인되는데 혹시 안 필요하신가요?"

두 사람은 그 이후로 두 시간 동안 각자의 일을 하느라 바빴고 아무도 애니멀 위스퍼링에 관한 이야기를 꺼내지 않았다.

그러는 동안 청년은 계속 편의점에 머물러 있었다.

"저기……."

청년이 말을 걸었다.

"무슨 일이에요?"

팡링이 차갑게 물었다.

"아직 커피값을 계산하지 않아서요."

청년이 5,000원짜리 지폐 한 장을 내밀었다. 팡링은 지폐를 받아 계산하고 거스름돈과 영수증을 건넸다.

"콩콩이를 데리고 있어도 될까요……?"

청년이 조심스럽게 물었지만, 팡링은 단호했다.

"안 돼요!"

팡링이 퇴근 준비를 마치고 콩콩이를 데리고 점장에게 아침 식사를 받으러 갔다. 점장이 팡링에게 줄 도시락과 커피를 들고 나오며 말했다.

"한 시간에 13만 원!"

"점장님, 지금 가격 흥정하시는 거예요?"

"안 깎아줄 거면 도시락 값 3,000원 내고 가요."

팡링이 한숨을 쉬며 도시락을 얼른 낚아챘다.

"네네, 알겠어요. 점장님은 특별히 10만 원에 해드릴게요!"

"아주 좋습니다!"

"점장님을 누가 이기겠어요."

"고마워요."

"사실 점장님이 분명 가격을 깎으실 줄 알았어요."

점장이 깜짝 놀란 표정으로 물었다.

"이런, 그러면 처음부터 가격을 엄청 높게 불렀군요?"

"엄청 높게 부른 건 아니고, 원래 12만 원인데 더 저렴하게 해 드린 거예요!"

"이렇게 비싼 돈을 내는데 설마 아무렇게나 대충 이야기하는 건 아니겠죠?"

"그렇지 않다는 걸 꼭 보여드릴게요."

팡링이 콩콩이를 데리고 편의점 밖으로 나가며 말했다.

"퇴근하시면 동물에 관한 자료들 보내주시고요, 며칠 동안은 거북이한테 제가 곧 찾아갈 거라고 계속 이야기해 주세요."

점장의 표정이 굉장히 혼란스러워 보였다.

"뭐요? 뭐를 준비하라고요? 그리고 거북이한테 뭐라고 말하라고요?"

"제가 알아요! 제가 가르쳐 드릴게요."

청년이 점장에게 말했다.

- **이름**: 거북이
- **나이**: 약 25세
- **성별**: 수컷
- **주인이 반려동물을 부르는 호칭**: 아버지가 부르시던 이름을 모름, 내가 부르는 이름이 없음.
- **반려동물을 주로 돌보는 사람**: 아버지(이미 돌아가셨음)

팡링은 점장과 무무 카페에서 만나기로 약속을 정했다.

3. 우주복을 입은 거북이

약속 당일, 카페 문을 열고 들어서자 놀랍게도 청년이 바에 앉아 태연하게 커피를 마시고 있는 모습이 보였다.

무무는 화가 잔뜩 난 표정으로 씩씩거리며 다가오는 팡링을 보고 당황했다.

"대체 뭐 하는 짓이에요!"

"전 그냥 커피 마시러 온 것뿐이에요. 제 마음대로 커피도 못 마셔요?"

청년은 앞에 놓인 흑당 라떼를 한 모금 마셨다.

"그러면 커피만 마셔요. 괜히 끼어들 생각하지 말고요!"

팡링은 자신의 자리로 걸어가 앉았다. 무무가 물컵을 들고 뒤따라와 조심스럽게 물었다.

"혹시 저 남자가 귀찮게 해요? 내쫓을까요?"

"괜찮아요. 커피 마시러 왔다니까 커피만 주시면 돼요. 너무 오래 앉아 있으면 한 잔 더 시키라고 하세요. 돈도 꼭 받으시고요!"

무무는 고개를 끄덕이고 묵묵히 계산대 뒤로 돌아갔다. 그는 팡링을 귀찮게 하는 청년을 원수 보듯 매섭게 노려보며 지나갔다. 대강 상황을 파악한 청년은 서둘러 커피 잔을 들고 옆 테이블로 옮겨 앉아 만화책을 꺼내 들었다. 하지만 만화책을 보면서도 수시로 고개를 들어 팡링이 있는 쪽을 확인했다.

점장은 약속 시간이 30분이 지나도록 나타나지 않았다. 팡링이 여러 번 전화를 걸어봤지만 받지 않았다.

"뭐야, 정말 짜증나네! 저 인간한테 약속 장소를 얘기한 사람도 분명 점장님일 거야."

참다못한 팡링이 그냥 돌아가려고 자리에서 일어났을 때 여행 가방 하나를 낑낑대며 끌고 오는 점장의 모습이 보였다. 점장은 팡링을 발견하고 큰 한숨을 내쉬었다.

"거북이는요? 데려오는 거 아니었어요?"

점장은 방금 막 100미터 달리기를 뛴 사람처럼 숨을 헐떡이며 아무 말 없이 여행 가방을 가리켰다.

"거북이를 여행 가방에 넣어 오시면 어떡해요!"

점장은 여행 가방을 열고 가져온 '물건'을 꺼내기 위해 한참 애를 썼다. 잠시 후, 점장의 손에 들려 나온 것은 손, 발, 머리는 보이지 않는 커다란 거북이 등딱지였다. 여행 가방에 담겨 실려 오는 동안 이리저리 부딪히고 흔들리면서 너무 놀라 안으로 움츠러든 것이다.

팡링은 거북이를 보며 고개를 저었다.

"점장님, 이렇게 아무렇게나 담아 오시면 어떡해요. 거북이가 냄비도 아니고, 부드러운 담요로 감싸주기라도 하셨어야죠."

"내가 일부러 그런 건 아니에요. 원래는 차에 태워서 데려오려고 했는데, 출발하려고 보니 차가 고장 났지 뭡니까. 급히 택시를 불렀는데, 택시 기사가 거북이는 트렁크에 실어야 한다지 뭐예요. 그래서 할 수 없이 여행 가방에 담아 전철을 타고 온 거예요."

"여행 가방이나 차 트렁크나 어둡고 흔들리는 것은 마찬가지였겠네요."

거북이는 여전히 잔뜩 움츠러들어 있었다.

"차라리 커다란 정리함이나 종이 상자에 담아 오지 그러셨어요. 아니면 이불로 잘 감싸서 택시를 타고 오시던가, 어떻게 여행 가방에 넣어 오실 생각을 하신 거예요."

팡링은 거북이를 애처롭게 바라보며 부드럽게 쓰다듬었다. 그리고 정신을 집중해 거북이와 소통할 준비를 했다.

"그동안 우리 가족 중에 아무도 말을 거는 사람이 없어서 많이 외로웠을 텐데, 오늘 당신이랑 이야기를 나눌 수 있어서 기뻐하겠네요."

점장이 멋쩍게 웃으며 말했다.

마침내 거북이가 머리를 내밀었다.

'오~ 여기는……. 달나라인가요?'

팡링은 그동안 여러 동물을 만나면서 갖가지 기상천외한 말들을 들어봤지만, 이런 인사말은 또 처음이었다.

'아니, 여기는 지구란다.'

'그렇군요. 조금 전에 하도 흔들리기에 우주선을 탄 줄 알았어요.'

'우주선? 그게 아니라……. 여기까지 오는 길이 조금 험했을 뿐이야.'

'그렇군요…….'

팡링에게 거북이의 슬픈 마음이 전해졌다.

'지금 슬프니? 왜 슬픈지 말해줄 수 있어?'

'우주선을 타고 달에 가면 할아버지를 만날 수 있을 줄 알았어요…….'

'할아버지가 달에 있다고 생각하니?'

"저……. 지금 뭐 하고 있는 거예요?"

바닥에 쪼그려 앉아 거북이를 응시하고 있던 팡링이 고개를 홱 돌려 점장을 쏘려봤다.

"지금 대화를 나누고 있잖아요! 방해하지 마세요!"

팡링이 다시 고개를 돌려 거북이의 눈을 바라봤다. 그러나 점장은 상황을 제대로 이해하지 못하고 다시 끼어들었다.

"아, 지금 대화 중이었군요. 소리 내서 대화를 나누는 게 아니군요?"

팡링이 분노에 찬 한숨을 내쉬며 점장을 돌아봤다.

"우리는 서로의 마음을 통해서 대화를 나누고 있어요. 말로 하는 게 아니란 말이에요! 부탁이니까 제발 끼어들지 마세요."

팡링은 다시 거북이 쪽으로 시선을 돌렸고, 점장은 더 이상 방해하지 않겠다는 뜻으로 손을 휘휘 저었다.

'참 멍청해요, 멍청해.'

'저 사람에 대해 잘 아니?'

'할아버지가 그렇게 말씀하셨어요.'

"나한테 뭐 얘기해줄 건 없어요?"

점장이 다시 한 번 팡링과 거북이 사이에 끼어들었다.

"잠시만 기다려주세요. 이따가 다 말씀드릴 테니까 제발 대화를 끊지 말아 줄래요?"

점장은 머쓱하게 뒤로 물러났다.

'지금은 어떤 곳에서 살고 있죠?'

거북이는 대답 대신 한 장소를 보여줬다. 그곳은 어둡고, 춥고, 아무도 살지 않는 좁은 공간이었다. 팡링은 거북이의 발밑에서 올라오는 한기와 지독한 외로움을 느낄 수 있었다.

"거북이를 베란다에 혼자 놔뒀나요?"

팡링이 고개를 돌려 점장에게 따지듯이 물었다.

"그렇긴 한데……. 그건 어쩔 수 없었어요. 집안에 아직 기어 다니는 아기들이 두 명이나 있고, 우리 아내도 거북이를 좋아하기는 하지만 혹시 애들을 물기라도 할까봐 걱정하더라고요. 그래서 어쩔 수 없이 베란다에 혼자 살게 했죠. 그래도 괜찮은 줄 알았는데……."

"괜찮긴 뭐가 괜찮아요! 얼마나 외롭고 힘들다고 하는데요!"

팡링의 호통에 중년의 점장은 어린아이처럼 고개를 푹 숙이고 아무 말도 하지 못했다.

'정말 멍청해요, 멍청해.'

거북이는 나이 지긋한 어른처럼 말했다. 팡링은 거북이에게서 그동안 봐왔던 동물들과는 다른 비범함이 느껴졌다. 거북이는 자신을 어른이라고 칭하는 철없는 인간들보다 훨씬 지혜롭고, 성숙해 보였다.

'할아버지가 왜 달나라에 갔을 거라고 생각해?'

'할아버지가 그렇게 말씀하셨거든요.'

이내 팡링의 머릿속에 어떤 한 장면이 그려졌다. 거북이는 기력이 쇠약한 할아버지 곁을 지키고 있었고, 할아버지는 마지막 숨을 몰아쉬며 거북이에게 말씀하셨다.

"거북아, 할아버지는 먼저 달나라에 가서 아름다운 아가씨를 찾고 있을 테니 너는 여기서 행복하게 잘 살다가 나중에 때가 되면 할아버지를 만나러 오렴."

"그랬군요."

팡링의 한 마디에 청샤오징은 어린아이처럼 펄쩍 뛰어올랐다.

"거북이가 뭐라고 하는데요?"

"아버님이 거북이한테 자신은 달나라에 가서 아름다운 아가씨를 찾고 있을 테니 나중에 죽으면 달나라로 자신을 찾아오라고 했대요."

점장이 웃음을 터트리며 말했다.

"우리 아버지가 원래 '우주 덕후*'셨어요. 평소에 스타워즈나 스타트렉 같은 SF 영화를 즐겨보시고, 인터넷으로도 늘 우주에 관한 영상들을 찾아보셨어요.

어렸을 적 꿈은 우주비행사가 되는 것이었는데 먹고살기 위해 할 수 없이 수학 선생님이 되셨다고 말씀하신 적 있어요. 자신의 오랜 염원을 거북이에게 말씀하셨나 보네요."

"거북이가 점장님 보고 멍청하대요. 아버님이 그렇게 말씀하셨다고 하던데요."

순간 카페 안에 어색한 정적이 흘렀다.

---

* 덕후 : 덕후는 오타쿠에서 온 말. 오타쿠는 한가지를 광적으로 또는 병적으로 파고드는 사람을 말하는 일본 말.

때마침 무무 사장이 청샤오징의 커피와 거북이를 위한 샐러드를 가져왔다.

"유기농 채소로 만든 거라 거북이도 좋아할 거예요."

청샤오징은 샐러드를 건네받으며 기어들어 가는 목소리로 감사 인사를 전했다. 그리고 바닥에 쪼그려 앉아 팡링과 함께 거북이에게 샐러드를 먹였다.

거북이는 샐러드 한 접시를 금방 먹어 치웠다.

"그래서……."

"네?"

"그래서 거북이한테 물어보고 싶은 게 뭐예요? 저희 한 시간밖에 없는 거 아시죠?"

청샤오징은 자신이 낼 수 있는 비용이 딱 한 시간 어치뿐임을 떠올리며 곧장 본론으로 들어갔다.

"우리 아버지랑 함께 있을 때 주로 무슨 이야기를 나눴는지 물어봐 줄래요?"

거북이는 마지막 채소 잎 하나를 천천히 씹어 먹고 있었다.

'맛있어?'

'맛있어요. 나는 달나라를 좋아해요.'

'할아버지께서 달나라 이야기를 해주셨니?'

순간 거북이의 마음은 기쁨으로 가득 찼고, 그 마음은 팡링에게도 전해졌다. 곧이어 팡링의 머릿속에 살면서 단 한 번도 상상해 본 적 없는 장면이 그려졌다. 할아버지와 거북이가 영화에서 흔히 보이는 하얀색 우주복을 입고 손을 꼭 잡은 채 우주로 날아가는 장면이었다. 눈앞에 커다란 달이 보이자, 할아버지는 기뻐하며 거북이를 데리고 달을 향해 날아갔다.

"전에 정원에 앉아 이야기를 나눌 때 아버님이 거북이를 달나라에 데려가겠다고 하신 모양이에요. 그리고 아버님은 달나라에서 아름다운 아가씨를 찾을 거라고 하셨대요. 그 아가씨가 자신의 부인이라고……."

팡링이 거북이와의 대화 내용을 청샤오징에게 전달했다.

"이런! 이 이야기는 절대 우리 어머니 귀에 들어가면 안 돼요. 어머니는 항상 아버지가 밖에서 바람을 피우고 다니는 건 아닌지 의심하셨어요. 하지만 제가 아는 아버지는 절제력이 강하신 분이었어요. 기껏해야 평소에 친구들과 술 한잔하시면서 여자들에 관해 약간의 허세를 부리신 정도지, 실제로는 다른 여자들 근처에도 가지 않으셨어요."

"그 아름다운 아가씨는 얼굴 턱선이 뾰족하고 입은 작은 편이에요. 밝게 웃는 모습이 무척 아름답고……. 우아한 원피스를 입고 있어요! 하얀색 원피스인데, 우주에서 원피스를 입고 있다니 재밌네요."

팡링은 거북이를 통해 보게 된 흥미진진한 장면을 청샤오징에게 그대로 전달했다. 그런데 청샤오징의 표정은 어두웠다.

"그만, 그만! 이 이야기가 어머니 귀에 들어가면 큰일 나요."

그러더니 갑자기 거북이 앞에 쪼그려 앉아 말했다.

"거북아, 너 할머니 앞에서 절대 그 이야기는 하면 안 된다. 알겠지?"

3. 우주복을 입은 거북이

그는 어머니가 거북이의 말을 알아들을 수 있기라도 한 것처럼 말했다.

'아름다운 아가씨가 저에게 채소를 줬어요!'

'아름다운 아가씨가 채소를 줬다고?'

'네. 할아버지는 저랑 이야기를 나누시기만 했어요. 먹을 걸 가져다주시지는 않았죠. 하지만 아름다운 아가씨는 언제나 맛있는 채소들을 가져다줬어요. 저는 아름다운 아가씨가 정말 좋아요.'

팡링은 문득 자신이 무언가 놓치고 있다는 생각이 들었다. 일반적으로 반려동물들의 생활 반경은 그리 넓지 않다. 그들에게는 주인이 제공하는 공간과 환경이 삶의 전부인 셈이다. 그래서 어떤 동물의 생각을 이해하기 위해서는 현 주인 혹은 전 주인의 생활 방식을 이해하는 것이 무엇보다 중요하다.

"거북이가 아버지 집에 살 때는 누가 거북이 밥을 줬나요?"

"아버지가 주셨을 텐데……. 나도 잘 모르겠네요. 어머니가 주셨던가……. 아버지는 주방 출입을 거의 안 하셨기 때문에 어머니가 자주 주셨을 것 같네요."

청샤오징도 부모님의 생활에 대해서 잘 모르고 있던 눈치였다. 팡링은 난감했다.

'아름다운 아가씨는 달나라에 있다. 아름다운 아가씨는 거북이에게 먹이를 줬다. 아름다운 아가씨는 할아버지의 부인이다. 그럼 혹시 이 아가씨의 정체는……?'

팡링에게 문득 좋은 생각이 떠올랐다.

"혹시 휴대전화에 어머니 사진 있으세요?"

청샤오징은 생각지도 못한 질문에 조금 당황한 기색이었다.

"아마 있을 걸요……."

그는 휴대전화를 꺼내 사진첩을 열심히 뒤지더니 잠시 후 어머니가 쌍둥이를 안고 찍은 사진 한 장을 찾아냈다.

"여기요."

팡링은 사진을 가만히 들여다보다가 갑자기 소리쳤다.

"이분이에요! 이분이 아버님께서 말씀하신 아름다운 아가씨예요! 지금은 나이가 드셨지만, 얼굴형 하며 웃는 모습이 거북이가 말해준 것과 똑같아요. 아름다운 아가씨가 할아버지의 부인이라고 한 말이 어머님을 말하는 거였어요!"

"그게 정말이에요?"

점장이 펄쩍 뛰어오르며 말했다.

"그렇다면 어머니한테 말씀드려야겠어요! 어머니도 아시면 분명 기뻐하실 거예요."

'거북아, 아름다운 아가씨를 이미 찾았는데 할아버지는 왜 너를 달나라에 데려가려고 하신 거니?'

'저도 그게 이상했어요. 할아버지는 아름다운 아가씨를 알아보지 못하시는 것 같았어요. 그래서 아름다운 아가씨는 슬퍼했죠…….'

거북이는 아름다운 아가씨의 얼굴이 늘 슬픔에 잠겨 있었다고 말했다.

'할아버지와 아름다운 아가씨는 자주 싸우셨어요. 저는 이해할 수 없었죠. 두 사람은 분명 서로 사랑하고 있는데 왜 만나기만 하면 싸웠던 걸까요?"

"아버님이 치매를 앓으셨다고 했죠? 나중에는 어머님 얼굴도 알아보지 못하셨나요?"

청샤오징이 고개를 끄덕였다.

"그것 때문에 어머니가 화를 많이 내셨어요. 평생 아버지 뒷바라지를 하느라 고생했는데 그런 마누라 얼굴도 못 알아본다고요."

"하지만 아버님은 어머님을 누구보다 사랑하신걸요. 다만 아버님의 머릿속에는 어머님의 젊은 시절 모습만 남아 있었던 거예요. 어머님을 진심으로 사랑하셨지만 치매 때문에 표현하지 못하셨을 뿐이에요!"

카페 안의 분위기가 무겁게 가라앉았다.

무무 사장은 무거워진 분위기를 곧바로 알아차리고 조각 케이크를 접시에 담아 가져왔다.

"방금 구운 초콜릿케이크예요. 모양은 좀 그렇지만 아주 맛있을 거예요. 한번 드셔보시라고 가져왔어요."

팡링은 접시를 건네받으며 작은 목소리로 고맙다고 인사했다.

"한 가지만 더 도와줄 수 있어요?"

"말씀하세요."

"아버지가 아무 미련 없이 편안한 마음으로 세상을 떠나셨는지 알고 싶어요. 혹시 떠나실 때 마음의 짐이 조금이라도 남아 있었다면 지금이라도 풀어드리고 싶어요."

"하지만 거북이는 아버님이 달나라에 가신 줄로 알고 있잖아요!"

청샤오징은 아무 말이 없었다.

팡링은 이런 상황에서 늘 갈등했다. 과연 주인의 부탁을 들어줘야 할까? 아니면 동물의 마음을 지켜줘야 할까?

'거북아, 할아버지는 달나라에 가신 게 아니야. 너도 알고 있지?'

거북이는 아무 대답이 없었다.

하지만 팡링은 거북이의 눈 속에서 병상에 힘없이 누워 있는 할아버지의 모습을 볼 수 있었다. 그리고 이내 거북이의 슬픔이 전해졌다.

'아름다운 아가씨가 거북이는 아주 오랫동안 산다고 했어요. 제 주변 사람들이 모두 세상을 떠난 뒤에도 저는 계속 살아 있을 거라고, 마음을 굳게 먹어야 한다고 말했어요.'

팡링도 육지 거북이가 길게는 150살까지도 산다는 이야기를 들은 적 있었다. 거북이는 이제 겨우 25살이니 아직 살날이 한참 남아 있었다.

'거북아, 혹시 할아버지가 떠나기 전에 꼭 하고 싶었는데 못하고 가신 일이 있었니?'

'할아버지는 아름다운 아가씨를 만나 언제나 당신을 마음 깊이 사랑했다고 말하고 싶어 하셨어요. 제가 대신 전해드리고 싶었지만, 아름다운 아가씨는 제 말을 듣지 못해요.......'

팡링은 거북이의 말을 청샤오징에게 전달했다. 그는 아무 말

없이 자리에서 일어나 화장실로 갔다. 그리고 다시 돌아왔을 때 그의 두 눈은 빨갛게 충혈되어 있었다. 그는 팡링에게 비용을 내고 무무에게 종이 상자 하나와 바닥에 깔 수 있는 폐신문지를 얻을 수 있냐고 물었다. 무무는 상황을 살피더니 테이블보 하나를 꺼내와 청샤오징에게 건넸다.

"이걸 사용하세요."

청샤오징은 테이블보를 받아 상자 바닥에 깔고 거북이를 안아 상자에 조심스럽게 넣었다.

"거북아, 집에 갈 때는 택시 타고 가자!"

청샤오징은 팡링에게 가져온 여행 가방을 편의점에 갖다 놓아 달라고 부탁했다. 그때 청년이 갑자기 손을 들고 두 사람 사이에 끼어들었다.

"제가 할게요. 팡링 누나는 오후 근무 안 하시니까 제가 가면 돼요!"

청샤오징은 청년에게 고맙다는 인사를 건네고 거북이와 함께 카페를 떠났다.

거북이가 떠나고 팡링은 청년에게 퉁명스럽게 말했다.

"누구 마음대로 누나예요? 왜 함부로 누나라고 부르고 그래요?"

팡링에게 혼이 난 청년은 시무룩한 표정으로 청샤오징의 여행 가방을 끌고 말없이 카페를 떠났다.

이 모든 상황을 지켜보고 있던 무무가 팡링의 테이블로 걸어왔다. 그는 테이블을 정리하는 척하며 조용한 목소리로 말했다.

"저 사람은 그냥 애니멀 위스퍼링에 관심이 많은 것 같아요. 나쁜 뜻은 없어 보여요."

팡링이 대꾸하지 않자, 무무는 조용히 테이블을 정리하고 제자리로 돌아갔다.

팡링은 조용히 커피를 마시며 생각에 잠겼다. 인간의 감정이란 얼마나 복잡한 것인가! 아주 사소한 오해만으로 두 사람이 서로의 사랑을 알아차리지 못하고 평생 원망 속에 살 수도 있다니. 거북이의 도움이 없었다면 청샤오징은 부모님의 사랑도 영원히 원망속에 묻혀버렸을 것이다.

청샤오징이 어머니를 집으로 모셔 오던 날, 어머니는 상당히 설레어 보이셨다. 어머니는 짐 가방 외에 자신이 직접 키운 채소를 몇 봉투나 더 가져오셨다. 청샤오징의 아내는 어머니가 쌍둥이들 먹이라고 가져오신 줄 알고 아이들이 이렇게 많이 먹지 않는다며 다음부터는 고생스럽게 가져올 필요 없다고 말씀드렸다.

"아이들 먹을 건 너희들이 알아서 하고, 이건 우리 거북이 주려고 가져온 거다. 거북이가 내가 키운 채소를 얼마나 잘 먹는데!"

집에 들어서자, 어머니는 쌍둥이들한테 짧게 인사를 건네고 곧장 거북이한테로 달려가셨다.

"거북아, 할머니 보고 싶었지? 이 할머니는 네가 얼마나 보고 싶었는지 몰라! 그동안 아저씨가 잘해줬어? 맛있는 채소도 많이 주고? 할머니가 네가 좋아하는 채소를 아주 많이 가져왔어! 자, 이리 와서 먹어봐."

3. 우주복을 입은 거북이

어머니는 봉투에서 채소를 한 움큼 꺼내 거북이에게 먹이셨다. 거북이는 만족스러운 표정으로 채소를 야금야금 받아먹었다.

잠시 후 어머니는 쌍둥이 중 한 명을 안아서 거북이 앞으로 데려오셨다.

"아가야, 이 거북이는 아주 오래오래 살 거란다. 너희가 어른이 되고, 엄마 아빠가 할머니 할아버지가 되었을 때까지 살아 있을 거야. 물론 그때가 되면 할머니는 너희 곁에 없겠지. 그러니까 거북이를 가족이라고 생각하고 어른이 되어서도 잘 돌봐줘야 한다. 알겠지?"

아이는 아직 어려서 할머니의 말을 알아듣지 못하고 멀뚱멀뚱 거북이를 바라보고 있었다. 청샤오징의 부인이 아이를 받아 옆에 앉히고 할머니가 거북이에게 채소를 먹이는 모습을 구경하게 했다. 청샤오징은 기뻐하는 어머니의 모습을 보면서 마음 한편이 시큰거렸다.

"어머니, 제가 거북이와 대화를 할 수 있는 애니멀 위스퍼러를 만나고 왔는데요, 몇 가지 전해드릴 이야기가 있어요."

팡링은 쉬는 날을 별로 좋아하지 않았다. 쉬는 날이라고 해서 푹 쉴 수 있는 것도 아니었기 때문이다. 평소 밤에 일하다 보니 쉬는 날 밤에도 잠이 오지 않았다. 그래서 밤새 콩콩이를 끌어안고 드라마를 보다가 해가 뜨면 공원으로 산책하러 나갔다.

그날도 팡링은 공원에 앉아 콩콩이가 잔디밭에서 신나게 뛰어다니며 여기저기 냄새를 맡는 모습을 지켜보고 있었다. 그러다 콩콩이가 볼일을 보면 얼른 달려가 치울 생각이었다.

그때 멀리서 익숙한 그림자가 다가왔다. 이번에도 또 그 청년이었다! 팡링은 콩콩이를 데려오기 위해 성큼성큼 앞으로 걸어갔다. 그런데 청년이 더 빠른 걸음으로 팡링이 있는 곳까지 걸어왔다.

"저 스토커 아니에요. 누나를 일부러 화나게 할 생각도 절대 없고요. 저는 단지……. 최근 인터넷에서 애니멀 위스퍼링에 관한 글들을 봤는데 정말 흥미로웠어요. 그래서 더 배우고 싶었던 것뿐이에요."

청년의 목소리에서 진심이 느껴졌지만, 한 번 뒤통수를 맞은 적 있는 팡링은 쉽게 경계심을 내려놓지 못했다.

"관심 있으면 책을 찾아보던가 전문가를 찾아가 보세요. 나는 당신 이름도 모르는데 왜 자꾸 따라다니는 거예요?"

팡링은 얼른 콩콩이를 데리고 돌아가고 싶었지만, 하필 그때 어디에 숨었는지 보이지 않았다. 팡링은 학난 목소리로 콩콩이의 이름을 불렀다.

"제 이름은 멍이췬입니다. 다들 저를 샤오멍이라고 불러요. 올해 대학에 합격했는데 등록을 미뤄놓은 상태예요. 1년 정도 시간을 갖고 내가 정말 하고 싶은 일이 무엇인지 생각해 보고 싶었거든요. 그리고 드디어 제가 하고 싶은 일을 찾은 것 같아요. 제가 동물을 정말 좋아하거든요, 그래서 동물들이 어떤 생각을 하고 무엇을 원하는지 꼭 알고 싶어요. 괜찮다면 누나를 따라다니면서 배울 수 있을까요?"

콩콩이는 어느새 돌아와 팡링 옆에 얌전히 앉아서 귀를 쫑긋 세우고는 꼬리를 세차게 흔들고 있었다. 팡링의 화난 목소리를 듣고 자기가 무슨 잘못이라도 한 줄 알고 용서를 구하는 중이었다.

팡링은 콩콩이의 머리를 쓰다듬으며 흥분한 마음을 가라앉혔다.

"애니멀 위스퍼링은 그런 식으로 배울 수 있는 게 아니에요. 그렇게 계속 따라다니면 제 일을 방해할 뿐이라고요."

"방해하지 않겠다고 약속할게요. 정말이에요! 애니멀 위스퍼링을 할 때 옆에 앉아 있게만 해주세요. 절대 방해 안 할게요!"

샤오멍의 간절한 부탁에 팡링의 마음이 조금씩 흔들리기 시작했다. 팡링은 그녀의 스승이었던 왕전 선생님을 처음 찾아갔던 때를 떠올렸다. 생각해 보면 그때 그녀도 지금의 샤오멍만큼이나 무모했었다. 하지만 여전히 누군가를 믿어도 될지 확신이 들지 않았다.

그때 콩콩이가 어딘가를 가만히 주시하더니 갑자기 앞쪽으로 빠르게 뛰어갔다.

"나중에 다시 얘기해요!"

깜짝 놀란 팡링은 청년에게 다급히 소리치고 서둘러 콩콩이를 찾으러 달려갔다.

콩콩이가 멈춰 선 곳에 가보니 콩콩이와 거북이가 서로를 바라보고 있었다. 거북이는 콩콩이를 보고도 겁을 먹지 않고 천천히 앞으로 걸어왔다. 오히려 겁을 먹고 슬금슬금 뒤로 물러나는 쪽은 콩콩이였다. 콩콩이는 처음 보는 이 생명체가 신기하면서도 겁이 나는지 자꾸만 뒷걸음질 쳤다.

"개가 정말 착하네요. 우리 거북이를 보고 물려고 하지도 않고, 참 순하네요."

말을 건 노부인은 다름 아닌 청샤오징의 어머니였다. 팡링은 사진으로 본 적 있던 그녀를 한눈에 알아봤다. 물론 노부인은 거북이와 대화를 나눈 애니멀 위스퍼러가 팡링이라는 사실을 알지 못했고, 팡링도 자신의 정체를 밝힐 생각이 없었다.

"네, 우리 콩콩이가 동물들을 참 좋아해요."

"이름이 콩콩이에요? 콩콩아, 얘는 거북이란다. 둘이 친구 할래?"

노부인은 밝은 표정으로 콩콩이와 거북이를 바라보며 말했다.

"둘이 친구야, 친구."

그렇게 이야기하면 둘이 정말 좋은 친구가 될 수 있다고 믿는 것 같았다.

"그거 알아요? 이 딱딱한 등껍질 속에 아무것도 없는 것 같아도 동물들도 다 감정이 있다고 하네요. 우리 아들이 얘를 애니멀 위스퍼러인가 뭐가 하는 사람에게 데려갔는데 글쎄 얘가 대화도 하고 감정도 다 느낄 수 있다지 뭐예요."

노부인의 말과 표정에서 거북이를 향한 따뜻한 사랑이 느껴졌다. 거북이의 눈 속에서 봤던 하얀 원피스를 입고 밝은 미소를 짓던 아름다운 아가씨의 모습 그대로였다. 오랫동안 깊은 오해를 안고 살았지만, 사랑하는 사람이 자신을 언제나 변함없이 사랑했었다는 사실을 깨닫고 마음속 괴로움을 모두 덜어낸 듯 보였다.

콩콩이는 몇 분 동안 거북이를 바라보다가 큰일을 볼 장소를 탐색하러 떠났다. 팡링도 노부인에게 인사를 하고 콩콩이를 따라 나섰다.

'거북이가 마음에 들었니? 나 며칠 전에 저 거북이랑 대화를 나눈 적 있어.'

콩콩이가 고개를 들어 팡링을 바라봤다.

'다음번에는 저도 간다고 하지 않았어요?'

콩콩이가 이번에는 청년을 바라보며 말했다.

'저 사람도 갔다면서요!'

청년은 시무룩한 표정으로 아직 그 자리에 서 있었다.

"나중에 다시 얘기해요!"

4. 재회의 대가

140일째 날°

팡링은 애니멀 위스퍼러로 정식 복귀하기로 마음먹고 공개적으로 위스퍼링 의뢰를 받기 시작했다. 량량과 거북이 건으로 생긴 수입 덕분에 그녀는 당장 급한 불이었던 금전적인 문제를 어느 정도 해결할 수 있었다. 하지만 팡링이 업계로 복귀하기로 결심한 이유는 돈 때문만은 아니었다. 가장 큰 이유는 동물들의 감정 때문이었다. 팡링은 지난 몇 년간 여러 가지 시련을 겪으면서 다시는 세상의 그 어떤 감정에도 진정성을 느끼기 힘들 거라고 생각했다. 하지만 량량과 거북이 그리고 생명의 은인인 콩콩이를 통해 진정한 '사랑'이 무엇인지 다시 한 번 느낄 수 있었고, 각박한 세상에서 한 줄기 희망의 빛을 볼 수 있었다.

정식으로 위스퍼링 의뢰를 받기 시작하면서 팡링의 일상은 그전보다 훨씬 바빠졌다. 밤에는 여전히 편의점 야간 근무를 했고, 낮에는 틈틈이 메시지에 답을 하거나 이메일을 확인했다. 위스퍼링은 주로 오후 시간 무무 카페에서 진행했고, 일과를 마치면 저녁 시간이 다 되어서야 집에 돌아왔다. 그러다 보니 자연히 낮에 잠을 자는 시간도 줄어들고, 콩콩이와 함께 보내는 시간도 적어졌다. 혼자 있는 시간이 길어져 토라진 콩콩이는 종종 팡링이 바쁘게 일하고 있을 때 소파로 올라와 그녀를 흘겨봤다.

"왜 그래?"

팡링이 메시지를 보내면서 귀찮은 듯 물었다.

콩콩이는 아무 대답도 하지 않았지만, 눈빛이 모든 것을 설명해 주고 있었다.

"알겠어, 알겠어."

팡링이 휴대전화를 내려놓고 콩콩이에게 다가갔다.

"전화기 그만 보고 너만 봐달라는 거지?"

콩콩이는 몇 분 정도 가만히 째려보다가 마침내 마음을 풀고 팡링의 허벅지에 머리를 기대고 누웠다. 콩콩이가 자리를 잡고 눕는 바람에 팡링은 꼼짝없이 소파에 앉아 있어야 했다. 그녀는 리모컨을 집어 들어 텔레비전을 켰다. 마침 텔레비전에서 개에 관한 영화가 방영되고 있었다.

영화는 주인공 개가 세 번의 환생을 거듭하면서 각기 다른 주인을 만나고 그때마다 갖가지 시련과 만남에 관한 내용이었다. 특히 세 번째 생에서 개는 아주 못된 주인을 만나 푸대접받으며 온종일 혼자 정원에 묶여 있어야 했다. 그런 생활은 끝이 보이지 않는 지옥이나 다름없었다. 낮이나 밤이나, 비가 오나 바람이 부나 개에게는 시간도 날씨도 그 어떤 것도 중요하지 않았다. 오직 그 지옥에서 탈출해야겠다는 생각밖에 없었다. 그리고 어느 날 아주 우연한 기회에 그곳에서 탈출해 여러 곳을 떠돌다가 익숙한 장소에 도착하게 되고, 그곳에서 예전 주인을 다시 만나게 된다. 지난번 그의 품에 안겨 죽었을 때 그는 아직 청소년이었는데 어느새 머리가 희끗희끗한 중년의 아저씨가 되어 있었다. 개는 예전 주인에게 자신의 존재를 알리려 애쓰고 마침내 둘만의 특별했던 공 던지기 놀이를 통해 둘은 서로를 알아보게 된다. 주인은 개에게 예전 그의 목걸이를 다시 걸어주고 이제 개는 그 누구보다 행복하게 남은 생을 살아간다.

팡링은 애초에 잠을 청할 요량으로 텔레비전을 켰지만, 잠은커녕 영화를 보면서 머리가 아프도록 울었다. 깜박 잠이 들었던 콩콩이는 흐느끼는 팡링을 보고 무슨 일인지 몰라 어리둥절해하다가 다시 그녀의 몸에 파고들었다.

"콩콩아, 너도 나중에 다시 태어나면 나를 찾아올 거니? 아니면 이번 생에 넌 이미 나를 찾아온 걸까?"

팡링이 눈물을 닦으며 콩콩이에게 물었다. 콩콩이는 미동도 없었다.

애니멀 위스퍼링을 공부할 때 그녀의 선생님은 이미 세상을 떠난 동물과의 위스퍼링은 쉽게 응해서는 안 된다고 경고했다. 인간이 이미 떠난 동물들을 놓아주지 못하면 동물들이 그들이 응당 가야 할 곳으로 마음 편히 떠나지 못하기 때문이다. 실제로 일을 할 때 세상을 떠난 반려동물의 안부를 물어봐 달라고 요청하는 사람들이 정말 많았다. 심지어 세상을 떠난 지 몇 년이 지났는데도 계속 집착하는 사람도 있었다.

팡링은 이런 요청을 대부분 거절했다. 세상을 떠난 동물들은 편안히 떠날 수 있게 보내줘야 한다고 생각했기 때문이다. 동물들은 삶과 죽음에 대해 인간들만큼 집착하지 않고, 누구나 당연히 거치는 과정이라고 생각한다. 그들은 생명의 탄생을 존중하고 죽음에 태연하다. 주인의 지나친 걱정과 집착은 그들이 가벼운 발걸음으로 떠나지 못하게 방해할 뿐이다.

팡링은 동물들이 안심하고 떠날 수 있도록 그동안 이러한 의뢰를 거절하고 그 이후에 더 많은 시간을 할애하여 주인들이 이미 세상을 떠난 반려동물에 대한 집착을 내려놓을 수 있도록 설득했다. 그러면 주인들은 눈물, 콧물 흘리며 반려동물과의 추억들을 이야기하다가 나중에는 팡링에게 진심으로 감사하다고 말하고 떠났다. 하지만 그들 대부분이 곧장 다른 애니멀 위스퍼러를 찾아가 의뢰했다는 사실을 나중에 알게 되었다. 팡링은 자신이 돈도 받지 않고 오랜 시간 이야기를 들어주고 진심 어린 충고를 해줬음에도 말을 듣지 않는 사람들 때문에 몹시 화가 났다.

그러나 량량의 주인 샤오잉이 했던 말처럼 놓아준다는 게 어디 말처럼 쉬운 일이겠는가? 그래서 이 영화처럼 자신이 사랑한 동물이 다시 태어나 천신만고 끝에 주인을 찾아오는 이야기가 탄생했는지도 모른다.

"그런데 만약 네가 선택할 수 있다면 그때는 개 말고 사람으로 태어나렴!"

팡링은 자신의 다리를 베고 누워 있는 콩콩이를 바라보며 말했다. 그러다 다시 이런 생각이 들었다. 과연 사람으로 사는 게 더 행복할까?

벌써 저녁 6시, 편의점 출근까지 몇 시간 남지 않은 시각이었다.

"이런! 시간이 벌써……! 잠도 못 자고 밤에 어떻게 일한담."

샤오멍은 여전히 편의점에 자주 나타났다. 어떤 때는 밤늦은 시간에, 또 어떤 때는 아침 출근 시간에 왔다. 하지만 그가 언제 오든 팡링은 크게 신경 쓰지 않았다. 샤오멍도 그때 그 일을 다시 언급하지 않았고, 두 사람은 다시 평범한 손님과 편의점 직원의 관계로 돌아왔다. 콩콩이는 여전히 샤오멍 옆에서 만화책을 보거나 그의 간식을 나눠 먹었다. 간혹 팡링은 샤오멍을 몰래 훔쳐보기도 했는데 그러다 눈이 마주치기라도 하면 아무 일도 없었다는 듯 얼른 시선을 돌렸다. 참 이상한 감정이었다. 귀찮게 따라다니던 남학생이 갑자기 자신에게 관심을 주지 않으니 왠지 사랑받다가 버림받은 것 같은 기분이 드는 건 뭐람.

어느 날, 아침 한창 바쁠 때가 끝나갈 무렵이었다. 콩콩이는 커피를 마시는 샤오멍 옆에 누워 있었고, 팡링과 점장은 각자 할 일을 하고 있었다. 그때 작고 왜소한 체구의 아가씨 한 명이 수줍은 표정으로 편의점 문을 열었다. 아가씨는 편의점 입구에 서서 들어오지 않고 조심스럽게 주위를 살폈다. 청샤오징은 저 아가씨가 무얼 하려나 가만히 지켜봤다. 콩콩이도 그녀를 지켜봤다. 조금 전 편의점 문을 열고 들어올 때 자신에게 가장 먼저 인사를 해줬기 때문이다. 샤오멍은 그녀의 수줍어하는 모습이 꽤 귀엽다고 생각했고, 자기도 모르게 입꼬리가 슬며시 올라갔다.

"실례합니다. 애니멀 위스퍼러 팡링 씨가 여기서 일하신다던데 혹시 계신가요?"

커피머신을 정리하던 팡링이 깜짝 놀라 뒤를 돌아봤다. 아가씨는 팡링을 보고 잠깐 멈칫하더니 이내 반가운 걸음으로 다가왔다.

"어머! 맞네요. 정말 여기 계셨네요!"

갑작스러운 상황에 당황한 팡링이 정색하며 말했다.

"죄송하지만 이렇게 함부로 찾아오시면 어떡해요! 이곳은 애니멀 위스퍼링과 전혀 관련이 없는 곳이라고요!"

팡링의 차가운 반응에 그녀는 깜짝 놀라 한 걸음 뒤로 물러났다. 팡링은 업무에 방해가 될까봐 괜히 눈치가 보여 점장을 슬쩍 바라봤다. 그러나 청샤오징은 누구보다 흥미진진하게 상황을 지켜보고 있었다.

"죄송합니다. 저는······. 어떤 사람이 여기에 오면 만날 수 있다고 해서······."

"어떤 사람이요······?"

팡링의 시선이 곧장 샤오멍에게 향했다.

"설마 또 얘기하고 다닌 건 아니겠죠?"

넋 놓고 바라보고 있던 샤오밍이 정신을 차리고 대답했다.

"제가요? 아니에요! 저는 저분을 알지도 못한다고요!"

샤오밍이 억울한 표정으로 반박했지만, 팡링은 계속 의심의 눈초리로 그를 바라봤다.

그런 팡링을 지켜보던 아가씨가 시무룩하게 말했다.

"그게 아니라 팡링 언니, 저 기억 안 나세요? 저 에이미에요. 예전에 니니라는 보더콜리를 키웠고 위스퍼링을 몇 번 의뢰했는데, 저 모르시겠어요?"

"에이미……?"

에이미, 에이미, 에이미라……. 에이미는 누구고, 니니는 또 누구였더라? 서른 살 이후로는 기억력이 감퇴하기 시작해서 위스퍼링을 의뢰했던 주인이든 동물이든 정리해 둔 파일을 보지 않는 한 누가 누구인지 잘 기억나지 않았다. 에이미, 니니……. 기억이 나는 것 같기도 한데, 혹시……?

"혹시 그 우울증?"

팡링이 고개를 숙이고 자기에게만 들릴 정도의 작은 목소리로 중얼거렸다. 그리고 곧바로 고개를 들어 에이미에게 물었다.

"아빠랑 항상 같이 오지 않았어요?"

"네, 맞아요! 그때는 제가 어려서 어딜 가나 아빠가 따라다니셨죠. 이제는 안 그러세요."

에이미는 어렵게 다시 찾은 애니멀 위스퍼러를 아빠 때문에 놓치게 될까봐 걱정하는 눈치였다.

팡링이 기억하는 에이미의 아빠는 딸을 사랑하다 못해 약간

4. 재회의 대가 103

광적으로 집착하는 사람이었는데 한 번은 이 문제로 팡링과 싸울 뻔한 적도 있었다. 나중에 그가 찾아와 이야기하기를, 딸의 초등학교 졸업식 날 아이 엄마가 학교에 오던 길에 차 사고로 세상을 떠났다고 했다. 그 이후 아이가 우울증 증상을 보였고, 어떻게든 딸을 기쁘게 해주기 위해, 보더 콜리를 키우게 되었다고 설명했다. 이 이야기를 듣고 나서 팡링은 에이미 아빠의 행동을 조금은 이해할 수 있었다.

"아, 너였구나. 너무 많이 변해서 못 알아봤어! 지금 고등학생이니?"

"졸업했어요. 올해 대학 진학을 못 했는데, 아빠는 제가 당분간 쉬었다가 유학하러 갔으면 하세요."

"유학? 와 멋진데!"

사실 팡링은 에이미의 향후 계획에 대해 아무 관심이 없었지만 어색한 분위기를 풀어보려고 더 과장되게 대답했다. 팡링은 청샤오징이 옆에서 애써 웃음을 참고 있는 걸 보고 눈을 흘겼다.

"얘가 언니 개에요?"

에이미가 콩콩이 쪽으로 걸어갔다.

"개를 데리고 출근하신다는 말이 사실이었네요."

에이미가 빠르게 다가오자 콩콩이는 겁을 먹고 뒷걸음질을 쳤다. 떠돌이 개였던 콩콩이는 누구든 자기에게 빠르게 다가오면 경계하는 버릇이 있었다. 에이미는 걸음을 멈추고 콩콩이 옆에 쪼그려 앉아 콩콩이가 냄새를 맡고 친숙해질 수 있도록 손을 내밀었다.

"얘는……. 얘는 콩콩이고, 저는 샤오밍이라고 합니다."

콩콩이가 에이미에게 다가가 쓰다듬어 달라고 애교를 부렸다. 콩콩이와 에이미 그 누구도 샤오밍의 존재 따위는 신경 쓰지 않았다.

"그래서 니니와의 위스퍼링을 의뢰하러 온 거니?"

팡링이 단도직입적으로 물었다.

에이미가 자리에서 일어나 팡링 쪽으로 걸어왔다.

"네, 니니가 맞긴 한 데……. 예전에 그 니니는 아니에요."

에이미의 표정이 약간 슬퍼 보였다.

"그게 무슨 말이야?"

"그게 말이죠……."

에이미의 얼굴에 슬픔이 번졌다. 그리고 마음에 묻어놓은 이야기를 힘겹게 꺼냈다.

"예전의 니니는 얼마 전에 세상을 떠났어요……. 니니가 떠나고 새로 키우는 개가 한 마리 있는데 그 아이 이름도 니니예요."

팡링은 에이미의 말을 듣자마자 미간을 찌푸렸다. 옆에서 듣고 있던 청샤오징은 팡링보다 훨씬 더 놀란 눈치였다.

"새로운 개한테 얼마 전 죽은 개와 같은 이름을 붙여줬다고요?"

청샤오징이 눈을 크게 뜨고 물었다.

"네, 맞아요. 제가 같은 이름을 붙여준 이유는 예전의 니니가 현재 니니의 모습으로 다시 저를 찾아온 거라 믿기 때문이에요."

에이미가 휴대전화를 꺼내 사진 한 장을 팡링에게 보여줬다.

"한 번 보세요. 이 아이가 현재 니니에요. 예전 니니와 정말 닮지 않았나요?"

팡링이 휴대전화 속 사진을 들여다봤다. 니니는 흰색 바탕에 갈색 점박이가 있는 믹스 견이었다. 보더 콜리와 교배가 되었는지 털 길이가 중장모이고, 눈가가 짙은 색인 점에서는 보더 콜리와 비슷했다.

다만 이러한 특징은 믹스 견들에게서 흔히 볼 수 있는 점이었고, 더구나 외형이 비슷하다고 해서 예전의 니니가 환생해 돌아왔다고 보기는 힘들었다.

점장과 샤오멍이 에이미의 사진을 보기 위해 모여들었다. 두 사람의 난감한 표정을 보니 그들도 팡링과 같은 생각을 하는 것 같았다. 하지만 차마 아무 말도 할 수 없어 뒤로 다시 물러났.

"언니가 니니에게 물어봐 주실 수 있나요? 정말 예전의 니니가 저를 찾아온 건지 꼭 알고 싶어요."

에이미의 말에 팡링뿐만 아니라 점장과 샤오멍 역시 너무 놀라서 다들 얼어버렸다.

"저기……."

팡링은 이 상황이 너무나 난감했다.

"니니가 떠날 때 이렇게 말했어요. 여기서 기다리고 있을 테니 꼭 다시 태어나서 저를 찾아오라고요. 니니가 세상을 떠난 후에 절에 가서 부처님께 기도를 드렸어요. 그 이후에 무슨 일이 일어났는지 아세요? 제가 절에 다녀오고 정확히 이틀 뒤에 니니가 집 앞에 찾아왔어요! 저를 보고 꼬리를 세차게 흔드는 걸 보고 니니가 돌아온 거라고 확신하고 집에 데려왔어요. 니니의 목걸이를 달아줬을 때 그 아이가 얼마나 기뻐했는데요! 예전 니니가 다시 저를 찾아온 게 분명해요."

팡링은 어떻게 대답해야 할지 몰라 고민했다. 어떤 대답이든 최소한 기대에 가득 찬 에이미에게 찬물을 끼얹고 싶지는 않았다.

점장은 팡링이 고민하는 모습을 흘끗 한 번 쳐다보더니 다시 자신이 할 일을 하는 척했다.

"그런데 말이야……. 니니가 돌아온 게 분명하다고 믿는다면서 왜 나를 찾아온 거야?"

팡링이 물었다.

"더 확실히 알고 싶어서요. 저는 니니가 하는 말을 알아듣지 못하니까 도움을 요청하러 왔어요."

"만약 그 아이가 니니가 아니라면 어떻게 할 거야?"

"그 아이가 니니가 아니라면……. 그래도 계속 키울 거예요. 다만 이름을 바꿔줘야겠죠."

"하지만 그 이후에도 니니를 계속 기다릴 생각이니?"

마음속에 계속 다른 개를 그리워하고 기다린다면 과연 지금의 니니는 온전히 사랑받을 수 있을까?

"잘 모르겠어요……."

에이미가 침울한 표정으로 고개를 푹 숙였다. 팡링의 상황이 더욱 난처해졌다.

"팡링 누나, 한 번 도와주는 건 어때요?"

옆에서 가만히 구경이나 할 줄 알았던 샤오멍이 갑자기 앞에 나섰다.

"만약 니니가 돌아온 게 아니라고 해도 계속 키운다고 하잖아요! 정말 니니가 다시 돌아온 건지 알아봐 주세요. 좋은 일 한다고 생각하면 되잖아요!"

'좋은 일 한다고? 무슨 좋은 일? 저 녀석은 뭘 안다고 떠드는 거야?'

팡링은 무관심한 점장과 눈치 없이 나서는 샤오멍 사이에서 결단을 내리지 못하고 머뭇거리고 있었다. 그때 옆에 있던 콩콩이가 불안한 모습으로 발을 구르며 팡링을 재촉했다.

팡링은 그제야 시계를 봤다.

'아, 콩콩이가 볼일을 보러 가야 할 시간이구나.'

"음……. 우리 개가 볼일을 보러 나가야 해서 먼저 가봐야 할 것 같아."

팡링은 이때다 싶어 얼른 콩콩이의 목줄을 끌어당겼다.

"그래서 승낙하신 건가요?"

이번에도 샤오멍이 눈치 없이 끼어들었다.

팡링이 눈을 부릅뜨고 샤오멍을 바라봤다. 하지만 그의 표정은 오히려 당당했다.

"우선 나한테 자료를 보내주고, 약속 시간은 나중에 따로 잡자."

팡링은 콩콩이를 끌더니 뒤도 안 돌아보고 편의점을 나섰다.

"약속 시간 잡는 건 제가 도와드릴게요!"

샤오멍이 팡링의 뒷모습을 향해 소리쳤다.

"오늘 아침밥은 안 가져가요?"

점장도 함께 소리쳤다. 하지만 팡링은 뒤돌아보지 않고 콩콩이를 데리고 곧장 공원으로 향했다.

"그래서……."

에이미가 어리둥절한 표정으로 점장과 샤오멍을 바라봤다.

"도와주기로 한 건가요?"

샤오멍이 에이미에게 다가와 친절하게 말했다.

"그럼요! 제가 예약을 도와드릴게요."

팡링은 집에 돌아와 수납장에서 오래된 자료들을 꺼내봤다. 예전에 전업 애니멀 위스퍼러로 일할 때는 모든 위스퍼링 내용을 꼼꼼히 기록하고 번호를 매겨 종이 상자에 보관했다. 그녀는 이 상자를 '판도라의 상자'라고 불렀다. 그 이유는 이 자료 안에 단순히 동물들과의 대화 내용만 기록된 것이 아니기 때문이다. 대부분 동물 주인은 애니멀 위스퍼링이 동물들과 간단한 대화를 나누는 것으로 생각하지만, 사실 동물들과 소통하다 보면 주인들의 은밀한 비밀까지 알게 될 때가 많다. 동물의 문제를 해결하려면 반드시 주인의 문제를 먼저 해결해야 했기에 위스퍼링 기록에는 동물들에 관한 내용보다는 주인들에 관한 내용이 더 많았다. 그리고 그 내용들은 대부분 은밀하고 개인적인 내용이었다. 그래서 예전에 팡링은 이 상자를 도둑맞기라도 하면 자신은 목숨을 보전하기 힘들 거라고 농담하곤 했다.

"에이미, 에이미, 에이미……."

팡링은 상자를 뒤지며 이름을 중얼거렸다. 아침에 너무 정신이 없어서 그녀의 휴대전화 번호와 본명을 물어보는 것을 깜박한 것이다.

잔뜩 쌓인 파일 더미에서 그녀의 자료를 찾으려고 하니 그야말로 사막에서 바늘 찾기 격이었다. 팡링은 그녀와 처음 위스퍼링을 진행했을 때를 떠올려 봤다. 처음 만났을 때 에이미는 중학생이었고 이제 막 개를 키우기 시작한 상태였다. 그래서 첫 위스퍼링 때는 초보 견주가 알고 싶어 할 법한 몇 가지 우스꽝스러운 질문만 하고 짧게 끝났던 기억이 났다. 팡링은 그제야 위스퍼링 시간을 근거로 자료를 다시 뒤지기 시작했다.

"찾았다!"

팡링은 자료 더미에서 에이미의 파일을 찾아냈다. 에이미의 본명은 천루시였다. 처음 위스퍼링을 의뢰했을 때 그녀는 중학교 2학년이었고, 팡링에게는 비교적 초기 고객이었다. 에이미는 매년 한 번꼴로 위스퍼링을 의뢰했는데 크게 중요한 내용은 없었다. 보통 니니가 무엇을 먹고 싶은지, 무슨 놀이를 하고 싶은지, 생일에는 어디를 가고 싶은지(세상에나 개 팔자가 상팔자네!), 아빠가 니니를 위해서 무엇을 더 해주면 좋겠는지 등의 단순한 질문이었다. 다만 위스퍼링 내용 중 팡링이 매번 빨간 펜으로 표시해 둔 내용이 있었다. 니니는 평소에 달리는 자동차나 고양이를 쫓아가는 걸 좋아했는데 한 번 발동이 걸리면 주인이 불러도 돌아오지 않았다. 니니는 지나칠 정도로 활발해서 밖에 데리고 나가면 아무 자동차나 무작정 쫓아 달리기 일쑤였고, 그러다 보니 차에 치일 뻔한 적도 여러 번 있었다. 팡링은 에이미에게 니니를 전문 훈련사에게 훈련받게 해야 한다고 여러 번 이야기했지만, 한 번도 훈련받으러 데려간 적은 없었다. 그러면서 계속 위스퍼링을 의뢰해 팡링을 골치 아프게 했었다.

"니니 나이가 그렇게 많지 않았을 텐데, 정말 차에 치여 죽기라도 한 걸까?"

팡링은 혼자 중얼거리며 에이미의 파일을 한쪽에 내려놓고 나머지 파일들이 담긴 상자를 수납장 위쪽에 올려놓으려고 팔을 뻗었다. 그러다 생각해 보니 앞으로 에이미처럼 예전 고객들이 다시 의뢰하는 일이 많겠다 싶어 다시 내려놨다. 팡링은 콩콩이를 바라보며 말했다.

"이 상자에 있는 건 아주 중요한 거야. 절대 물어뜯으면 안 돼, 알겠지?"

콩콩이는 웃으며 꼬리를 흔들었다

팡링은 콩콩이가 물어뜯지 않을 거라는 걸 잘 알고 있었다. 콩콩이는 집에 온 지 100일 이후 천사같이 착한 개가 되었다. 아무거나 물어뜯지 않고, 짖지 않고, 집안에서 대소변을 보지 않고, 밖에 나가서도 아무거나 주워 먹지 않고, 대변 위에 뭉개지 않고 심지어 목욕할 때는 스스로 화장실에 들어간다. 마치 스스로 그렇게 되겠다고 결심한 것처럼 정확히 101일째 되던 날부터 콩콩이는 세상 착한 개가 되었다.

팡링은 에이미의 파일을 들고 침대로 올라가 반쯤 누웠다. 콩콩이도 팡링을 따라 침대에 올라가 누웠다. 팡링은 한 손으로 콩콩이를 쓰다듬으면서 다른 한 손으로는 에이미의 파일을 들고 계속 살펴봤다. 팡링이 기록해 놓은 내용은 대략 이러했다.

'에이미는 우울증 경향이 있어서(아빠가 보기에 그러함) 니니를 가장 가까운 친구로 생각한다. 에이미는 다른 사람들과 어울리는 것을 힘들어한다(에이미가 아빠 몰래 이야기해 줌), 종종 니니에게 피아노 연주를 들려준다.'

"와, 피아노 연주라니! 콩콩아, 나도 너한테 노래라도 불러줘야겠네!"

콩콩이는 고개를 들어 팡링을 빤히 한 번 쳐다보더니 이내 다시 고개를 돌리고 누웠다.

"싫으면 말지 뭘 그렇게 정색하고 그래."

팡링이 콩콩이를 토닥이며 말했다.

에이미의 파일 안에는 니니의 사진도 한 장 들어 있었다. 해맑은 웃음과 보더 콜리다운 총명한 눈빛이 인상적이었다. 사진만 봐도 아주 활발하고 영민한 개라는 걸 알 수 있었다. 전반적인 분위기는 에이미의 휴대전화에서 봤던 믹스 견 니니와 닮은 것 같기도 했다.

"에이, 세상에 비슷한 개들이 얼마나 많은데."

갑자기 피곤함이 몰려온 팡링이 파일을 '탁' 덮었다. 그때 접착력을 잃은 노란색 포스트잇 한 장이 바닥에 떨어졌다. 포스트잇에는 이렇게 적혀 있었다.

'아빠 연락 주의!'

팡링은 포스트잇을 보며 한참 생각해 봤지만, 자신이 왜 그런 내용을 적어놨는지 도무지 기억나지 않았다.
'그때 무슨 일이 있었지? 왜 기억이 안 나지?'
팡링은 정신이 몽롱해서 아무 생각도 나지 않았다. 그래서 포스트잇을 파일에 다시 끼워놓고 일단 자고 일어나서 생각해 보기로 했다.

오늘 밤 편의점은 유난히 조용했다. 웬일로 샤오밍도 보이지 않았다. 오후에 샤오밍이 팡링 대신 에이미에게 받은 의뢰 예약 내용을 점장한테 전달받았을 뿐이다. 늘 같은 자리에 앉아 휴대전화로 게임을 하는 남학생도 오늘은 오지 않았다. 콩콩이는 입구에 엎드려 누군가를 기다리듯 편의점 밖을 계속 응시하고 있었다.
팡링은 계산대 뒤에 앉아 휴대전화로 드라마를 보며 오랜만에 여유를 즐겼다. 드라마의 전개가 한창 절정에 이르렀을 때, 콩콩이가 갑자기 몸을 일으켜 앉는 바람에 몰입이 깨지면서 시선이 편의점 입구로 향했다. 아니나 다를까 왠지 모르게 낯이 익은 한 남자가 편의점으로 들어왔다. 굉장히 세련된 중년 남자였는데 팡링은 분명 어디에선가 저 남자를 본 것 같았다. 얼핏 키아누 리브스를 닮은 것도 같았지만 그래서 낯이 익은 것 같지는 않았다.
남자는 편의점에 들어오자마자 곧장 계산대 쪽으로 걸어왔다. 보통 이런 경우는 담배를 사러 오는 사람이었다. 하지만 그는 아니었다.

"그쪽이 팡링 씨인가요?"

남자가 다짜고짜 팡링에게 물었다.

"네? 아……. 네 맞는데요. 누구시죠?"

남자가 기분 나쁘게 웃으며 고개를 저었다.

"기억력이 영 안 좋으시네. 오늘 아침에 여학생 하나가 찾아왔었죠? 내가 걔 아빠예요."

남자가 말했다.

"아빠?"

팡링은 머릿속으로 빠르게 상황을 정리했다.

'오늘 아침에 찾아온 여학생이라면 에이미, 에이미의 아빠라면 딸에게 광적으로 집착하던 그 남자? 노란색 포스트잇에 적혀 있던 메모!'

'이런 젠장!'

팡링은 그제야 왜 포스트잇에 '아빠 연락 주의'라고 적어놨는지 기억이 났다. 예전에 에이미가 위스퍼링을 의뢰하면 위스퍼링 며칠 전에 그녀의 아빠가 먼저 찾아와 이런저런 당부를 하고 갔다. 심지어 에이미가 질문한 내용에 팡링이 어떻게 대답할 건지도 물어봤다. 그는 애초에 애니멀 위스퍼링이 다 속임수라고 생각했다. 그는 딸을 행복하게 해주기 위해 돈을 내고 기꺼이 '속아'줄 의향은 있었지만, 그 전에 '극본'에 딸을 더 우울하게 만들 부적절한 내용은 없는지 확인하고 싶어 했다. 팡링이 포스트잇에 그런 메모를 남겨 놓은 이유는 어떻게든 에이미 아빠의 연락을 피하기 위해서였다. 당시 그녀는 에이미 아빠의 이메일, 전화, 메시지 등 모든 연락에 답을 하지 않았고 무무카페 사장 무무에게도 미리 귀띔을 해뒀었다.

모든 기억이 돌아오자, 눈앞에 세련된 남자는 한순간에 진상남으로 변해 있었다. 팡링은 눈을 부릅뜨고 남자를 쳐다봤다.

"그렇게 쳐다봐야 할 사람이 누군데요! 참나, 애가 또 당신을 찾아갔을 줄이야! 근데 왜 편의점에서 일하고 있는 거예요?"

에이미 아빠가 물었다.

"당신이 상관할 바 아니에요."

팡링은 콩콩이를 계산대 뒤로 데려왔다. 혹시나 두 사람 사이에 감정이 격해졌을 때 남자가 콩콩이에게 화풀이하는 것을 방지하기 위해서였다.

"에이미 아버님 오랜만이네요. 다시 말씀드리지만 애니멀 위스퍼링은 속임수가 아니에요. 저 역시 장난으로 돈을 버는 사기꾼도 아니고요. 그러니까 미리 준비된 극본 따위도 없습니다."

"당신이 나를 어떤 식으로 대하든 그건 상관없어요."

에이미 아빠가 진지한 목소리로 말했다.

"나한테 가장 중요한 건 우리 딸이에요. 얼마 전에 우울증이 또 악화되어 병원에서도 아이에게 자극이 되는 일은 되도록 피하라고 했거든요. 그래서 이렇게 당신을 찾아오게 된 거예요."

"악화됐다고요? 무슨 일이 있었나요?"

"에이미는 현재의 니니가 예전 니니가 환생해 돌아온 게 맞는지 물어보려고 하는 거죠?"

팡링이 고개를 끄덕였다.

"예전에 키우던 보더 콜리 니니는 8개월 전에 차에 치여 죽었어요. 어쩌다 죽었냐고요? 차만 보면 쫓아가던 그 나쁜 버릇 때문이었죠! 골목에서 갑자기 튀어나온 화물차에 치여 병원에 데려가 볼 기회도 없이 즉사했어요. 그때 에이미가 개를 데리고 나갔었는데 에이미의 품에서 마지막 숨을 거뒀어요. 니니를 전문 훈련사에게 데려가야 한다고 여러 번 얘기했던 것 알아요. 하지만 나는 결국 데려가지 않았어요. 이유는 묻지 말아 주세요. 내가 개를 키우는 이유는 개를 좋아해서가 아니라 오직 딸아이를 위해서니까요……. 후회하지 않느냐고요? 너무나 후회합니다! 에이미는 자신이 니니를 죽게 한 거라고 자책하고 있어요. 엄마가 자기 때문에 죽었다고 자책했던 그때처럼 말이죠. 그래서 니니가 죽은 이후에 에이미의 상태가 많이 나빠졌어요……."

에이미 아빠의 가라앉은 목소리에 팡링도 잠시 마음이 약해졌지만, 그가 고개를 들었을 때 특유의 거만한 표정을 보고 다시 마음이 굳어졌다.

"그래서 저한테 뭘 부탁하고 싶으신 거예요?"

팡링이 냉랭하게 물었다.

"위스퍼링을 할 때 에이미에게 예전 니니가 환생해 돌아온 거라고 얘기해주기를 부탁합니다."

'부탁한다'라는 말을 사용했지만, 여전히 그의 말투는 상당히 명령조였다. 에이미 아빠는 처음부터 이 일을 함께 논의하면서 부탁할 생각이 없었다. 그저 팡링이 마땅히 해야 할 일을 요구하러 온 것뿐이었다. 마치 사장이 직원에게 명령을 내리듯 말이다. 에이미 아빠가 에이미 대신 한 시간에 12만 원 하는 위스퍼링 비용을 모두 낸다고 해서 팡링이 그의 명령을 무조건 따라야 하는 건 아니었다.

"아버님, 아버님께서는 저를 사기꾼이라고 생각하실지 모르겠지만 저는 정직한 사람입니다. 위스퍼링 결과가 어떻게 나올지 지금으로서는 알 수가 없어요. 그리고 어떤 결과가 나오든 저는 에이미에게 그대로 전달할 겁니다. 거짓말을 하지는 않을 거예요. 그래서도 안 되고요. 지금, 마치 직원에게 명령하시듯 말씀하시는데요. 그런 부탁은 절대 들어드릴 수 없습니다. 그만 돌아가 주세요."

팡링은 최대한 정중하게 남자의 부탁을 거절했다. 그런데 그가 같잖다는 듯 웃으며 갑자기 지갑을 꺼냈다.

"혹시 돈을 더 원하는 거라면 얼마든지 드릴 수 있습니다."

"제발 그만 하세요!"

팡링이 소리쳤다.

"그깟 돈으로 사람을 살 수 있을 거라고 생각하지 마세요. 그러면 차라리 따님의 의뢰를 거절하겠습니다. 내일 당장 전화해서 취소할게요! 만약 에이미가 취소 이유를 묻는다면 그동안의 일을 모두 얘기할 겁니다."

팡링이 불같이 화를 내자 에이미 아빠는 지갑을 움켜쥐고 민망한 듯 서 있다가 인사도 없이 편의점을 나가버렸다.

"뭐 저런 사람이 다 있어? 여기가 대체 어디라고 찾아오고 난리야?"

팡링은 마치 조금 전 기억을 머릿속에서 지워버리고 싶은 것처럼 양손으로 머리를 잡고 세차게 흔들었다. 고개를 돌려보니 콩콩이가 걱정스러운 표정으로 팡링을 바라보고 있었다.

"엄마가 화났을까 봐 그래?"

팡링이 쪼그려 앉아 콩콩이를 쓰다듬었다. 콩콩이는 팡링을 위로하려는 듯 그녀의 얼굴을 핥았다.

"괜찮아. 엄마 화 안 났어. 우리 콩콩이가 최고네!"

무무 카페는 그 어느 때보다 차분하고 조용했다. 밖에 비가 와서 손님이 별로 없는 데다가 무무 사장이 만든 초콜릿 브라우니가 실패해서 그런 것도 있지만 단지 그 이유만은 아니었다. 오늘따라 카페 안에 알 수 없는 음울한 분위기가 감돌았다.

팡링은 전용 좌석에 앉아 에이미의 우울증에 대해 생각했다. 그런 일이 있었다니……

샤오멍은 팡링의 좌석에서 멀지 않은 구석 자리에 앉아 조용히 기회를 기다렸다. 팡링은 오늘 기분이 썩 좋지 않았지만, 샤오멍에 대한 적개심은 이미 사라진 상태였다. 그녀는 구석 자리에 앉아 음료수를 마시며 만화책을 보는 척하는 샤오멍에게 손을 흔들어 자신의 자리로 오게 했다. 샤오멍은 눈을 크게 뜨고 믿기 어렵다는 듯 손짓을 하며 물었다.

"저요? 그리로 오라고요?"

팡링이 고개를 끄덕이자, 샤오펑은 곧장 커피 잔을 들고 신이 나서 자리를 옮겼다.

"오늘은 웬일이세요?"

샤오멍이 자리에 앉으며 물었다.

"그쪽이 예약 받은 고객이잖아요."

샤오멍이 신이 나서 몸을 들썩이며 어쩔 줄 몰라 하자 팡링이 눈을 흘겼다. 그때 무무가 알 수 없는 음료 한 잔을 자리로 가져왔다.

"만 19세 이상인가요?"

무무가 샤오멍에게 물었다.

샤오멍은 잠시 어리둥절하다가 고개를 끄덕였다.

"네."

무무는 샤오멍의 대답을 듣고 음료를 그의 앞에 내려놓았다.

"위스퍼링은 집중력이 굉장히 중요해요. 이걸 마시면 들뜬 마음이 조금 진정될 거예요."

샤오멍이 음료의 정체를 묻기도 전에 무무는 자신의 자리로 돌아가서 묵묵히 할 일을 계속했다. 샤오멍은 의아한 표정으로 팡링을 바라봤지만, 팡링은 자료를 살펴보느라 여념이 없었다. 그는 무무가 가져다준 음료를 조심해서 한 모금 마셔봤다. 알코올 향이 약간 나는 핫초코였는데 맛있어서 한 모금 한 모금 계속 마시다 보니 금방 다 마셔버리고 말았다. 그러는 동안 샤오멍의 마음도 차분하게 가라앉았다.

잠시 후 에이미가 우산을 쓰고 도착했다. 에이미는 카페 문 앞에 서서 우산을 접고 물기를 털어내려고 애썼지만 잘 되지 않았다. 무무가 나가서 도와주려는데 샤오멍이 한발 빨리 움직였다. 그는 카페 입구로 걸어가 에이미의 우산을 건네받으며 다정하게 말했다.

"이건 내가 할게요. 팡링 누나가 안에서 기다리고 있으니 어서 들어가 봐요."

어두웠던 에이미의 얼굴에 옅은 미소가 번졌다.

에이미는 팡링이 앉아 있는 쪽으로 걸어갔다. 며칠 전 에이미 아빠와의 불쾌한 만남 때문에 마음이 계속 불편했지만, 팡링은 그런 마음을 겉으로 드러내지 않으려고 애썼다.

"팡링 언니, 정말 뭐라 감사를 드려야 할지 모르겠어요……."

에이미의 감사 인사가 어쩐지 정중한 사과처럼 들렸다.

"뭘 그렇게까지. 나도 다 돈 벌려고 하는 일인데."

팡링은 웃으며 애써 태연한 척했다.

"저희 아빠가 또 찾아왔었죠?"

놀랍게도 에이미는 그 일을 알고 있었다.

"죄송해요. 저희 아빠가 원래 걱정이 많으세요. 아빠는 제가 아직도 초등학생인 줄 아시나 봐요. 여기저기 간섭하시고 제 친구들도 가만 놔두질 않으세요. 제가 친구가 없는 것도 어쩌면……."

팡링이 불평하는 에이미의 말을 끊었다.

"하지만 아빠는 에이미를 진심으로 사랑하셔."

팡링은 정말로 그렇게 생각했다.

"원래 아빠들은 참 이상해. 자식들을 진심으로 사랑하면서 그걸 표현하는 방법을 잘 모르는 것 같아."

팡링의 눈빛이 흔들렸다. 그녀 역시 아빠가 진심으로 자신을 사랑해 주기를 바랐다. 하지만…….

"무슨 얘기해요?"

샤오멍이 자리에 앉으며 대화에 끼어들었다.

"아무것도 아니에요. 이제 시작하려고요."

팡링은 아빠 이야기를 멈추고 본론으로 들어갔다.

"자, 그러면 니니에 관해 자세히 이야기해 줄래?"

에이미가 믹스견 니니의 사진을 꺼냈다.

"얘가 바로 니니에요. 몇 달 전에 집 앞에서 발견해 데려왔어요. 비가 아주 세차게 내리던 날 집 앞 화단에 앉아 몸을 바들바들 떨고 있는 니니를 발견했어요. 그런데 니니가 저를 보자마자 꼬리를 세차게 흔들며 웃어주더라고요. 그때 그 모습이 세상을 떠난 니니의 모습과 정말 비슷했어요. 니니가 세상을 떠난 이후에 저는 부처님께 제발 니니가 다시 제 곁에 돌아올 수 있게 해달라고 빌고 또 빌었는데, 니니를 처음 보자마자 분명 예전 니니가 다시 저를 찾아온 거라는 확신이 들었죠!"

에이미는 사진 속 니니를 바라보며 말했지만, 그녀의 마음속은 사고로 떠난 보더 콜리 니니에 대한 생각으로 가득 차 있었다.

"예전 니니가 다시 돌아온 거라고 생각하는 다른 단서가 있니?"

"사실……."

에이미는 말을 꺼내려다 말고 잠시 망설였다. 지금 자신이 하려는 이야기가 얼마나 말도 안 되는지 그녀 스스로 잘 알기 때문이었다.

4. 재회의 대가

"괜찮아. 하고 싶은 이야기가 있으면 뭐든 다 해도 돼."

"니니는 여기저기 아픈 곳이 아주 많아요. 여기 보다시피 니니는 선천적으로 앞다리가 굽어서 저희가 휠체어를 맞춰줬어요. 한 번은 심한 장염에 걸려서 거의 죽다 살아난 적도 있고 지금은 피부가 또 말썽인데 병원을 몇 곳이나 가봤는데 나아지지를 않아요……. 제가 인터넷에서 어떤 글을 본 적이 있는데 사람이 죽은 다음에 환생해서 자기 가족들에게 돌아가려면 그에 따른 대가를 치러야 한 대요. 그래서 혹시 지금 니니가 앓고 있는 모든 병이 제 곁으로 돌아오기 위해 치르는 대가가 아닐까, 생각했어요. 부처님께 가서 물어봤는데……."

"부처님이 뭐라고 하시던가요?"

어두웠던 에이미의 얼굴에 미소가 번졌다.

"부처님은 예전의 니니가 돌아온 게 분명하다고 하셨어요! 제 곁에 돌아오기 위해 자신의 건강을 희생한 거라고요."

팡링은 그녀의 얼굴에 띤 미소를 보면서 혼란스러웠다. 만약 에이미가 진심으로 니니를 사랑한다면 다시 돌아오기 위해 병마와 싸우는 고통을 감내하기로 한 결정을 마음 아파했을 것이다. 하지만 에이미는 이러한 결정에 상당히 만족하는 것 같았다.

팡링은 에이미의 말에 뭐라 반박하고 싶었지만, 에이미 아빠의 부탁을 생각하며 아무 말도 하지 않았다.

"그러면 이제 니니와 대화를 좀 나눠볼게."

팡링은 환하게 웃고 있는 니니의 사진을 바라보며 대화를 시도했다.

'우와! 저랑 이야기를 나누러 오신 거예요? 정말 신나요!'

니니는 다리의 장애 때문에 자유롭게 움직이지는 못했지만, 몸속 세포들은 아주 힘차게 움직이고 있는 것을 느낄 수 있었다. 팡링은 그제야 니니가 아직 한 살도 채 되지 않은 어린 강아지라는 사실이 생각났다.

'에이미와 평소에 대화를 자주 나누지 않니?'

'에이미 언니는 매일 저보고 니니가 맞느냐고 물어봐요. 저는 당연히 니니가 맞는데요!'

두 마리에게 모두 니니라고 같은 이름을 붙여놨으니 이런 문제가 생기는 건 당연했다.

'니니야, 에이미 언니와 함께 있어서 행복하니?'

'그럼요! 언니는 저를 집에 데려와 줬고 맛있는 음식도 아주 많이 줘요! 제가 얼마나 행복한데요!'

'몸이 매우 아프다면서, 그래도 행복하니?'

'몸이 아프면 행복할 수 없나요?'

그렇다. 몸이 아프다고 행복할 수 없는 건 아니다. 팡링은 그동안 몸이 아프면서도 매일 맛있는 걸 먹고 재미있게 뛰어놀 생각에 행복해하는 강아지들을 많이 봤다. 그리고 그런 행복감으로 그들은 병마와 싸워 이기며 계속 살아갔다.

우울한 주인을 만나고도 이렇게 행복한 걸 보니 니니는 원래부터 아주 많이 낙천적인 강아지인 것 같았다.

'니니야, 너도 이제 곧 한 살이 되니까 언니가 조금 진지한 질문을 해도 될까?'

'진지한 게 뭐죠?'

'진지하다는 건…….'

팡링은 강아지에게 단어를 어떻게 설명해야 할지 몰라 대신 자신의 진지한 감정을 전달하려 애썼다. 그러자 신나서 방방 뛰던 니니가 어느새 차분해졌다.

'니니야, 에이미 언니가 예전에 키우던 개 이름도 니니라는 거 알고 있니?'

'아, 니니라면 저랑 이름이 똑같네요……. 그래서 언니가 제게 니니가 맞는지 물어본 거군요!'

'그럼……. 너는 예전의 그 니니가 맞니?'

'당연히 아니죠! 저는 니니에요! 지금 언니와 함께 살고 있는, 살아있는 니니잖아요!'

니니의 대답은 틀리지 않았다. 예전의 니니는 이미 세상을 떠났고, 지금 이 니니는 당연히 또 다른 니니였다. 팡링은 니니에게 어떻게 설명을 해줘야 할까, 고민했다.

'니니야, 언니가 얼마 전에 이런 이야기를 들은 적이 있어. 어떤 개가 죽은 이후에 주인이 너무 보고 싶어서 또 다른 개의 모습으로 다시 태어났대. 그러니까 이 두 마리 개는 모습은 전혀 다르지만, 같은 영혼을 가졌으니까 같은 개라고 볼 수 있다는 거야.'

'다시 태어났다고 해도 그건 다른 개죠. 같은 개가 아니에요!'

'왜 그렇게 생각해?'

'다른 모습으로 다시 태어났으니까 다른 개죠!'

팡링은 이런 식으로는 대화를 이어 나갈 수 없을 것 같아 질문을 바꿨다.

'니니야, 혹시 지금의 니니로 태어나기 전에 에이미 언니를 만난 적 있니?'

팡링의 질문은 아직 한 살도 되지 않은 어린 강아지에게는 너무 어려웠던 건지 니니는 한참 동안 생각에 빠져있었다. 팡링은 니니의 생각을 통해 희미하게 전달되는 몇몇 장면들을 볼 수 있었다. 원반이 날아가는 모습, 스테인리스 그릇에 담긴 삶은 소고기를 맛있게 먹는 모습, 공원 잔디밭을 맘껏 뛰어다니는 모습, 맑은 강물에서 유유히 헤엄치는 모습…….

"에이미, 혹시 니니를 데리고 강변에 수영하러 간 적 있니?"

"니니는 아직 어려서 한 번도 데려간 적이 없어요. 예전 니니랑은 한두 번 간 적이 있었고요."

"니니가 강물에서 수영했니?"

"수영이요……? 아니요. 니니는 물을 아주 무서워했어요. 예전에 원반이 강물에 떨어져서 니니가 물에 뛰어든 적이 있는데 그때도 수영을 못해서 결국 아빠가 들어가서 구해줬어요."

"지금 니니가 사용하는 밥그릇이 스테인리스 그릇이니? 주로 삶은 소고기를 먹이고?"

"예전 니니도 그랬고, 지금 니니도 소고기 생식을 해요. 다만 예전 니니의 밥그릇은 스테인리스 그릇이었고, 지금 니니의 밥그릇은 도기로 만든 그릇이에요."

팡링은 말없이 고개를 끄덕였다.

"그래서……. 니니가 예전 니니가 맞는 건가요?"

팡링은 아무 대답도 할 수 없었다. 사실 예전 니니와 현재 니니의 생활 모습은 비슷하게 겹치는 부분도 있었다. 하지만 현재 니니가 자신은 예전 니니가 죽어도 아니라고 하는데 뭐라고 더 말할 수 있겠는가!

'언니는 왜 제가 예전 니니였으면 하는 거죠? 지금의 저를 사랑하지 않는 건가요?'

어린 니니가 낙심한 듯 말했다. 니니는 자신을 집에 데려온 에이미를 진심으로 사랑하고 있었다. 그런데 만약 현재 니니가 예전 니니가 아니라고 한다면 에이미는 이 아이를 계속 사랑해 줄까?

"저는 니니를 정말로 사랑해요! 다만 확인하고 싶었을 뿐이에요······."

에이미가 괴로운 표정으로 말했다. 팡링은 그녀의 손을 꼭 잡아줬다. 하지만 이런 상황에서 어떻게 위로를 해줘야 할지 몰랐다.

'니니는 언니를 용서해줄 거예요!'

니니가 전달한 메시지에 팡링은 깜짝 놀라 물었다.

'니니야, 왜 그렇게 말하는 거야?'

'언니는 착한 사람이니까요. 언니는 정말 좋은 사람이에요!

어린 강아지와의 대화는 언제나 이렇게 두서가 없어서 흩어진 정보들을 잘 모아 최선의 답을 찾아야 했다. 하지만 에이미의 질문은 어린 강아지뿐만 아니라 다 자란 성견에게도 대답하기 어려운 문제였다.

'다 지나간 일을 왜 계속 붙잡고 있는 걸까요? 언니의 마음속에

는 반짝이는 보석이 있어요. 하지만 언니는 그걸 보지 못하고 자꾸 다른 것만 봐요.'

'다른 것?'

'다들 그렇잖아요.'

'반짝이는 보석이라는 게 뭐니?'

사실 팡링도 알고 있었다. 니니가 말하는 반짝이는 보석이란 에이미의 착하고 예쁜 마음이라는 걸.

'배고파요. 언니는 집에 언제 와요? 고기 먹고 싶어요.'

'니니야, 사랑하는 언니한테 하고 싶은 말이 있니?'

'언니도 저처럼 행복했으면 좋겠어요. 언니가 행복하면 니니도 행복해요. 언니가 슬프면 니니도 슬퍼…….'

본능에 충실하게 종일 먹고, 자고, 싸는 어린 강아지답게 니니는 말을 다 끝마치지도 못하고 갑자기 잠이 들어버렸다.

니니는 세상 낙천적인 강아지였지만 눈앞에 있는 에이미의 얼굴에는 우울의 그림자가 짙게 깔려 있었다. 오늘따라 무무 사장도 계산대 뒤에서 모든 광경을 조용히 지켜볼 뿐이었다. 팡링은 스스로 이 문제에 대한 결단을 내려야 했다.

"니니는……. 예전 니니가 맞는 것 같기도 해."

팡링은 마음속으로 수없이 망설이다 끝내 이 말을 하고 말았다.

"정말요?"

에이미의 어두웠던 얼굴에 곧바로 환한 미소가 번졌다.

"그러니까 내 말은, 가능성이 있다고. 니니가 전달해 준 정보 중에는 예전 니니여야만 가능한 모습도 있었거든. 그런데 중요한 건 현재 니니는 자신이 예전 니니라고 생각하지 않아. 자신만의 육체와 영혼을 가진 독립된 개체로 이 세상에 태어났다고 믿거든."

팡링의 말에 에이미는 당혹스러운 표정을 지었다.

"니니는 아주 낙천적인 강아지더라. 무엇보다 너를 아주 많이 사랑하고 있어. 현재에 충실하고 그저 행복하게 살고 싶은 천진난만한 강아지야."

에이미는 깊은 생각에 잠긴 듯 아무 말이 없었다.

"니니의 눈에 너는 굉장히 특별한 사람이야. 네게 반짝이는 보석처럼 선량하고 아름다운 마음이 있는데 너는 그걸 보지 못하고 과거에만 매달려 있는 것 같아 슬프다고 했어. 네가 행복해야 니니도 행복할 수 있어."

팡링의 자세한 설명에도 불구하고 에이미는 여전히 이해하지 못한 눈치였다. 한참 침묵하던 에이미가 마침내 입을 열었다.

"그러니까 현재 니니는 예전의 니니가 환생한 개라는 거죠?"

"니니가 너를 용서한대."

팡링은 결국 이 말까지 하고 말았다.

에이미가 미소를 지었다. 그리고 감사 인사를 한 뒤 자리에서 일어났다.

"그거 알아요? 예전 니니도 제게 그런 말을 했었어요. 제 마음에 반짝이는 보석이 있다고요."

팡링은 미소를 지었지만, 사실 아무것도 기억나지 않았다.

"저는 예전 니니도, 현재 니니도 모두 사랑해요. 다만 니니가 앓고 있는 모든 병이 제게 돌아오기 위해 치른 대가였다면 차라리 돌아오지 않았으면 좋았을 것을……."

"니니는 몸이 아파도 너와 함께라면 행복할 거야."

에이미가 말없이 슬픈 미소를 지었다.

밖에는 비가 그치고 어느새 햇살이 눈부시게 내리쬐고 있었다.

"이만 가봐야겠어요."

에이미는 커피 값을 계산하고 팡링 쪽을 바라보며 인사를 했다.

"제가……. 제가 데려다줄게요."

샤오멍이 다급히 말했다. 팡링은 그제야 잊고 있었던 그의 존재를 깨달았다. 샤오멍은 자리에서 일어나며 조금 비틀거렸다. 가만 보니 얼굴도 조금 벌게져 있는 것 같았다.

"혹시 취했어요?"

팡링이 조용히 물었다. 하지만 샤오멍은 어느새 에이미를 따라 카페를 나가고 있었다. 두 사람은 햇빛이 쏟아지는 거리를 함께 걸어갔다.

그날 야간 근무 시간에 샤오멍도 편의점에 왔다. 그는 삶은 달걀과 컵라면을 들고 계산대에 계산하러 왔다.

"이건 내가 살게요."

팡링은 바코드를 찍고 돈은 받지 않았다. 대신 자기 지갑을 꺼내 샤오멍의 야식을 대신 결제해 줬다.

"와! 감사해요."

"오후에 도와줘서 고마워요."

"제가 도와드린 것도 없는데……."

"에이미 기분이 조금 나아진 것 같았어요?"

"네……."

샤오멍이 갑자기 얼굴을 붉혔다.

"공원에서 잠깐 이야기를 나눴는데요, 제가 재미있는 이야기를 몇 개 들려줬더니 잘 웃던데요. 기분이 좋아진 것 같았어요."

샤오멍은 말을 마치고 얼른 음식을 들고 자리로 갔다. 그가 컵라면에 물을 붓고 자리에 앉자 콩콩이도 얌전히 옆에 앉아 자기 몫으로 돌아올 삶은 달걀을 기다렸다.

팡링도 샤오멍이 있는 곳으로 가서 의자를 끌어다 앉았다.

"애니멀 위스퍼링에 관심이 있다고 했죠? 이유가 뭐죠?"

샤오멍이 컵라면을 젓가락으로 한 번 휘휘 저으며 말했다.

"사람과 사람도 서로 소통이 안 될 때가 많은데 사람과 동물이 소통한다니 정말 신기하잖아요. 어떻게 하는지 알고 싶어서요."

"사람과 사람이 소통이 안 되는 이유는 어느 한쪽이 진심으로 소통할 마음이 없기 때문이에요. 반면에 사람과 동물이 소통할 수 있는 이유는 쌍방이 진심으로 소통하기를 원하기 때문이죠."

팡링이 먼 곳을 응시하며 말했다.

"저희 엄마, 아빠가 그러세요. 두 분은 영원히 소통 불가에요."

샤오멍이 삶은 달걀을 까서 흰자와 노른자를 분리했다. 콩콩이가 신이 나서 몸을 세우고 앉아 샤오멍이 노른자를 식혀서 입에 넣어주기를 기다렸다.

"사실 저도 엄마, 아빠와 소통이 불가한 건 마찬가지예요. 부모님은 제가 무슨 생각을 하는지 전혀 알려고 하지 않으세요. 물론 저도 두 분의 생각을 이해하지 못해요. 두 분은 그저 제가 본인들이 원하는 방향으로 살기 원하세요. 제가 정말로 원하는 게 무엇인지는 관심도 없으시죠."

팡링은 샤오멍의 이야기에 쓴웃음을 지었다.

"믿기 힘들겠지만, 대부분의 개 주인도 마찬가지예요. 그들은 반려견이 그저 자신이 명령하는 대로 행동하기를 바라죠. 반려견이 무엇을 원하는지, 대체 무엇 때문에 주인이 싫어하는 행동을 하는 것인지 알려고 하지 않아요."

콩콩이는 달걀노른자를 다 먹고 아쉬운 눈빛으로 샤오멍을 계속 바라봤, 하지만 샤오멍은 콩콩이의 머리를 한 번 쓰다듬어 주고는 컵라면을 계속 먹었다. 콩콩이는 오늘 밤 자신이 얻어먹을 수 있는 간식은 달걀노른자뿐이라는 걸 깨닫고 체념한 듯 바닥에 엎드렸다.

"그래도 그 사람들은 반려견과 대화를 해보겠다고 찾아오잖아요. 저희 부모님은 집에 오시면 아무 대화도 나누지 않으셨어요. 각자 알아서 생활하고, 뭔가 마음에 들지 않는 부분이 있으면 곧장 싸울 뿐이었죠. 싸우는 것도 일종의 대화라고 하던데 나중에는 아예 싸우지도 않으시더라고요. 그리고 어느 날부터인가 아빠가 집에 들어오시지 않았어요. 우리 집이 이런 상태랍니다."

4. 재회의 대가 **131**

샤오멍은 담담하게 자신의 가정사를 털어놓았다. 팡링은 샤오멍을 가만히 바라봤다. 그저 철없어 보이기만 했던 샤오멍의 마음속에 어두운 그림자가 드리워져 있었다니.

"그래서 부모님이 이혼하셨어요?"

샤오멍이 고개를 끄덕였다.

"아직은 아니지만, 머지않아 그렇게 되겠죠. 사실 두 분이 이혼하시든 안 하시든 상관없어요. 어차피 지금도 뿔뿔이 흩어져 사는 거나 마찬가지니까요. 누나는 대학을 졸업하자마자 곧바로 유학을 떠났고, 엄마는 매일 야근하느라 집에 잘 계시지 않거든요."

샤오멍이 다시 고개를 숙이고 컵라면을 먹었다. 면발에서 뜨거운 김이 올라오는데도 고개를 푹 숙인 채 라면을 입에 욱여넣었다. 팡링은 샤오멍이 눈을 마주치지 않으려고 애쓰고 있다는 걸 알았다.

컵라면은 금방 바닥이 났다. 샤오멍은 국물까지 깨끗이 다 마신 뒤 창피한 줄도 모르고 팡링 앞에서 꺽 트림했다. 팡링이 미간을 찌푸렸지만, 샤오멍은 그저 재미있다는 듯 웃었다.

"누나는 왜 애니멀 위스퍼링을 배우게 되었어요? 선생님을 찾아가 배웠나요?"

팡링이 고개를 끄덕였다.

"네. 아주 대단한 선생님께 배웠죠. 심지어 선생님 댁에 들어가 같이 살기도 했어요.

그렇게 1년 정도 배우고 나서 선생님께 정식 애니멀 위스퍼러로 인정받을 수 있었어요."

"합숙까지 해야 한다니! 쉽지 않네요."

"꼭 그런 건 아니에요. 저희 선생님이 유독 엄격해서서 그랬어요. 만약 저한테 위스퍼링을 배울 생각이라면 살 곳은 알아서 찾아요."

"그럼 정확히 무엇을 배우는 거죠? 영적 소통? 아니면 자기장을 이용한 무슨 기법인가요?"

샤오멍의 황당한 질문에 팡링은 웃음을 터트리고 말았다.

"왜 다들 영적 소통에 관해 이야기하는지 모르겠어요. 아니에요. 저는 영적 소통을 할 줄 모르고 더욱이 자기장에 관해서는 잘 알지도 못해요. 그런 건 소통과 전혀 관련이 없어요. 선생님 댁에서 합숙할 때 무슨 일들을 했는지 말해줄게요. 우선 매일 새벽 6시에 일어나 명상하고 집을 청소했어요. 그리고 선생님과 화단을 가꾸고, 등산하고, 여러 종류의 동물들을 만나봤죠……. 뭐 이런 자질구레한 일들이 엄청 많아요. 얘기를 시작하면 끝도 없는데 정말 배우고 싶어요?"

샤오멍은 어깨만 으쓱할 뿐 아니라고 말하지는 않았다. 대신 팡링에게 질문을 던졌다.

"애니멀 위스퍼링은 왜 배운 거예요?"

"그건……."

팡링이 잠시 생각에 잠겼다.

"그건 나중에 다시 얘기해요!"

"에이, 어른들은 꼭 그래요! 한창 얘기하다 말고 중간에 뚝 끊어버리고. 우리가 아무것도 모른다고 생각해요……."

"사람들이 그쪽이 원하는 걸 몰라준다고 하는데, 정말 원하는 게 뭐예요?"

샤오멍은 괜히 애꿎은 컵라면 컵만 이리저리 접으며 시간을 끌었다.

"잘 모르겠어요."

샤오멍이 풀 죽은 목소리로 말했다. 하지만 팡링은 그런 대답이 나오리라는 걸 이미 예상했다.

"괜찮아요. 그런 건 천천히 알아도 돼요."

팡링이 그를 위로했다.

"정말 내 조수가 되고 싶어요?"

샤오멍은 팡링의 말을 듣자마자 고개를 들고 힘차게 고개를 끄덕였다.

"합격한 대학에 올해 바로 등록하지 않아도 된다고 했던 건 사실이죠? 학기가 이미 시작했는데 무단결석 중이거나 그런 건 아니죠? 나를 순진한 청년이나 꾀어내서 학교도 못 다니게 하는 나쁜 사람으로 만들면 안 돼요."

"그럼요! 다 사실이에요. 그 문제는 부모님과도 다 이야기가 된 부분이에요. 누나를 곤란하게 만드는 일은 절대 없을 거예요!"

샤오멍은 자신이 원하는 일자리를 쟁취하기 위해 최선을 다해 해명했다.

팡링은 적극적인 샤오멍의 태도가 꽤 만족스러웠다.

"좋아요. 그럼 한 번 같이 해봅시다!"

팡링의 말에 샤오멍은 신이 나서 의자에 앉은 채로 엉덩이를 들썩거렸다.

"하지만 일할 때 오늘처럼 술에 취해서 해롱해롱하면 곤란해요."

팡링이 자리에서 일어나 계산대로 걸어갔다. 샤오멍이 콩콩이를 데리고 뒤따라가며 말했다.

"그건 다 무무 형 때문이에요! 앞으로 일할 때 절대 술 안 마실게요. 저 원래 술 안 좋아해요!"

"무무 형이라고요? 두 사람 그렇게 친해요?"

팡링이 신기한 듯 물었다.

"그럭저럭요. 지난번에 형이 누나 그만 쫓아다니라고 경고하더라고요."

샤오멍의 말에 팡링이 깜짝 놀라며 되물었다.

"경고했다고요? 정말요?"

"네, 그런데 괜찮아요. 그때 얘기 잘하고 풀었거든요. 어쨌든 형은 누나가 좋으면 다 좋대요."

팡링은 샤오멍의 말에 또 한 번 의아했지만 깊이 생각하지 않고 넘기기로 했다.

"자, 일하려면 어서 집에 가서 잠을 자둬요. 내일 오후 두 시 무무 카페에서 만납시다."

샤오멍은 멋있는 척 손으로 OK 사인을 보내고 쪼그려 앉아 콩콩이를 쓰다듬었다.

"앞으로 오빠가 달걀노른자 더 많이 줄게."

"참, 오해하지 마세요. 조수는 그쪽이 원한다니까 시켜주는 거

4. 재회의 대가 135

고, 월급은 못 줘요. 의료보험 같은 것도 당연히 없고요."

"알아요. 야식이나 가끔 사주세요."

팡링이 대답하기도 전에 샤오멍은 신나는 발걸음으로 편의점을 나갔다.

샤오멍이 가는 모습을 보면서 팡링은 혼자 중얼거렸다.

"정말 이래도 괜찮은 걸까?"

그리고 이내 스스로 대답했다.

"어떻게 될지 누가 알겠어. 일단 지켜보자."

5. 나와 함께 살지 않을래?

162일째 날°

팡링이 애니멀 위스퍼러로 정식 복귀한 이후 위스퍼링 의뢰는 꾸준히 들어왔고, 거의 매일 오후 무무 카페로 출근했다. 최근 무무 사장은 다양한 종류의 케이크를 만들기 시작했다. 초콜릿 브라우니 한 종류만 덩그러니 놓여있던 진열장이 요즘 들어 눈에 띄게 알록달록해졌다.

하지만 좋은 일이 있으면 나쁜 일도 있기 마련이었다. 위스퍼링 의뢰 덕분에 팡링의 금전적인 어려움은 어느 정도 해소되었지만, 대신 각양각색의 주인들을 상대하며 여러 가지 황당한 상황을 참아내야 했다. 오늘 오후만 해도 그랬다.

"쿠쿠 엄마, 쿠쿠가 다른 개들과 싸우지 않게 하려면 목줄을 묶을 수밖에 없어요. 쿠쿠가 계속 목줄을 거부하면 전문 훈련사에게 도움을 받아야 해요."

쿠쿠는 세 살 된 시바견이었다. 쿠쿠는 이미 공원에서 다른 개 세 마리를 물어 다치게 한 전적이 있었고, 그때마다 주인은 비싼 치료비를 물어줘야만 했다. 주인은 쿠쿠의 공격성을 개선하기 위해 팡링을 찾아왔다.

"훈련사는 필요 없어요. 우리 쿠쿠가 평상시에는 얼마나 얌전한데요! 훈련은 필요 없고, 그냥 다른 개들을 무는 건 절대 안 된다고 쿠쿠에게 전해 주실래요?"

주인의 말투는 상냥했지만, 팡링은 그녀의 말에 이미 의심이 가득하다는 걸 느낄 수 있었다.

"오늘 오후 내내 쿠쿠와도 얘기하고 쿠쿠 엄마에게도 얘기했잖아요. 쿠쿠는 수캐들을 보면 무조건 공격해야 한다고 생각해요. 쿠쿠 엄마 얘기도 전해 봤지만, 쿠쿠는 받아들일 생각이 전혀 없어요. 그래서 다른 방법을 제안하는 거예요."

"받아들일 생각이 없다니요? 우리 착한 쿠쿠가 그럴 리 없어요. 정말 내 얘기를 전달한 게 맞아요? 아무 얘기도 안 한 거 아니에요? 아니면 쿠쿠가 잘못 알아들었거나……."

팡링은 이를 꽉 깨물고 화를 꾹 참았다. 겨우 마음을 진정시키고 고개를 돌려 샤오밍을 바라봤다. 샤오밍은 팡링이 화가 났거나 말거나 고개를 숙이고 휴대전화만 바라보고 있었다. 뭐가 좋은지 싱글벙글 웃기까지 했다.

"분명히 전달했고 쿠쿠도 알아들었어요. 하지만 쿠쿠는 자신이 잘못했다고 생각하지 않아요. 쿠쿠 엄마, 저는 소통을 돕는 애니멀 위스퍼러에요. 쿠쿠 엄마가 쿠쿠에게 하고 싶은 말이나, 쿠쿠가 엄마에게 하고 싶은 말을 전달할 뿐 근본적인 문제를 해결해 드릴 수는 없어요. 쿠쿠의 문제는 전문 훈련사에게 맡기셔야 해요. 제 생각에는 위스퍼링보다는 차라리 강아지 행동 전문가를 찾아가시는 게 나을 것 같아요. 그리고 공원에서는 쿠쿠에게 꼭 목줄을 채우세요. 쿠쿠가 다른 개를 공격할 거라는 걸 알면서 마음대로 돌아다니게 두면 절대 안 돼요. 쿠쿠 엄마에게는 쿠쿠가 세상에서 가장 사랑스럽고 착한 개일지 몰라도 다른 사람들에게는 두려운 존재가 될 수 있어요. 그러니 잘 통제하셔야 합니다. 그렇지 않으면 나중에는 지금보다 더 큰돈을 배상하셔야 할지도 몰라요."

팡링이 진지하게 말했다. 쿠쿠 주인도 그녀의 말을 귀담아듣는 듯했다. 하지만 귀담아듣는다고 해서 팡링의 충고를 모두 받아들일 거라는 의미는 아니었다.

"에이, 이럴 줄 알았으면 남들처럼 얌전한 몰티즈나 키울 걸 그랬어요. 괜히 시바견을 골라서……."

쿠쿠 주인이 불평하자 팡링이 쓴웃음을 지으며 말했다.

"몰티즈도 잘못 키우면 사람을 물어요. 예전에 몰티즈에게 물린 적 있거든요."

쿠쿠 주인은 위스퍼링이 영 마음에 들지 않았는지 떠나기 전에 이런 말을 했다.

"돈은 돈대로 쓰고 아무것도 해결 못 했네요."

팡링은 기가 막혀 아무 말도 나오지 않았다. 그래도 예약을 받을 때 비용 전액을 받아놨기 때문에 돈을 떼일 일은 없었다. 사전에 비용을 내야 한다는 규정을 만든 사람은 샤오멍이었다. 그는 그래야 사람들이 약속을 마음대로 어기지 않고, 위스퍼링 결과에 불만을 품고 돈을 주지 않으려는 사람들과 실랑이하지 않아도 된다고 말했다.

쿠쿠 주인은 카페를 나갈 때 은근슬쩍 커피값도 안 내고 그냥 가려다가 무무 사장에게 붙잡혔다. 무무는 팡링의 커피 값까지 모두 내고 가야 한다며 그녀를 놔주지 않았고, 결국 마지못해 지갑을 열어 돈을 내고 갔다.

"참나! 자기가 뭘 잘못하고 있는지는 생각도 안 하고 남 탓만 하기는. 하여간 문제 있는 개들은 다 주인이 잘못 키워서 그런다니까!"

쿠쿠 주인이 떠난 후 팡링은 조용히 불평했다.

한편 샤오멍은 이런 상황을 아는지 모르는지 계속 휴대전화만 만지작거리고 있었다. 샤오멍의 표정은 좋아하는 건지 부끄러워하는 건지 알 수 없었지만, 그 어떤 표정이든 팡링은 마음에 들지 않았다.

"조수되기 참 쉽죠! 앉아서 휴대전화나 들여다보고 있으면 되니 말이에요."

팡링이 비꼬며 말했다.

샤오멍은 팡링의 말이 끝나고 정확히 3초 후에야 정신을 차리고 고개를 들어 그녀의 떫은 표정을 확인했다. 하지만 샤오멍은 크게 개의치 않았다.

"저도 다 듣고 있었어요. 나중에는 똑같은 얘기가 계속 반복

되기에 더 이상 기록하지 않은 거예요."

샤오멍은 이 말을 하는 동안에도 휴대전화에서 눈을 떼지 못했다.

팡링은 샤오멍에게 위스퍼링을 할 때마다 주인의 질문이 무엇이었는지, 질문에 대한 그의 생각은 어떤지, 의뢰 건에 대한 전반적인 분석 등 모든 과정을 기록하고 보고서로 정리하도록 했다.

"그래서 당당히 휴대전화만 보고 있었다?"

팡링은 갑자기 자리에서 일어나 샤오멍이 앉은 자리로 성큼다가갔다. 샤오멍이 대체 뭘 하고 있는지 확인하려고 했지만, 팡링이 다가오자, 그는 얼른 휴대전화 화면을 껐다. 팡링은 어렴풋이 메신저 창에 떠 있던 것만 확인할 수 있었다.

"내가 열심히 위스퍼링할 때 다른 사람이랑 수다나 떨고 있던 거예요?"

"아뇨…… 그런 게 아니라, 친구가 뭘 좀 도와달라고 해서요."

"친구를 도와줬다……. 조수가 되게 해달라고 사정한 건 그쪽이에요, 내가 아니라. 그렇게 할 일이 많으면 앞으로 안 와도 돼요. 의뢰인이 저렇게 불평하는데 휴대전화나 보고 있다니."

"그 사람은 제가 휴대전화를 보고 있는 게 불만이 아니라 자기 개가 말을 안 들어서 그런 거죠!"

"이봐요……."

"그렇다고 그게 누나 잘못은 아니죠. 네네, 저도 알아요……. 하지만 정말 급한 일이어서 그랬어요."

샤오멍은 다시 휴대전화를 보다가 팡링의 따가운 시선을 못

견디고 마지못해 휴대전화를 내려놓았다.

"이번 주 위스퍼링 기록은 다 정리했어요?"

팡링이 물었다.

샤오밍은 어깨를 으쓱했다. 팡링은 그것이 다 했다는 의미인지, 아직 못했다는 의미인지 알 수 없었다. 그녀는 샤오밍의 태도에 화가 났지만, 한편으로는 이제 막 일을 시작한데다가 월급을 주는 것도 아니니 그를 너무 채근하는 건 공평하지 않다고 생각했다.

"바쁜 일이 있으면 얘기해요. 나 혼자서도 할 수 있으니까."

팡링이 말했다.

"앞으로 더 잘할게요!"

샤오밍은 가방을 챙겨 갈 준비를 했다.

"오늘은 더 이상 약속이 없으니 이만 가볼게요!"

그리고 도망치듯 무무 카페를 나섰다.

팡링은 이 상황이 너무 황당해서 멍하니 서 있다가 자신을 바라보며 몰래 웃고 있는 무무를 보고 계산대로 걸어갔다.

"요즘 애들은 정말 이해할 수 없어요!"

팡링이 무무에게 불만을 터트렸다.

"아니에요. 아마 저 친구……. 중요한 일이 있어서 그럴 거예요."

"중요한 일이요? 무슨 일이요?"

"모르세요?"

"뭘요?"

무무는 팡링에게 말해야 하나 말아야 하나 한참을 망설였다.

"그게 말이죠……. 샤오멍이랑 지난번 그 친구랑……."

"누구요?"

"지난번에 그 여학생 있잖아요. 데려다준다고 쫓아 나간 그 여학생이랑 데이트 중인 거 같던데요."

"뭐라고요!"

무무는 곧장 자신이 말한 것을 후회했다.

"그걸 어떻게 알았어요?"

팡링이 물었다.

"아니……. 정말 그렇다는 게 아니고요, 제 추측이에요. 여기에 둘이 커피 마시러 몇 번 왔었거든요. 둘이 사이가 굉장히 좋아 보여서……."

"그래서 그냥 '추측'일 뿐이라고요?"

"저도 잘 몰라요……."

무무가 고개를 저으며 기어들어 가는 목소리로 말했다.

"그러면 제가 직접 확인해 보죠!"

팡링은 자리로 돌아가 가방을 챙겨 떠났다.

"하느님 맙소사, 내가 대체 무슨 짓을 한 거야! 왜 쓸데없는 말은 해서."

무무는 눈을 감고 자신의 실수를 후회했다.

그날 밤 편의점에 출근할 때 팡링은 편의점 입구에서 걱정스러운 얼굴로 주위를 살피는 점장과 마주쳤다.

"오늘 아침에 점박이 개 한 마리를 봤는데 다리를 절고 있더라고요. 그때는 손님이 많을 때라 나가서 살펴보지 못했는데, 혹시 다시 나타날까, 해서 보고 있는 거예요."

팡링은 청샤오징이 비록 센스가 좀 부족하고 고지식한 면이 있긴 하지만 마음만은 정말 따뜻한 사람이라는 걸 느낄 수 있었다. 어쩌면 그의 그런 면 덕분에 편의점 사업도 번창할 수 있었는지도 모른다. 하늘은 선한 사람을 아낀다는데, 세상의 모든 선한 사람들은 아니더라도 최소한 천샤오징은 하늘의 선택을 받은 것이 분명했다. 그리고 어쩌면 팡링도……

"나는 이만 퇴근할게요. 밤사이 혹시 그 개가 다시 찾아오면 물 좀 챙겨주고, 통조림도 몇 캔 까서 주세요. 대신 편의점 안에는 들어가게 하지 말아요. 아무래도 떠돌이 개니까 몸에 진드기나 벼룩 같은 게 있을지도 모르는데 편의점 안에 옮기면 안 되잖아요. 그리고 콩콩이도 웬만하면 같이 놀게 하지 말아요. 몸에 벼룩 같은 거 옮겨가면 큰일이니까요."

그랬다. 착한 마음에도 분명한 선은 존재했다. '내 사람'과 '남', '우리 개'와 '떠돌이 개', 그사이에 분명한 경계가 있었다. 청샤오징에게 콩콩이는 한때 버려졌지만. 새 가정을 만나 예쁘게 단장한 '우리 개'였고 여기저기 기웃거리며 먹을 것을 구걸하는 점박이 개는 그저 불쌍한 '떠돌이 개'일 뿐이었다. 하지만 그런데도 청샤오징은 여전히 착한 사람들의 피라미드 중에서도 꼭대기에 있는 사람 중 하나일 것이다.

자정 무렵, 샤오밍이 편의점에 왔다. 콩콩이는 곧바로 달려가 쓰다듬어 달라고 애교를 부렸고, 그는 여느 때처럼 삶은 달걀과 컵라면을 집어 들고 계산대로 갔다.

"2,700원입니다."

오늘 팡링은 샤오멍의 야식을 대신 계산해 줄 생각이 전혀 없어 보였다.

"오늘은 안 사주시는 거예요?"

샤오멍이 물었다.

"네."

"아직도 화가 나 있는 거예요?"

샤오멍이 5천 원짜리 지폐 한 장을 내밀었다. 팡링은 돈을 받자마자 샤오멍에게 따지듯 물었다.

"대체 에이미랑은 어떻게 된 거예요?"

팡링이 거스름돈을 건넸지만, 샤오멍은 너무 놀라 그대로 얼어붙어 버렸다.

"거스름돈 안 받을 거예요? 그러면 여기 모금함에 넣을게요."

계산대 앞에는 유기 동물을 위한 모금함이 늘 놓여있었다.

"아니……. 대체 그걸 어떻게……."

샤오멍은 거스름돈을 받아 잠시 고민하다가 기부함에 모두 넣고 팡링을 바라봤다.

"아이, 참 설마 이런 일까지 간섭하시려고 그래요?"

"간섭이 아니라,"

팡링이 눈을 부릅뜨고 말했다.

"간섭이 아니라 에이미는 내 고객이잖아요. 고객이랑 사적으로 만난다는 게 도덕적으로 말이 돼요?"

"누구 고객이라고요? 지난번에는 제 고객이라더니……."

"지금 나랑 장난하는 거예요!"

팡링이 눈을 한층 더 크게 부릅뜨고 말했다.

"이건 내 직업이에요! 그쪽이 그러면 앞으로 에이미의 의뢰를 어떻게 받아요?"

"어쩌면 앞으로 의뢰할 일이 없을지도 모르죠."

샤오멍이 태연하게 말했다.

팡링이 진지하게 샤오멍을 바라봤다. 고객 한 명을 잃게 되어 화가 나서 그런 것이 아니라 그가 에이미와 무슨 이야기를 나눴는지 진심으로 궁금해서 그랬다.

"별일 없었으니 너무 걱정하지 마세요."

샤오멍은 뜨거운 물이 있는 곳으로 걸어가 컵라면에 물을 부으며 말했다.

"에이미에게 이렇게 말했어요. 예전의 니니가 환생한 것이든 아니든 간에 현재 니니를 키우고 있고 앞으로도 계속 키울 것 아니냐, 기왕 그렇게 하기로 결심했으면 니니가 예전 니니인지 아닌지 신경 쓰지 마라, 함께 있을 때 행복한 게 가장 중요하지 않으냐고요. 그리고 어쩌면 니니가 이미 예전보다 훨씬 더 나은 환경에서 행복하게 살고 있을지도 모르니 너무 힘들어하지 말라고 얘기해줬어요."

샤오멍은 조심스럽게 뜨거운 컵라면을 들고 자리에 가서 앉았다. 샤오멍의 말에 팡링은 말문이 막혀버렸다. 사실 팡링은 에이미가 우울증을 앓고 있다는 사실을 고려해 전하고 싶은 말들을 몇 바퀴 빙빙 돌려 아주 완곡하게 얘기했었다. 그런데 이 철없는 애송이가 일을 이렇게 쉽게 해결했다니.

팡링은 샤오멍 있는 곳으로 걸어가 조용히 옆에 앉았다.

"그래서 에이미가 받아들였나요?"

샤오멍이 고개를 끄덕였다.

"네, 받아들였어요. 제가 또 원래 말을 재미있게 하잖아요? 그래서 그런지 제가 얘기하는 동안 내내 웃고 있었어요. 에이미가 니니에 대한 이야기를 아주 많이 했는데, 니니를 정말 잘 이해하고 있는 것 같더라고요. 니니가 무엇을 좋아하고 무엇을 싫어하는지 정확하게 알고 있었어요. 아마 본인 아빠에 대해 아는 것보다 훨씬 더 깊이 이해하고 있을걸요. 그래서 제가 이렇게 말해줬어요. 그렇게 잘 이해하고 있는데 애니멀 위스퍼러가 왜 필요하냐고, 니니도 다른 사람을 통하는 것보다 에이미와 직접 소통하는 걸 더 원할 거라고요."

샤오멍은 말을 마치고 마침 알맞게 익은 컵라면을 젓가락으로 휘휘 저어 몇 입 먹었다. 그런 다음 삶은 달걀을 까서 노른자를 분리한 다음 콩콩이에게 줬다. 그러는 동안 팡링은 계속 샤오멍을 바라보고 있었다. 샤오멍의 말은 틀리지 않았다. 틀리지 않은 정도가 아니라 팡링이 그동안 생각해 왔던 것 그대로였다. 사실 반려동물을 가장 잘 이해하는 사람은 주인이다. 매일 아침부터 저녁까지 함께 있으니, 누구보다 서로를 잘 알고 이해하는 게 당연하다. 그런데 왜 군이 위스퍼러에게 도움을 요청하는지 팡링은 이해할 수 없을 때가 많았다. 심지어 어떤 고객은 거의 매달 위스퍼링을 의뢰해 아주 사소한 일까지 도움을 요청하기도 했다. 팡링은 이런 일을 잘 이해할 수 없었는데 그건 동물들도 마찬가지였다. 위스퍼링 도중 이렇게 반문하는 동물들도 있었다.

'왜 아빠/엄마는 저한테 직접 물어보지 않는 거예요? 제가 보내는 신호를 이해하지 못하는 거예요?'

샤오멍은 보기보다 생각이 깊은 친구였다.

"하지만 에이미 아빠는 조심해야 할 거예요."

팡링은 그 일만큼은 주의를 줘야겠다고 생각했다.

"자기 딸에게 광적으로 집착하는 사람이에요. 게다가 얼마나 간사하고 거들먹거리는데요……. 아마 에이미랑 만난다고 하면 그 사람이 가만있지 않을 거예요."

샤오멍은 라면을 한 입 먹고 미간을 찌푸린 채 잠시 생각했다. 팡링은 그가 이미 에이미 아빠에게 위협이나 협박을 받았을 거라고 생각했다. 하지만 웬걸…….

"아니에요. 좋은 분이시던데요."

샤오멍이 말했다.

"좋은 분이라고요?"

팡링이 눈을 가늘게 뜨고 속으로 생각했다. 아무리 어려도 사람 보는 눈이 저렇게 없나.

"네, 맞아요. 제가 에이미랑 만나는 걸 아주 반기시던데요. 오늘 저녁에 스테이크를 사주셔서 같이 먹고 왔어요."

샤오멍이 손가락으로 둥그런 모양을 그려 보이며 말했다.

"이렇게 큰 스테이크였는데 정말 맛있었어요!"

팡링은 어처구니가 없었다.

"그렇게 먹고 지금 또 컵라면을 먹는다고요?"

팡링은 자리에서 일어나 계산대로 돌아가며 혼자 구시렁거렸다.

"만난 지 얼마나 됐다고 벌써 여자 친구 아빠랑 식사한담? 그게 집착인 줄도 모르고! 어휴! 저 바보!"

계산대로 돌아왔을 때 팡링은 콩콩이의 행동이 뭔가 예사롭지 않다는 걸 알아차렸다. 조금 전까지만 해도 샤오멍 옆에 얌전히 엎드려 있던 콩콩이는 어느새 편의점 문 앞으로 와서 귀를 쫑긋 세우고 바깥의 어느 한 지점을 응시하고 있었다.

그때 멋지게 차려입은 한 여성이 편의점 문을 열고 들어왔다. 그 순간 콩콩이는 말릴 틈도 없이 편의점 밖으로 뛰어나가는 바람에 여성은 너무 놀라 그 자리에 얼어붙었다.

"콩콩아!"

팡링이 초조한 얼굴로 편의점 문 앞에 서서 콩콩이를 불렀다. 야간에는 팡링 혼자 근무하므로 편의점을 비우고 콩콩이를 쫓아갈 수 없었다. 그때 샤오멍이 밖으로 뛰어나가며 말했다.

"제가 가볼게요!"

샤오멍이 빠르게 달려 나갔지만 사실 멀리 갈 필요는 없었다. 콩콩이가 코너를 돌면 보이는 대형 소방함 앞에 앉아 있었기 때문이다. 콩콩이는 소방함 안에 있는 무언가를 뚫어져라 쳐다보고 있었다.

"여기 개 한 마리가 있네요!"

샤오밍이 소리쳤다.

콩콩이는 신이 나서 꼬리를 세차게 흔들었다.

"개요? 혹시 점박이인가요?"

팡링이 소리쳐 물었다.

샤오밍은 휴대전화를 꺼내 카메라 플래시 기능을 켜서 소방함 안을 비췄다. 개는 불빛을 보자 더 안쪽으로 숨어버렸다.

"그런 것 같은데 정확히 보이지는 않아요!"

점장이 말한 절름발이 점박이 개가 맞는 것 같았다. 낮에는 무서워서 숨어 있다가 밤이 되어 먹을 것을 구하러 나왔다가 콩콩이에게 발견된 것이다.

"통조림으로 유인해 보죠!"

팡링은 진열대로 가서 통조림 한 캔을 집어 왔지만, 편의점을 이대로 두고 나갈 수는 없었다.

"거기까지 못 갈 것 같은데 어떡하죠?"

조금 전, 콩콩이 때문에 놀라 얼어붙었던 여성이 제자리에 서 있다가 난감해하는 팡링을 보고 말했다.

"제……. 제가 갈게요!"

팡링은 감격스러운 표정으로 여성을 바라보며 통조림을 건넸다. 하이힐을 신은 멋진 여성은 또각또각 발걸음 소리를 내며 샤오밍에게 걸어갔다. 샤오밍에게 통조림을 건넨 후 호기심 어린 눈으로 소방함 안을 들여다봤지만, 아무것도 보이지 않자, 흥미를 잃고 자리를 떠났다.

샤오밍은 통조림 뚜껑을 열어 소방함 앞에 놓고 상냥한 목소리로 말했다.

"멍멍아, 배고프지? 여기 맛있는 음식이 있네!"

콩콩이가 다가와 통조림 냄새를 맡았다. 하지만 지금은 통조림보다 점박이 개에게 더 관심이 있었다. 샤오멍은 통조림 뚜껑을 반으로 구부려 안에 있는 고기 한 덩어리를 건져 올려 바닥에 놓았다.

점박이 개는 고기 냄새에 더 이상 배고픔을 참지 못하고 소방함에서 나와 음식을 먹었다. 콩콩이는 신이 나서 다가가 냄새를 맡았다. 옆에 다른 개가 있으니, 점박이도 안심되는 모양이었다. 샤오멍은 고기를 한 덩이씩 바닥에 내려놓으며 점박이 개를 편의점 앞으로 유인했다. 팡링은 그릇에 물을 담고 통조림 한 캔과 사료 한 봉지를 열어 샤오멍에게 건넸다. 샤오멍은 음식과 물을 편의점 밖 테라스 쪽에 내려놓았다. 점박이 개는 그동안 얼마나 배가 고팠는지 허겁지겁 물과 음식을 먹어 치웠다. 점박이 개는 음식을 배불리 먹고 나자, 사람에 대한 경계가 조금 풀린 것 같았다. 샤오멍이 손을 뻗어 머리를 쓰다듬자 아예 그의 품에 파고들었다. 보아하니 떠돌이 개가 된 지 얼마 안 된 것 같았다. 두 눈에 가벼운 백내장 증세가 있었고 나이는 꽤 들어 보였다. 어쩌면 이것 때문에 주인에게 버려졌을지도 모른다는 생각이 들었다. 체격이 마른 편은 아니고, 음식을 보자마자 두 눈이 커지는 걸 보면 먹는 것에 대한 본능이 강한 아이였다. 아마 떠돌아다니면서 길에서 먹을 수 있는 건 모두 먹어 치웠을 텐데 독이 들거나 상한 음식은 운 좋게 피해 간 모양이었다. 축 늘어진 뱃가죽을 보니 예전에는 체격이 꽤 뚱뚱했으나 떠돌이 개 신세가 된 이후 살이 많이 빠진 것 같았다. 그리고……. 어라? 암컷이었다! 콩콩이 때도 그랬고 처음에는 당연히 수컷일 거라고 생각했는데 의외였다. 다리의 상처는 생긴 지 얼마 되지 않은 듯 보였다. 피는 멈췄지만, 상처가 선명하게 보였고 이것 때문에 다리를 절뚝이던 것이었다.

점박이는 팡링을 보고 쓰다듬어 달라는 듯 다가왔다. 하지만 콩콩이가 재빨리 그의 앞을 막으며 조용히 으르렁거렸고 점박이는 이내 뒤로 한 걸음 물러났다.

"콩콩이가 질투하나 보네요!"

샤오멍이 웃으며 말했다.

팡링은 콩콩이의 반응이 꽤 만족스러웠다.

"너도 질투하는구나?"

팡링이 콩콩이를 쓰다듬자 콩콩이가 활짝 웃었다.

"얘를 어떻게 하면 좋죠?"

샤오멍이 점박이 개를 바라보며 말했다.

"나도 모르겠어요. 점장님이 먹을 것만 챙겨주고 편의점 안에는 절대 들어오지 못하게 하라고 그랬으니 일단 저대로 둬야죠."

샤오멍이 팡링과 함께 편의점 안으로 들어가자, 점박이 개는 입구에서 잠시 배회했지만 들어오려고 하지는 않았다. 자기는 안에 들어가면 안 된다는 사실을 분명히 알고 있거나 예전에 멋대로 들어갔다가 쫓겨난 경험이 있는 것 같았다. 점박이 개는 테라스 한구석에 자리를 잡고 엎드렸다. 이제 여기가 안전한 곳이라고 마음속으로 받아들인 모양이었다.

한바탕 소동이 지나고 나니 벌써 새벽 2시가 가까워져 오고 있었다.

"너무 늦었으니 그만 가봐요."

팡링이 샤오멍에게 말했다.

샤오멍이 돌아간 후 팡링은 그릇에 물과 사료를 담아 점박이 개 근처에 놓았다. 점박이 개는 팡링을 보고 일어났다가 그녀가 먹을 것만 놓고 돌아가자 다시 시무룩하게 엎드렸다.

팡링은 아무것도 해줄 수가 없었다. 그녀는 기껏해야 편의점 아르바이트생이었고 이미 집에 기르는 개도 한 마리 있었다. 팡링이 해줄 수 있는 일이라고는 한 끼 배부르게 먹여주는 것뿐이었다.

팡링은 편의점 안으로 들어와 다시 할 일을 했다. 콩콩이는 웬일인지 다른 곳에 가지 않고 점박이 개가 가까이 보이는 곳에 가만히 앉아 있었다. 두 마리 개가 한 마리는 밖에서, 한 마리는 안에서 유리를 사이에 두고 앉아 서로에게 끈끈하게 의지하고 있는 것처럼 보였다.

야간 편의점 근무라 하면 사람들은 흔히 계산대에 앉아 꾸벅꾸벅 졸고 있는 모습을 떠올리지만, 사실 야간에도 창고 정리, 진열, 청소 등 할 일이 많아서 가만히 앉아 있을 시간이 별로 없었다.

한창 바쁘게 일하고 있는데 유리창 밖으로 어떤 여자가 점박이 옆에 쪼그려 앉아 있는 모습이 보였다. 그 여자는 유리창 안에 있는 콩콩이에게도 아는 척을 했다. 팡링이 여자의 얼굴을 봤더니 어딘지 굉장히 익숙한 얼굴이었다. 가만히 생각해 보니 대학교 때 절친 린아이링과 닮은 것 같았다. 하지만 그녀는 린아이링보다 코가 훨씬 높고 턱도 날렵했다. 게다가 팡링이 아는 린아이링은 직설적이고 명랑한 친구인데, 지금 저 여자는 뭔가 신비로운 분위기를 내뿜고 있었다. 사실 이제 둘은 '절친'이라고 말하기 어려운 사이였다. 팡링이 전 약혼자와 만나고 나서 린아이링이 연락을 끊었기 때문이다.

팡링은 여자를 보면서 옛 절친을 떠올렸다. 체면 따위 생각하지 않고 언제나 직설적으로 할 말을 하던, 그래서 때로는 웃기고 때로는 견딜 수 없을 만큼 마음을 아프게 했던 그녀를. 그런데 결국 그녀의 말이 다 맞았다. 만약 팡링이 애초에 린아이링의 충고를 받아들였다면 지금 그녀는 이렇게 편의점 야간 근무를 하고 있지 않을 수도 있었다.

사람이나 개나 인생은 알 수 없는 것이었다. 세상을 다 가진 것처럼 행복하게 살다가도 갑자기 나락에 떨어지거나, 남부러울 것 없이 편안한 생활을 하다가도 하루아침에 주인에게 버려져 떠돌이 개 신세가 되는 것처럼 말이다.

"안녕하세요. 따뜻한 카페라테 한 잔……. 아니 그린티 라테 한 잔 주세요. 아니, 혹시 흑당 라테도 있나요? 죄송해요. 잠깐 고민 좀 해볼게요."

여자는 벽에 붙은 음료 메뉴를 보면서 고민했다.

팡링은 계산대 안쪽에서 여자를 유심히 쳐다봤다. 그런데 아무래도 린아이링과 닮아도 너무 닮은 것 같았다.

"그냥 무난하게 따뜻한 카페라테로 주세요."

여자가 결정을 내리고 그제야 팡링을 정면으로 바라봤다. 그녀의 눈이 팡링과 마주친 순간 차가웠던 표정이 한순간 어리둥절해졌다.

"잠깐, 너……."

여자가 팡링을 가리키며 두 눈을 동그랗게 떴다.

"린아이링?"

팡링이 먼저 그녀의 이름을 불렀다.

"천팡링?"

팡링과 아이링, 오랜만에 다시 만난 두 절친은 놀란 토끼 눈을 하고 서로를 바라봤다.

수수하게 변한 팡링과 화려해진 아이링, 두 사람의 겉모습은 하늘과 땅 차이였지만 마음속으로는 둘 다 같은 생각을 하고 있었다.

'이렇게 갑자기 다시 만나게 될 줄이야! 예전에 싸웠던 건 이제 풀린 건가? 뭐라고 말해야 하지?'

"네가 왜 여기 있는 거야?"

아이링이 물었다.

"너야말로 어떻게 여기 있는 거야?"

팡링도 똑같이 되물었다.

결혼해서 깨 볶는 신혼 생활을 즐기고 있을 거라고 생각했던 팡링은 편의점에서 아르바이트하고 있고, 홍콩으로 건너가 금융가를 멋지게 활보하는 전문직 여성이 되었을 거라고 생각했던 아이링은 어쩐 일인지 다시 대만으로 돌아와 있었다.

"나는……. 적응 못 해서 돌아왔어. 너는?"

"나는……. 그 사람이랑 결혼 안 했어."

두 사람은 가만히 서서 한동안 서로를 바라봤다. 그러는 동안 놀라고 당혹스러웠던 감정은 서로에 대한 측은지심으로 변했다.

'홍콩 생활에 자신만만하던 아이링이 갑자기 돌아왔다고? 분명 무슨 큰일이 있었을 거야.'

팡링이 속으로 생각했다.

'결혼을 안 했다고? 그 사람이 떠난 건가? 팡링이 정말 힘들었겠네…….'

두 사람은 약속이나 한 듯 앞으로 다가가 서로를 꼭 안아줬다.

"그런데 네 얼굴 말이야……."

팡링이 물었다.

"얘기하자면 길어. 나중에 기회 되면 다 얘기해줄게……. 으악!"

아이링이 갑자기 비명을 질렀다. 콩콩이가 그녀의 종아리를 문 것이다. 다행히 피가 날 정도는 아니었지만, 그 정도만 해도 꽤 아플 것 같았다. 아이링은 혼비백산해서 계산대 위로 뛰어 올라갔다.

'지금 뭐 하는 거예요! 당장 내려와요! 내려와요!'

팡링이 서둘러 콩콩이를 제지했다.

"앉아! 이 사람은 내 친구야. 그러면 안 돼!"

콩콩이는 곧바로 엉덩이를 땅에 붙이고 앉았다. 하지만 여전히 몸을 꼿꼿이 세우고 조용히 으르렁거리며 경계를 풀지 않았다.

"미안해. 내가 키우는 개인데 너를 도둑으로 착각했나 봐."

아이링은 여전히 겁먹은 얼굴로 계산대 위에 앉아 내려올 엄두를 내지 못했다. 팡링은 콩콩이에게 다가가 머리를 쓰다듬어 주며 안심시켰다.

"콩콩아, 괜찮아. 이 사람은 엄마 친구야. 나쁜 사람 아니니까 안심해. 우리 콩콩이가 엄마를 지켜주려고 그랬구나. 기특해라."

팡링이 콩콩이를 안아주자 콩콩이도 경계심을 풀고 계산대에서 조금 떨어진 곳으로 가서 앉았다. 하지만 두 눈은 여전히 팡링과 아이링을 주시하고 있었다.

"언제부터 개를 키운 거야? 개를 데리고 출근해도 되는 거야?"

아이링은 콩콩이의 반응을 살피며 천천히 계산대에서 내려왔다. 콩콩이가 더 이상 달려들 기미가 보이지 않자, 안심하고 땅에 발을 딛고 완전히 내려왔다.

"나도 얘기하자면 길어. 나중에 기회 되면 다시 얘기하자."

여기까지 말하고 나자 팡링은 무슨 말을 더 해야 할지 몰랐다. 보아하니 그건 아이링도 마찬가지인 것 같았다. 두 사람은 어색한 웃음을 지었다.

"그래서 뭐 마실래? 따뜻한 라테로 결정한 거야?"

팡링은 문득 조금 전 아이링의 음료 주문을 받다 말았다는 걸 깨달았다.

"아무거나. 내 성격 잘 알잖아. 네가 그냥 알아서 줘."

음료 덕분에 두 사람 사이의 어색함이 누그러지고 과거 깊었던 우정의 흔적도 조금이나마 찾아볼 수 있었다. 몇 년 동안 연락도 없이 떨어져 지냈지만 두 사람은 여전히 서로를 깊이 이해하고 있었다. 아이링은 큼직큼직한 일들은 과감히 잘도 결정하면서 음료를 고르는 것 같은 사소한 일들은 오히려 쉽게 결정을 내리지 못하고 늘 팡링에게 맡겼다.

팡링은 아이링을 위해 캐러멜 밀크티를 만들었다. 아이링은 계산대 앞에 놓인 작은 위스키 두 병을 집어 팡링에게 계산해달라고 내밀었다.

"나랑 한잔할래?"

아이링이 말했다.

"아니……. 너 이렇게 독한 술을 마셔?"

아이링은 위스키 두 병을 모두 열어 팡링이 만들어 준 밀크티에 부었다.

"이렇게 마시면 더 맛있어."

아이링이 태연하게 말했다. 팡링이 기억하는 아이링은 술을 거의 마시지 않았다. 그런데 그런 그녀가 지금 밀크티에 위스키를 부어 넣고 있다니.

"이제 위스퍼링 일은 그만둔 거야?"

아이링이 위스키 섞인 밀크티를 한 입 마시고 팡링에게 물었다.

"먹고 살려면 돈이 필요해서 얼마 전에 다시 시작했어."

"그 자식이 아무것도 안 남기고 떠난 거야?"

"그렇지 뭐."

팡링이 쓴웃음을 지었다.

"그래도 나 굶어 죽지 않고 잘살고 있어……. 넌 이 근처에 살아?"

"응. 공원 옆에 새로 생긴 건물에."

팡링은 그곳이 얼마 전에 완공한 고급 주상복합 건물이라는 걸 떠올렸다. 하지만 아이링이 그런 비싼 집에 살고 있다는 게 그리 놀라운 일은 아니었다. 아이링은 이미 20대 초반부터 벤츠를 타고 다녔고 팡링이 기억하는 한 백만 원 이하의 가방은 든 적이 없었다.

"우리 아빠가 지은 건물이야."

아이링은 숨기는 법이 없었다.

"지난달에 이사했는데 집이 너무 커서 그런지 아직 적응 못 했어. 밤에 잠이 안 와서 잠깐 산책하러 나왔는데, 나오길 잘했지! 여기서 이렇게 널 만날 줄이야. 너는? 너는 지금 어디 살아?"

팡링이 손가락으로 위를 가리켰다.

"이 건물 위층에."

"잘됐다. 앞으로 자주 볼 수 있겠네."

아이링이 처음으로 환하게 웃었다. 팡링도 아이링을 바라보며 웃었지만, 속으로는 그녀가 걱정되었다. 대체 그동안 무슨 일이 있었기에 얼굴부터 행동까지 이렇게 변한 걸까?

"그 사람이랑 아직 만나?"

팡링이 물었다.

'그 사람'이란 아이링의 남자 친구였는데 팡링은 도무지 그의 이름이 기억나지 않았다.

아이링이 고개를 저었다. 표정을 보니 그 얘기는 꺼내고 싶지 않은 것 같았다. 좋지 않게 헤어진 게 분명했다.

"혹시"

아이링이 말했다.

"위스퍼링을 도와줄 수 있어?"

팡링은 또 한 번 놀랄 수밖에 없었다. 왜냐하면 아이링은 예전부터 애니멀 위스퍼링 같은 건 믿지 않는다고 수없이 말했었기 때문이다. 팡링이 한창 실습할 때 아이링은 허스키 한 마리를 키우고 있었는데 죽어도 자기 허스키는 실습 대상으로 허락해 주지 않았다.

"위스퍼링? 그때 키우던 골든리트리버가 아직 살아있어?"

아이링은 전 남자 친구와 골든리트리버 한 마리를 함께 키우고 있었다.

"이름은 해피야. 당연히 살아있지. 이제 겨우 일곱 살인걸."

"넌 위스퍼링을 믿지 않았잖아."

"하지만 난 내 친구를 믿거든."

아이링은 위스퍼링은 믿지 않지만, 팡링은 믿는다고 말했다. 아이링의 부탁이 아니었다면 이렇게 모순된 태도를 가진 고객의 의뢰는 당장 거절했을 것이다. 하지만 정말 오랜만에 다시 만난 절친의 부탁을 어떻게 거절할 수 있을까. 팡링은 이 부탁을 거절하면 어렵게 다시 찾은 친구를 또다시 잃게 될까 두려웠다.

"알겠어! 당연히 도와줄 수 있지!"

"고마워."

"대신 돈은 받을 거야."

"당연히 그래야지!"

친구를 상대로 장사하지 말라! 특히 가까운 친구일수록 공과 사를 확실히 구분하라! 팡링은 이 말을 늘 염두에 두고 있었다. 하지만 막상 오랜만에 만난 친구가 부탁하자 아무 생각 없이 수락하고 말았다. 팡링은 뒤늦게 이 말을 떠올렸지만 애니멀 위스퍼링이 큰 사업도 아니고 별일 없을 거라고 생각하고 넘겼다.

그러나 곧 그녀의 생각이 틀렸다는 것을 깨닫게 되었다.

해피와의 위스퍼링은 무무 카페가 아닌 아이링이 새로 이사한 집에서 진행하기로 했다. 팡링은 이번에는 콩콩이도 함께 데려가기로 했다. 콩콩이 소원 성취도 해주고 해피랑 같이 놀게 하면 좋겠다 싶었다. 그런데 막상 아이링의 집에 도착해 보니 해피는 그곳에 없었다.

"해피는 원래 나랑 같이 안 살아, 내가 해외에 3년이나 나가 있었는데 그동안 어떻게 같이 살았겠어."

"그래서 해피는 지금 어디 있는데?"

"그 사람 집에."

"그러면 나더러 어떻게 위스퍼링을 하라는 거야?"

팡링은 이 황당한 상황에 어떻게 반응해야 할지 몰랐다.

"그걸 내가 어떻게 알아? 애니멀 위스퍼러는 너잖아. 위스퍼링 그건 어떻게 하는 건데?"

아이링은 어떤 대답도 참 직설적이었다.

좋다! 비록 예전에 팡링이 하는 일을 믿지 않았고 지금도 이런 황당한 상황으로 또 한 번 그녀를 시험하고 있는 친구지만 의뢰는 의뢰이니 일단 해야 할 일을 하기로 한다.

팡링은 이 상황에 대해 더 이상 왈가왈부하지 않기로 하고 가방에서 장난감을 꺼내 콩콩이에게 주고 놀게 했다. 그리고 상냥하지만 다소 사무적인 말투로 아이링에게 물었다.

"그러면 해피의 최근 사진이라도 갖고 있니?"

"응, 있어!"

아이링이 곧장 휴대전화 사진폴더를 열었다.

"지난주에 그 사람 집에 가서 싸울 때 찍은 건데, 쓸 만한 게 있는지 한 번 봐봐."

팡링은 왜 그 사람 집에 가서 싸우게 되었는지 묻고 싶었지만 일하는 중이니 우선 사적인 질문은 잠시 미루기로 했다. 아이링의 최근 사진폴더에는 골든리트리버 해피의 사진이 백 장 가까이 있었다.

"이걸 하루에 다 찍은 거야?"

"응. 너무 오랜만에 보는 거라 반가워서 찍고 또 찍었어……."

"그렇게 좋은데 왜 데려오지 않았어?"

"그게 바로 내가 너를 통해서 알고 싶은 거야."

아이링이 비장한 표정으로 이야기를 시작했다.

"홍콩으로 가면서 해피를 그 사람에게 맡겼어. 그쪽 생활이 어느 정도 안정되면 데려오려고 했지. 그런데 뭐……."

아이링은 어깨를 으쓱하는 것으로, 대강 '적응하지 못 해서 돌아오지 않았느냐'는 표현을 대신했다.

"돌아온 이후에 해피를 데려오고 싶었어. 그런데 어떻게 된 줄 알아? 갑자기 그 자식이 개를 못 데려가게 하는 거야!"

팡링은 아이링의 말을 듣고 속으로 생각했다.

'나 같아도 개를 안 보내겠다. 떠날 때는 마음대로 보내놓고 인제 와서 무슨 자격으로 돌려달라는 거야?'

하지만 실제로는 이렇게 말할 수밖에 없다.

"그럼……. 해피의 반응은 어땠어?"

"바로 그 점이 네가 도와줬으면 하는 부분이야."

아이링이 바짝 가까이 다가오는 바람에 팡링은 더 큰 압박감이 들었다.

"사실 그날 그 사람이 안 보는 사이에 몰래 개를 데려오려고 해봤거든? 그런데……. 해피가 꼼짝도 하지 않더라고. 나를 따라올 생각이 전혀 없어 보였어."

'해피가 똑똑한 거지. 아무나 따라가지 않고 말이야. 개가 이미 자신의 선택을 분명히 보여줬는데 존중해 주는 게 맞는 거 아닐까? 대체 무슨 얘기가 더 필요하다는 건지 모르겠네.'

하지만 팡링은 이런 생각을 아이링에게 감히 말할 수 없었다. 사실대로 말했다가는 곧장 싸움으로 번질 게 뻔했고, 어렵게 다시 만난 친구와의 관계를 이대로 깨트리고 싶지는 않았다.

"그래서 내가 해피한테 무슨 말을 해주길 바라는 거야?"

"너도 알다시피 해피는 태어나자마자 내가 데려와서 똥오줌 다 치워가며 키운 개야. 내가 먼저 키우기 시작했고 그다음에 그 사람을 만난 거야. 그러니까 상식적으로 내가 해피 주인이 맞지,

안 그래? 해피한테 이런 사실을 좀 설명해 줘. 여기가 바로 진짜 해피네 집이라고. 그 사람 곧 결혼하는데 결혼할 여자가 새파랗게 어린애야. 해피를 제대로 돌봐줄 것 같지도 않아.

그러니까 얼른 나한테 오지 않으면 그 여자한테 학대당할지도 모른다고 꼭 좀 얘기 해줘."

아이링은 숨도 안 쉬고 말을 쏟아냈다. 팡링은 그제야 아이링의 진짜 속마음을 알아차렸다. 중요한 건 해피가 아니라 그 사람이 자기보다 훨씬 어린 여자랑 결혼한다는 사실이었다. 비록 헤어졌지만, 아이링은 지금 몇 년을 만난 남자 친구의 결혼 소식에 속이 쓰린 것이다. 그래서 '자신의' 개라도 데리고 와서 그에게 화풀이하고 싶은 심산인 것 같았다.

그렇지만 아이링은 이런 사실을 절대 인정하지 않을 것이다. 지난 몇 년 동안 무슨 일이 있었는지 몰라도 아이링은 많은 것을 잃어버린 것 같았다. 아마도 그래서 지금 자신의 것을 하나라도 더 찾아오려는 마음이 간절할 것이다. 그녀에게 지금 필요한 건 심리적인 도움이었다. 반드시 소유해야만 온전히 내 것이 되는 건 아니라는 걸 알려줘야만 했다.

친한 친구일수록 공과 사를 확실히 구분해야 한다는 것은 백 번 맞는 말이었다. 하지만 그럼에도 팡링은 이 일을 자신이 꼭 맡아야겠다고 생각했다. 일로써가 아니라 오랜만에 다시 만난 소중한 친구를 돕겠다는 마음으로 말이다. 그러려면 팡링은 해피의 도움이 필요했다. 문제는 사람의 감정이 개의 세계에 완전히 전달되지 않는다는 점이었다. 인간 세계에 통용되는 여러 가지 개념과

규칙들, 예를 들면 돈 문제, 위생, 이혼, 전쟁, 동물 유기 그리고 아이링이 말한 '상식적'이라는 여러 개념은 개가 이해하기에는 너무 복잡한 것들이다.

팡링은 아이링의 휴대전화에서 사진 한 장을 골랐다. 그리고 이내 정신을 집중하고 위스퍼링을 준비했다.

"미리 말해두겠는데, 네가 해피에게 위스퍼링에 대해 사전에 얘기하지 않았기 때문에 해피가 나를 모른 척할 수도 있어. 해피가 나를 모른 척해서 소통이 안 되는 건 내 탓이 아니다! 알겠지?"

아이링은 무표정하게 고개를 끄덕였다. 팡링은 아이링이 분명 자신이 방금 한 말이 무슨 뜻인지도 모르고 고개를 끄덕였을 거라고 생각했다.

'에이, 모르겠다. 일단 해보자!'

해피는 오후의 따뜻한 햇살 아래 부드럽고 푹신푹신한 쿠션을 베고 누워 있었다. 조금 전 목욕을 하고 나와 몸에서 상쾌한 향기가 풍겼고 해피의 털은 햇빛을 받아 밝은 금빛으로 빛나고 있었다. 해피는 조금 전까지 달콤한 낮잠을 즐기다 잠에서 깨어 기지개를 켜려고 몸을 일으켰다. 그런데 그 순간 팡링의 존재를 느끼고 깜짝 놀랐다.

'어? 이게 뭐지?'

'해피야, 안녕? 나는 팡링이라고 해.'

'네? 지금 저한테 말하고 있는 거예요?'

'그렇단다. 네 엄마가 부탁해서 너랑 대화를 나누러 왔어.'

'엄마라뇨? 엄마는 지금 제 옆에서 낮잠을 자고 있는데요.'

팡링은 해피의 눈을 통해 소파에서 낮잠을 자는 한 여자의 모습을 볼 수 있었다.

'아, 지금 엄마 말고……. 예전에 너를 맡겨두고 떠났다가 얼마 전에 다시 돌아온 그 엄마 말이야.'

아이링의 이야기가 나오자마자 순간 해피의 기분이 축 가라앉는 것이 느껴졌다. 아마도 아이링이 자신을 두고 떠났을 때 느꼈던 당혹감과 실망감 때문일 것이다.

'해피는 그 엄마를 사랑해요…….'

해피가 그렇게 말해주니 정말 다행이었다.

'해피야, 엄마가 널 두고 너무 오랫동안 떠나 있어서 화가 났니?'

해피는 이 질문에 곧바로 대답하지 않았지만, 팡링은 해피가 느끼는 감정이 분노가 아니라 그저 속상함이라는 걸 알 수 있었다.

'해피는 속상했어요. 엄마도 속상했을 거예요…….'

'해피야 엄마는 널 아주 많이 사랑한단다.'

해피는 아무 말이 없었다.

'해피는 지금 행복하니?'

'네, 그럼요!'

'지금 누구랑 함께 살고 있지?'

'아빠랑 엄마랑 살아요. 아빠 엄마는 저를 데리고 산에도 놀러 가고, 수영도 하러 가요. 너무 행복해요.'

'해피는 지금의 엄마도 사랑하니?'

'아주 많이요! 엄마는 저를 위해 직접 육포를 만들어 주고, 매일매일 저랑 공원으로 산책하러 가요. 또 제 털을 빗겨주고, 안마도 해주고……. 그리고 엄마는 저를 위해 노래도 불러줘요! 저는 그 노래를 알아듣지 못하지만, 엄마가 노래를 불러줄 때 저를 아주 많이 사랑하고 있다는 걸 느낄 수 있어요. 저도 엄마를 정말 많이 사랑해요!'

만약 이 화면이 애니메이션이었다면 해피가 말할 때 눈에서 하트가 뿅뿅 튀어나왔을 것이다. 팡링은 해피가 아이링을 따라나서지 않은 이유를 알 것 같았다.

'그러면 예전 엄마랑 지금 엄마랑 비교하면 해피는 어떤 엄마를 더 사랑해?'

해피는 마치 팡링에게 못 들을 말을 들은 것처럼 깜짝 놀랐다.

'왜 비교하죠? 저는 두 엄마를 모두 사랑해요. 각자 다르게 사랑해요.'

'해피는 예전 엄마를 어떻게 사랑해?'

팡링의 머릿속에 해피가 전달하는 화면이 그려졌다. 해피는 아이링의 집에 처음 왔을 때 아직 어린 강아지였다. 아이링은 해피가 밤에 혼자 잠을 자는 것이 안쓰러워 해피를 안아 자기 침대에 눕히고 꼭 안아줬다. 해피는 그렇게 아이링의 따뜻한 품속에 영원히 있을 수 있을 거라고 생각했다. 나중에 아이링의 전 남자친구, 즉 지금의 해피 아빠가 나타났고 두 사람은 해피를 자식처럼 아끼고 사랑했으며, 해피는 언제나 두 사람 사이에 누워 맘껏 애교를 부렸다.

해피는 이 사랑이 영원하리라 생각했다. 하지만 얼마 후 뜨거웠던 사랑은 격렬한 다툼으로 변해버렸고, 해피는 조용히 쿠션 위에 누워 있었다. 어느 날 아이링이 해피를 끌어안고 흐느껴 울었다. 해피는 엄마가 자신을 떠날까 봐 너무 무서웠다. 그런데 정말로 엄마가 캐리어 가방을 끌고 집을 나가버렸다. 해피는 엄마를 붙잡으려고 뛰쳐나갔지만 남자가 나서서 해피를 막아섰다. 해피는 슬퍼하며 울부짖고 몸부림쳤고, 남자는 눈물을 흘리며 해피를 품에 꼭 안아줬다. 아빠의 사랑에 해피는 조금씩 안정을 찾았다. 다만 자신을 영원히 사랑하겠다고 약속한 엄마가 뒤도 돌아보지 않고 떠나자 해피는 자신이 버림받았다고 생각했다. 그리고 그건 눈물을 흘리던 남자도 마찬가지였다. 둘의 상처는 오랫동안 아물지 않았다…….

팡링은 해피가 받았을 상처를 생각하니 눈시울이 붉어졌다. 그녀는 아이링의 거침없는 성격을 누구보다 잘 알았다. 아이링은 그런 성격 덕분에 많은 일들을 척척 해내기도 하지만 동시에 주변 사람들에게 상처를 주기도 했다. 팡링은 아이링이 해피를 진심으로 사랑한다는 것도 잘 알았다. 다만 당시 이미 깨져버린 사랑과 일 사이에서 그녀가 할 수 있는 최선을 선택했을 뿐이었다.

"너 왜 그래?"

아이링은 팡링의 눈물을 보고 걱정스럽게 물었다.

"그 사람이 해피를 괴롭힌대? 아니면 그 여자가 그런 거야? 안 되겠어! 당장 가서 해피를 데려와야겠어!"

팡링은 티슈로 눈물을 닦으며 고개를 저었다.

"그런 게 아니야! 너 때문이야. 네가 그렇게 떠나는 바람에 해피가 큰 상처를 받았더라고."

아이링도 자신이 해피를 두고 떠나면 안 된다는 걸 잘 알고 있었다. 하지만 그 상황에서 그녀가 어떤 다른 선택을 할 수 있었을까?

"해피는 아주 잘 지내고 있대. 같이 살고 있는 엄마를 많이 사랑하고 지금 생활에 굉장히 만족하고 있어. 하지만 그러면서도 너를 아주 많이 사랑하고 있어. 다만 네가 왜 자기를 사랑한다면서 버리고 갔는지 이해하지 못하고 있어."

"나는 해피를 버린 적이 없어!"

아이링은 '버렸다'라는 말을 절대 인정할 수 없다는 듯 버럭 화를 냈다.

"나는 절대 해피를 버린 적이 없어! 그 사람이 해피를 못 만나게 한 거야! 홍콩에서 잠시 돌아올 때마다 만나게 해달라고 했지만 모두 거절했어. 영상 통화주차 못 하게 하고! 심지어 내가 보낸 간식이랑 옷도 다 돌려보낸 거 있지! 그 사람이 나와 해피 사이를 갈라놓은 거야. 그렇지 않았다면 해피는 분명 나를 따라왔을 거라고!"

아이링은 가슴에 사무친 듯 울부짖었다. 그녀가 대성통곡하는 바람에 팡링과 해피의 위스퍼링은 잠시 중단되었다.

팡링은 아이링을 바라보며 그녀에게 해피의 감정을 어떻게 이해시켜야 할지 고민했다.

자신이 평생 믿고 의지할 수 있을 거라고 생각했던 사람이 하루아침에 사라졌을 때 느끼는 감정을 말이다.

"내가 우리 엄마 얘기 한 적 있었나?"

팡링은 자신의 가장 아픈 상처를 이용해 보기로 했다.

"내가 아주 어렸을 때, 어느 날 밤 엄마가 평소처럼 내 침대 옆으로 와서 동화책을 읽어주고 잘 자라는 인사도 해줬어. 그런데 그다음 날 아침에 일어나보니 엄마가 사라지고 없었어. 나는 당연히 며칠 있으면 엄마가 돌아올 거라고 생각했어. 하지만 아무리 기다려도 엄마는 돌아오지 않았어. 아빠도 아무 말씀이 없으셨어. 내가 엄마에 관해 묻다가 울음을 터트려도 혼자 울도록 놔두고 말없이 방에 들어가셨지. 어른이 되고 나서야 알았어. 어른들은 서로 사랑해서 결혼해도 더 이상 사랑하지 않으면 이혼할 수 있다는 걸 말이야. 그렇지만 나는 여전히 이해가 안 돼……. 서로 죽을 만큼 사랑한다던 사람들이 어떻게 헤어질 수 있는지……."

팡링의 얼굴에 눈물이 흘러내렸다.

"네가 그러니까 자꾸 남자들한테 속아 넘어가는 거야."

아이링은 이 말을 하며 팡링에게 다가와 그녀를 꼭 안아줬다.

팡링은 이 정도면 아이링이 자신이 하려는 말을 이해했을 거라고 생각했다. 하지만 아니었다.

"그러니까 해피한테 어서 물어봐 줘. 나한테 다시 돌아오고 싶은 생각이 있는지 말이야."

팡링은 울어서 퉁퉁 부은 두 눈으로 아이링을 흘겨봤다.

"해피는 원하지 않을 거야!"

"일단 한 번 물어봐. 내가 해피랑 꼭 같이 살고 싶어 한다고 얘기해줘."

아이링이 너무 간절하게 부탁하는 바람에 팡링도 거절할 수 없었다.

팡링은 숨을 한번 깊게 들이쉬고 마음을 가라앉히며 위스퍼링을 다시 시도했다.

'어떻게 된 거예요? 속상한 일 있었어요?'

'응. 어렸을 때 일이 생각나서 그래. 우리 엄마도 나를 떠났거든.'

'그렇군요. 너무 슬퍼하지 말아요. 그러면 지금은 행복한가요?'

'그런 셈이야.'

'행복하면 다행이에요. 이미 지나간 일 때문에 슬퍼하지 말아요.'

'해피야, 너는 예전 엄마 곁으로 돌아가고 싶니?'

'네!'

'그렇지만 네가 엄마한테 돌아가려면 지금 너와 함께 살고 있는 아빠, 엄마를 떠나야 하는데 정말 괜찮겠어?'

해피는 한동안 말이 없었다.

'왜 아빠, 엄마를 떠나야 해요? 우리 아빠, 엄마는 정말 좋은 사람들이에요. 예전 엄마가 우리랑 여기서 함께 살면 되잖아요. 그럼 전 엄마가 두 명이 되니까 너무 좋은데요!'

'하지만 해피야, 예전 엄마는 너희 아빠, 엄마랑 함께 살 수 없어.'

'왜요?'

'그건 말이야……. 인간 세계가 원래 그래. 서로 사랑하던 두 사람이 어떤 이유 때문에 헤어지기도 하고, 새로운 사람을 만나 다시 행복하게 살기도 한단다. 다만 한 번 헤어진 사람은 다시 함께하기가 힘들어. 그렇지만 해피야, 엄마는 해피를 아주 많이 사랑해. 그래서 너와 영원히 함께 살고 싶대.'

'저는 아빠, 엄마를 떠나기 싫은걸요. 제가 떠나면 아빠, 엄마가 많이 슬퍼할 거예요…….'

팡링은 지금 해피의 마음이 얼마나 힘들지 알 것 같았다.

'해피야, 예전 엄마는 혼자이기 때문에 해피가 없으면 너무 슬플 거야.'

해피는 고민에 빠졌다. 팡링도 마음이 괴로웠다. 어째서 인간들이 선택한 이별의 대가를 이 귀여운 털 뭉치에게 감당하도록 하는 걸까.

'엄마도 나중에 엄마를 사랑해주는 사람을 만나겠죠?'

'물론 그렇겠지!'

'엄마도 사랑하는 사람을 만나면 지금보다는 덜 슬퍼하지 않을까요?'

'아마도 그렇겠지. 하지만 엄마는 영원히 해피를 그리워할 거야.'

'하지만 제가 아빠, 엄마를 떠나면 두 분은 영원히 슬퍼할 거예요. 엄마는 조금 있으면 괜찮아질지도 모르잖아요.'

해피의 논리는 꽤 설득력 있었다.

'그래서 해피는 어떻게 하고 싶은 거야?'

'잘 모르겠어요……. 왜 헤어져야 하는 걸까요?'

왜 헤어져야만 할까? 반려동물들에게 사람은 그들이 영원히 의지하는 존재다. 그래서 그들은 언젠가 주인과 이별해야 한다는 사실을 한 번도 생각해본 적이 없다. 반면 사람들에게 '이별'이란 인생에서 누구나 반드시 거쳐야 하는 과정이다. 만남이 있으면 헤어짐이 있는 법이고, 만남과 헤어짐 그 무엇도 확실히 장담할 수 없는 것이 인생이다.

"그래서 어떻게 되고 있어?"

팡링과 해피의 위스퍼링이 길어지자 아이링이 참지 못하고 끼어들었다.

"해피는 왜 그 사람이랑, 그 사람이 결혼할 여자랑 너랑 다 같이 살면 안 되는지 이해하지 못하고 있어. 동물들은 인간 감정의 논리를 대부분 이해하지 못해. 해피가 그 부분을 이해하지 못하면 네가 무슨 말을 하든 해피를 설득하기는 힘들 거야."

"그러니까 해피는 그 사람이랑 그 여자를 떠나기 싫다는 거지?"

아이링이 실망한 목소리로 말했다.

"사실 이건 해피에게 결정하라고 맡길 문제가 아니라 너랑 그 사람이 해결해야 할 문제인 것 같아. 해피는 어린 시절의 나처럼 네가 왜 자기 곁을 떠나야만 했는지 영원히 이해하지 못할 거야. 그저 지금의 아빠, 엄마 그리고 네가 자기 곁에 함께 하고 사랑해 주기를 바랄 뿐이지. 해피가 바라는 이런 기본적인 요구를 만족시켜 주려면 네가 그 사람이랑 잘 이야기해서 방법을 찾아야 해."

팡링의 말에 아이링은 완전히 낙담했다.

사실 얼마 전에 그 사람과 대판 싸우고 온 아이링이 다시 가서 '잘 이야기'한다는 건 당분간 불가능해 보였다. 어쩌면 그녀가 해피를 데려오겠다고 고집하는 이유가 사실은 자기보다 훨씬 어린 여자랑 결혼하는 그 남자에 대한 알량한 복수심 때문이라는 걸 그녀 자신이 제일 잘 알고 있을지도 모를 일이었다.

'엄마가 많이 슬퍼해요?'

'엄마는 너와 함께할 수 없어서 슬픈 거야. 너를 아주 많이 사랑하거든.'

'저도 엄마를 많이 사랑해요. 엄마랑 잔디밭에서 공놀이하고 싶어요. 저는 엄마랑 공놀이하는 걸 제일 좋아해요!'

팡링은 해피의 말을 아이링에게 전달했다. 아이링은 그 말을 듣고 아무 말 없이 일어나 창가에 엎드려 있는 콩콩이에게 다가갔다. 그리고 팡링에게 등을 보인 채 조용히 콩콩이를 쓰다듬었다. 콩콩이는 고개를 들어 아이링의 뺨을 핥았다. 팡링은 아이링이 울고 있다는 걸 알 수 있었다.

'엄마가 저랑 공놀이하러 올까요?'

'그럼! 엄마가 꼭 가려고 노력할 거야.'

'야호! 정말 신나요!'

점박이 개가 엎드려 있던 테라스 구석 자리에는 이제 음식과 물 그리고 푹신한 담요가 깔린 번듯한 자리가 마련되어 있었다. 모두 청샤오징과 샤오밍이 한 일이었다. 청샤오징은 심지어 샤오밍을 시켜 점박이 개를 병원에 데려가 다친 다리를 치료하고 예방접종을 한 뒤 깨끗이 씻겨서 데려오게 했다. 그러면서 모든 비용을 본인이 선뜻 지불했다. 두 사람은 점박이 개에게 '후추'라는 이름도 붙여줬다. 편의점 건물에 사는 몇몇 이웃이 개집에 대해 불평하긴 했지만 다행히 아직 신고한 사람은 없었다. 청샤오징은 마을 이장에게도 후추에 관해 미리 얘기를 해놓은 상태였다.

"그렇게 예뻐하면서 왜 집에 데려가 키우지 않으세요?"

팡링이 후추의 아침 식사를 챙겨주고 있는 청샤오징을 보며 물었다.

"그럴 수는 없죠. 우리 집에 거북이가 살고 있잖아요. 어머니가 거북이를 손주들보다 더 애지중지하시는데 이렇게 큰 개를 데려가면 어머니가 어떻게 생각하시겠어요?"

물론 어머니로서는 큰 개가 집에 있으면 거북이를 물어 죽이지 않을까 걱정하시는 게 당연하다. 개들은 정상적인 상황에서 다른 생물들을 함부로 공격하지 않지만 사람들 대부분은 개가 일단 덩치가 크면 작은 애들을 공격하지 않을까 걱정한다. 콩콩이를 데리고 산책하러 나가도 몰티즈 같은 작은 개를 키우는 개 주인들은 콩콩이를 보자마자 얼른 강아지를 들어 품에 안는다. 그들 눈에는 마치 콩콩이가 당장이라도 달려들어 물어 죽이기라도 할 것처럼 보이는가 보다. 실상은 늘 맹렬하게 짖어대는 작은 강아지들 때문에 콩콩이가 겁을 먹고 피해 다니는데 말이다.

"그러면 원래 주인이라도 찾아서 데려가라고 하세요."

"연락을 할 수 있으면 진즉에 했죠. 이 불쌍한 것이 칩이 있긴 있는데 남아 있는 자료가 하나도 없어요. 심지어 이름조차 안 적

혀있다니까요."

청샤오징은 후추를 딱하게 바라보며 말했다.

"후추야, 이거 먹자! 아빠가 호호 불어줄게. 네 이름을 '호호'라고 지을 걸 그랬나? 공주님인데 후추는 좀 남자 이름 같기도 하고……."

그랬다. 청샤오징은 어느새 후추 아빠가 되어 있었다.

"그냥 후추라고 불러요. 귀여운데요!"

샤오멍이 친근하게 후추의 이름을 부르며 다가오자 후추도 그것이 자신의 새 이름이라는 걸 받아들였는지 고개를 돌려 그를 바라봤다. 한편 샤오멍이 오기만을 기다리고 있던 콩콩이는 그가 후추에게 먼저 다가가자 얼른 달려가 기어코 다른 한 손으로 자신을 쓰다듬게 했다.

"후추야, 후추야……. 이름이 귀엽긴 하네."

청샤오징은 후추의 이름을 소리 내어 몇 번 불러보고는 만족스러운 표정을 지었다.

"너를 앞으로 후추라고 불러도 될까? 어때요? 얘한테 후추라는 이름이 잘 어울리는 거 같아요?"

청샤오징이 고개를 들어 팡링에게 물었다. 하지만 팡링은 별로 대답하고 싶은 마음이 없었다. 중년 남자가 개 앞에 쪼그려 앉아 콧소리까지 섞어 어르고 있는 모습이 영 보기 좋지는 않았다.

팡링의 퇴근 시간이었다. 콩콩이는 공원으로 산책하러 가기 전에 후추에게 다가가 인사했다. 콩콩이와 후추는 서로 머리를 맞대고 얼굴을 비볐다. 콩콩이는 후추와 함께 놀고 싶은지 몸을 바닥으로 낮추고 꼬리를 흔들었다. 하지만 후추는 아직 다리의 상처가 완전히 낫지 않아 콩콩이와 뛰어놀기에는 무리였다.

"둘이 그새 친해졌네! 이렇게 하는 건 어때요? 후추도 같이 공원에 데려가서 한 바퀴 산책시키고 집에 갈 때 같이 데려가는 거예요!"

모르긴 몰라도 청샤오징은 이 생각을 지금 막 떠올린 건 아닌 게 분명했다.

"싫어요! 개 한 마리 키우는 게 얼마나 힘든 줄 아세요? 게다가 돈도 얼마나 많이 드는데요! 저는 한 마리로 충분해요."

팡링은 청샤오징의 제안을 단칼에 거절했다. 그리고 샤오밍을 돌아보며 말했다.

"그쪽도 후추를 예뻐하잖아요. 집에 데려가서 키우지 그래요!"

"제가 개를 키울 수 있었으면 진즉에 키웠죠! 그랬다면 콩콩이부터 몰래 데려가 키웠을 거예요."

샤오밍이 콩콩이를 쓰다듬으며 말했다. 콩콩이는 샤오밍이 자신에게 관심을 보이자 꼬리를 흔들며 활짝 웃었다.

"개 키우는 데 돈이 많이 들긴요! 별로 안 들어요!"

청샤오징이 진지하게 말했다.

"후추가 먹는 사료, 간식, 통조림 그리고 병원비랑 장난감……. 얘한테 드는 비용은 내가 모두 낼게요! 집에 데려가서 돌봐주기만 하면 안 될까요? 나머지는 내가 다 책임질 테니까 아무 걱정하지 말아요!"

"싫습니다."

팡링은 갑자기 자신에게 이런 제안을 하는 청샤오징이 너무 얄미웠다.

"그러지 말고요······. 그러면 이렇게 하는 건 어때요? 앞으로 콩콩이가 먹는 간식이랑 통조림도 내가 다 책임질게요!"

"싫어요."

"그럼 이건 어때요? 제가 2주에 한 번 가서 목욕시켜 줄게요! 그럼 훨씬 수월하지 않을까요?"

이번에는 샤오멍까지 합세해서 팡링을 설득하려 했다. 하지만 팡링은 꿈쩍도 하지 않았다.

"싫다고 했습니다!"

청샤오징은 전략을 바꿔 팡링의 동정심에 호소해 보기로 했다.

"에이, 싫다고만 하지 말고 한 번 생각해 봐요. 팡링씨는 동물들의 마음을 잘 이해하잖아요. 후추가 지붕도 없는 야외에서 비바람 다 맞아가며 노숙하는데 불쌍하지도 않아요?"

"싫다고요!"

동정심에 호소하는 전략은 효과가 없었다. 그때 청샤오징의 눈에 후추와 장난을 치고 있는 콩콩이가 보였다.

"얘네 둘이 얼마나 친해졌는지 좀 봐요. 앞으로 더 바빠질지도 모르는데 콩콩이도 후추랑 같이 있으면 덜 외롭지 않을까요?"

"전혀 외롭지 않아요. 제가 집을 비울 때마다 간식을 실컷 먹을 수 있어서 얼마나 좋아하는데요!"

팡링은 조금도 흔들림이 없었다.

"같이 놀 친구도 없고 혼자 집에서 간식이나 먹어야 한다니 너무 불쌍하네요. 그런데 그거 알아요? 원래 부모들이 일하러 나가면서 냉장고 꽉꽉 채워놓고 텔레비전도 마음껏 보게 해주면 아이들이 마냥 행복할 거라고 생각하는데, 사실 엄청 외로워요."

샤오밍은 자신의 경험담까지 이야기하며 팡링을 설득해 보려고 애썼다. 솔직히 팡링도 이 대목에서는 크게 한 방 맞은 것 같았다. 하지만 그녀는 이내 평정심을 되찾았다.

"싫어요. 정말 싫습니다. 저는 콩콩이 하나로 충분해요!"

팡링은 콩콩이를 바라보며 같은 마음이기를 바랐다. 하지만 콩콩이는 팡링의 마음도 모르고 후추와 서로 엉덩이 냄새를 맡으며 신나게 장난만 치고 있었다.

"혼자서 결정한 일은 아닌 것 같고, 어디 콩콩이 의견도 한 번 들어봅시다!"

청샤오징이 갑자기 콩콩이를 불렀다.

"콩콩아, 엄마한테 후추도 집에 데려가서 같이 놀면 안 되냐고 물어봐봐! 이 삼촌이 간식도 아주 많이 챙겨줄게!"

'저 아저씨 말은 신경 쓰지 마. 엄마는 너 하나 키우는 것도 힘들어. 그리고 간식 준다는 말도 다 믿지 마.'

하지만 콩콩이는 팡링이 보내는 메시지는 무시한 채 활짝 웃으며 자신이 하고 싶은 말만 계속했다.

'좋아요! 좋아요! 좋아요!……'

팡링은 화가 났다. 이제 같이 산 지 몇 달이나 되었다고 벌써 주인의 말을 무시하고 마음대로 휘두르려고 하다니…….

그러다 옆에 앉아 있는 후추의 큰 눈망울에 시선이 닿았다. 후추는 아무 신호도 보내지 않았지만, 두 눈은 새로운 가정에 대한 기대감으로 가득 차 있었다.

"그러면 우선 이렇게 해요. 제가 후추를 데리고 공원에 같이 갈 테니 둘이 어떻게 노는지 한 번 지켜보기로 해요. 아마 아주 신나게 놀 걸요!"

샤오멍은 청샤오징보다 훨씬 고단수였다.

청샤오징은 샤오멍의 말이 끝나자마자 언제 준비해 놓았는지 목줄을 꺼내와 후추의 목에 걸려있던 목걸이에 채웠다. 청샤오징이 목줄을 샤오멍에게 건네자 후추는 곧바로 일어나 신이 나서 팡링을 따라나섰다.

"팡링 누나, 이것 좀 보세요. 후추가 누나를 얼마나 따르는 데요……."

샤오멍은 앞서가는 팡링을 향해 소리쳤지만, 팡링은 뒤돌아보지 않고 계속 걸어갔다.

원래 산책하러 가면 콩콩이는 언제나 팡링보다 훨씬 앞서 걸어가곤 했는데 오늘은 후추를 위해 아주 천천히 걸어갔다. 콩콩이는 후추가 볼일을 보거나 냄새를 맡을 때마다 차분히 기다려 줬고, 걸으면서 마치 대화를 나누듯 서로 머리를 맞대고 귀를 비비기도 했다.

공원 잔디밭에는 골든리트리버 한 마리가 주인이 던지는 공을 향해 신나게 뛰어가고 있었다. 팡링은 골든리트리버의 주인이 누군지 궁금해 주위를 둘러봤다. 그리고 팡링의 시선이 닿은 곳에는 놀랍게도 아이링이 서 있었다. 두 사람은 위스퍼링 이후 한 번도 연락하지 않았다.

콩콩이는 아이링을 알아보고 반갑게 아는 척했다. 그러다 해피가 달려오자 겁을 먹고 뒷걸음질 쳤다. 콩콩이는 자기보다 덩치가 큰 골든리트리버를 상당히 무서워하는 것 같았다.

팡링은 콩콩이의 목줄을 끌며 샤오멍을 불렀다. 샤오멍이 후추를 데리고 걸어오자 아이링이 말을 걸었다.

"어머, 편의점 밖에 있던 그 개 맞죠?"

"네, 맞아요."

"지난번에 편의점 밖에 혼자 앉아 있는 걸 봤어요. 그쪽이 데려가 키우려고요?"

"아니요. 여기 이분을 설득 중이에요."

"분명히 싫다고 했어요!"

팡링은 콩콩이의 목줄을 샤오멍에게 건네며 말했다.

"콩콩이 좀 데리고 있어 줘요. 잠깐 할 얘기가 있어서요. 너무 멀리 가지는 말고요."

샤오멍은 그제야 눈앞에 서 있는 이 여자가 그냥 지나가는 낯선 사람이 아니라는 걸 깨닫고 얼른 콩콩이의 목줄을 건네받아 자리를 피했다.

"가서 얘기 잘했어?"

아이링이 고개를 끄덕였다. 그러나 아이링의 표정은 문제를 잘 해결했다고 보기에는 굉장히 어두웠다. 아이링이 해피의 공을 멀리 던지자 해피가 공을 향해 신나게 뛰어갔다.

"오늘이 해피랑 놀아주는 마지막 날이야. 이제 그 사람한테 완전히 돌려보내고 더 이상 귀찮게 하지 않을 생각이야."

아이링의 얼굴에 눈물이 흘러내렸다. 해피가 공을 물고 달려오자 그녀는 눈물을 닦고 애써 미소를 지어 보였다. 아이링은 공을 받아 다시 한 번 멀리 던졌고, 해피는 이번에도 신나게 공을 향해 달려갔다.

"네 말이 맞았어. 해피는 그 사람 집에서 아주 잘 지내고 있더라. 그 여자도 해피를 많이 사랑해 주고 있는 것 같고. 앞으로는 우리 두 사람 사이에 있었던 일 때문에 해피를 힘들게 하지 않으려고 해. 개들은 사람들처럼 오래 살지도 못하는데 행복한 일만 가득하게 해줘야 하잖아, 안 그래?"

아이링은 말하며 얼른 눈물을 닦았다. 곧 공을 주워 돌아올 해피에게 눈물을 보이고 싶지 않았기 때문이다. 해피가 공을 물고 돌아오자 아이링은 공을 받아 손에 쥐었다. 하지만 공을 던지는 대신 이번에는 해피를 꼭 끌어안았다. 해피는 아이링이 슬퍼하고 있다는 걸 알고 얌전히 앉아 그녀를 위로했다. 아이링은 마음을 가다듬고 이내 밝은 표정을 지으며 공을 멀리 던졌다.

"해피야, 어서 가서 공 주워 와야지!"

해피는 엄마의 지시대로 공을 쫓아 달려갔다.

"해피에게 전하고 싶은 말이 있으면 내가 도와줄게."

팡링이 말했다.

"괜찮아. 내가 직접 얘기할게. 내가 얘기해도 해피가 알아들을 수 있겠지?"

아이링이 물었다.

"그럼! 알아들을 수 있지. 해피도 다 알고 있을 거야. 네가 해피를 정말 많이 사랑하고, 영원히 기억할 거라는 걸."

해피가 돌아오고, 아이링은 팡링의 어깨에 기대어 참았던 울음을 터트렸다. 해피는 공을 던져달라고 보채지 않고 울고 있는 아이링과 팡링 옆에 앉아 있었다. 팡링은 손을 뻗어 해피를 쓰다듬어 줬고, 해피는 아이링에게 몸을 기대어 그녀를 위로했다.

'해피는 엄마를 아주 많이 사랑해요. 영원히 엄마를 기억하고 사랑할 거예요.'

팡링은 이 말을 굳이 전달하지 않았다. 말하지 않아도 이미 아이링의 마음에 전해졌을 테니 말이다.

6. 엄마에게 말하면 안 돼요!

'팡링 이모, 안녕하세요?

저는 10살 장즈위라고 합니다. 팡링 이모는 고양이와 대화를 나눌 수 있다고 들었어요. 저 좀 도와주실 수 있을까요? 우리 집에는 꽃님이라는 고양이가 한 마리가 있어요. 그러다 얼마 전에 미미라는 고양이를 한 마리 더 데려왔거든요. 그런데 꽃님이가 미미를 심하게 괴롭히더니 결국 상처를 내고 말았어요. 그래서 저녁에 제가 데리고 자려는데 꽃님이가 달려오더니 이번에는 저를 물어버렸어요. 아빠는 화가 나서 꽃님이를 집에서 쫓아내려고 하셨어요. 그런데 그날 미미가 도망가 버렸어요. 아빠 말씀으로는 꽃님이가 창문을 열어놨는데 그 틈으로 집을 나갔다고 하셨어요. 다행히 미미는 며칠 후에 다시 집에 돌아왔지만 꽃님이는 여전히 미미를 괴롭히고 저를 물곤 해요. 만약 이 사실을 아빠가 아시면 꽃님이를 당장 내쫓을까 봐 말씀을 못 드리겠어요. 엄마도 꽃님이를 많이 좋아하시는데 아빠랑 이 문제로 자꾸만 싸우게 돼서 힘들어하세요. 팡링 이모가 꽃님이한테 미미 좀 그만 괴롭히라고 얘기해 주실 수 있을까요?'

팡링은 편의점에서 점심을 먹으며 의뢰 내용을 정리했다. 샤오멍은 콩콩이를 데리고 후추의 보금자리 앞에 앉아 두 마리 모두에게 간식을 먹이고 있었다. 후추가 편의점 밖에서 살게 된 지도 이제 꼬박 일주일이 되었다. 요즘 콩콩이는 팡링이 외출할 때마다 어떻게든 따라나섰다. 후추랑 함께 놀기 위해서였다.

"팡링 누나, 정말 후추를 데려가 키울 생각 없어요?"

샤오멍이 콩콩이를 데리고 편의점 안으로 들어오며 말했다.

후추는 예방접종을 맞히고 목욕까지 깨끗이 했지만, 청샤오징은 여전히 후추가 편의점 안으로 들어오는 것은 허락하지 않았다. 한 번 들어오기 시작하면 편의점 개로 완전히 자리 잡을까 봐 그랬다.

"생각 없어요."

팡링은 고개도 돌리지 않고 샤오멍에게 말했다.

"의뢰 들어온 것들 중에 가능한 것들만 추려서 준다고 하지 않았어요?"

"그렇게 추려서 드렸어요."

"여기 어린이가 의뢰한 건도 있는데요?"

"아, 어린이는 의뢰하면 안 돼요?"

팡링이 어떻게 대답해야 할지 망설이고 있는데 청샤오징이 대신 나섰다.

"위스퍼링 비용이 한 시간에 10만 원도 넘는데 초등학생이 무슨 돈이 있다고 의뢰를 해?"

청샤오징은 말하면서도 눈은 콩콩이와 후추를 바라보고 있었다. 둘은 유리창을 사이에 두고 서로 몸을 맞대고 있었다.

"콩콩이는 후추랑 같이 있어서 너무 좋은가 본데, 집에 데려가서 같이 키워요!"

"싫습니다."

그때 콩콩이가 고개를 돌려 애처로운 눈빛으로 팡링을 바라보는 바람에 그녀의 마음이 조금 흔들렸다.

"세상에, 돈이 없으면 동물이랑 대화도 못 하는 거예요?"

샤오밍의 말에 팡링은 갑자기 마음이 무거워졌다. 그 어떤 것보다 돈이 동물들과의 소통을 가로막는 장벽이 된다는 것은 슬픈 일이었다. 그러나 팡링의 일은 동물들의 말을 해석하고 서로의 생각을 전달해 주는 서비스를 제공하는 것이었고, 서비스를 제공하고 돈을 받는 것은 정당한 일이기도 했다.

팡링이 머뭇거리며 말했다.

"그럼……. 어린이한테는 비용을 적게 받는 방법은…….”

그런데 그녀가 말을 채 끝내기도 전에 청샤오징이 끼어들었다.

"그건 안 되죠! 제값을 다 받아야죠. 편의점에 오는 손님 중에 어린이라도 음료수 값 적게 받은 적 있어요?"

"하지만 편의점에서 10만 원어치 물건을 사는 거랑 위스퍼링 1시간에 10만 원을 내는 거랑은 얘기가 다르잖아요."

샤오멍은 완전 어린이의 처지에서 이야기했다.

"참나, 얘가 장사할 줄 모르네! 팡링 씨는 자선 사업가가 아니야. 매달 월세 내야지, 개도 키워야지 돈 들어갈 곳이 많은데 그렇게 다 깎아주면 그 돈은 누가 메꿔줘? 당장 큰돈이 없으면 차라리 할부로 내게 하던가! 매일 음료수 사 먹을 돈만 모아도 몇 달이면 금방 다 갚을걸?"

청샤오징은 피도 눈물도 없는 사람처럼 냉정하게 얘기했다.

"어떻게 그렇게 해요……. 고작 10살밖에 안 된 애한테 빚을 지게 하라고요? 전 그렇게는 못 해요."

인생의 바닥까지 곤두박질쳐 본 적 있는 팡링은 이제 '빚'이라는 단어만 들어도 등골이 서늘했다.

"게다가 걔네 부모님이 가만히 있겠어요? 언젠가 다 알게 될 텐데, 그러면 팡링 누나 명성에 완전히 먹칠하는 거예요."

샤오멍의 말에 팡링은 잠시 잊고 있었던 지난 일이 떠올랐고, 두 번 다시 그런 일이 일어나게 놔둘 수는 없었다.

"당연히 그렇게 할 수 없지. 그냥 해 본 소리야. 부모님 얘기가 나와서 말인데, 혹시 그 집 부모가 일부러 애를 시켜서 의뢰한 건 아닐까? 어린이라고 싸게 해줄까 해서 말이야. 그러다 막상 위스퍼링 현장에 가보면 부모가 대신 나와 있는 거지! 우리 애가 뭘 몰라서 대신 나왔다는 둥 하면서……."

청샤오징은 마치 자신의 경험담이라도 되는 것처럼 술술 이야기했고, 팡링은 그의 말도 안 되는 상상에 혀를 끌끌 차며 고개를 저었다.

"말도 안 된다고 생각하지 말아요. 이 나이에도 돈 아끼려고 별짓 다 하는 사람들 내가 많이 봤어요! 둘 다 장사를 안 해봐서 그렇게 세상 물정 모르고 순진한 거예요. 나처럼 매일 양심 없고 의도가 불순한 진상 고객들을 상대하다 보면 생각이 달라질걸요! 아무튼 어느 정도 경계심은 필요하다는 거예요."

팡링은 청샤오징이 이 작은 편의점을 운영하면서 그렇게 많은 고초를 겪었으리라고는 미처 생각하지 못했다. 하지만 팡링은 '세상 물정 모르고 순진하다'라는 말에는 동의할 수 없었다. 사실 그녀도 애니멀 위스퍼링 일을 하면서 별의별 이상한 사람들을 질리도록 만나봤다. 어떻게든 위스퍼링 비용의 본전을 뽑으려고 사전에 애기도 없이 동물을 서너 마리씩 데려오는 사람, 그녀를 다른 위스퍼러랑 대놓고 비교하는 사람, 위스퍼링 비용이 비싸다고 불평하는 사람, 심지어 가격을 듣고 '대화 몇 마디 해주고 그렇게 비싼 돈을 청구하는 건 도둑놈 심보'라고 하는 사람도 있었다. 그런데 그중에서도 팡링이 가장 혐오하는 사람들은 위스퍼링을 의뢰하는 척하면서 그녀를 시험하는 인간들이었다. 그들은 애초에 사람이 동물과 소통할 수 있다는 사실을 믿지 않았고, 애니멀 위스퍼러들이 비싼 돈을 받고 대화하는 척만 해주는 거라고 주장하며 이런 사실을 매체에 보도해 애니멀 위스퍼러들의 명예를 훼손시켰다. 팡링이 악덕 기자에게 모함을 당했던 때도 그랬다. 그때 팡링은 사람이 얼마나 악랄할 수 있는지 너무 과소평가했다.

"다 먹은 거예요? 내가 치워줄게요."

청샤오징은 팡링이 채 대답하기도 전에 다 먹은 도시락 상자를 가져가 쓰레기통에 버렸다.

"오늘은 오후에 의뢰 예약이 없으니까 저는 이만 가볼게요!"

샤오밍은 배낭을 메고 가벼운 발걸음으로 편의점을 나섰다.

청샤오징은 샤오밍의 뒷모습을 바라보며 말했다.

"설레는 연애도 하고, 참 좋을 때네요!"

그러고는 흐뭇한 미소를 지은 채 계산대로 돌아갔다.

팡링에게는 샤오밍의 연애가 왠지 달갑지 않았다. 딱히 이유를 설명하기는 힘들었지만, 질투는 아니고……. 혼자 남겨진 것 같은 쓸쓸함 때문이었을까?

결국 어린이의 의뢰를 받아야 할지에 관해서는 아무도 시원한 답변을 내놓지 못했다. 팡링은 콩콩이를 데리고 쓸쓸히 편의점을 나섰다.

"가려고요?"

청샤오징이 물었다.

"혹시 콩콩이 데리고 공원에 가는 거면 가는 길에 후추도 데려가서 산책 좀 시켜줘요. 온종일 저기 저렇게 웅크리고 있으니 보기 딱하네요."

"네."

팡링은 청샤오징에게 목줄을 받아 후추에게 채운 뒤 함께 공원으로 향했다.

콩콩이에 후추까지 함께 산책하니 팡링은 쓸쓸함을 느낄 틈도 없었다. 둘은 정신없이 냄새를 맡으며 한 놈은 동쪽으로, 한 놈은 서쪽으로 흩어지기 일쑤였고, 그 와중에 팡링은 누군가 볼일을 보지 않을까, 손에 봉투를 들고 둘을 번갈아 주시했다.

아무리 머릿속이 복잡한 날에도 개와 산책을 나오면 개에게 온전히 신경을 집중해야 하므로 딴생각을 할 수 없게 된다. 그래서 때로는 함께 산책하는 시간이 생각을 정리하거나 마음을 가라앉히는 데 큰 도움이 된다.

따사로운 햇볕이 내리쬐고 춥지도 덥지도 않은 그런 날이었다. 날씨가 좋아서 팡링은 공원에 조금 더 오래 머무르기로 했다. 콩콩이와 후추는 한참을 뛰어놀다 지쳤는지 팡링에게 돌아왔다. 콩콩이는 팡링이 앉아 있는 벤치에 뛰어 올라가 그녀에게 기대어 앉았다. 후추는 뒷다리가 아직 다 낫지 않아 벤치에 뛰어오르지는 못하고 대신 팡링의 다리 옆에 꼭 붙어 앉았다.

팡링은 콩콩이를 쓰다듬었다. 콩콩이의 털은 햇빛을 받아 반짝반짝 윤이 났다. 콩콩이는 앞발을 뻗어 팡링의 손을 자신의 배로 가져가 만져달라고 표현했다. 팡링은 콩콩이가 이럴 때마다 저절로 웃음이 났다. 쓰다듬는 부위까지 자기가 직접 지정하다니 보통 까다로운 개가 아니라고 생각했다.

"너는 내가 그 어린이를 도와줘야 한다고 생각하니?"

콩콩이는 입을 크게 벌리고 하품할 뿐 아무 대답이 없었다. 물론 콩콩이와 아무런 관련이 없는 일이기는 했다.

"그러면 후추랑 같이 사는 건 어떻게 생각해?"

콩콩이는 고개를 돌려 활짝 웃었다. 콩콩이는 그동안 팡링이 후추를 집에 데려가기를 간절히 바랐지만 후추가 집에 들어오는 순간 자신의 모든 것을 함께 나눠야 한다는 생각은 미처 하지 못했다.

팡링은 휴대전화를 꺼내 즈위라는 어린이에게 답장을 보냈다.

'즈위야 안녕? 내가 꽃님이와 대화할 수 있도록 도와줄게. 꽃님이 사진을 몇 장 가져올 수 있겠니?'

샤오멍이 무무 카페에 도착했을 때 에이미는 벌써 도착해 자리에 앉아 있었다. 에이미가 먼저 와 있는 걸 본 샤오멍은 헐레벌떡 뛰어가 자리에 앉았다. 그 모습을 보고 에이미는 환한 미소를 지었다. 우울증을 앓던 예전과는 완전히 다른 모습이었다.

"걱정하지 마. 내가 책 좀 보려고 일부러 일찍 왔어. 네가 늦게 온 거 아니야."

에이미의 말에 샤오멍은 안도의 한숨을 내쉬었다. 그러고는 씩 웃으며 배낭을 열었다.

"내가 구했어!"

"뭐를? 설마……?"

샤오멍은 배낭에서 연주회 표 두 장을 꺼내 에이미에게 건넸다. 에이미는 설레는 표정으로 표를 건네받아 자세히 살펴봤다.

"정말이네! 정말 히사이시 조야!"

에이미는 샤오멍이 구해 온 연주회 표를 두 손에 꼭 쥐고 말했다.

"대체 어떻게 구한 거야? 다 매진되었다고 들었는데!"

"그게……. 친구한테 부탁했어!"

샤오멍은 머리를 긁적이며 대충 얼버무렸다.

사실 샤오멍은 표를 구하기 위해 오래전 집을 나간 아빠에게 전화를 걸었다. 아빠가 근무하는 은행에서 연주회를 후원했기 때문에 복지팀에 부탁해서 표 두 장을 구할 수 있다. 대신 샤오멍은 한 달 동안 매주 금요일에 아빠의 새로운 애인과 함께 저녁을 먹어야 했다. 샤오멍에게는 정말 끔찍한 일이었다.

"아무튼 정말 대단해!"

에이미는 연주회 표를 보다가 샤오멍을 바라봤다.

"나랑 같이 보러 갈래? 설마 나 혼자 가는 건 아니지?"

"당연하지!"

샤오멍은 속으로 생각했다.

'내가 그 고생을 해서 표를 구한 건 당연히 같이 가려고 그런 거지!'

"주문 좀 하고 올게."

샤오멍이 자리에서 일어나 계산대로 걸어갔다.

무무는 샤오멍을 지켜보고 있었다. 그는 샤오멍이 에이미를 좋아하는 걸 진즉 알고 있었다. 그런데 지금 보니 둘의 관계가 굉장히 애매해 보였다.

"방금 연주회 같이 보러 가는 거 맞는지 확인한 거야? 너희 이미 사귀기로 한 거 아니었어?"

무무가 샤오멍에게 조용히 속삭였다.

샤오멍은 혹시나 에이미가 듣고 있을까 봐 고개를 돌려 확인했다. 그리고 에이미가 주의를 기울이고 있지 않다는 걸 확인하고 나서야 무무의 질문에 대답했다.

"우린 그냥 친구 사이에요. 사귀는 건 아직……."

"그렇지만……."

"에이미 아빠 때문이에요. 지난번에 저녁까지 사주셔서 사귀는 걸 허락해 주신 줄 알았는데, 에이미 말로는 앞으로 어떻게 될지 모르니 일단 친구 사이로 지내라고 하셨대요."

"너도 참……."

무무가 고개를 절레절레 저으며 잔소리할 준비를 했다.

"여자가 아무 결정도 못 하고 아빠한테 휘둘리고 있으면 남자인 네가 적극적으로 나서야지! 에이미한테 가서 좋아한다고 당당하게 고백해. 널 좋아하고 있다. 그러니 아빠 말은 신경 쓰지 말고 나랑 사귀자. 이렇게 말하라고!"

샤오멍은 무무의 말에 그를 빤히 바라봤다.

무무는 영문을 몰라 어리둥절했다.

"참 이상하네요. 그렇게 잘 아는 분이 왜 팡링 누나한테는 한 마디도 못 하는 걸까요?"

샤오멍은 고개를 숙이고 메뉴판을 살펴봤고 무무는 갑자기 크게 한 방 얻어맞은 듯 그 자리에 얼어붙었다.

"저는 흑당 라테로 할게요. 그리고 딸기 타르트도 하나 같이 주세요. 에이미가 먹을 거니까 특별히 예쁘게 부탁드릴게요."

샤오멍은 주문을 마치고 유유히 자리로 돌아가 에이미와 즐겁게 대화를 나눴고, 무무는 여전히 얼이 빠진 채 멍하니 서 있었다.

"나는 왜 못했을까……."

무무는 벌써 오래전부터 팡링을 마음에 두고 있었지만 자기 자신에게조차도 그 마음에 관해 이야기하지 못했다.

한밤중의 편의점은 야식을 먹으러 오는 몇몇 손님들을 제외하고는 대개 한산했다. 콩콩이는 늘 테이블이 놓인 구역에 엎드려 있었는데 그 자리에 있으면 손님들이 주는 간식을 종종 얻어먹을 수 있기 때문이었다. 편의점에 자주 오는 손님들은 이미 콩콩이를 잘 알고 있었다. 심지어 어떤 손님들은 일부러 콩콩이와 가장 가까운 자리에 골라 앉기도 했다. 그 사람들이 어떤 사연을 가졌는지 일일이 알 수는 없었지만, 그들도 콩콩이가 옆에 있으면 누군가와 함께 있는 것처럼 느끼는 것 같았다.

아이링은 팡링과 재회한 이후 거의 매일 밤 친구를 만나러 편의점에 들렀다. 어떤 날은 맥주 한 캔만 사서 가는 날도 있었지만 대부분 와인 한 병과 안주 몇 가지를 사서 편의점에서 마셨다. 예전에 둘이 자주 가던 와인 바 대신 이제는 팡링이 일하는 편의점에서 함께 술잔을 기울였다. 물론 술은 아이링 혼자 마셨다. 팡링은 근무 시간이라 술은 입에도 대지 않았고 대신 아이링이 외롭지 않게 건강 음료를 잔에 채워 함께 마셨다.

"나는 지금도 이해가 안 돼. 다른 재주도 많으면서 왜 하필 편의점 야간 근무를 하는 거야?"

아이링은 이미 취기가 살짝 오른 상태였다.

"내가 회사를 안 다닌 지 얼마나 오래됐는데 어디에서 날 써

주겠어? 게다가 편의점이 뭐가 어때서? 새로운 일을 해보니까 인생에 활력도 생기고 좋아!"

아이링이 '흥흥' 콧방귀를 뀌었다.

"보아하니 얼마 못 가서 그만둘 것 같은데."

팡링은 아이링의 말에 아무런 대꾸도 하지 않았다. 이럴 때는 그냥 못 들은 척 무시해 버리는 게 최선이라는 걸 그녀는 너무나 잘 알고 있었다.

"네 일 도와준다는 조수는 왜 요즘 안 보여?"

아이링이 물었다.

"요즘 연애하느라 바빠!"

팡링이 쓸쓸한 표정으로 대답했다. 곧 아이링의 표정도 쓸쓸하게 변했다.

"그렇구나. 어린애들은 연애하느라 바쁜데, 우리는 남자한테 배신이나 당하고……."

아이링은 잔에 남아 있던 와인을 다 비우고 한 잔을 다시 따랐다.

"너무 많이 마시지 마. 너 그러다 취해서 집에 못 간다."

팡링이 1/4정도 남은 와인 병을 치우면서 말했다.

"그러면 너희 집에 가서 자고 가지 뭐. 바로 위잖아."

아이링은 개의치 않고 손에 든 와인을 계속 마셨다.

"너를 끌고 올라갈 생각은 없거든!"

그때 한눈에 봐도 술에 잔뜩 취한 한 여성이 비틀거리며 편의점에 들어오다가 콩콩이를 보고 날카로운 비명을 질렀다. 깜짝 놀란 건 콩콩이도 마찬가지였다. 팡링은 얼른 콩콩이를 계산대 뒤로 들여보냈다.

"놀라긴 뭘 놀라요! 그렇게 술에 취해서 밤늦게 걸어 다니는 사람이 개가 무서워요?"

팡링이 그만하라며 아이링을 손으로 쿡 찔렀다.

술에 취한 여성은 편의점 근무복을 입은 팡링을 한 번 노려보더니 기분 나쁜 표정을 하고 편의점을 나가버렸다.

"신경 쓰지 마. 저렇게 취한 여자들이 다음에 뭘 할지 내가 잘 알아. 보나 마나 여기다 잔뜩 토를 했을 거라고. 잘 나갔어! 괜히 네가 청소할 일 안 만들고 말이야."

그러면서 아이링은 와인을 또 한 모금 마셨다.

팡링은 그런 아이링을 보면서 조금씩 걱정이 되기 시작했다. 팡링이 알던 아이링은 이렇게까지 술에 취해 사는 사람은 아니었다. 도대체 누가, 그리고 어떤 일이 그녀를 이렇게 만든 것일까?

"우리 같은 나이에도 다시 연애할 수 있을까?"

아이링은 술을 많이 마셔서 그런지 오늘따라 말도 많았다.

팡링은 반쯤 취한 아이링의 표정을 살폈다. 그리고 그녀가 상당히 진지하다는 걸 알아차렸다.

"왜 그런 질문을 해?"

팡링은 고개를 숙였다. 사실 마음속으로는 이미 어렵지 않을까 생각하고 있었다.

"난 이번 생에는 틀린 것 같아!"

아이링이 절망스럽게 얘기했다.

"왜 그렇게 얘기해? 너 아직 서른셋 밖에 안 되었어! 연애는 얼마든지 다시 할 수 있어!"

팡링은 아이링을 애써 위로했지만, 사실 자신도 그 말을 믿기 힘들었다.

아이링은 허공을 바라본 채 한동안 아무 말이 없었다. 술에 취한 건지 생각에 잠긴 건지 알 수가 없었다.

"진정한 연애는 어릴 때나 할 수 있는 거야. 우리 나이에는 설령 만날 상대가 있어도 예전처럼 설레는 연애를 하는 건 어려워."

아이링은 조금 전 생각에 잠겨있던 모양이었다. 다만 생각의 결과는 그다지 희망적이지 않았다.

그때 팡링의 휴대전화 진동음이 울렸다. 평소 그녀에게 전화를 거는 사람이 거의 없는데다가 지금은 한밤중이었기 때문에 더욱 놀랄 수밖에 없었다. 전화기 화면을 확인하니 위스퍼링 의뢰를 한 10살 어린이 전화번호였다.

"여보세요? 혹시 팡링 씨인가요?"

그런데 전화를 건 사람은 어린이가 아니라 어떤 여성이었다.

"죄송하지만 저는 그쪽이 초등학생인 줄 알았는데……. 아닌가요?"

전화기 너머로 어색하게 웃는 소리가 들리더니 이내 조용해졌다. 상대방이 누군가 모르게 통화를 하고 있다는 느낌이 들었다.

"저는 즈위 엄마예요. 이렇게 늦은 시간에 전화해서 죄송합니다. 제가 지금밖에 통화할 수 있는 시간이 없어서요. 정말 죄송합니다."

"괜찮습니다. 저도 원래 일찍 자는 편은 아니어서요. 그런데 무슨 일로 전화하신 거죠?"

팡링은 혹시 아이가 엄마의 돈을 훔쳐서 위스퍼링을 의뢰한 건 아닌지 걱정이 되었다. 정말 그랬다면 일이 커질 테니 말이다.

"오늘 즈위가 휴대전화로 고양이 사진을 계속 찍고 있어서 물어봤더니 팡링 씨에게 도움을 요청했다고 얘기하더라고요. 도와주실 수 있다고 했다던데, 정말 감사합니다."

팡링은 순간 가슴이 철렁 내려앉는 것 같았다. 청샤오징이 우려했던 일이 실제로 일어나고 있었기 때문이었다. 팡링의 마음속에서 화가 부글부글 끓어오르기 시작했다. 당장이라도 소리를 질러 끓어오르는 화를 잠재우고 싶었지만, 팡링은 꾹 참았다.

"네. 제게 더 하고 싶은 말이 있으신가요?"

팡링은 인내심을 발휘해 최대한 친절한 목소리로 말했다.

"아, 그게 조금 불편한 얘기일 수도 있는데 이해해 주세요. 이런 서비스를 의뢰하면 당연히 비용을 내야 하는 걸로 알고 있어요. 그런데 아이가 그것도 모르고 무턱대고 의뢰를 한 것 같더라고요. 그래서 의뢰비용에 대해 여쭤보려고 전화했어요. 아이한테 비용에 관해서는 아무 얘기도 안 하신 걸로 알고 있는데, 제가 알게 된 이상 비용은 꼭 드려야 할 것 같아서요."

팡링의 마음속에 끓어오르던 화는 한순간에 얼음처럼 차갑게 식어버렸고, 부끄러운 마음에 이번에는 얼굴이 빨개졌다. 그녀는 당장 청샤오징에게 이렇게 소리치고 싶었다.

"점장님, 세상에는 이렇게 좋은 사람들도 많답니다! 이것 보세요. 아이 엄마가 돈을 내겠다고 이렇게 전화까지 거셨잖아요!"

"네……. 감사합니다. 비용은……. 한 시간에 10만 원이에요."

팡링은 상대방의 선의를 의심한 것이 너무 미안해서 괜히 말까지 더듬었다.

"네, 알겠습니다.

그러면 계좌번호를 좀 보내줄 수 있으신가요? 보내주시는 대로 바로 이체해 드릴게요. 그리고 즈위가 이미 말씀드렸겠지만, 집에 고양이가 두 마리가 있는데, 꽃님이의 문제는 다 미미가 집에 오고 나서 생긴 일이라, 괜찮으시다면 꽃님이와 미미 두 마리 모두 위스퍼링을 진행할 수 있을까요? 미미의 이야기도 들어봐야 무슨 일이 일어났는지 제대로 알 수 있을 것 같아서요."

"네……. 물론이죠. 가능합니다. 그러면 고양이 두 마리 모두 사진을 찍어서 제게 보내주시겠어요?"

전화기 너머 무슨 일이 생겼는지 모르겠지만 즈위 엄마가 갑자기 목소리를 낮추고 다급하게 말했다.

"남편이 화장실에 가려고 일어났나 봐요. 우선 끊어야겠어요. 안녕히 계세요!"

전화 통화를 할 때의 기분은 동물들과 위스퍼링을 할 때와 크게 다르지 않았다. 두 사람이 보이지 않는 어떤 공간에서 함께 이야기하다가 누군가 '안녕' 인사하고 대화를 끝내면 그 공간이 순식간에 사라지고 현실로 돌아오게 된다는 점에서 그랬다.

현실로 돌아온 팡링의 앞에는 반쯤 술에 취한 아이링이 두 눈을 크게 뜨고 그녀를 쳐다보고 있었다.

"왜? 토할 것 같아? 여기다 토하지 말고 밖에 나가서 해! 아니……. 그러지 말고 어서 화장실로 가!"

"그게 아니고, 콩콩이가……."

아이링이 손가락으로 편의점 밖 테라스 쪽을 가리켰다.

"콩콩이 설사하는 거 같은데……."

팡링은 아이링이 가리키는 방향을 바라봤다.

이런 젠장! 콩콩이는 허리를 구부린 채 몸에서 소화하지 못한 것들을 밑으로 배출해 내고 있었다. 게다가 여기저기 걸어 다니면서 볼일을 보는 바람에 테라스는 엉망진창이었고 지독한 냄새까지 풍겼다. 편의점 앞을 지나가던 한 남자가 냄새 때문인지 미간을 잔뜩 찌푸렸다.

"방금 어떤 손님이 컵라면을 먹이는 거 봤어!"

아이링이 말했다.

"왜 나한테 얘기 안 했어……."

팡링이 울상을 지으며 말했다.

콩콩이는 볼일을 다 보고 아무 일도 없었다는 듯 다시 편의점으로 들어와 계산대 앞에 앉아 팡링에게 웃으며 말했다.

'밖에 똥 쌌으니까 얼른 가서 치워주세요. 냄새가 아주 지독해요.'

테라스의 처참한 광경만큼이나 팡링의 심정도 처참했다.

그래도 팡링은 화를 내지 않고 묵묵히 창고로 가서 청소 도구를 꺼내왔다. 개를 키우기 시작한 그날부터 그녀는 분명히 알고 있었다. 앞으로 십여 년 동안은 매일 똥오줌과의 전쟁일 것이라는 사실을. 개를 키우는 일은 아기를 키우는 것과 크게 다르지 않아서 이성적으로 잘잘못을 따지는 일은 의미가 없었다. 현실을 직시하고 있는 그대로 받아들이면 그만이었다. 세상에 해결하지 못 할 일은 없고, 치우지 못할 똥은 없었다. 이것이 바로 팡링의 개똥철학이었다.

다만 아무 데나 똥을 싸놓고 치우는 건 팡링의 몫이라고 당당히 말하다니! 이 정도면 전생에 콩콩이에게 큰 빚을 진 게 분명했다.

"주문하신 딸기 컵케이크, 초콜릿 브라우니, 클럽 샌드위치 그리고 어린이 친구가 주문한 딸기 셰이크, 어머님이 주문하신 핸드드립 커피까지 모두 나왔습니다. 맛있게 드세요!"

무무가 주문받은 음료와 디저트를 테이블에 올려놓으며 말했다. 팡링과 샤오멍은 두 모자가 주문한 양에 놀라 그저 멍하니 바라볼 뿐이었다. 10살 장즈위는 사실 나이만 어릴 뿐이지 체격은 웬만한 어른 못지않은 XXL 크기였다.

즈위는 음식을 보자마자 흥분해서 식기를 집어 들었다. 하지만 이내 선녀처럼 우아한 엄마에게 제지당했다. 즈위 엄마는 가격을 가늠하기 힘든 H사의 핸드백 안에서 고급스러운 스카프를 꺼내 아이의 목에 턱받이처럼 둘러줬다. 그제야 즈위는 다시 포크와 나이프를 집어 들고 음식을 맛있게 먹기 시작했다.

"팡링 씨, 정말 아무것도 안 드세요? 케이크 한 조각 드실래요? 여기 치즈 케이크도 아주 맛있어 보이던데 한번 드셔보실래요?"

 즈위 엄마가 여러 번 권했지만, 팡링은 위스퍼링에 집중해야 한다며 웃으며 사양했다. 그녀는 이미 체격이 XXL 크기인 초등학생 아들이 있지만 전혀 아줌마처럼 보이지 않았다. 즈위 엄마는 하얗고 투명한 피부에, 어떤 브랜드인지 정확히 알 수는 없지만 한눈에 봐도 명품이라는 걸 알 수 있는 옷을 걸치고, 얼굴에는 시종일관 온화하고 아름다운 미소를 띠고 있었다. 팡링은 그녀를 보면서 진정한 귀부인의 의미를 새삼 깨달았다. 즈위 엄마에게 흐르는 귀티는 다른 사람을 기죽이는 화려함이 아니라, 주변의 좋은 기운을 퍼트리는 밝은 에너지였다. 그녀는 몸에 걸친 온갖 명품 때문에 귀티가 나는 사람이 아니라, 오히려 그 명품들의 가치를 더욱 빛나게 해주는 그런 사람이었다.

 '이런 사람인 줄 알았으면 원래 가격대로 12만 원을 다 받는 거였는데……. 사정이 어떤지 몰라 특별히 할인해 줬는데, 2만 원이면 콩콩이가 아침에 병원 가서 맞은 지사제 값은 버는 건데……. 병원비는 대체 왜 그렇게 비싼 거야……'

 "그러면 동생 분은요? 뭐 드실래요? 청소년기에는 많이 먹어도 살이 안 찌니까 마음껏 먹어도 돼요."

 즈위 엄마가 말한 '동생'은 바로 샤오밍이었다. 샤오밍은 신이 나서 당장 '네'라고 대답하려다가 팡링이 테이블 아래서 발로 차는 바람에 곧바로 말을 바꿨다.

 "괜찮습니다. 점심을 배불리 먹고 왔어요. 감사합니다."

 "샤오밍은 청소년이 아니라 이미 성인이에요. 그렇게 많이 먹지 않아도 됩니다."

팡링이 덧붙였다.

즈위 엄마는 온화한 미소를 지었다. 그녀는 팡링과 샤오밍을 누나, 동생이라 생각했지만, 팡링은 굳이 해명하지는 않았다.

"그러면 이제 시작해 볼까요?"

즈위 엄마는 커피를 한 모금 마시고 손수건으로 입술을 가볍게 닦은 뒤 곧은 자세로 팡링을 바라보며 말했다. 아름다운 선녀의 말에 팡링은 넋을 놓고 고개를 끄덕였다.

즈위 엄마는 핸드백에서 사진 두 장을 꺼냈다.

"이 아이는 꽃님이에요. 페르시아고양이고, 겨우 손바닥만 한 크기였을 때부터 키운 아이예요. 우리 즈위가 두 살 때쯤 친구네 고양이가 새끼를 몇 마리 낳았는데 얘가 새끼 고양이들을 너무 예뻐해서 그 중 한 마리를 데려와 키우기 시작했어요."

"그렇게 자세히 말씀해 주실 필요는 없어요. 고양이 이름, 나이, 성별, 본인의 호칭 그리고 어떤 질문을 하고 싶은지 정도만 알려주시면 돼요. 너무 자세한 이야기는 오히려 위스퍼링에 방해가 될 수 있어요."

즈위 엄마는 큰 깨달음을 얻었다는 듯 고개를 끄덕였다. 그러고는 마치 선생님에게 지적받은 학생처럼 곧바로 대답을 고쳐 다시 말했다.

"이 아이는 꽃님이에요. 나이는 8살, 암컷이에요. 집에서 저는 꽃님이 엄마고, 즈위는 오빠라고 부르죠. 여기 점박이 믹스 고양이는 미미고, 몇 살인지는 정확히 몰라요. 즈위가 길 고양이였던 미미에게 밥을 챙겨주다가 몇 달 전에 아예 집에 데려와 키우기 시작했어요. 미미도 암컷이고요. 즈위는 자신을 미미 아빠라고 부르는데 저는 지금까지 제 호칭을 정하지 못하고 있어요. 엄마라고 했다가는 꽃님이가 화를 낼 게 분명하니까요……. 어쨌든 미미에게는 꽃님이가 언니라고 분명히 이야기해 줬어요. 정말로 그렇게 받아들이는지는 모르겠지만요."

"그러면 남편분은요? 고양이들에게 본인을 아빠라고 칭하나요?"

팡링은 자신이 지극히 평범한 질문을 했다고 생각했다. 그런데 순간 즈위 엄마의 얼굴에서는 온화한 미소가 사라지고, 신나게 먹고 마시던 즈위도 먹는 걸 멈추고 엄마를 바라봤다.

"저희 남편은 고양이들에게 관심이 없어요. 그래서 따로 부르는 호칭도 없죠"

대개 의뢰인이 대답을 짧게 할 때는 뭔가 숨기고 싶은 것이 있다는 의미였다. 그러나 팡링은 더 이상 깊이 알려고 하지 않았다. 숨겨진 무언가를 찾아내는 일은 자신이 할 일이 아니라고 생각했기 때문이다.

"그럼 어떤 고양이에게 먼저 묻고 싶으세요? 그리고 어떤 질문을 하고 싶으신 거죠?"

팡링이 곧장 다음 질문으로 넘어갔다.

"꽃님이요. 꽃님이에게 미미가 집에 온 것에 대해 어떻게 생각하는지 물어보고 싶어요."

팡링은 사진을 들어 꽃님이의 파란 두 눈을 가만히 들여다보며 연결을 시도했다. 그런데 꽃님이는 팡링이 자신에게 접근하고 있다는 걸 느끼자마자 하악질을 하며 엄청난 분노를 표출했다. 팡링의 시야가 점점 어두워졌고, 꽃님이에 의해 둘의 영적인 연결은 끊어지고 말았다.

위스퍼링을 할 때 시야가 어두워졌다는 건 동물이 상당히 분노하고 있다는 의미였다. 팡링은 이러한 사실을 의뢰인들에게 전달해야 할지 말지 고민했다.

"저기……. 지금 꽃님이랑은 연결이 안 되네요. 아직 저랑 소통할 준비가 안 되었나 봐요. 우선 미미랑 먼저 시도해 볼까요? 미미에게는 어떤 질문을 하고 싶으세요?"

이번에는 처음부터 정신없이 먹기만 하던 즈위가 포크를 내려놓고 말했다.

"제가 미미 아빠가 되어서 좋은지 물어봐 주실래요? 그리고 우리 집에서 어떤 장소를 가장 좋아하는지, 또 제가 사준 고기 젤리를 맛있게 먹었는지도 물어봐 주세요."

즈위의 귀여운 질문에 팡링과 즈위 엄마 모두 웃음을 터트렸다.

아이들은 뚱뚱하든 말랐든, 똑똑하든 어리숙하든 동물들 이야기 앞에서는 그들만의 순수함이 마음껏 뿜어져 나왔다. 그리고 이건 어쩌면 어른들도 마찬가지일지도 모른다. 동물은 어떤 사람이 선한 마음을 가졌는지 아닌지 확인할 수 있는 좋은 매개체다. 사회에서 규정한 나쁜 일을 저지른 사람도 동물 앞에서 순수함을 잃지 않는다면 정말 마음까지 나쁜 사람은 아닐 것이다.

미미와의 연결은 비교적 수월했다. 미미는 온순하고 예의 바른 고양이였다. 길고양이였던 미미는 낯선 사람의 접근에 어느 정도 안전거리를 유지할 줄도 알았다.

'안녕하세요. 아빠가 얘기한 팡링 이모라는 분이시군요. 저는 미미라고 해요. 지금 저를 돌봐주는 가족들이 그렇게 부르죠.'

'지금 돌봐주는 가족? 그러면 전에도 돌봐주던 가족이 있었어? 그때는 어떤 이름으로 불렸었니?'

'그건 이미 지난 일인걸요. 저는 지금 이 순간만 생각할래요.'

'그래, 알겠어. 그럼 너를 돌봐주는 즈위에 대해서는 어떻게 생각해? 그 친구는 자기가 미미를 입양했기 때문에 미미 아빠라고 불리고 싶대.'

'글쎄요, 전 입양이 뭔지 잘 모르겠어요. 아무튼 즈위는 저를 잘 돌봐줘요. 그리고 그 여성분도요. 그들은 모두 제게 좋은 친구들이에요.'

팡링은 미미의 말이 흥미로웠다. 사실 인간 세계에서 통용되는 여러 호칭은 대개 동물 세계에서는 별다른 의미를 갖지 않는다. 그들에게 주인이란 엄마, 아빠가 아니라 그저 가족이고 친구였다. 그나마 가족이고 친구인 것도 그들을 부르는 호칭이라고 하기보다는 애정 표현에 가까웠다. 그들은 인간들이 가정과 사회에서 어떤 지위를 갖고 있고, 어떤 호칭으로 불리든 그들에 대한 사랑은 변함이 없다.

'미미야, 그러면 즈위가 준 고기 젤리는 맛있게 먹었니?'

'네! 맛있었어요. 즈위가 주는 건 다 맛있어요!'

팡링은 부탁 받은 질문을 모두 묻고 나서 즈위를 쳐다봤다. 아이는 다시 테이블에 놓인 음식에 정신이 팔린 상태로, 마침 클럽 샌드위치를 한 입 크게 베어 무는 중이었다. 팡링은 그들이 곧 물어볼 질문을 알아서 먼저 물어보기로 했다.

'미미야, 너를 돌봐주는 사람들이 네 친구라면 꽃님이는?'

질문을 하면 곧바로 답을 하던 미미가 한동안 침묵했다.

'죄송해요. 너무 피곤해서 쉬고 싶어요.'

미미가 갑자기 일방적으로 연결을 끊어버리는 바람에 팡링은 깜짝 놀랐다. 역시 고양이는 한 성격 하는 동물이라더니, 자기가 하고 싶지 않은 얘기가 나오니까 전화 끊어버리듯 멋대로 끊고 사라져 버렸다.

미미가 떠나고 팡링은 미미에게 들은 이야기들을 모자에게 전달했다. 두 사람은 자신의 가족에 대해 몰랐던 사실을 처음 알게 된 것처럼 흥미진진한 표정으로 이야기를 들었고, 뭐가 그리 재미있는지 계속 깔깔깔 웃었다. 모자가 웃으며 서로 이야기를 주고받는 동안 팡링은 자기도 모르게 크게 하품하고 말았다. 그녀는 오늘 아침에 편의점에서 퇴근하고 곧바로 콩콩이를 데리고 병원에 다녀오느라 잠을 몇 시간밖에 못 자서 굉장히 피곤한 상태였다.

"팡링 씨, 괜찮으세요? 조금 쉬었다 할까요?"

팡링은 자신이 이 고상한 귀부인 앞에서 얼마나 경박하게 하품했는지 깨닫고 부끄러워졌다.

"아니에요. 괜찮습니다. 그러면 이제 다시 꽃님이와 대화를 시도해 볼게요. 지금쯤이면 준비가 되었을지도 모르니까요."

'미미야, 안녕? 이제 기분이 좀 좋아졌니? 우리 얘기 좀 나눌 수 있을까?'

상대방은 아무 대답이 없었다.

'미미야, 나는 너희 엄마 부탁을 받고 왔어. 집에 새로운 고양이가 오게 돼서 요즘 기분이 별로 안 좋다며? 엄마가 네 마음을 꼭 알고 싶대.'

내내 조용하던 상대 쪽에서 조금씩 반응이 느껴지기 시작했다.

'엄마가 저를 많이 사랑하시는 거 알아요. 저도 엄마를 아주 많이 사랑하고요. 하지만 집안에 다른 사람이나 동물이 들어오는 건 싫어요.'

'왜 그렇게 싫어하니?'

'왜냐하면……. 밖에서 온 누군가가 엄마를 못살게 굴까 봐요. 전 아무도 엄마를 못살게 굴지 못하게 할 거예요.'

'그래서 새로 온 고양이를 물었어?'

'네.'

'그러면 즈위 오빠는 왜 물었어?'

'즈위 오빠는 새로 온 고양이를 좋아해요. 오빠가 밖에서 온 사람이랑 함께 엄마를 괴롭힐까 봐 두려워요.'

'하지만……. 미미야, 왜 밖에서 온 사람이랑 새로 온 고양이가 엄마를 못살게 굴 거라고 생각해?'

대화는 여기서 또 한 번 중단되었다.

"저기……."

팡링이 말을 꺼내자마자 두 모자는 곧바로 그녀를 바라보며 이야기에 귀 기울였다.

"제 질문에 모두 답을 해준 건 아니지만, 우선 새로 온 고양이를 괴롭히고 즈위를 문 이유는 밖에서 온 사람이랑 고양이가 엄마를 괴롭힐까봐 그랬다고 하네요. 즈위가 새로 온 고양이랑 친하니까 밖에서 온 사람이랑 합세해서 엄마를 괴롭힐까봐 걱정된다고 했어요."

"밖에서 온 사람이 나를 괴롭힌다니, 애가 참 많은 생각을 하네요."

즈위 엄마가 갑자기 웃음을 터트렸다. 그런데 그 웃음은 조금 전까지 보여준 자연스럽고 온화한 웃음이 아니라 무언가를 급히 감추려고 보여준 웃음 같았다.

"하지만……. 미미가 제게 그렇게 말했는걸요."
"네? 방금 꽃님이랑 대화를 나눠보겠다고 하지 않았어요?"
"네, 방금 꽃님이랑 대화를 나눴는데요?"
"방금 미미라고 하셨잖아요."

팡링은 어떻게 된 상황인지 금방 이해가 되지 않았다. 그때 샤오멍이 팡링에게 다가와 귓속말했다.

"페르시아고양이가 꽃님이고, 점박이 고양이가 미미에요. 혹시 방금 페르시아고양이에게 미미라고 하신 거 아니에요?"

팡링은 갑자기 정신이 번뜩 들었다. 이런, 망했다! 꽃님이를 미미라고 부르는 실수를 저지르다니! 그런데 이상한 건 대답을 들었다는 것이었다. 과연 어떻게 된 일일까?

"어쩐지 방금 전해주신 내용은 꽃님이가 할 법한 이야기가 아니었어요. 꽃님이는 조금 제멋대로인 고양이라서 인과관계를 그렇게 분명히 설명할 리 없거든요. 아마 미미가 대답했을 거예요."

즈위 엄마는 팡링을 질책하지 않았지만, 실망한 기색이 역력했다. 팡링은 자신의 실력을 의심받고 있는 것 같아 마음이 급해졌다.

"죄송합니다. 한 번만 더 기회를 주세요! 다시 한 번 해 볼게요!"

팡링은 마치 실수를 저지르고 상사에게 만회할 기회를 간청하는 신입사원처럼 고개를 숙여 사과했다. 팡링이 사과하는 모습을 보고 샤오밍도 함께 고개를 숙여 힘을 보태줬다. 즈위 엄마는 두 사람의 진심 어린 사과를 보고 온화한 목소리로 팡링을 다독였다.

"괜찮습니다. 꽃님이랑 미미 이름은 저희도 항상 헷갈리는걸요. 그럼 번거롭겠지만 다시 한번 물어봐 주실래요?"

팡링은 고양이 두 마리 사진을 앞에 두고 마음속으로 생각했다.

'좋아, 이름을 잘못 불렀는데 대답했다 이거지? 누가 나랑 장난을 치는 걸까? 조금 전 대답은 분명 미미 같다고 했는데……. 한번 볼까?'

팡링은 미미의 사진을 바라봤다.

'미미야, 너였니? 엄마가 그러는데 방금 그 대답은 미미가 하는 말인 것 같다고 하시더라. 네가 꽃님이 대신 대답해 준 거니?'

팡링은 상대와 연결된 느낌은 받았지만, 미미는 한동안 아무 말이 없었다. 그러다 한참 후 미미가 말을 꺼냈다.

'꽃님이는 절대 말하지 않을 거예요.'

'그걸 네가 어떻게 알아?'

'꽃님이는 저를 싫어하지만 저는 꽃님이를 이해해요. 꽃님이가 왜 그렇게 행동하는지 그 이유도 잘 알고요. 그래서 대신 대답한 거예요.'

'꽃님이가 너를 많이 힘들게 했는데도 대신 대답해주고 싶었던 거야?'

'네. 비록 저한테는 못되게 굴었지만 꽃님이는 이 가족을 많이 사랑하거든요.'

'하지만 꽃님이는 왜 밖에서 온 사람이 엄마를 괴롭힐 거라고 생각하는 거야?'

또다시 긴 침묵이 이어졌다. 팡링은 미미가 대답하기를 주저하고 있다는 것을 느낄 수 있었다.

'저는 거짓말을 못 해요. 그래서 말씀드릴 수 없어요.'

'그게 무슨 뜻이야?'

'말씀드릴 수 없어요…….'

'그럼……. 왜 전에 집을 나갔던 거야? 오빠의 아빠 말로는 꽃님이가 창문을 열어둬서 네가 도망간 거라고 하던데.'

미미는 또다시 주저했다. 비록 비바람을 막아주고, 먹을 것을 걱정하지 않아도 되는 집이 생겼지만, 궁궐 같은 집에 살아도 마음은 내내 편치 않은 것 같았다. 적어도 말할 수 없는 일이 있다거나, 말해도 될지 고민해야 하는 정도라면 그렇다. 정말로 행복한

동물들은 무슨 일이든 있는 그대로 이야기하고 싶어 한다. 말하고 싶지만, 참는 것, 그건 누군가에 대한 배려인 걸까?

'저는 거짓말은 못 해요. 그러니 제가 할 수 있는 이야기만 할게요. 꽃님이는 집안에 외부인이 들어오는 걸 싫어해요. 그래서 저더러 집을 떠나라고 했어요. 저는 길고양이로 오래 살았기 때문에 밖에서 사는 것도 상관없었어요. 즈위가 밥도 잘 챙겨줬으니까요. 그래서 집을 나갔었어요. 그런데 즈위가 저 때문에 많이 슬퍼한다고 해서 다시 돌아왔죠. 꽃님이는 제가 돌아와서 화가 많이 났어요. 지금 하는 이야기는 엄마한테 비밀인데, 저는 엄마가 꽃님이를 버릴까봐 걱정돼요. 저는 상관없지만 꽃님이는 이 집이 없으면 살 수 없어요.'

'엄마가 꽃님이를 얼마나 사랑하는데! 절대 버리지 않을 거야.'

'엄마도 어쩔 수 없을 거예요.'

'아빠가 엄마에게 꽃님이를 버리라고 할까 봐 그러니?'

'이 집안에 아빠는 없어요.'

이제 팡링은 단순한 애니멀 위스퍼링이 아니라 뭔가 대단한 미스터리를 풀고 있는 듯한 기분이 들었다. 앞에 있는 이분은 누가 봐도 행복하고 부유한 가정의 귀부인인데 왜 집안에 아빠가 없다고 말한 걸까?

꽃님이는 아무 말도 하지 않을 거라고 미미가 재차 이야기해줬지만, 팡링은 일의 전말을 제대로 알려면 이 집에서 평생을 산 꽃님이의 이야기가 가장 중요하다고 생각했다. 그래서 꽃님이의 사진을 들고 간절한 마음으로 다시 한 번 대화를 시도했다.

'꽃님아, 네가 왜 엄마를 보호하려고 하는지 그 이유를 알고 싶어. 네가 아무 이유도 없이 미미와 즈위를 공격하는 게 아니라고 엄마한테 이야기하려면 진짜 이유를 내게 알려 줘야해.'

'엄마한테 말하면 안 돼요!'

하얗고 복슬복슬한 털 때문에 아마 사진만 보면 꽃님이가 온순하고 사랑스러운 고양이일 거라 생각할 것이다. 그러나 팡링은 꽃님이와 연결되자마자 서늘한 기운을 느낄 수 있었다. 꽃님이는 차갑고 냉정했으며 경계심이 감옥을 둘러싼 두꺼운 옹벽만큼이나 강했다. 괜히 잘못 건드렸다가는 물불 안 가리고 공격할 것 같은 기세였다.

팡링은 그런 꽃님이가 조금 무서웠다. 하지만 대답을 들어야만 했기에 용기를 냈다.

'왜 엄마에게 아무 말도 하지 말라는 거야? 만약 네가 그 이유를 말해주지 않으면 나는 엄마에게 네가 아무것도 말하지 말라고 했다고 전할 수밖에 없어. 하지만 만약 네가 진짜 이유를 알려주고, 네가 엄마에게 말하고 싶지 않은 이유를 내가 이해한다면 엄마에게 다른 식으로 전해줄 수 있어.'

팡링은 도대체 무슨 일이 이 고양이를 이토록 냉혹하게 만든 걸까 궁금했다. 그러면서도 자신이 그들의 사적인 영역에 지나치게 발을 들인 것은 아닌지 걱정했지만 풀리지 않는 수수께끼의 답을 찾고 싶었다.

'꽃님아, 미미는 왜 이 집안에 아빠는 없다고 말하는 걸까?'

꽃님이는 '아빠'라는 말을 듣자마자 극도로 흥분해서 발톱을 세우며 날카롭게 울었다. 꽃님이의 발톱이 팡링에게 직접 닿을 일이 없는데도 꽃님이의 격한 분노는 그녀의 심장을 두근거리게 했다. 잠시 후 꽃님이는 팡링과의 연결을 완전히 끊어버렸다.

팡링이 갑자기 숨을 격하게 몰아쉬자, 이를 지켜보던 모자도 깜짝 놀랐다. 무무도 얼른 차가운 물 한 잔과 냅킨을 가져왔다. 그러나 그는 팡링에게 아무것도 묻지 않았다. 손님들이 요청하기 전에는 절대 그들의 문제 상황에 개입하지 않는다는 것이 카페 운영의 제1원칙이었기 때문이다.

"팡링 씨, 무슨 일이에요?"

"꽃님이랑……. 위스퍼링을 했는데……. 조금 전에는 미미가 대신 대답을 해준 게 맞대요. 그런데 미미가 그랬어요……. 이 집 안에는 아빠가 없다고."

팡링의 말에 즈위 엄마의 얼굴에 온화한 미소가 사라지고 순식간에 어두운 먹구름이 드리웠다.

"그리고 꽃님이는 제가 '아빠'라는 단어를 얘기하자마자 거칠게 분노하면서 저를 공격하려는 것 같았어요."

팡링이 이번에는 즈위의 표정을 살폈다. 10살 XXL 크기의 어린이는 팡링이 두 고양이와 위스퍼링을 하는 동안 앞에 놓인 접시를 모두 싹싹 비워 놓았다. 음식이 다 없어지자 할 일이 없었던 즈위는 엄마와 함께 팡링의 이야기를 모두 듣게 되었고, 엄마와 마찬가지로 표정이 어두워지며 고개를 푹 숙였다. 두 모자는 손을 꼭 잡고 그들만의 감정 블랙홀로 빠져들어 가고 있었다.

잠시 후 즈위 엄마가 한숨을 크게 한 번 내쉬며 마음을 가다듬은 후 잠시 주위를 둘러봤다. 카페 가장 안쪽 자리에 털이 긴 흰색 강아지 한 마리를 데려온 손님이 있었는데 주위 손님들과 반갑게 인사하는 모습이 보였다.

"즈위야, 저기 귀여운 강아지 한 마리가 있네. 가서 인사하고 잠깐 같이 놀고 있어."

즈위가 고개를 들어 흰 강아지를 바라봤다. 흰 강아지도 마침 즈위와 눈이 마주치고 반갑게 웃었고, 즈위의 얼굴에도 이내 미소가 번졌다.

"나랑 같이 가보자!"

샤오멍은 즈위의 손을 잡고 강아지가 있는 곳으로 함께 걸어갔다.

즈위가 샤오멍과 함께 자리를 비우자마자 즈위 엄마는 다시 어두운 표정으로 허리를 곧게 세우고 앉았다.

"팡링 씨, 제가 걸친 옷이랑 가방 그리고 액세서리들을 보면서 저희가 평범한 집안은 아닐 거라고 예상하셨죠?"

그렇다. 팡링은 즈위 엄마의 차림새에서 그들이 분명 대단한 경제력을 갖춘 집안의 사람들이라는 걸 예상하였다. 하지만 그런 대단한 경제력이 이번 위스퍼링과 무슨 상관이란 말인가? 팡링은 영문을 알 수 없었지만 그저 고개를 끄덕였다.

"그렇지만 돈이 많다고 모두가 행복하게 사는 건 아니에요. 사실 미미의 말이 맞아요. 이 집안에는 아빠가 없어요. 저와 즈위 그리고 꽃님이, 미미가 있을 뿐이에요."

"하지만 그날 저와 통화하실 때 남편분이 화장실에 가신다고 하셨잖아요."

즈위 엄마가 쓴웃음을 지었다.

"맞아요. 그때는 그랬죠. 그 사람은 한 달에 두세 번 정도 집에 들어와요. 언제 들어올지는 아무도 몰라요. 그런데 그 사람이 일단 집에 오면 우린 모두 긴장해야 해요. 집에 마음 안 드는 일이 있거나, 회사 일 때문에 스트레스를 받는다거나 아무튼 조금이라도 기분이 나쁘면 불같이 화를 내요. 그리고는……."

즈위 엄마는 마치 금붕어처럼 입을 뻐끔거렸지만, 하려던 말은 차마 입 밖으로 나오지 못하고 입가에서만 맴돌았다. 대신 즈위 엄마는 블라우스의 소매 단추를 풀고 긴 소매를 걷어 올려 팡링에게 자신의 팔을 보여줬다. 곧이어 팡링은 큰 충격에 빠져 아무 말도 하지 못했다. 그녀의 팔은 온통 시퍼런 멍과 상처로 가득했다. 고작 한쪽 팔 상태가 이 정도인데 눈에 보이지 않는 부분에는 얼마나 많은 상처가 있을까?

즈위 엄마는 재빨리 소매를 내리고 단추를 잠근 다음 아무 일도 없었다는 듯이 우아하게 커피를 한 모금 마셨다.

"세상에! 얼른 병원에 가보세요. 경찰에 신고도 하시고요! 어떻게 이런 폭력을 참고 사셨어요. 어머니한테 이 정도인데 아이한테 폭력을 쓰면 어떡해요!"

즈위 엄마는 고개를 절레절레 저으며 쓴웃음을 지었고 이내 눈에 눈물방울이 맺혔다.

"제가 말씀드렸잖아요. 평범한 집안이 아니라고요. 정확히 말하면 그 사람 집안이 평범하지 않은 거죠. 그 사람을 떠나야겠다는 생각도 여러 번 했지만 제가 무슨 힘으로 그를 떠나겠어요? 다행히 즈위가 수컷이라서 그 사람이 해코지하지 않지만, 만약 암컷이었다면…….”

즈위 엄마는 끔찍한 생각을 털어버리려는 듯 고개를 흔들었다. 손님들의 감정 변화에 굉장히 민감한 무무였지만 이번에는 멀리서 지켜보고 있을 뿐이었다. 대신 언제 가져다 놓았는지 테이블에는 레몬 물 한 병과 냅킨이 놓여 있었다. 팡링은 즈위 엄마에게 물 한 잔을 따라주고 냅킨도 건네줬다.

즈위 엄마의 눈물이 멈출 때쯤 카페 한쪽에서 밝은 웃음소리가 들려왔다. 즈위가 흰 강아지와 즐겁게 놀고 있는 모습이 보였다. 즈위 엄마는 강아지의 모습을 지켜보면서 조금씩 마음을 가라앉혔다.

"사실 생각해 보면 제 탓이 가장 커요. 사랑하면 안 될 사람을 사랑했죠. 즈위를 임신하고 나서야 알았어요. 그 사람이 엄청난 집안 출신인걸요. 처음에는 저도 재벌가 입성을 꿈꾸며 설레었어요. 아이만 낳으면 저도 그 집안에서 인정받을 수 있으리라 생각했죠. 그렇지만 아들을 낳은 후에도 그들은 제 출신이 별로라는 이유로 며느리로 받아들이지 않았어요. 그렇다고 우리 집이 찢어지게 가난한 집은 아니었어요. 그냥 평범한 중산층 가정이었죠. 하지만 그들이 원하는 건 이름만 대도 알 만한 명망 있는 집안 출신이나 수백, 수천 억대 자산가 집안이라는 타이틀이었어요. 아들을 낳았지만, 경제적인 지원을 해줄 뿐 즈위는 아빠의 호적에 이름을 올리지 못했어요. 혹시 모르죠, 나중에 즈위가 커서 성공하면 그 집안에서 즈위를 가족의 일원으로 받아줄지도."

감춰진 비밀은 팡링이 생각한 것보다 훨씬 더 엄청난 일이었다. 그러나 일단 판도라의 상자가 열린 이상 팡링은 사건의 진상을 알기 위해 즈위 엄마의 이야기를 더 들어보기로 했다.

"즈위가 두 살 무렵, 그 사람이 친구네 집에 즈위를 데리고 놀러 간 적이 있어요. 물론 저는 빼고 그 사람 혼자서요. 그런데 그날 마침 그 친구가 키우는 페르시아고양이가 새끼를 여러 마리 낳아서 지인들에게 선물로 한 마리씩 나눠줬죠. 즈위는 새끼 고양이를 보자마자 사랑에 빠졌고 그날부터 고양이를 키우게 되었어요. 저는 반려동물을 한 번도 키워본 적이 없는 데다가 두 살배기 아이까지 돌봐야 했기 때문에 처음에는 적응하기 힘들었어요. 하지만 시간이 흐르면서 힘들 때마다 제 곁을 지켜주는 건 꽃님이 밖에 없다는 걸 알게 되었어요. 그 사람이 제게 못된 짓을 하고 나면 꽃님이는 곁에 와서 손을 핥아주며 위로해 줬어요. 꽃님이는 제 마음을 다 알고 있는 것 같았어요. 그러다 3, 4년 전쯤 그날도 그 사람이 제게……. 그런 짓을 하고 있을 때 꽃님이가 갑자기 그에게 달려들어 날카로운 발톱으로 얼굴을 마구 할퀴었어요. 그 사람은 화가 나서 꽃님이를 잡아 벽에다 던져버렸죠. 심지어 꽃님이를 창 밖으로 던져버리려는 걸 제가 겨우 막았어요. 다행히 벽에 부딪혔을 때 크게 다친 것 같지는 않더라고요. 꽃님이는 곧장 스스로 창문을 열고 밖으로 도망쳐 버렸어요. 나중에 쓰레기장에서 꽃님이를 발견해서 동물병원에 데려가 봤더니 몸속에 보이지 않는 출혈

이 있었어요. 그래서 한동안 병원에서 치료받아야 했죠. 그날 이후 꽃님이는 우리 가족 외에 누군가 집안에 들어오면 무조건 공격하기 시작했어요. 그래서 그 사람이 오는 날이면 저는 꽃님이를 다른 방에 가둬놓았어요. 다행히 그 사람도 딱히 거슬리는 일이 없으면 꽃님이를 건드리지 않았어요. 그런데 미미가 집에 오면서 자꾸 문제가 생기니까 다시 꽃님이를 내다 버릴 핑계를 찾은 거죠……. 저는 원래 위스퍼링을 할 생각이 없었어요. 만약 위스퍼링이라는 게 정말 가능하다면 지금처럼 집 이야기를 모두 털어놓아야 하니까요. 하지만 이렇게 다 이야기하고 나니까 속이 시원하네요. 제 이야기를 들어주셔서 정말 감사합니다. 저 혼자 짊어지고 가기에는 너무 큰일이었거든요."

즈위 엄마는 침울한 이야기를 한참 늘어놓다가 갑자기 혼자 깨달음을 얻고 감사 인사를 하는 등 여러 개의 인격을 가진 사람처럼 말했다.

"어머, 죄송해요! 괜히 제 이야기 때문에 우울해지셨죠! 정말 죄송해요."

"아무래도 지금 당장……."

팡링은 뒤이어 무슨 말을 해야 할지 몰라 망설였다. 경찰에게 신고하라고? 병원에 가보라고? 명망 있는 집안이라고 하니 언론에 폭로하라고? 지옥에서는 지옥에 있는 사람만이 자신의 상황을 직접 결정할 수 있다. 팡링이 즈위 엄마의 사정을 자세히 알게 되었다고 하더라도 섣부른 제안은 그녀를 더 깊은 지옥으로 빠트릴 수 있었다.

"꽃님이에게 미미를 가족으로 받아들여야 한다고 말해주세요. 그럼 꽃님이와 미미가 함께 가족을 지킬 수 있으니까요."

즈위 엄마가 쓸쓸한 미소를 지었다.

"그럼 저는 이제부터 고양이 두 마리를 지켜야 하는걸요."

"아니에요."

팡링은 즈위 엄마에게 자신 있게 말했다.

"즈위가 두 마리 모두를 지키면 돼요. 어머님이 말씀하셨잖아요. 그 사람이 즈위에게는 나쁜 짓을 하지 않는다고요. 그러면 고양이 두 마리 모두 즈위 곁에서는 안전할 거예요."

"그럴지도 모르겠네요."

"그럼 그렇게 전달해 볼게요."

즈위 엄마가 고개를 끄덕였다.

꽃님이는 여전히 대답이 없었다. 하지만 팡링은 미미가 점점 꽃님이에게 가까이 다가가고 있는 걸 느낄 수 있었고, 이번에는 꽃님이도 미미를 밀어내지 않았다.

즈위 엄마는 화장실에 가서 눈물로 얼룩진 화장을 다시 고치고 왔다. 화장을 안 한 맨얼굴인 줄 알았는데 역시 다 그렇게 보이기 위한 고도의 화장 기술이었다. 팡링은 그녀가 어떤 파운데이션을 사용하는지 진심으로 알고 싶었지만 차마 물어볼 분위기가 아니라 참았다. 화장실에서 돌아온 즈위 엄마는 아들과 흰 강아지가 있는 쪽으로 가서 잠시 같이 놀다가 계산을 마치고 카페를 떠났다.

팡링은 그녀가 카페 문을 열고 나갈 때 고개를 돌려 자신을 바라보던 눈빛을 평생 잊을 수 없을 것 같았다. 그 눈빛은 마치 이렇게 말하고 있는 것 같았다.

'당신은 이제 내 비밀을 다 알게 되었지만, 그 누구에게도 말하지 않을 거라는 걸 알아요. 당신에게 내 상처를 모두 보여줬지만 그렇다고 우리가 친구가 된 건 아니에요. 앞으로 남은 생에 우리가 다시 서로를 마주칠 일은 없었으면 좋겠어요.'

동물들에 비해 인간들의 세계는 이토록 복잡하다. 그래서 팡링은 자신이 '애니멀' 위스퍼링을 하지만 사실은 이것이 인간들의 문제를 해결해 주는 일이라고 늘 생각해왔다.

"어떻게 되었어요? 무슨 일 있었어요?"

샤오멍이 호기심 가득한 얼굴로 다가와 물었다.

팡링은 그의 얼굴을 한 번 쳐다보고는 무심하게 대답했다.

"어른들의 세계를 어린 친구가 어떻게 이해하겠어요. 가서 연애나 열심히 하세요."

샤오멍은 팡링의 말에 마음이 상했는지 인사도 하지 않고 배낭을 챙겨 카페를 나가버렸다.

팡링은 카페를 나서기 전에 계산대 앞에서 잠시 배회했다.

"샤오멍에게 좀 잘해주세요. 요즘 연애가 생각대로 잘 안 풀리나 봐요."

무무가 작은 목소리로 팡링에게 말했다.

"잘 안 풀리다니요? 무슨 일 있대요?"

팡링은 흥미로운 가십거리를 찾은 것처럼 관심을 보였다.

무무는 그날 샤오멍에 들은 이야기를 팡링에게 자세히 전했다.

"제가 말했잖아요. 그 아빠 완전 미친놈이라고. 그렇게 얘기를 했건만!"

팡링은 은근히 통쾌한 기분이 들었다.

"그래도 절대 포기할 생각은 없어 보였어요. 계속 노력 중이더라고요! 그렇게 어린 친구도 포기하지 않는데 우리도 절대 포기할 수 없죠!"

무무는 자기도 모르게 말을 내뱉고 혼자 얼굴이 빨개졌다.

"뭘 포기하지 않는다는 거예요?"

"그게 말이죠……."

무무는 당황한 기색이 역력했다.

"인생이요, 인생! 인생을 포기하지 않고 열심히 살겠다 뭐 그런 말이죠. 팡링 씨는 애니멀 위스퍼링을, 저는 이 카페를 열심히 운영하면서……. 뭐 주문하시려고요?"

무무는 조금 전 팡링이 메뉴판을 살펴보고 있었다는 걸 기억하고 얼른 화제를 전환했다.

"샌드위치 중에 해산물이 안 들어간 건 뭐가 있죠?"

"닭가슴살 샌드위치, 터키 샌드위치, 콜드비프 샌드위치, 비건 샌드위치 이렇게 있어요."

"닭가슴살은 워낙 자주 먹어서 안 좋아할 것 같고, 터키도 마찬가지고, 콜드비프라……."

팡링은 메뉴를 고민하며 혼자 중얼거리다가 고개를 들어 무무에게 물었다.

"콜드비프는 많이 짤까요?"

"그렇게 짜지 않아요. 만약 너무 짠 것 같으면 물에 한 번 헹궈 주세요. 콩콩이에게 주려고 하는 거죠?"

"그걸 어떻게 아셨어요? 역시 눈썰미가 대단하세요!"

팡링에게 칭찬받은 무무는 또다시 얼굴이 빨개졌다.

"금방 준비해 드릴게요! 이건 제가 사겠습니다."

팡링이 여러 번 사양했지만 무무는 끝까지 고집을 부렸다. 다만 그는 콩콩이에게 자신이 사주는 간식이라고 꼭 얘기해달라고 부탁했다.

사랑하는 사람을 얻으려면 그 사람에게 가장 가까운 사람의 마음을 먼저 얻어야 한다는 걸 무무는 잘 알고 있었고, 그래서 콩콩이의 마음을 먼저 사로잡아야겠다고 생각했다. 혹시 나중에 큰 도움이 될지 모르는 일이니까.

팡링은 카페 창밖을 바라봤다. 햇볕이 쨍쨍 내리쬐던 하늘은 구름이 조금씩 뒤덮이고 있었다. 곧 비가 쏟아질 모양이었다.

"휴, 비 올 때 산책시키는 건 너무 귀찮은데."

팡링은 집에 돌아가는 길에 편의점 앞을 지나갔다. 조금 전 한바탕 쏟아진 비로 테라스는 온통 물바다였고, 종이상자로 만들어진 후추의 집도 물에 젖어 흐물흐물해지고 있었다. 후추는 비를 피하느라 한쪽 구석에 쪼그려 앉아 있었고, 그 모습을 본 팡링은 마음이 조금 아팠다. 팡링은 무무가 콩콩이를 위해 만들어 준 샌드위치를 손에 들고 잔뜩 위축된 후추를 바라봤다. 후추는 팡링에게 아무런 메시지도 보내지 않았지만, 그녀는 후추의 마음을 읽을 수 있었다.

'더 이상 배고프지 않고, 비바람을 피할 수 있는 집이 나에게도 있었다면……. 그러면 나도 정말 행복할 텐데.'

팡링은 곧장 편의점 안으로 들어가 청샤오징에게 물었다.

"정말 후추를 편의점 안에 못 들어오게 하실 거예요?"

"얘기했잖아요. 나도 어쩔 수 없는 일이라고."

청샤오징은 본인도 굉장히 안타깝게 생각하고 있다는 듯 울상을 지으며 말했다.

"그러면 제가 집에 데려갈게요. 대신 후추가 먹을 음식이랑 목욕 그리고 병원까지 다 책임져 주시기로 한 약속 지키시는 거죠? 제가 외출할 때도 돌봐주셔야 하고요."

팡링의 말에 청샤오징의 입꼬리와 눈꼬리가 절로 올라갔다.

"그건 걱정하지 마요! 후추를 집에 데려가 주기만 한다면 음식부터 목욕, 산책까지 아무것도 신경 쓸 필요 없어요. 콩콩이가 먹을 간식도 내가 다 챙겨줄게요!"

"정말이죠?"

"그럼요. 그렇지만……. 목욕은 분명 샤오밍이 시켜준다고 했어요!"

"개는 한 번 키우기 시작하면 10년 이상 키워야 해요. 두어 달 하고 그만둘 생각이면 절대 안 돼요!"

"절대 안 그래요. 내가 후추 아빠나 마찬가지인걸요! 무슨 일 있으면 내가 다 책임질게요."

사실 팡링은 남자가 저렇게 호언장담하는 걸 별로 신뢰하지 않았다. 하지만 청샤오징의 우직한 성격을 잘 알기에 그를 한 번 믿어보기로 했다.

"목줄 주세요. 비가 많이 와서 애가 다 젖었잖아요!"

팡링은 목줄을 달라며 손을 내밀었다.

청샤오징은 이 상황이 그저 기쁘기만 했다. 마치 자기 딸이 마침내 사랑하는 사람을 만나 시집가는 모습을 지켜보는 것처럼 가슴 벅찬 감동에 하마터면 눈물까지 흘릴 뻔했다.

"고마워요! 당신은 정말 복 받을 거예요!"

청샤오징이 후추의 목줄을 팡링에게 건네며 말했다.

"됐어요! 통조림은 저녁에 와서 가져갈게요."

팡링은 목줄을 받아 들고 편의점 밖으로 나갔다. 그리고 후추에게 다가가 머리를 한 번 쓰다듬고 목줄을 채웠다.

"후추야, 내가 맛있는 샌드위치를 가져왔는데 올라가서 콩콩이랑 같이 먹자!"

후추는 백내장으로 인해 약간 흐릿해진 두 눈으로 팡링을 의아하게 바라봤다. 그리고 곧 팡링이 자신을 집에 데려간다는 걸 알고 벌떡 일어나 신나게 꼬리를 흔들며 따라갔다.

후추가 집에 들어서자 콩콩이는 흥분해서 달려가 냄새를 맡았다. 둘은 이미 서로를 잘 아는 사이였지만 후추는 자신이 콩콩이의 공간에 침범했다는 사실을 인지하고 조심스럽게 소파 옆 작은 공간을 찾아가서 앉았다. 평소 콩콩이가 휴식을 취하는 방석 위에는 감히 올라갈 생각도 하지 않았다. 콩콩이는 곧바로 소파

위에 뛰어 올라가 자신의 서열이 위라는 걸 분명하게 보여줬다.

팡링이 소파에 앉자 콩콩이는 반가움을 표시하며 얼굴을 핥았다. 그녀는 무무가 만들어 준 샌드위치를 반으로 잘라 콩콩이와 후추에게 똑같이 나눠줬고, 둘은 순식간에 먹어치웠다.

팡링은 오후에 만난 즈위 엄마를 떠올렸다. 그러면서 어쩌면 자신이 그때 그 남자와 결혼하지 못한 것이 그리 나쁜 일만은 아니었다는 생각이 들었다. 지금 그녀의 생활은 경제적으로 풍족하지도 않고 지루하리만큼 단조롭지만, 자신을 누구보다 사랑해 주는 개 두 마리와 함께 있다. 팡링은 이들이 기쁠 때나 슬플 때나 자신의 곁을 지켜줄 거라는 사실을 알고 있었다. 적어도 이들과 함께라면 팡링도 더 이상 죽고 싶다는 생각이 들지 않았다.

7.
제가
분명히 말했잖아요

후추가 팡링과 같이 살게 된 지도 벌써 한 달이 지났다.
　갑작스럽게 함께 살게 되었지만, 후추는 적응이 굉장히 빨랐다. 비록 콩콩이가 후추를 가족으로 받아들이고, 방에 들어와 함께 잘 수 있게 허락할 때까지 시간이 좀 걸리기는 했지만, 그 외에는 팡링이 신경 쓸 일이 거의 없었다. 밥을 주면 자신의 밥그릇에 놓인 음식만 먹었고, 잠을 잘 때도 자신의 방석 위에서만 잤다. 콩콩이가 방석을 점령하고 있으면 내려올 때까지 옆에서 얌전히 기다렸고, 볼 일이 급할 때는 팡링이 치우기 쉽도록 베란다로 나가 배수구에 볼일을 봤다. 이제 후추는 매일 콩콩이와 함께 공원으로 산책하러 가고, 함께 편의점으로 출근했으며, 한창 바쁜 아침 시간에는 함께 계산대 뒤에 묶여 있었다. 새로운 집이 생긴 이후 후추의 다리에 있던 상처는 빠르게 아물었으며, 이제는 콩콩이와 잔디밭에서 신나게 뛰어놀고 간식을 얻기 위해 전력 질주할 수 있을 만큼 회복되었다. 그러나 나이 탓인지, 최근에 많이 먹어 다시 살이 찐 탓인지 조금만 많이 걸어도 금방 피곤해했다. 그래도 후추는 현재 자신의 생활에 굉장히 만족했고, 아무리 피곤해도 열심히 놀고, 열심히 걸으며 삶에 대한 강한 의지를 보여줬다.

하지만 집에 개 한 마리가 더 늘자 팡링은 너무 피곤했다. 예상했던 일이지만 생각보다 훨씬 더 피곤했다.

청샤오징은 약속한 대로 정기적으로 통조림과 사료를 보내줬고, 때때로 고급 간식과 장난감을 사서 보내주기도 했다. 그는 이게 다 '아빠의 사랑'이라고 강조했지만 사실 팡링에게 후추를 떠넘긴 죄책감이 더 큰 것 같았다. 샤오멍도 자신이 한 약속을 잘 지켰다. 그는 약속대로 격주로 콩콩이와 후추를 깨끗이 목욕시켰는데, 에이미가 개들을 잘 다룬다는 이유로 늘 함께 찾아왔다. 그러나 틈만 나면 둘이 같이 있고 싶어 핑계를 대는 거라는 걸 팡링은 잘 알고 있었다. 그날 오후에도 팡링은 피곤에 절어 소파에서 낮잠을 자고 있었다. 한참 달콤하게 자고 있는데 욕실에서 자꾸만 시시덕거리는 소리가 들려왔다. 샤오멍이 에이미와 함께 개들을 목욕시키는 중이었는데 둘이 웃고 떠드는 소리가 점점 크게, 점점 자주 들려오는 통에 도무지 잠을 계속 잘 수가 없었다. 팡링은 소파에서 겨우 몸을 일으켜 욕실로 향했다.

욕실 문을 열어보니 바닥은 물바다가 되어 있고 개도, 사람도 모두 쫄딱 젖어있었다.

'엄마, 여기 정말 신나요! 어서 와서 같이 놀아요!'

콩콩이는 팡링을 보자마자 신이 나서 달려들었고 그 바람에 팡링의 옷도 젖고 말았다. 팡링은 짜증을 내며 콩콩이를 밀어냈다.

"너 때문에 다 젖었잖아! 저리 가."

팡링에게 혼이 난 콩콩이는 곧바로 얌전히 앉아 귀를 뒤로 접고 그녀에게 용서를 구했다. 팡링은 콩콩이의 머리를 쓰다듬었다. 사실 이건 콩콩이를 탓할 게 아니라 목욕을 핑계로 둘만의 데이트를 즐기고 있는 저 둘을 탓해야 할 일이었다.

"두 사람 정말 너무한 거 아니에요. 안 그래도 피곤해 죽겠는데 이렇게 엉망을 만들어 놓으면 어떡해요!"

팡링은 두 사람을 질책했다.

"팡링 언니, 정말 죄송해요. 목욕시키다 보니 옷이 다 젖어서, 기왕 젖은 김에 물장난을 조금 쳤어요. 욕실은 목욕 끝내고 꼭 깨끗하게 정리해 놓을게요. 정말 죄송해요."

에이미가 서둘러 팡링에게 사과했다.

사실 팡링이 혼을 내려던 건 샤오밍이었는데 에이미가 먼저 나서서 사과하자 팡링도 더 이상 뭐라고 할 수가 없었다.

"그래요, 누나. 여긴 저희가 깨끗하게 정리해 놓을 테니 가서 좀 쉬세요."

팡링은 고개를 절레절레 저으며 다시 거실로 돌아왔다. 그런데 그때 식탁에 놓인 통조림 캔들이 눈에 들어왔다.

"점장님이 왔다 가셨나 보네. 왜 몰랐지?"

"어찌나 깊게 잠이 들었는지 사람이 오는지도 모르던데요!"

팡링이 혼잣말하는 소리를 듣고 샤오멍이 대답했다.

"점장님이 누나가 요즘 너무 피곤해 보인다고, 일 좀 줄이라고 했어요. 돈 조금 더 벌려다가 건강까지 다 잃는다고요."

점장의 말은 다 사실이었지만 팡링은 절대 그렇다고 인정할 수 없었다. 자신의 체력이 이것밖에 되지 않는다는 걸 알면 편의점에서 언제든 해고당할지도 모르기 때문이었다. 애니멀 위스퍼링을 다시 시작하면서 경제 상황은 나아졌지만 그래도 편의점 일을 그만두고 싶지는 않았다.

콩콩이와 후추는 수건으로 물기를 닦고 욕실에서 나와 기분이 좋은지 정신없이 여기저기 뛰어다녔다. 아무리 목욕을 싫어하는 개도 막상 물을 만난 고기가 된다는 걸 팡링은 개를 키우고 나서야 알게 되었다.

팡링은 창밖 날씨를 확인했다. 마침 따뜻한 햇살이 내리쬐고 있어서 지금 개들을 데리고 나가 잔디밭에서 뛰게 하면 털을 금방 말릴 수 있을 것 같았다. 그녀는 목줄을 꺼내 공원으로 산책 나갈 준비를 했다.

"팡링 누나, 산책은 저희가 데리고 다녀올 테니 조금 더 쉬세요. 이따가 위스퍼링 예약도 있으시잖아요."

샤오멍이 권유했지만 팡링은 단호하게 거절했다.

"괜찮아요. 내가 데리고 갈 거예요."

팡링은 개 두 마리를 데리고 비몽사몽 공원으로 향했다.

호기롭게 길을 나서기는 했지만 정말 피곤해도 너무 피곤한 하루였다. 팡링은 공원 잔디밭에 도착하자마자 콩콩이와 후추가 마음껏 뛰어놀 수 있게 목줄을 풀어줬다. 다행히 둘은 규칙을 잘 지켰고 팡링의 시야가 닿는 범위 안에서만 뛰어놀았다. 그래도 팡링은 언제나 개들에게 시선을 떼지 않았고 볼일을 보면 즉시 달려가 비닐봉지에 담아 처리했다. 그렇지만 오늘은 몰려오는 피곤함에 정신을 차릴 수가 없었다. 어제 오후에 조금 까다로운 위스퍼링 의뢰를 두 건이나 받아 늦게까지 일하고 쉴 틈도 없이 곧바로 편의점 야간 근무를 했다. 그리고 오늘 아침에 두 시간 정도 짧게 눈을 붙인 게 다였다. 해가 중천에 떠 있었지만 공원 벤치에 앉은 팡링의 눈꺼풀은 점점 무거워졌고 정신도 조금씩 혼미해졌다…….

"저기요, 혹시 저기 검정개 주인이세요? 지금 볼일을 보려는 거 같아요."

개를 데리고 지나가던 젊은 여자 하나가 팡링에게 말했다. 팡링은 얼른 정신을 차리고 개들이 어디에 있는지 찾기 위해 사방을 둘러봤다. 그러다 잔디밭 풀숲에 몸을 둥글게 말고 쪼그리고 있는 콩콩이를 발견했다. 이것은 개들이 볼일을 볼 때 취하는 기본자세였다. 팡링은 정신이 흐릿했지만 곧바로 배변 봉투를 들고 콩콩이가 있는 곳으로 뛰어갔다.

콩콩이는 팡링이 도착하기 전에 이미 볼일을 다 보고 팡링에게 달려와서 냄새를 맡으며 장난을 쳤다. 공원 잔디밭은 한동안 잔디를 깎지 않았는지 밟으면 발이 보이지 않을 정도로 길게 자라 있었다. 콩콩이 이 녀석은 좀 잘 보이는데 볼일을 보면 좋으련만 늘 생명력이 왕성한 곳에 볼일을 봐서 늘 눈을 크게 뜨고 풀숲을 뒤져야 겨우 찾을 수 있었다.

"여기까지 뛰어오면 어떡해. 볼일 본 자리에 그대로 있어야 찾기 쉬운데!"

팡링은 콩콩이를 나무랐다. 그녀는 풀숲 근처에서 사방으로 똥을 찾아봤지만 아무리 살펴봐도 보이지 않았다.

"대체 어디에 볼일을 본 거야?"

팡링은 고개를 들어 콩콩이를 바라봤다. 그런데 콩콩이가 눈을 크게 뜨고 당황스러운 표정을 짓고 있었다.

'밟았어요!'

"뭐를 밟아? 설마……. 설마……?"

팡링은 곧장 발밑을 확인했다. 그러나 다행히 아무것도 없었다. 팡링은 몽롱한 정신을 깨우기 위해 고개를 한 번 세차게 흔들었다. 그녀는 자신이 콩콩이의 메시지를 착각한 거라고 생각했다. 요새 너무 피곤해서 그런지 종종 이런 일이 있었다. 팡링은 주변을 한참 더 살펴봤지만 결국 찾지 못하고 '사건' 현장을 떠나야만 했다.

팡링은 집에 들어가기 전에 편의점에 들러 커피도 사고, 청샤오징에게 감사 인사도 전하려고 했다. 그런데 편의점에 발을 들여놓으려는 순간 테이블 위에 놓인 쓰레기들을 정리하고 있던 청샤오징이 다급하게 소리를 질렀다.

"멈춰요 Stop!"

청샤오징이 갑자기 큰 소리를 지르는 바람에 콩콩이와 후추도 깜짝 놀라 그대로 얼어붙었다.

"왜 그러세요! 깜짝 놀랐잖아요!"

팡링이 투덜거렸다.

"뒤에 좀 한 번 봐요!"

청샤오징은 팡링이 걸어온 바닥을 가리키며 말했다.

팡링은 곧바로 뒤를 돌아봤다가 깜짝 놀라 입을 다물지 못했다. 그녀가 밟고 지나온 길에 온통 개똥이 묻어 있었다. 팡링은 곧바로 신발을 확인했다. 아니나 다를까 신발 바닥 뒤쪽으로 개똥이 잔뜩 묻어 있었다. 조금 전 공원에서는 정신이 몽롱해 제대로 확인하지 못한 것이다. 콩콩이가 보낸 경고의 메시지도 착각이 아니었다. 어쩐지 아무리 찾아도 안 보이더라니.

"지금 뭐 하는 거예요! 똥을 밟았으면 닦고 들어와야지 바닥을 이렇게 엉망으로 만들면 어떡합니까"

청샤오징이 팡링을 나무랐다.

"죄송해요. 저도 묻어 있는지 몰랐어요. 제가 닦을게요."

팡링은 미안한 마음에 청소 도구를 꺼내러 창고로 걸어가려 했다.

"거기서 꼼짝도 하지 말아요!"

청샤오징이 소리쳤다.

"바닥을 더 엉망으로 만들 작정이에요? 가서 걸레를 가져올 테니 거기 그대로 서 있어요."

청샤오징이 창고에서 청소 도구를 꺼내오는 동안 팡링은 개

두 마리와 함께 벌을 서듯 편의점 입구에 꼼짝없이 서 있어야 했다.
"너희는 내가 똥을 밟은 걸 봤으면 알려줘야 할 거 아니야!"
팡링이 콩콩이와 후추를 내려다보며 말했다.
'제가 분명히 말했잖아요.'

팡링이 무무 카페에 도착했다. 평소 같으면 카페에 들어서자마자 자신의 전용 자리로 향했을 텐데, 오늘은 어찌 된 일인지 곧장 무무가 서 있는 카운터로 향했다. 팡링이 다가오는 모습을 보고 무무의 심장이 빠르게 뛰었다.
"뭐……. 필요해요? 샤오멍은요?"
무무가 살짝 떨리는 목소리로 물었다.
"샤오멍은 우리 집 욕실 청소 중이에요."
"욕실 청소요? 조수 겸 가사도우미도 하는 거예요?"
"그런 건 아니고……."
팡링은 너무 피곤한 나머지 어디에서부터 어떻게 이야기해야 할지 떠오르지 않았다.
"아무튼 별일 아니에요. 오늘은 아주 진한 커피로 부탁드릴게요. 뭐든 제일 진한 걸로 주세요. 도무지 잠이 안 깨서요."
팡링은 커피를 주문하고 자기도 모르게 크게 하품을 했다.
"알겠어요. 그러면 우선 더블 에스프레소로 준비할게요."
"고마워요. 그리고 오늘은 제 자리 말고 룸을 좀 써도 될까요?"
카페 한쪽에 마련된 커다란 룸은 사용료만 최소 10만 원이 넘었기 때문에 평소에는 팡링이 사용할 엄두도 못 내던 곳이었다.

"룸이 비어있긴 한데 웬일로 룸에서 해요? 동물들이 단체로 오나요?"

무무가 의아한 표정으로 물었다. 팡링은 예전에도 룸을 한 번 사용한 적이 있었다. 그런데 그때는 한 진상 고객이 의뢰할 때 고양이 한 마리라고 얘기하고 집에 있는 고양이들을 죄다 데려오는 바람에 어쩔 수 없이 사용한 것이었다. 그날 고양이들이 여기저기 볼일을 봐놓는 바람에 무무가 청소하고 냄새를 빼느라 며칠 동안 애를 먹었었다.

"아뇨. 한 마리인데 60kg이 넘는 타이완 독이라서요."

"와, 60kg! 거의 조랑말만큼 크겠네요!"

팡링이 고개를 끄덕였고, 무무도 그녀가 룸을 이용하려는 이유를 이해할 수 있었다. 카페 안에 그렇게 큰 개가 버티고 서 있으면 들어오는 손님들이 놀랄 수도 있기 때문이었다. 무무는 곧바로 룸을 열어 오늘의 '귀빈' 타이완 독 에디를 맞이할 준비를 했다.

에디의 주인은 주로 집에 틀어박혀 컴퓨터만 붙들고 있는 일명 범생이, 너드남이었다. 하지만 흔히 생각하는 범생이 이미지와는 달리 옷차림이 세련되고 비싼 브랜드 안경을 쓰고 있었다. 몸은 뚱뚱하지도 마르지도 않은 평범한 체격이었으며, 말수가 적고 점잖은 성격이었다. 그의 옆에 서 있는 에디는 마치 듬직한 경호원 같았다.

"이렇게 큰 개는 밖에 데리고 다니기 힘들 텐데, 사진만 주시지 그러셨어요."

팡링이 범생이 주인과 에디를 맞이하며 말했다.

에디는 덩치는 컸지만 온순하고 순종적인 아이였다. 줄곧 주인 옆을 떠나지 않고 주인이 앉으면 앉고 그가 일어서면 함께 일어섰다. 또 실내에서 말썽을 피우거나 크게 짖지 않았고 주인의 지시 없이는 다른 사람이나 강아지에게 가까이 다가가지도 않았다. 에디의 눈에는 세상에 단 한 사람, 오로지 그의 주인만 보이는 것 같았다.

"알아요. 그렇지만 집에 혼자 둘 수 없는 상황이라 데리고 왔어요."

주인의 말이 끝나자마자 조금 전까지만 해도 늠름하게 앉아 있던 에디는 바람 빠진 풍선처럼 풀이 죽어서 바닥에 엎드렸다.

"이것 좀 보세요. 요즘 저랑 함께 있으면 늘 이렇게 우울한 표정이에요. 예전에는 정말 쾌활한 아이였거든요. 덩치는 산 만 한데 자기가 아직도 아기인 줄 알고 저만 보면 안아달라고 뛰어오르기 일쑤였죠."

주인은 예전 에디의 모습을 그리워하고 있는 것 같았다. 그는 평소에 일을 하느라 혼자 집에 틀어박혀 있는 시간이 많고, 함께 있을 친구가 있었으면 하던 차에 보호소에서 에디를 입양하게 되었다. 처음 에디를 입양했을 때 주인은 자기가 이미 다 큰 성견을 입양했다고 생각했다. 입양 당시 몸무게가 이미 20㎏에 육박하고 있었기 때문이었다. 그런데 집에 데려온 이후에도 에디는 계속 폭풍 성장했고 결국 수의사에게 데려가 보게 되었다. 그곳에서 그는 에디가 아직 어린 강아지이고 앞으로 계속 자라 덩치가 주인만큼 커질 것이라는 놀라운 이야기를 듣게 되었다. 주인은 어찌해야 할지 몰라 우선 계속 에디를 키우기로 했다.

다행히 에디의 덩치가 커질수록 둘은 더욱 친밀해졌다. 주인과 에디는 한집에서 형제처럼 지내며 도시락을 함께 나눠 먹고 잠도 한 침대에서 꼭 붙어 잤다. 주인은 자신의 모든 생활을 에디와 공유했고 에디가 자유롭게 움직일 수 있도록 테라스가 있는 집으로 이사했으며, 타고 다니던 차도 지프차로 바꿨다. 또 하루에 한 번 반려견 공원에 데려가 에디가 마음껏 뛰어놀 수 있게 해줬다. 이처럼 주인과 에디는 서로에게 인생의 전부였다.

"그러면 에디는 언제부터 이렇게 변하기 시작한 거예요?"

"제게 여자 친구가 생기면서부터 변하기 시작했어요."

주인은 에디를 안쓰럽게 바라보며 말했다. 하지만 이내 여자 친구 생각이 났는지 세상 다 가진 듯한 표정으로 말했다.

"제 여자 친구는 정말 예쁘고 여성스럽고 애교도 철철 넘쳐요. 모든 남자가 한 번쯤 만나보고 싶어 하는 그런 여자예요. 남자들의 로망이죠!"

그러더니 갑자기 휴대전화를 꺼내 여자 친구와 함께 찍은 사진을 자랑스럽게 보여줬다. 그의 여자 친구는 굉장한 글래머에 개미허리를 가진 비현실적인 몸매의 소유자였는데, 마치 일본 애니메이션 주인공을 보는 것 같았다. 화려한 외모와는 달리 사진 속 그녀는 수줍은 듯 에디 주인에게 기대어 있었다.

하지만 에디의 모습은 사진에 보이지 않았다.

"그런데 여자 친구가 에디를 무서워해요."

그의 표정이 다시 침울해졌다.

"여자 친구는 덩치 큰 에디가 자기를 덮칠까봐 무섭다고 해요. 에니는 온순하고 제 말도 잘 들으니 절대 그럴 일 없다고 여러 번 이야기했지만 소용없었어요. 몇 번 같이 있어 보려고 시도했지만, 너무 겁을 먹어서 실패했어요. 그래서 여자 친구가 집에 올 때면 저는 에디를 다른 방에 가둬놓아요."

팡링은 에디 주인의 말에 조금씩 기가 차기 시작했다. 정말 에디가 우울한 이유를 모른다고?

"여자 친구라면 집에 자주 오겠네요. 한 번 오면 꽤 오래 머물 테고요."

에디 주인이 고개를 끄덕였다.

"그러면 최근에 에디가 방에 혼자 갇혀 있는 시간도 그만큼 길었을 테고요. 만약 당신이 에디처럼 방에 갇혀 있어야 한다면 우울하지 않겠어요?"

"그 점은 저도 할 말이 없네요. 하지만 정말 어쩔 수 없었어요! 여자 친구가 집에 왔을 때 몇 번 에디를 방에서 나오게 해서 같이 있어 보려고 했어요. 그런데 에디가 제가 옆에 있을 때는 얌전히 있다가 제가 잠깐 자리를 비우니까 여자 친구에게 사납게 짖더라고요. 여자 친구는 너무 놀라 방에 들어가서 한참을 울었어요. 정말 어떻게 해야 좋을지 모르겠어요."

팡링은 에디가 처한 상황에 화가 나긴 했지만 에디 주인도 그동안 최선을 다했다는 걸 알 수 있었다. 그는 자신이 사랑하는 여자가 에디와도 잘 지낼 수 있기를 누구보다 바랐을 것이다. 그러나 세상에는 어떻게 해도 개와 친해질 수 없는 사람들이 있다.

"그래서 지금 문제가 정확히……."

어떻게 해야 좋을지 모른다니, 위스퍼러가 해결 방법까지 알고 있어야 한단 말인가?

"제가 여자 친구와 결혼하게 되면……. 에디를 다른 곳에 보내야 할 것 같아요."

"보낸다고요!?"

에디 주인의 말에 팡링은 화가 치밀어 올랐다. 앞에 놓인 물잔을 그의 얼굴에 확 부어버릴까, 나이프로 한 번 찔러줄까, 버럭 소리를 지를까 여러 가지 생각이 팡링의 머릿속을 스쳤다. 조금 전까지만 해도 개와 얼마나 사이가 좋은지 자랑하다가 갑자기 결혼하면 갖다 버리겠다니! 지옥에 떨어져 마땅한 놈! 팡링의 몸속에 아드레날린 분비가 빨라지면서 온종일 그녀를 짓누르던 피로감이 사라지고 정신이 번쩍 들었다.

"아니, 그렇다고 에디를 갖다 버리겠다는 뜻은 아니니까 오해하지 마세요! 우선 진정하시고 제 말 좀 들어보세요."

팡링은 차가운 얼음물을 마시며 마음속에 치밀어 오르는 분노를 겨우 진정시켰다.

에디 주인은 팡링의 분노가 조금 진정되기를 기다렸다가 말을 이어 나갔다.

"사실 여자 친구는 개를 좋아해요. 하지만 자기 같은 여자들은 에디처럼 큰 개 말고 하얗고 조그만 강아지를 키워야 한다고 여러 번 말했어요. 데리고 다니면 자신을 더욱 돋보이게 해줄 그런 예쁜 강아지를요. 그에 비해 에디는 너무 크고 사납다고 싫어했어요. 그래서 여자 친구에게 작은 몰티즈 한 마리를 선물했어요. 그러면 에디와도 잘 지낼 수 있을 거라고 생각했죠. 그런데 이제는 에디가 작은 몰티즈를 공격할까봐 걱정된다며 에디를 보내지 않으면 결혼 못 하겠다고 하는 거예요! 그래서 할 수 없이 친구 부부에게 에디를 돌봐줄 수 있느냐고 부탁했어요. 친구 부부는 원래부터 에디를 잘 알았고 정원이 딸린 넓은 집에 살고 있어요. 얼마 전에 에디를 그 집에 데려간 적이 있었는데 집도 마음에 들어 하고 친구 부부와도 잘 지내더라고요. 그래서 에디를 우선 그 집에 보내서 한 2년 정도 살게 하고 그동안 여자 친구를 설득해서 나중에 다시 데려올 생각을 하고 있어요."

팡링은 그의 이야기를 들으면서 저 여자 친구란 사람하고는 절대 친구가 될 수 없겠다고 생각했다.

"그래서 지금 그 얘기를 에디에게 전달해 달라는 거예요?"

에디 주인은 팡링이 여전히 분노하고 있다는 사실을 모른 채 가만히 고개를 끄덕였다.

팡링은 에디를 바라봤다. 에디는 고개도 들지 않고 시무룩한 표정으로 엎드려 있었다.

"에디가 이미 다 알고 있을 거란 생각은 안 해요?"

팡링이 차갑게 물었다.

"어쩌면요. 하지만 에디에게 분명히 이야기해 주고 싶어요. 이건 절대 에디를 버리는 게 아니고, 나중에 상황이 정리되면 꼭 다시 데려올 거라고요. 너무 슬퍼하지 말고 조금만 기다려 달라고 말이에요."

그의 말에는 진심이 담겨 있었지만 팡링은 그것이 지키지 못할 약속이라는 걸 잘 알았다. 만약 2년이 지나도 여자 친구가 에디를 받아들이지 못하겠다면 무슨 수로 다시 데려올 수 있을까? 설령 에디를 다시 데려온다고 하더라도 지금 몰티즈 한 마리 때문에 에디를 내쫓으려고 하는 여자가 나중에 아기라도 태어나면 에디를 가만 놔둘까?

인간들은 사랑이라는 말을 입에 달고 살면서 왜 이렇게 잔인할까? 아무 짓도 하지 않은 에디가 쫓겨나게 생겼는데 에디를 진심으로 사랑한다는 주인은 그저 손 놓고 지켜볼 뿐이라니.

팡링은 우선 에디와 직접 대화를 나눠보기로 했다.

'방금 네 주인이 한 이야기 너도 다 들었지?'

에디는 대답하지 않았다.

'에디야, 이 일 때문에 속상하고 우울한 거니?'

'아니에요. 만약 제가 집을 떠나서 아빠가 행복하다면 저는 기꺼이 떠날 수 있어요.'

에디의 대답에 팡링은 마음이 아팠다. 에디는 자기 행복을 희생하면서까지 주인의 행복만을 바랐다.

'그러면 왜 속상한 거야?'

'아빠가 잘못된 선택을 하고 있어서요.'

'잘못된 선택이라니? 무슨 뜻이야?'

'그 여자는 아주 나쁜 사람이에요. 그 여자는 아빠가 생각하는 그런 착한 사람이 아니에요. 아빠가 없을 때 저에게 아주 못된 짓을

하기도 하고 아빠 물건을 훔쳐 가기도 해요!'

'물건을 훔친다고?'

에디는 팡링에게 어떤 화면을 보여줬다. 주인의 여자 친구가 방에서 무언가를 열심히 찾고 있었고 이를 본 에디가 다가가 짖자, 여자가 방망이를 들고 에디를 때리려고 다가왔다. 에디가 겁을 먹고 도망가며 여자를 향해 짖고 있을 때 주인이 돌아왔고 여자는 갑자기 방에 들어가 울기 시작했다. 또 다른 화면은 에디가 방에 혼자 갇혀 있을 때 여자가 방문을 벌컥 열고 들어오더니 에디를 향해 비비탄총을 쏘기 시작했다. 도망갈 곳이 없던 에디는 고통스러워하며 총알을 맞을 수밖에 없었다.

'세상에! 뭐 저런 여자가 다 있어!'

'그런데 아빠는 이 사실을 몰라요. 제가 몇 번이나 아빠에게 경고하려고 했지만, 그때마다 말썽을 피운다며 오히려 저를 나무랐어요. 그 여자는 정말 나쁜 사람이에요. 그 여자가 하는 말은 다 거짓말이라고요.'

팡링은 에디의 말을 믿었다. 동물들은 거짓말을 할 줄 모르고 더욱이 다른 생명체에게 일부러 상처를 주는 일은 절대 하지 않기 때문이다. 하지만 사랑에 빠져 판단력이 흐려진 주인이 과연 이 사실을 믿어줄까?

"혹시 에디의 몸에서 알 수 없는 작은 상처들을 본 적 있나요?"

팡링이 심각하게 물었다.

"글쎄요, 한동안 몸에 빨간 점들이 보이긴 했는데 아마 습진이었을 거예요. 개들한테 흔히 나타나는 피부병이라 약 발라주니 금방 괜찮아졌어요."

"그건 습진이 아니라 비비탄총에 맞은 상처였어요."

"네? 그게 무슨 소리예요?"

"누군가 비비탄총으로 에디를 쐈다는 말이에요! 그 사람이 방망이로 에디를 때리려고도 했어요. 에디는 여러 번 이 사실을 얘기하려고 했는데 그쪽은 들으려고 하지 않았어요. 에디가 무슨 일을 하던 무조건 에디 잘못이라고 나무라기만 했죠!"

팡링의 질책에 에디 주인은 너무 놀라 입을 다물지 못했다.

"감히 우리 에디에게 비비탄총을 쏘다니! 그 나쁜 놈을 내가 가만두지 않겠어요!"

그는 당장이라도 에디의 복수를 하러 갈 것처럼 소리쳤다.

그때 팡링이 눈을 흘기며 말했다.

"집에 당신이랑 에디 말고 또 누가 있죠? 그 사람이 누구겠어요?"

팡링의 말을 들은 에디의 주인은 처음에는 무슨 말인지 몰라 어리둥절하다가 이내 절망스러운 표정을 지었다.

"팡링 씨, 지금 제 여자 친구를 의심하시는 건가요?"

"의심하는 게 아니라 에디가 한 이야기를 그대로 전하는 것뿐이에요. 에디의 말은 알아듣지 못하지만 제가 하는 말은 무슨 말인지 이해하죠?"

에디의 주인은 팡링이 자신의 여자 친구에 대해 나쁘게 이야기하자 버럭 화를 냈다.

"이봐요, 팡링 씨! 원래 여자들이 제 여자 친구처럼 완벽한 여자를 시기 질투하는 거 다 알아요. 하지만 지금 이건 선을 넘는 거예요! 제가 에디에게 전해달라는 말은 에디를 사랑하고 금방 다시 데리러 올 테니 기다려달라는 말뿐이었어요. 제 사생활에 함부로 끼어들지 말고 제가 전해달라는 말이나 똑바로 전해 주시죠?"

팡링은 너무 기가 차고 화가 나서 아무 말도 나오지 않았다. 지금 누가 누굴 질투한다는 말인가! 그 불여우한테 홀려도 아주 단단히 홀렸군! 게다가 전해달라는 말이나 똑바로 전하라고? 그는 팡링이 위스퍼링을 하면서 가장 듣기 싫어하는 말까지 하고 말았다. 위스퍼링이 단순히 동물들의 말을 통역해 주기만 하는 일이라면 훨씬 수월했을 것이다. 하지만 인간과 동물 사이에 벌어지는 일들은 단순히 말을 전달하기만 해서 쉽게 해결되지 않았다. 팡링에게 사생활에 끼어들지 말라고 했지만 지금 이 문제가 그의 사생활을 제외하고 해결할 수 있는 문제란 말인가?

팡링의 이러한 분노는 금방이라도 입 밖으로 터져나갈 것 같았다. 그러나 때마침 무무가 룸으로 들어와 팡링에게 시원한 물 한 잔을 따라 준 덕에 간신히 냉정함을 유지할 수 있었다.

팡링은 물을 마시며 천천히 격해진 감정을 가라앉혔다.

"알겠습니다. 전해달라는 얘기만 전해드리죠."

'아빠가 저를 다시 데리러 올 거라고 믿어요.'

'정말? 그 여자가 너를 받아줄 거라고 생각해?'

'아니요. 하지만 아빠도 분명 그 여자가 어떤 사람인지 곧 알게 될 거예요. 그럼 그 여자랑 헤어지고 저를 다시 찾으러 오겠죠!'

에디의 말에 팡링은 자기도 모르게 웃음이 나왔다.

"무슨 일이에요? 왜 웃는 거예요!"

안 그래도 심기가 불편했던 에디 주인은 팡링이 웃음을 터트리자 따지듯 물었다.

"제가 왜 웃는지 정말 알고 싶으세요?"

"말해 봐요!"

"에디가 그러는데 당신도 곧 그 여자의 실체를 알게 될 거래요. 그 여자랑 헤어지면 자기도 집에 돌아갈 수 있다고 했어요."

"정말 이상한 사람이군요!"

그는 불쾌해하며 자리에서 일어나 에디를 데리고 나갈 준비를 했다.

"위스퍼링이고 뭐고, 다 사기 아니야!"

에디는 끌려 나가다시피 카페를 나가며 팡링을 애처롭게 바라봤다. 에디와 팡링은 서로의 마음을 이해할 수 있었다. 그동안 에디가 겪은 상황을 조금 전 팡링도 똑같이 겪었기 때문이다.

"세상에는 별의별 사람들이 다 있어요. 너무 신경 쓰지 마요."

무무가 다가와 따뜻한 위로를 건넸다.

"저는 이런 일에 익숙해서 괜찮아요. 다만 저 개가 너무 불쌍하네요."

추운 날씨도 아닌데 팡링은 이불을 뒤집어쓰고 덜덜 떨고 있었다. 청샤오징이 우려했던 것처럼 팡링은 결국 병이 나고 말았다.

"내가 진즉에 말했잖아요. 그렇게 일만 하다가는 병이 날 거라고!"

청샤오징이 개들을 산책시키고 팡링에게 줄 도시락을 챙겨왔다.

"먹고 살아야 하는데 어떡해요."

"돈이 그렇게 많이 필요해요? 가만있어 보자, 하루에 위스퍼링 두 건을 처리하면……. 그리고 한 달이면……. 거기에 편의점 월급을 더하면……. 세상에, 한 달에 돈을 얼마나 많이 버는 거예요! 우리 편의점이라도 사려고 그래요?"

"아니요……. 저는 그냥……. 일하는 게 좋아서 그래요."

청샤오징은 콩콩이와 후추의 저녁을 챙겨주고 팡링에게 다가와 말했다.

"이틀 동안 푹 쉬어요. 야간 근무는 내가 있으니까 걱정하지 말고요."

"그러면 점장님은 언제 쉬어요?"

"도와줄 사람을 알아봐야죠."

"감사합니다."

"대신 월급은 다 못 줘요. 괜찮죠? 뭐……. 돈을 그렇게 많이 버니 필요도 없겠지만……. 아무튼 따뜻한 수프 가져온 거 꼭 챙겨 먹고 약 먹고 바로 자요."

청샤오징은 콩콩이와 후추에게도 당부했다.

"콩콩아, 후추야, 엄마 아프니까 말썽 피우지 말고 있어. 내일 아침에 또 산책 데려가 줄게, 알겠지?"

청샤오징이 가고 팡링은 곧바로 잠이 들었다. 얼마나 잤을까,

갑자기 울린 메시지 알림 소리에 잠이 깼다.

'팡링 씨, 안녕하세요. 에디 아빠에요. 지난번에는 제가 정말 죄송했습니다. 저희 결혼은 결국 깨졌습니다. 에디 말이 맞았어요. 그 여자는 몹시 나쁜 사람이었습니다. 다른 남자 친구가 있는데 제 돈이랑 집을 가로채려고 접근한 거였더라고요. 숨겨놓은 비비탄총도 발견했습니다. 에디가 했던 말이 다 사실이었어요. 그런데 염치없지만 제가 부탁드리고 싶은 일이 하나 더 생겼습니다. 며칠 전에 친구 부부네 집에 에디를 데리러 갔는데 저랑 살 때보다 그곳에서 사는 게 더 행복한지 저를 따라오려고 하지 않더라고요. 저한테 화가 난 걸까요? 에디에게 그만 화를 풀라고 얘기해주실 수 있나요? 앞으로 아빠가 더 잘해주겠다고, 집에 돌아가자고 말이에요. 지난번 일은 다시 한 번 사과드립니다. 죄송합니다.'

사랑에 미쳐서 물불 가리지 않던 남자가 드디어 정신을 차리다니! 팡링은 몸이 아파 죽겠는 와중에도 웃음이 났다. 지금 그에게 해주고 싶은 말은 딱 한 마디뿐이었다.

"거봐요, 제가 분명히 말했잖아요!"

8.
사랑의 한계

팡링은 지금 퍼그 종인 팡팡이와 위스퍼링을 진행 중이다. 팡팡이는 오늘 카페에 함께 오지 않았다. 요즘 주인이랑 사이가 좋지 않아 함께 외출하는 일이 좀처럼 없다고 했다.

그리고 지금 팡링 앞에 심각한 표정으로 앉아 있는 여자가 바로 팡팡의 주인이었다. 그녀는 팔짱을 낀 채 손가락을 까닥거리며 마치 감독을 하듯 팡링을 주시하고 있었다.

샤오밍은 팡링 옆에 바른 자세로 앉아 있었다. 그는 두 여자에게서 느껴지는 살벌한 기운에 평소보다 조금 떨어져 앉았다.

"저도 예전에 위스퍼링을 배운 적 있어요. 그런데 웬 돌팔이 같은 선생을 만나서 결국 제 두정골(중국 전통 의학에서는 사람의 이마, 측두엽, 후두부에 있는 세 개의 경혈을 뚫어주면 영적인 힘이 생긴다고 전해진다-역주)을 열어주지 못했어요. 누구처럼 더 유명한 선생님을 찾아갔어야 했는데 말이죠."

조금 전 팡팡 주인이 자리에 앉으면서 한 말이었다. 팡링은 그녀의 말을 듣자마자 곧장 경계심이 발동하여 샤오멍과 눈빛을 주고받았다.

"하지만……."

샤오멍이 말했다.

"책에서 봤는데 위스퍼링은 두정골을 여는 것과 전혀 관련이 없다고 나와 있어요. 그보다는 마음을 열고 동물들이 전하는 모든 정보를 편견 없이 받아들일 준비를 해야 해요. 사실 그런 능력은 누구한테나 다 있지 않나요? 우리가 인간으로서 세워놓은 마음의 경계만 풀면……."

"그래서 우리 개가 뭐라고 하던가요?"

의뢰인이 샤오멍의 말을 자르며 물었다.

"아…… 그게…… 잠시만 기다려 주세요."

팡링은 그녀의 무례함에 너무 놀라 말까지 더듬었다. 그리고 속으로 이렇게 생각했다.

'사람한테도 이 정도인데, 강아지한테는 오죽했을까…….'

아니나 다를까 팡링은 팡팡이와 연결되자마자 강한 압박감과 긴장을 느낄 수 있었다.

'엄마가 밥 먹을 때 흘리면 안 된다고 해서 이제 밥을 아주 천천히 먹어요…….'

'엄마가 밥을 그렇게 천천히 먹으면 다시는 밥을 안 준다고 했어요. 밥을 못 먹으면 배가 고플 거예요…….'

'엄마는 산책하러 갈 때 제 발이 더러워질까봐 신발을 신겨요. 그리고 잔디밭 근처에도 못 가게 해요…….'

'엄마가 다른 강아지 친구들한테 가까이 못 가게 해서 저는 친구가 하나도 없어요…….'

'엄마가 짖으면 안 된대요…….'

'엄마는…….'

팡팡이는 오랫동안 심한 피부병을 앓았는데 어떤 의사에게 데려가 봐도 상태가 나아지지 않았다. 팡팡의 주인은 의사들이 제대로 살펴보지도 않고 돈만 벌려고 한다며 불평했다. 그때 한 친구가 팡팡의 병은 심리적인 문제가 원인일 수 있다며 자신이 하는 아로마 치료를 권했지만, 그녀는 역시나 친구가 돈을 벌려고 수를 쓰는 건 아닌지 의심했다. 그래서 자신의 또 다른 친구이자 팡링의 친구인 린아이링의 소개를 받아 팡팡에게 정말로 심리적인 문제가 있는지 먼저 알아보기로 한 것이다.

"저는 팡팡한테 최선을 다하고 있어요. 뭐든 최고급으로만 해준다고요. 이렇게 최고의 환경에서 살고 있는데, 심리적인 문제라니, 말도 안 돼요!"

보아하니 그녀는 그저 친구의 말이 틀렸다는 것을 증명하고 싶어서 위스퍼링을 의뢰한 것 같았다.

하지만 팡링이 보기에 팡팡이는 오래전부터 정신적인 압박감과 긴장감 그리고 심한 우울감을 느끼고 있었고, 그 모든 원인은 팡팡의 주인에게 있었다.

'제발 저를 혼자 두고 떠나지 말아요.'

팡링은 팡팡이 안타까웠다. 그동안 위스퍼링을 하면서 자신에게 떠나지 말라고 부탁한 강아지는 팡팡이 처음이었다. 혼자 얼마나 외로웠으면…….

'그래, 팡팡아. 그러면 우리 대화를 좀 더 나눠볼까? 팡팡이는 주로 어떤 음식을 먹니?'

'저는 늘 이걸 먹어요.'

'어떤 건지 보여줄 수 있니?'

'바로 이거요! 이것만 먹을 수 있어요…….'

팡팡은 자신이 먹는 음식을 묘사했다. 팡링의 입에서 사각사각한 식감과 약간의 고기 맛이 느껴졌다. 팡링에게도 굉장히 익숙한 음식이었다. 바로 강아지용 건조 사료였다. 다만 보통 자신이 먹는 사료에 관해 이야기할 때 다른 강아지들에게서는 행복한 감정이 느껴지는데 팡팡은 아니었다. 팡팡은 사료를 싫어하는 건가?

'엄마가 저는 이것만 먹어야 한대요. 저도 엄마가 먹는 걸 먹고 싶은데…….'

'엄마가 먹는 음식 중에는 네가 먹을 수 없는 게 많고 건강에도 좋지 않아.'

'엄마도 그렇게 말했어요……. 그렇지만 저도 사료 말고 다른 걸 먹어요!'

팡링은 드디어 팡팡의 행복한 감정을 느낄 수 있었다. 주인이 좀 까칠해 보이기는 해도 팡팡이 좋아하는 간식을 종종 사다 주기는 하나 보다. 하지만 팡팡이 묘사하는 간식이 어딘가 조금 이상했다. 물컹물컹하고, 큼큼한 냄새가 나고, 소시지처럼 동글 길쭉한 모양이었다. 음……. 예전에 콩콩이에게 생 양고기를 사다 준 적이 있는데 그런 건가? 하지만 그때 그 고기는 이것만큼 냄새가 지독하지 않았다. 대체 이게 뭐지? 팡팡은 왜 이런 걸 좋아하지?

"실례지만 평소에 팡팡이에게 어떤 간식을 사주시나요?"

팡링은 팡팡의 묘사만으로는 도무지 어떤 음식인지 알 수 없어서 주인에게 직접 물어보기로 했다.

"간식이요? 저는 간식 같은 건 사주지 않아요! 어떤 재료로 만들어졌는지 알 수도 없는 걸 왜 먹여요! 아니, 지금 위스퍼링 제대로 하는 거 맞아요? 제가 간식을 준다고 해요? 저는 밖에서 다른 사람들이 주는 간식도 못 먹게 한다고요!"

지극히 평범한 질문을 했을 뿐인데 여자는 히스테리 부리듯 팡링에게 화를 냈다. 분명 팡팡은 자신이 먹는 다른 음식이 했는데……. 대체 뭘까? 설마…….

"혹시……."

팡링이 깊은 한숨을 내쉬었다. 그녀는 자신의 예상이 틀리길 간절히 바랐다.

"혹시 팡팡이가 자기 똥을 먹나요?"

"맞아요!"

팡팡이 주인이 놀라며 말했다. 그녀는 이제야 팡링의 능력을 인정하는 듯했다.

"팡팡이가 똥을 먹어요! 제가 아무리 먹으면 안 된다고 해도 말을 안 들어요. 처음에는 애가 똥을 못 누는 줄 알고 병원에 데려가 보기도 했어요. 그러다 나중에 CCTV를 확인해 보니까 똥을 못 누는 게 아니라 자기가 눈 똥을 다 먹어버리는 거였어요. 제발 팡팡이에게 똥을 먹으면 안 된다고 얘기해주세요. 계속 그랬다가는……."

팡링은 팡팡이 주인이 팡팡이를 어떻게 벌 줄 것인지에 관해 얘기하는 부분은 귀담아듣지 않았다. 대신 이런 생각을 했다.

'세상에, 내 입에 느껴진 게 똥이었다니! 팡팡이는 정말 그걸 맛있다고 생각하는 건가?'

'팡팡아, 하지만 똥은 먹으면 안 돼'

'왜 먹으면 안 돼요? 똥은 맛있어요!'

'팡팡아, 세상에 똥을 먹는 개들도 있긴 있어. 하지만 그 개들은 먹을 게 너무 없어서 어쩔 수 없이 먹는 거야. 팡팡이는 집도 있고 엄마도 있고 좋은 사료도 먹을 수 있잖아. 그러니까 똥은 먹지 마. 똥을 먹으면 입에서도 고약한 냄새가 날 거야.'

'왜요? 저는 사료가 싫어요. 공원에 오는 다른 강아지들은 여러 가지 음식을 먹던데 왜 저는 늘 똑같은 것만 먹어야 해요?'

'그건 말이야……'

그건 그렇다. 강아지들이라고 해서 왜 늘 똑같은 음식만 먹고 싶겠는가? 건강을 생각해서 간식을 안 준다던 주인은 조금 전 생크림을 두 배로 올린 초콜릿 머핀을 주문했다. 과연 그렇게 먹는 건 건강한 걸까?

"팡팡이가 똥을 먹는 이유는 사료 외에는 먹을 게 아무것도 없어서라고 해요. 가끔 한 번씩 간식을 주는 건 괜찮아요. 간식을

8. 사랑의 한계   253

먹으면 팡팡이 기분도 좋아질 테고, 그럼 아무래도······."

"안 돼요! 간식은 절대 허락할 수 없어요. 시중에 파는 간식들이 어떤 재료로 만들어지는지 봤어요? 제가 영상 하나 보내드릴 테니 한 번 보세요!"

"요즘은 천연 재료를 사용해서 만든 수제 간식들도 많아요······."

"그런 거 잘못 먹이다간 영양 불균형이 생겨요!"

그녀의 눈빛이 이글이글 타올랐다. 마치 자신의 눈앞에 있는 '천팡링'이라는 악마를 처단하고야 말겠다는 눈빛이었다.

"사람들이 밖에서 데려온 떠돌이 개한테 뭘 먹이든 상관 안 해요. 하지만 우리 팡팡이는 강아지 혈통서까지 있는 아주 귀한 아이라고요! 그래서 제가 건강 관리에 얼마나 신경 쓰는데요. 우리 팡팡이는 다른 아무 개들이랑은 달라요! 미국 유명 협회에서 인증받은 사료만 먹고, 물도 프랑스 수입 생수만 마신다고요!"

떠돌이 개가 어쩌고 어째? 강아지 혈통서에 프랑스 수입 생수라고? 팡팡이의 주인은 정말 무례하고 몰지각하기 짝이 없었다. 그녀는 자신이 방금 무시무시한 '팡링' 지뢰를 밟은 사실을 전혀 모르고 있었다.

"하지만 개들은 생수만 마시면 안 될걸요? 생수 안에는 미네랄이 많아서 개들이 생수만 너무 많이 마시면 결석이 생기는 거 몰라요? 팡팡이가 귀하다고 하면서 이런 기본적인 것도 모르다니, 무슨 엄마가 그래요? 이거 하지 마라, 저거 하지 마라 나무라기만 하고, 팡팡이가 원하는 게 무엇인지 알려고 하지도 않죠? 그저 본인이 생각하는 착한 강아지, 예쁜 강아지로 있어 주기만 바라는 거잖아요! 팡팡이도 분명 공원에서 다른 강아지들과 함께 뛰어놀고 싶을 거예요. 그렇게 뛰어놀고, 간식도 먹을 수만 있다면 차라리 당신이 말하는 그런 '들개'가 되는 편이 낫겠다고 생각할지도 몰라요. 당신은 대체 왜 팡팡이를 행복하게 하는 일은 하나도 허락하지 않는 거예요?"

말을 한 사람은 다름 아닌 샤오멍이었다. 팡링과 팡팡이 주인은 너무 놀라 그저 멍하니 듣고 있을 수밖에 없었다. 숨도 안 쉬고 한꺼번에 말을 쏟아낸 샤오멍은 잠시 숨을 골랐다. 그리고 몇 초 후 자신이 무슨 짓을 한 건가 싶어 얼른 계산대로 도망쳤다.

"혹시 방금 그거 엄마에게 하고 싶었던 얘기 아니야?"

무무가 샤오멍에게 속삭였다.

"무슨 소리예요!"

샤오멍은 바에 앉아 위스퍼링을 계속 관찰했다.

팡링은 목을 한 번 가다듬고 위스퍼링 내용을 계속 전달했다.

"팡팡이는 저랑 얘기할 수 있어서 기쁘대요. 많이 외로운 것 같아요. 친구를 사귀고 싶어 하기도 하고요……. 팡팡이는 매우 우울한 상태예요. 그래서 제 생각에는……."

"정말 이상한 사람들이네!"

팡팡이 주인이 표정을 잔뜩 찌푸렸다.

"제가 부탁한 건 팡팡이에게 똥을 먹지 말라고 얘기해달라는 것뿐이었어요. 그런데 간식을 먹이라고 하지를 않나, 나이도 어린 애가 갑자기 소리를 지르질 않나……. 지금 보니까 위스퍼링도 엉망인 거 같은데, 예전에 사기꾼이라고 신문에 나온 적 있다면서요? 린아이링 소개만 아니었어도 이런 데 안 나오는 건데, 괜히 시간만 낭비했네요!"

팡팡 주인은 곧바로 가방을 챙겨 자리를 떠났다. 그녀는 카페를 나가면서도 계속 중얼거렸다.

"애니멀 위스퍼러는 무슨, 완전 사기꾼이구만, 뭘!"

팡링은 도저히 가만히 있을 수 없어 한마디 하려고 자리에서 일어났다. 그런데 그때 무무가 카페 입구에서 팡팡이 주인을 가로막으며 말했다.

"아직 계산을 안 했습니다. 그냥 가시면 경찰에 신고할 겁니다."

무무가 정색하며 말했다.

팡팡이 주인이 지갑에서 5만 원짜리 지폐를 한 장 꺼내 무무에게 건넸다.

"제가 먹은 커피랑 케이크 값이에요. 대신 저 사기꾼 여자한테는 한 푼도 못 줘요! 경찰을 부르고 싶으면 부르세요! 온 김에 저 사기꾼도 잡아가라고 하시고요!"

팡팡이 주인은 팡링을 노려보며 말했다. 그리고 다시 무무를 돌아보며 경고했다.

"사장님, 좋은 사람인 거 같은데 저런 사기꾼이 여기서 영업하게 놔두지 마세요. 카페 이미지도 생각하셔야죠."

무무는 아무 말 없이 카페 문을 열어 서서 나가라는 표시를 했다.

카페 안에는 정적이 흘렀다. 카페에 있던 모든 사람이 조금 전 팡링이 모욕을 당하던 순간을 모두 지켜보고 있었다.

팡링은 자리에 털썩 주저앉아 참았던 눈물을 터트렸다. 샤오밍이 팡링을 위로해 주려고 다가가려 했지만, 무무가 그의 앞을 가로막았다. 무무는 따뜻한 캐모마일 티와 티슈가 담긴 쟁반을 팡링 앞에 내려놓았고, 팡링은 눈물범벅이 된 얼굴로 그에게 고맙다는 눈빛을 보냈다.

"뭘요……. 필요한 게 있으면 언제든 부르세요……."

무무는 쑥스러운 듯 얼른 자리로 돌아갔다. 이를 지켜본 샤오밍이 그에게 눈을 한 번 흘겼다.

그때 팡링의 휴대전화가 울렸다. 화면에 '우주최강 절친 린아이링'이라는 이름이 보였다.

"어떻게 됐어? 잘 끝났어?"

린아이링이 물었다.

"방금 갔어. 그 여자가 나한테 뭐라고 그랬는지 알아? 대체 무슨 생각으로 그런 여자를 소개해 준 거야?"

팡링은 애초에 아이링이 부탁한 일이라 의뢰를 수락한 것이었다. 이런 험한 꼴을 당할 줄도 모르고 말이다!

"야, 이제 겨우 복귀했는데 단련도 좀 해야지. 그런 이상한 사람들 만날 때마다 그냥 정신 수련한다고 생각하고 넘겨. 세상에 천사 같은 사람들만 있는 건 아니잖아?"

"너 정말 못됐다! 그 여자가 사람들이 다 듣는 데서 나한테 사기꾼이라고 소리 질렀다니까! 경찰 불러서 잡아가게 하라는 말까지 했어! 넌 어떻게 그런 여자를 친구로 뒀니?"

팡링이 버럭 화를 내며 말했다.

"원래 내 주변에 이상한 애들이 많잖아. 너도 있고……. 아무튼 대신 내가 맛있는 거 사줄게! 우리 와규 스테이크 먹으러 가자! 어때?"

아이링이 팡링을 달래기 위해 애썼다.

"그 여자에게 의사한테나 가보라고 해!"

"의사는 무슨, 의사들도 다 걔한테 질려서 상대도 안 해."

아이링도 어쩔 수 없다는 듯 말했다.

그런데 전화를 끊자마자 팡팡이 그녀에게 다시 말을 걸었다.

'저랑 아직 대화하고 있는 건가요?'

너무 갑작스럽게 일이 벌어지는 바람에 팡링은 팡팡이와 연결이 끊어지지 않았다는 걸 잊고 있었다.

'팡팡아, 미안! 잠깐 일이 좀 생겨서.'

'엄마와 싸우셨어요?'

'팡팡아, 정말 미안해. 엄마를 설득하지 못했어.'

팡팡이는 실망한 채 아무 말이 없었다.

'하지만 걱정하지 마. 엄마를 도와줄 수 있는 사람이 분명 나타날 거야. 그러면 너도 곧 도움을 받을 수 있겠지.'

팡팡이는 여전히 아무 말이 없었고 둘 사이의 연결은 서서히 끊어졌다. 팡팡이 느끼는 슬픔과 절망이 팡링의 마음속 깊은 곳에서부터 물밀듯 밀려 올라왔다.

잠시 후 한 여성이 계산대에서 계산을 마치고 카페를 나가는 길에 팡링에게 다가와 쪽지 한 장을 건넸다. 팡링은 한 번도 만난 적 없는 사람이었기 때문에 긴장하며 쪽지를 펼쳐봤다.

'세상에 이상한 사람이 참 많네요. 좌절하지 말고 힘내세요!'

팡링은 쪽지를 접으며 회심의 미소를 지었다. 생각해 보면 그동안 그녀는 너무 힘들어 모든 걸 포기하고 싶었던 순간마다 낯선 사람들의 따뜻한 응원과 도움의 손길로 다시 일어설 수 있었다. 콩콩이, 후추, 청샤오징, 샤오밍, 무무, 아이링 그리고 방금 이 여성처럼 이전에 본 적도 없고 앞으로 볼 일도 없을 낯선 사람들까지……. 모두 그녀를 돕기 위해 하늘이 보내준 천사들이었다.

'밖에 나가서 놀고 싶어요.'

'저는 친구가 없어서 너무 슬퍼요.'

'배고파요. 엄마가 또 제 밥그릇을 뺏어갔어요.'

'엄마가 조금 전에는 기분 좋게 저를 안아주셨는데 이제는 또 화를 내요…….'

'엄마는…….'

팡팡이가 눈물이 그렁그렁한 눈으로 팡링을 바라봤다. 하지만 주인은 매정하게 팡팡이를 집으로 끌고 가며 중얼거렸다.

"내가 너한테 못 해준 게 뭐야? 늘 최고급으로만 해줬는데 뭐가 그렇게 불만이니? 너처럼 정식 혈통서도 있는 귀한 강아지가 왜 저렇게 수준 떨어지는 사람들이랑 어울리려고 하니? 그렇게 사리 분별이 안 돼?"

주인은 팡팡을 계속 억지로 끌고 갔고, 발톱으로 땅을 붙들고 버티던 팡팡은 결국 피를 흘리며 끌려갔다.

"당장 그만둬! 이 미친 여자야! 불쌍한 개한테 뭐 하는 짓이야!"

팡링이 소리치며 쫓아갔지만, 주인은 들은 척도 안 했다.

팡팡은 계속 울면서 말했다.

'너무 배가 고프고 무서워요! 저 좀 구해주세요.'

"팡링 씨! 이봐요, 팡링 씨!"

청샤오징은 계산대 뒤에서 몸을 움찔거리며 입으로는 뭔가 계속 중얼거리며 잠들어 있는 팡링을 발견했다. 화가 날 법도 한데 일단은 걱정스러운 마음에 그녀를 흔들어 깨웠다.

"놓아줘! 놓아주라고!……."

팡링이 눈을 떴을 때 눈앞에는 팡팡이가 아니라 청샤오징이 서 있었다. 꿈을 꾼 것이었다. 그런데 이 시간에 점장님이 왜 편의점에 있는 거지? 팡링은 얼른 시계를 확인했다. 새벽 세 시였다.

"점장님, 이 시간에 무슨 일로 오셨어요? 집에서 주무시고 있을 시간 아니에요?"

팡링은 아무 일도 없었다는 듯이 얼른 계산대 앞에 섰다.

"지금 잠을 자는 거예요? 밤사이 편의점에 별일 없나 걱정돼서 몰래 와봤는데 잠을 자고 있네요! 편의점은 개들한테 맡겨 놓고 안심하고 자는 거예요?"

콩콩이와 후추는 정말 팡링을 대신해 편의점을 지키기라도 하듯 서로 다른 곳에서 주위를 살피고 있었다. 그런데 그때 후추가 빵 한 봉지를 물고 테이블 쪽으로 걸어가 포장을 뜯어버리고 맛있게 먹는 모습이 보였다.

팡링은 우선 못 본 척 눈을 질끈 감고 청샤오징에게 용서를 구했다.

"점장님, 정말 죄송해요. 요 며칠 너무 피곤해서 저도 모르게 그만 잠이 들었어요……. 앞으로 절대 이런 일 없을 거예요! 정말 죄송합니다."

팡링은 두 손을 모으고 머리를 숙여 청샤오징에게 진심으로 사과했다. 곧 무릎이라도 꿇을 기세였다.

"그만 집에 가 봐요."

청샤오징이 손을 휘휘 내저으며 말했다.

"네?"

"여기는 내가 있을 테니 집에 가서 좀 쉬어요. 계속 여기서 자게 둘 수는 없잖아요."

청샤오징이 계산대로 들어오며 일할 준비를 했다.

"아니에요. 제가 할 테니 집에 가서 주무세요. 잠도 다 깼고 정신도 맑아요! 이제 절대 안 졸게요. 정말이에요. 믿어주세요!"

팡링의 애원에도 불구하고 청샤오징은 난감해했다.

"며칠 전에 건물 관리인한테 들었어요. 가끔 여기를 지나가다 보면 팡링 씨가 졸고 있는 모습이 보여서 걱정된다고요. 개를 두 마리나 데리고 있다고 해도 그렇게 피곤한 상태로는 무슨 일이

8. 사랑의 한계 261

생겼을 때 제대로 대처하기 힘들어요. 게다가 얼마 전 무무 사장에게 들었는데 요즘 하루에 위스퍼링을 두세 건씩 처리한다면서요? 위스퍼링은 한 건만 해도 굉장히 피곤하다고 하지 않았어요? 그런데 그렇게 세 건씩 일하고 밤에는 여기 와서 밤샘 근무를 하고……. 과로사하지 않은 게 신기할 정도예요."

청샤오징은 팡링을 혼내려는 것이 아니라, 마치 아빠가 딸을 바라보듯 진심으로 그녀를 걱정해 주고 있었다. 그의 이러한 태도는 팡링의 마음을 더욱 힘들게 했다. 사실 팡링은 이제 위스퍼링 의뢰만으로도 생활을 어느 정도 유지할 수 있게 되었다. 그런데 무슨 이유에서인지 그녀는 편의점 야간 근무를 포기하고 싶지 않았다.

"집에 돌아가서 좀 쉬어요. 우선 푹 쉬고 한 번 생각해 봐요. 전에도 내가 얘기한 적 있죠? 일이 너무 많아서 피곤하면 무리하지 말고 그만둬도 된다고요. 직원은 새로 구하면 돼요."

"점장님……."

"어서 가 봐요! 그리고 후추가 까먹은 빵은 시급에서 뺄 거예요. 저건 엄연히 관리 감독을 소홀히 한 탓이니까."

팡링은 할 수 없이 콩콩이와 후추를 데리고 집으로 돌아올 수밖에 없었다.

그녀는 집에 돌아오자마자 소파에 벌러덩 누웠다. 콩콩이도 얼른 따라 올라와 옆에 누웠다. 후추는 여전히 다리 상처로 소파에 뛰어 올라오지 못하고 가만히 지켜보다가 바닥에 앉은 채 팡링의 팔 밑으로 파고들었다. 그 모습을 본 콩콩이는 심기가 불편했다. 팡링은 잠시 고민하다가 아예 자신이 바닥으로 내려와 앉았고, 콩콩이와 후추는 공평하게 그녀를 차지할 수 있게 되었다.

팡링은 개들을 쓰다듬으며 편의점이 자신에게 어떤 의미인지 가만히 생각해봤다. 편의점은 인생이 바닥으로 곤두박질치고 있을 때 그녀와 콩콩이를 구해준 곳이다. 편의점 야간 근무 덕분에 할 일이 생겼고, 수입이 생겼으며, 오랜 친구도 되찾았다. 비록 손님이 많은 시간은 아니었지만, 세상의 여러 가지 모습을 알게 해준 곳이기도 했다. 게다가 언제부터인가 팡링은 청샤오징을 듬직한 큰 오빠처럼 의지하게 되었다. 그녀는 한 번도 오빠를 가져본 적이 없지만 만약 오빠가 있다면 바로 청샤오징 같을 거라고 생각했다. 필요할 때마다 나타나 도움을 주고, 세심하게 돌봐주면서, 때때로 구박하기도 하지만 넓은 마음으로 그녀를 감싸줄 수 있는 그런 사람 말이다.

팡링은 지금 자신의 삶에 굉장히 만족했다. 만약 편의점 근무를 그만둔다면 지금과 똑같은 삶을 유지할 수 있을까? 어쩌면 다시 예전의 천팡링의 삶으로 돌아갈지도……. 그리고 그건 그녀가 가장 두려워하는 일이기도 했다.

그날 오후, 팡링에게는 하루가 시작되는 아침 시간이었다. 식탁에 앉아 커피를 마시다가 문득 벽에 붙은 달력 칠판을 보고 깜짝 놀랐다. 날씨는 어느새 조금씩 추워지기 시작했다. 찬바람이 들어오지 않게 창문을 꼭 닫아주고 침대에서 나올 때는 곧바로 스웨터를 걸쳐야 했다. 팡링은 얼마 전까지만 해도 매일 달력에 날짜와 함께 새로운 인생의 며칠 째인지를 꼭 기록했었다. 그런데 언제부터인가 너무 바빠 달력에 기록하는 걸 잊고 있었다. 이제 모든 기록은 그녀의 휴대전화 달력과 메모장에 남겼다. 위스퍼링 예약 시간, 콩콩이와 후추에게 구충제 먹이는 날 그리고 일상적인 수입과 지출 기록까지…….

어쩌면 매일 날짜를 기록하며 달력을 채우는 일은 인생이 무료하리만큼 아무 일도 일어나지 않는 사람들을 위한 낭만인지도 모른다. 막상 매일 해야 할 일이 많아지고, 다양한 사람들과 어울려 지내다 보니 그날그날 일어난 사건이 곧 날짜의 기록을 대신하는 닻이 되었고 그렇게 매일 의미 있는 날들로 채워졌다. 대단한 목표를 실현하거나 남들보다 훨씬 뛰어난 일을 해내야만 삶의 의미가 생기는 것은 아니다. 삶의 의미는 아주 일상적인 일들에서 찾을 수 있다. 팡링도 새로운 인생을 살기 전에는 이 사실을 알지 못했다.

'끄잉……. 끄응……. 끄응'

팡링이 고개를 돌렸다. 후추가 자면서 꿈을 꿀 때 내는 소리였다.

후추는 새로운 집이 생긴 이후 집에 있는 시간 대부분은 잠만 잤다. 후추에게도 콩콩이와 똑같은 전용 방석이 생겼고, 자기만의 자리가 생긴 이후로 잠을 더욱 푹 잤다. 후추는 자면서 꿈을 자주 꿨는데 얼마나 긴박하게 꾸는지 네 다리를 계속 움찔거리고 경련이 일어난 듯 눈꺼풀도 실룩거렸다. 또 어떤 날에는 잠꼬대하기도 했는데, 마치 누군가에게 매를 맞는 것처럼 찢어지는 울음소리를 냈다. 처음에는 콩콩이도 너무 놀라 일어나서 후추를 한참 쳐다봤다.

팡링은 후추가 예전에 어떤 삶을 살았는지 궁금했다. 도대체 어떤 삶을 살았기에 저렇게 격한 꿈을 꾸는 걸까……. 그래서 몇 번이나 위스퍼링을 시도해 봤지만 그때마다 후추는 아무 대답도 하지 않았다.

팡링은 후추가 잠들어 있는 모습을 가만히 관찰했다. 그때 콩콩이가 다가와 축축한 코로 팡링의 다리를 살짝 밀었다. 콩콩이는 원하는 것이 있을 때마다 이런 식으로 팡링의 주의를 끌었다.

'저도 같이 갈래요.'

"안 돼. 오늘 위스퍼링 의뢰는 고양이란 말이야. 네가 가면 고양이를 가만 놔두겠니?"

콩콩이는 자기도 무무카페에 데려가 달라고 벌써 여러 번이나 부탁해 봤지만 팡링은 한 번도 콩콩이를 데려간 적이 없었다. 그녀의 대답은 늘 '다음에'였다.

콩콩이는 부탁을 거절당하자 불만스럽게 소파에 뛰어 올라가 그녀를 흘겨봤다. 팡링은 가방을 챙긴 다음 간식 서랍을 열어 육포를 꺼냈다. 후추는 간식 서랍 열리는 소리에 굉장히 민감했다. 정작 서랍을 여는 팡링의 귀에는 아무 소리도 안 들리는데 서랍만 열면 곤히 자고 있던 후추도 어느새 팡링 곁에 다가와 '바이바이 간식'을 기다렸다. '바이바이 간식'은 팡링이 외출할 때 문 앞에서 인사를 하며 나눠주는 간식이었다.

팡링이 간식을 건네자 후추가 얼른 간식을 물었다.

"이건 내가 집을 나간 다음에 먹는 거야. 나랑 '바이바이' 인사하면 그때 먹을 수 있어."

팡링이 설명했다.

하지만 후추는 팡링의 말이 끝나기도 전에 간식을 다 먹어 치워 버렸다.

콩콩이는 간식을 옆에 두고 팡링이 나갈 때까지 얌전히 기다렸다.

"자, 그럼 다녀올게! 안녕! 바이바이!"

팡링은 문을 닫은 뒤 콩콩이가 간식을 곧바로 먹는지 안 먹는지 궁금해 문을 살짝 다시 열어봤다. 그러다 문틈으로 지켜보고 있던 콩콩이와 눈이 마주쳤다.

'저를 속였어요.'

"알겠어! 진짜 갈게."

팡링은 무무 카페에 들어가자마자 행여 찬바람이 들어올까봐 문을 얼른 닫았다. 요즘 같은 추위에는 밖에 걸어 다니는 일 자체가 고역이었다. 그래도 언제나 무무 카페에 들어서면 긴장했던 몸과 마음이 스르르 풀리며 편안해졌다. 어느새 크리스마스가 다가오고 있었다. 무무는 크리스마스 시즌에 맞춰 초콜릿케이크를 자주 구웠고 덕분에 카페는 늘 달콤한 초콜릿 향기로 가득했다.

팡링은 계산대로 걸어가 더블 에스프레소 한 잔을 주문했다.

"요즘 개를 데리고 오는 손님들이 부쩍 늘었어요. 아무래도 팡링 씨 영향인 것 같아요. 그래서 말인데, 혹시 개들을 데려오고 싶으시면 데려오세요. 일하는 동안 제가 봐줄게요. 간식도 먹이고요. 요즘 강아지들이 먹을 수 있는 간식들을 만들어 보고 있거든요. 방금 파이를 하나 만들어봤는데 한번 보실래요?"

무무는 팡링이 바에 앉아 커피를 마시는 동안 기회를 놓치지 않고 그녀와 '소통'을 시도했다. 그런데 무무가 하는 말을 들었는지 못 들었는지 팡링은 커피를 다 마시고 그대로 바에 엎드려 잠이 들어 있었다. 실망한 무무가 헛기침했다. 하지만 그래도 팡링이 일어나지 않자 할 수 없이 손으로 그녀를 흔들어 깨웠다. 잠에서 깬 팡링은 자신이 또 잠이 들었다는 사실에 자괴감에 빠졌다.

"어머 세상에! 저 정말 왜 이러죠! 여기서 이렇게 잠이 들다니!"

팡링이 얼굴을 감싸며 말했다.

"요즘 너무 바빠서 그래요. 일을 좀 줄이든가 해야지 그러다가 큰일 나요!"

무무가 따뜻한 물을 한 잔 따라줬다.

"우리 점장님이랑 똑같은 얘기를 하네요."

팡링이 물을 마시고 있을 때 카페 문이 열리는 소리가 들렸다. 팡링이 소리가 나는 곳으로 시선을 돌리자 곧 놀라운 광경이 펼쳐졌다. 그 광경은 마치 영화 속 한 장면을 느린 동작으로 보는 것 같았다. 꽃과 레이스로 화려하게 꾸민 반려동물 유모차 한 대가 들어오고 그 안에 세상 도도하게 생긴 하얀 고양이가 한 마리 타고 있는 모습이 보였다. 하얀 고양이는 자신의 위치가 얼마나 우월한지 아는 것 같았다. 아마 고양이는 자신의 세계에서 스스로가 최고의 권위자이고 주인이 있다고 하더라도 그는 그저 자신을 위해 일하는 충직한 노예일 뿐이라고 생각하고 있을 것이다. 유모차를 밀며 들어온 고양이의 충직한 노예는 태도가 공손하고 행색이 말쑥한 젊은 남자였다. 그러나 말끔한 옷차림과는 달리 정신적으로는 상당히 피폐해 보였다. 그는 일단 카페 문을 열고 카페 안을 살펴보며 담배를 피우는 사람은 없는지, 공기는 깨끗한지, 다른 개나 고양이는 없는지 모든 것을 확인한 후에야 유모차를 밀고 완전히 들어왔다.

"혹시 팡……팡링 씨인가요?"

남자는 곧바로 팡링을 찾아냈다. 첫 만남이어서 긴장했는지 말을 조금 더듬었다.

"저는 팡팡링이 아니라 팡링인데요. 안녕하세요!"

팡링이 농담했지만 남자는 아무 반응이 없었다. 민망해진 팡링은 곧바로 남자를 자신의 자리로 안내했다. 남자는 유모차를 천천히 세우고 모든 것이 이상 없는지 확인한 후에야 긴장을 풀고 자리에 앉았다.

"환환이 워낙 예민한 고양이라 평소에 세심하게 주의를 기울이는 편이에요."

남자는 말하면서도 고양이가 괜찮은지 살펴봤다. 하지만 하얀 고양이 환환은 외려 그를 사납게 노려볼 뿐이었다.

"어머! 드라마 〈옹정황제의 여인〉 팬이신가 보네요! 환환이라는 이름도 주인공 견환(甄 , 중국 인기 드라마 '옹정황제의 여인'의 주인공으로 뛰어난 미모와 다양한 재능을 겸비한 인물로, '환환'은 옹정황제가 견환을 부르는 애칭이었다-역주)에서 따오신 거 맞죠?"

팡링이 긴장된 분위기를 풀어보려고 노력했지만, 이번에도 성공하지는 못했다.

"네."

환환 주인이 진지하게 말했다.

"원래는 여왕의 기품이 느껴진다고 해서 '엘리자베스'라고 지었는데 부르기가 영 어려워서 '환환'으로 바꾼 거예요."

웃자고 한 이야기를 상대방이 진지하게 받아들이면 더 웃긴 법이었다. 고양이 이름의 유래를 세상 진지하게 설명하고 있는 이 남자처럼 말이다. 팡링은 웃음이 빵 터져 나올 뻔했지만, 남자의 심각한 모습에 속으로 삼킬 수밖에 없었고, 결국 분위기는 더 심각해지고 말았다.

"네……, 됐슴니다. 그러면 위스퍼링을 시작해 볼까요?"

팡링이 '됐슴니다'라고 말한 이유는 농담을 이해하지 못하는 것 같으니 어서 본론으로 들어가자는 의미에서 한 말이었다.

"네? 됐다고요? 뭐가요?"

환환 주인이 또 진지하게 물었다.

"아……. 아무것도 아니에요."

"아니에요. 제가 분명히 들었는데요!"

남자는 끈질기게 파고들었다.

"그건……."

팡링이 한숨을 한 번 내쉬었다.

8. 사랑의 한계   269

"제가 그냥 농담한 건데 못 알아들으시는 거 같아서 본론으로 어서 들어가자는 의미에서 한 말이었어요."

"아……."

그는 그제야 알겠다는 듯 고개를 끄덕였다.

"아, 농담은 저도 이해했어요. 하하하……."

남자의 '하하하' 웃음소리에 잔뜩 얼어붙었던 분위기가 그제야 조금 풀렸다.

"됐습니다……. 아니, 좋습니다! 그러면 위스퍼링을 시작해볼까요?"

팡링은 이제 말할 때마다 긴장이 되었다. 자신의 고양이만큼이나 예민한 주인의 심기를 건드리지 않으려면 단어 선택에 특별히 유의해야 했기 때문이다.

환환, 5살, 태어나서 아직 눈도 못 뜨고 있을 때 어미 고양이는 보이지 않고 함께 태어난 새끼 고양이들과 함께 발견되었다. 당시 고양이들을 발견한 건 남자의 약혼녀였다. 그녀는 고양이들을 집에 데려와 직접 보살피다가 어느 정도 자랐을 때 한 마리씩 입양을 보내고 제일 예쁘게 생긴 하얀 고양이, 엘리자베스 환환이만 자신이 키우기로 했다.

환환은 어렸을 때부터 사랑을 듬뿍 받고 자랐다. 남자의 약혼녀, 즉 환환의 엄마는 환환을 너무 사랑해 뭐든 최고급으로만 키웠다. 음식은 식품영양 연구소에서 요리법을 개발하고 닭고기, 생선 살, 유기농 채소를 쪄서 만든 식품만 먹이고, 잠은 거위 털 솜에 유기농 면으로 만든 커버를 씌운 침대에서 재웠다. 고양이들 대부분은 평생을 집에만 머물렀지만, 환환의 엄마는 그런 점을 안타깝게 생각해 반려동물을 위한 유모차를 구입해 기회가 될 때마다 환환을 데리고 나가 세상을 보여줬다. 유모차 덕분에 환환은 밖에서도 집에 있는 것 같은 안정감을 느낄 수 있었다.

"그럼 환환 엄마는 지금 어디 있나요?"

팡링이 남자의 말을 끊으며 물었다.

"세상을 떠났어요……."

그의 눈에 눈물이 비쳤다.

그랬다. 안타깝게도 그녀는 재작년에 급성 폐질환이 발견되어 병원에 입원했는데 이미 병원에서도 손 쓸 수가 없는 단계였고, 그곳에서 그대로 세상을 떠나게 되었다. 그녀는 환환을 다시 보지 못해 마지막 순간까지 안타까워하다가 자신의 약혼자, 즉 지금 팡링 앞에 있는 이 남자에게 모든 걸 맡기고 눈을 감았다.

"내가 그동안 해줬던 것처럼 앞으로 당신이 환화를 잘 돌봐줘야 해요……. 환환이 늙을 때까지 최선을 다해서 돌봐주세요……."

여자는 눈을 감기 전 남자의 손을 꼭 붙잡고 말했다.

"내가 어떻게 하면 되는 거죠?"

그는 사랑하는 여자와의 마지막 약속을 반드시 지키리라 굳게 마음먹었다.

"공주처럼……. 아니 여왕처럼 대해주세요. 내가 데려온 아이지만 내가 더 이상 돌봐줄 수 없으니 부탁해요……. 부디 환환의 남은 생을……."

약혼녀가 세상을 떠나고 남자는 그녀에 대한 그리운 마음을 환환에게 모두 쏟아 부었다. 그녀가 세상을 떠나기 전 그의 여왕님이었으니 환환은 자연스레 그의 공주님이 된 것이다!

두 사람의 슬픈 사랑 이야기를 들은 팡링은 어떤 말을 해야 할지 망설여졌다.

"그래서……. 위스퍼링하고 싶은 내용은 무엇인가요?"

남자는 꿈속에서 막 깨어난 듯 정신을 한 번 가다듬고 팡링의 질문에 대답했다.

"환환이 요즘 들어 좀 이상해졌어요. 밥을 잘 안 먹는 건 그렇다 치고, 여기저기 아무 데나 오줌을 싸놓고, 제가 안으려고 하면 할퀴기까지 해요."

그는 옷소매를 걷어 올려 양팔에 난 흉터들을 보여줬다. 얼마나 아팠을지 상상조차 할 수 없는 처참한 상처들이었다.

"도대체 왜 그러는 건지 알고 싶어요. 예전에는 안 그랬는데 왜 요즘 들어 갑자기 변한 건지 궁금해요."

팡링은 유모차 안에 도도하게 앉아 있는 고양이를 바라봤다. 환환의 도도함 때문인지 팡링은 위스퍼링을 연결하는 데 애를 먹었다. 환환은 그녀가 연결을 시도하고 있다는 걸 알면서도 일부러 무시하거나 연결을 끊어버렸다. 결국 팡링이 목소리를 낮추고 '환환 공주님'이라고 부르고 나서야 환환은 마지못해 팡링과 대화를 시작했다.

'저는 공주예요. 저는 이 세상에서 가장 예쁜 고양이예요.'

팡링은 그동안 자신에게 이렇게 말하는 반려동물들을 수없이 많이 봐왔다. 주인들은 대부분 자신의 반려동물에게 '세상에서 가장 예쁜 ○○'라는 말을 자주 하고, 그러면 반려동물들은 이 말을 곧이곧대로 받아들여 자기가 정말 세상에서 가장 예쁜 유일무이한 존재라고 굳게 믿는다.

'환환 공주님, 아빠가 묻고 싶은 것이 있대요. 왜 요즘 밥도 잘 안 먹고, 오줌도 아무 데나 싸고, 아빠를 할퀴기까지 하는 거예요?'

'흥! 정말 그 이유를 모른다는 거예요?'

환환은 정말 사극 드라마에 나오는 도도한 황후처럼 말했다.

'아빠는……. 그 이유를 모르니까 물어봐달라고 했겠죠?'

'흥! 어떻게 모를 수가 있어요! 집은 코딱지만 하고, 음식은 냄새가 고약하고, 온종일 사람 그림자도 안 보이는 어두컴컴하고 작은 방에 가둬놓잖아요! 그러면서 어떻게 아무것도 모른다고 할 수 있어요?'

코딱지만 한 집, 냄새가 고약한 음식, 하루 종일 돌봐주는 사람도 없다고……? 하지만 환환이 타고 있는 유모차와 또 환환의 도도한 태도를 보면 이런 학대 수준의 대접을 받고 있다는 사실을 믿기 힘들었다.

"실례지만 요즘 환환이 지내는 환경에 변화가 있었나요? 아무래도 지금 살고 있는 곳이 굉장히 마음에 안 드는 것 같은데요……."

팡링의 질문에 남자는 갑자기 난처한 표정을 지었다. 그리고 팡링은 곧바로 그가 무언가 숨기려고 한다는 사실을 눈치챘다.

"그게……. 최근에 제가 이사를 했는데, 예전 집보다 많이 작은 집으로 가게 되었어요…….”

"환환은 요즘 먹는 음식도 마음에 안 드는 것 같아요. 음식에서 이상한 냄새가 난다고…….”

팡링은 혹시나 예민한 주인의 심기를 건드릴까봐 단어 선택을 신중히 했다. 역시나 주인은 '냄새'라는 단어를 듣자 미간을 찌푸리며 한숨을 내쉬었다.

"네, 맞아요. 먹는 음식도 바뀌긴 했어요.”

"그리고 요즘 어두운 곳에 온종일 혼자 있다고 하던데요…….”

팡링의 목소리가 점점 작아졌다. 잔뜩 긴장해 있던 남자의 표정이 어느새 절망스러운 표정으로 바뀌고 있었기 때문이다.

"환환이 무엇을 먹고 싶다고 하나요?”

팡링은 환환이 설명하는 음식이 도대체 무엇인지 알 수 없었다. 하얀색이고, 부드럽고, 촉촉하고, 해산물처럼 신선하고 달콤한……. 분명 해산물의 한 종류인 것 같았다. 그런데 무슨 해산물일까? 팡링은 자신이 알고 있는 해산물 중에서 비슷한 것을 찾아보려고 노력했다.

"관자에요.”

남자는 팡링의 설명을 듣자마자 그것이 무엇인지 알아맞혔다. 그리고 이내 쓴웃음을 지었다. 관자는 팡링도 몇 번 먹어보지 못한 고급 해산물이었다. 그러니 설명을 들어도 몰랐을 수밖에…….

남자는 쓴웃음을 지은 뒤 고개를 푹 숙이고 한동안 아무 말이 없었다. 그리고 잠시 후 힘없는 목소리로 진짜 이유를 설명했다.

"얼마 전까지만 해도 형편이 좋았어요. 제가 투자를 해서 돈을 많이 벌었거든요. 우리는 아주 좋은 집에 살고 먹는 것도 늘 최고급으로만 먹었어요. 그중에서도 고급 관자를 즐겨 먹었는데, 그때 환환이도 같이 먹었어요. 환환이 관자를 좋아하는 걸 보고 우리는 역시 공주의 운명을 타고난 거라며 웃었죠. 그런데 약혼녀가 세상을 떠나고 제 운도 함께 떠나버렸나 봐요. 투자하는 곳마다 손해가 나고, 얼마 전에는 사기까지 당해 큰 빚을 떠안게 되었어요. 그래서 할 수 없이 살고 있던 집을 팔고 오래된 아파트로 이사하게 되었어요.

제가 나가서 일하지 않으면 당장 먹고살기 힘든 상황인데 매일 고양이를 데리고 일 하러 갈 수 없으니, 환환이 혼자 집에 놔두게 되었어요. 환환이가 말하는 코딱지만 한 곳은 지금 우리가 살고 있는 20평짜리 아파트인 거예요. 전에 살던 곳에 비하면 코딱지만 한 곳이 맞아요. 그리고 이상한 냄새가 나는 음식은 통조림이에요. 더 좋은 음식을 만들어 주고 싶어도 제가 요리를 할 수 있는 상황도 아니잖아요? 그래도 통조림 중에서도 제일 고급 통조림이에요. 저도 요새는 그렇게 비싼 음식은 못 먹고 있는데……. 아무튼 환환이 왜 그렇게까지 예민하게 구는 건지 모르겠어요."

사랑하는 사람을 잃은 것만으로도 큰 충격이었을 텐데 경제적인 어려움마저 닥치다니……. 지금 남자의 심정이 얼마나 처참할지 팡링은 누구보다 깊이 이해할 수 있었다. 그렇지만 안타깝게도 동물들은 인간들의 복잡한 사정을 이해하지 못한다. 그저 자신의 삶이 천국에서 평범한 인간 세상으로 급이 떨어졌다고 생각할 뿐이다. 그나마 지옥이 아니라 인간 세상인 것도 주인의 피나는 노력 덕분이라는 걸 모르고 말이다. 이렇게 철없는 딸내미라니.

'환환 공주님, 아빠에게 물어봤어요.'

'그래서 언제쯤 그 음식을 먹을 수 있대요?'

'그 음식은……. 아빠가 지금은 줄 수가 없어요.'

'왜요? 예전에 엄마는 늘 줬단 말이에요!'

'환환 공주님, 그 음식은 돈이 아주 많이 있어야 살 수 있는 거예요. 하지만 지금 아빠는 그렇게 돈이 많지 않아요.'

'돈이요? 그게 뭐죠?'

팡링은 한참 동안 고양이 환환에게 돈의 의미에 관해 설명했다. 환환은 처음에 돈이 쥐나 바퀴벌레 같은 건 줄 알고 사냥하면 되지 않느냐고 말했다. 그러다 나중에 인간 세상이 얼마나 복잡한 곳이라는 걸 이해하고는 벌컥 화를 냈다.

'인간 세계는 너무 복잡해요! 어쨌든 전 그걸 먹고 싶어요. 언제 먹을 수 있나요?'

'환환 공주님, 아빠는 사랑하는 공주를 위해 최선을 다하고 있어요. 아빠를 조금만 이해해줄 수 없나요?'

'아빠가 약속했단 말이에요. 분명히 엄마랑 같이 약속했어요! 제가 먹고 싶은 건 언제든 다 먹게 해줄 거라고요. 왜냐하면 전 공주니까요!'

정말 제멋대로인 고양이었다. 반려동물들은 대개 순수하고 사랑이 넘치지만, 가끔 이렇게 버르장머리 없고 주먹을 날리고 싶게 얄미운 동물들도 있었다.

하지만 남자는 환환의 반응을 알고도 원망하지 않았다.

"맞아요. 제가 약속했어요. 그때는 이렇게 될 줄 몰랐죠. 우리는 환환이 어렸을 때부터 공주처럼 키웠어요. 고양이는 사회에 나갈 일이 없으니 그래도 괜찮을 줄 알았죠. 결국 제가 제 발등을 찍었네요."

남자는 투자에 성공한 이후 오랫동안 회사에 다니지 않았기 때문에 다시 일자리를 찾는 데 어려움이 있었다. 예전 동료들은 나락으로 떨어진 그를 비웃었고, 끝내 자존심을 버릴 수 없었던 그는 결국 살던 곳을 떠나 부모님 집 근처로 오게 되었다. 그곳의 한 패스트푸드점에서 아르바이트를 시작했지만 젊고 어린 친구들이 일하는 속도를 따라잡지 못해 눈치가 많이 보인다고 했다.

"이 나이에 그런 일을 하게 될 줄 누가 알았겠어요? 하지만 저는 환환이를 위해 최선을 다할 겁니다. 투잡을 구해서 돈을 더 많이 벌면 지금 살고 있는 오래된 아파트보다 조금 더 좋은 집으로 이사할 수 있을 거예요. 그럼 환환이도 작고 컴컴한 곳에 혼자 버려져 있다고 생각하지 않을 거예요. 환환이에게 아빠가 최선을 다하고 있으니 조금만 기다려달라고 얘기해주실 수 있을까요?"

남자의 말에 팡링은 마음이 아프기는커녕 이런 생각이 들었다. 새로 이사한 집이 마음에 안 들어도 살다 보면 적응할 텐데, 고양이를 위해 이렇게까지 고생해야 할까? 대체 무엇을 위해서?

"고작 고양이 한 마리 때문에 그렇게 희생하시겠다고요?"

"고작 고양이 한 마리요?"

남자는 잠시 말이 없었다.

"팡링 씨, 이건 세상을 떠난 제 약혼녀와의 마지막 약속이에요."

팡링은 문득 청샤오징이 요즘 그녀에게 자주 했던 말이 떠올랐다.

"돈 버는 일에 목숨 걸지 말아요!"

물론 정말로 돈을 벌기 위해 목숨까지 내놓는 사람은 없을 것이다. 분명 그 배후에는 목숨을 걸 만한 더 큰 이유가 있을 것이다.

"하지만 계속 그렇게 힘들게 일하다가 건강에 이상이라도 생기면요? 그때는 누가 환환이를 돌보죠? 설령 돌봐줄 사람을 구한다 한들 지금 같은 생활을 유지하기 힘들 거예요. 반려동물은 가족이에요. 기쁨도 슬픔도 함께 나누는 것이 가족이고요. 전해달라는 얘기 대신 제가 환환이에게 지금 집안 사정이 어떤지 이해시키고 새로운 환경에 적응할 수 있게 도와주는 건 어떨까요?"

"정말……. 그게 가능할까요?"

남자는 과연 제멋대로인 공주님이 나락으로 떨어진 지금의 상황을 받아들일 수 있을지 의문이었다.

"한번 해 볼게요!"

사실 팡링은 그에게 말하지 않은 자신만의 계획이 있었다. 바로 모든 반려동물이 가장 두려워하는 것, 바로 집을 잃는 것에 대한 두려움을 이용하기로 한 것이다.

'환환 공주님, 아빠가 그러는데 환환 공주는 아주 어렸을 때

엄마가 길에서 데려온 거라고 하더라고요?'

'저는 공주예요!'

'혹시 길에서 집 없는 길고양이들을 본 적 있어요?'

'본 적 있어요. 저는 공주예요! 그런 것들이랑은 달라요!'

'엄마가 환환 공주를 데려오지 않았다면 공주도 그들처럼 집 없는 길고양이가 되었을 거예요.'

'저는 공주예요! 그런 것들이랑은 달라요!'

'환환 공주가 공주일 수 있는 이유는 아빠가 공주처럼 대해주기 때문이에요. 하지만 지금은 아빠가 아주 힘들게 일해야 공주 대접을 해줄 수 있어요. 그런데 사람은 너무 힘들면 병이 생겨요. 병이 생기면 엄마처럼 세상을 떠나게 된답니다……'

'저는 엄마를 사랑해요. 엄마가 세상을 떠나서 너무 슬펐어요. 엄마가 보고 싶어요.'

'만약 아빠도 세상을 떠나고 나면 누가 환환 공주를 공주처럼 돌봐줄 수 있을까요?'

환환은 말문이 막힌 듯 한동안 아무 말이 없었다.

'아빠가 환환 공주를 계속 공주처럼 키우려면 하루 종일 밖에 나가서 일을 해야 해요. 그러다 아빠가 너무 힘들어서 더 이상 환환 공주를 돌봐줄 수 없게 되면 그때는 공주처럼 사는 건 둘째 치고 집도 없어지는 거예요!'

팡링은 환환의 떨림이 느껴졌다.

'저는 아빠가 필요해요……. 저는 공주예요…….'

환환은 끝까지 자신이 공주라고 우겼지만, 처음보다는 의기

8. 사랑의 한계

소침해진 말투였다.

팡링은 남자에게 이렇게 말했다.

"지금 이 정도로도 환환에게 충분히 좋은 환경을 제공해 주고 있는 거예요. 이제는 당신 자신을 조금 더 보살폈으면 좋겠어요. 지금 환환의 생활은 다른 고양이들과 비교해 봤을 때 평균 이상이에요. 시간이 흐르면 환환이도 차차 적응할 거예요. 물론 며칠 만에 변화를 기대하기는 힘들어요. 중요한 건 당신이 쓰러지면 환환이도 불행해질 거라는 사실이에요. 그러니 자신을 잘 돌보셔야 해요."

남자가 카페를 떠난 후, 팡링은 심한 편두통을 느꼈다. 그녀는 계산대로 걸어가 커피 한 잔을 주문하면서 두통약이 있으면 한 알만 달라고 부탁했다. 그런데 잠시 후 무무가 가져온 건 따뜻한 캐모마일 티 한 잔뿐이었다.

"집에 가서 푹 쉬어요."

팡링은 자리로 돌아와 천천히 차를 마셨다. 그러다 문득 오늘 뭔가 이상한 점을 느꼈다.

"샤오멍 이 녀석은 오늘 어디 간 거지?"

그날 밤, 찬바람이 뼛속까지 파고드는 날씨였다. 팡링은 여느 때처럼 편의점 야간 근무를 위해 출근했다. 그런데 그곳에는 청샤오징이 먼저 와 있었다. 두 사람 사이에는 잠시 어색한 기류가 흘렀다.

"점장님……."

팡링은 무언가 결심한 듯 청샤오징을 불렀다. 청샤오징도 팡링의 의도를 알아차린 듯 진지한 표정으로 그녀의 이야기를 들어줬다.

"만약에……. 제가 편의점 일을 그만두고 나서 나중에 혹시라도 위스퍼링 일을 계속할 수 없는 날이 오면 여기서 다시 일할 수 있을까요?"

팡링의 말에 청샤오징은 쓴웃음을 지었다.

"위스퍼링을 계속할 수 없는 날이 오기는요!"

팡링은 어깨를 으쓱했다. 사람 일이란 어떻게 될지 아무도 모르는 일이니까.

"그러면 결정을 내린 건가요?"

청샤오징은 아무렇지 않은 척 진열대를 정리하며 말했다.

"네. 돈 벌려고 목숨 걸지 말라고 하셨잖아요. 그렇게 하는 게 좋을 것 같아요."

"그래요. 그럼 그렇게……."

청샤오징은 목이 메어 말을 끝마치지 못했다. 그리고 이내 참았던 눈물을 터트렸다. 팡링은 당황해서 얼른 테이블에 있는 냅킨을 뽑아와 건넸다.

"앞으로 열심히 살아요. 자기 자신을 돌보는 법도 배워야 하고요. 종종 콩콩이와 후추를 데리고 편의점에 놀러 와요. 모두 보고 싶을 거예요……."

"점장님, 제발요……. 저 이 건물에 사는 거 알고 있죠? 매일 아침 개들 데리고 밥 먹으러 올 거예요."

"그래요……. 대신 돈 내고 먹는 거 잊지 말아요."

팡링은 이미 일을 그만두겠다고 결정했지만, 후임자를 찾기 전까지는 자신의 책임을 다하고 싶었다. 그래서 근무복을 갈아입으려고 휴게실로 향하는데 청샤오징이 앞을 가로막았다.

"여긴 괜찮으니까, 올라가서 쉬어요."

"하지만……. 아직 사람을 못 구하셨잖아요?"

청샤오징은 손을 휘휘 저으며 어서 가보라고 재촉했다. 팡링은 청샤오징이 이번에도 자기 대신 야간 근무를 서려는 줄 알고 그러면 너무 피곤해서 안 된다며 버티고 섰다. 그런데 두 사람이 서로 옥신각신하고 있는 그때 창고에서 누군가 커다란 상자를 들고 걸어 나왔다.

"샤오멍?"

팡링은 너무 놀라 어안이 벙벙했다.

"팡링 누나!"

반대로 샤오멍은 전혀 놀라는 눈치가 아니었다.

"오후에 점장님께서 누나가 일을 그만둘 거라고 저한테 오늘부터 야간 근무를 하겠냐고 물어보더라고요. 어차피 저는 지금 하는 일도 없고 누나가 여기서 일할 때 엄청 재미있어 보였거든요. 그래서 당장 한다고 했죠!"

"내가 그만둔다고요?"

팡링은 곧장 뒤돌아 청샤오징을 흘겨봤다. 조금 전까지만 해도 팡링이 그만둔다고 눈물까지 흘리던 그가 사실은 이미 후임자까지 정해놓고 있었다니!

팡링에게 모든 사실이 발각된 청샤오징은 어색하게 웃으며 상황을 모면해 보려고 애썼다. 이런 와중에도 샤오밍은 분위기 파악을 못 하고 혼자 해맑았다.

"사실 점장님이 며칠 전부터 얘기하셨는데 누나가 요 며칠 너무 바빠서 미리 얘기할 틈이 없었어요. 아, 그리고 오늘 오후에는 여기에서 교육받느라 카페에 못 갔어요. 위스퍼링은 잘 끝났어요?"

팡링은 그제야 자신이 일찌감치 교체되었다는 사실을 깨달았다.

"저기……. 그게 아니라……. 나도 사업을 해야 하니까요! 편의점은 24시간 직원이 필요한 곳인데 대비책을 마련해 놔야죠! 만약 아무 준비도 안 되었는데 당장 오늘 그만둔다고 하면 나도 곤란하잖아요?"

청샤오징이 다급히 팡링에게 해명했다.

팡링은 청샤오징의 사정이야 어떻든 자신의 자리를 빼앗겼다는 사실에 속이 상했다.

"자, 그럼 이렇게 합시다!"

청샤오징은 늘 다른 사람에게 미안한 일을 했을 때 이런 식으로 해결 방법을 제시했다.

"내일부터 한 달 동안 내가 아침 식사를 쏠게요! 아침 10시 이전에 편의점에 와서 받아 가요. 내가 사는 거니 돈은 낼 필요 없어요. 이 정도면 괜찮죠?"

그리고 그의 해결 방법은 언제나 편의점 안에 있었다.

팡링도 그 정도면 꽤 괜찮은 제안이라고 생각했다. 하지만 그녀는 사람을 한 번 더 밀어붙이는 습관이 있었다.

"요즘 개들에게 생식을 먹이고 있는데, 아이들 먹을 고기도 좀 책임져 주실래요?"

"후추가 먹는 거야 당연히 내가 책임지죠!"

"콩콩이는요?"

"그……. 그것도 내가 책임져야죠!"

청샤오징은 자신의 체면을 살리기 위해 팡링이 제시한 제안까지 모두 수락했다. 그렇게 보상계획이 완성되고 청샤오징과 천팡링은 서로 악수했다.

"오후에 위스퍼링을 도우러 가도 되죠?"

샤오멍이 물었다.

"일단 여기서 일해보고 다시 얘기해요."

팡링이 곧장 대답했다.

콩콩이와 후추는 분명 밤인데 편의점에 있지 않고 집에 돌아오자 놀란 눈치였다.

"앞으로는 밤에 편의점에 가지 않고 집에서 푹 자면 돼."

팡링이 콩콩이를 쓰다듬으며 말했다. 후추는 여전히 놀란 표정으로 그녀를 바라보고 있었다.

사람은 돈이 있어야 살 수 있고, 돈을 벌려면 일자리가 있어야 한다. 인간 세상의 이러한 규칙을 동물들은 전혀 이해하지 못한다. 그저 자신이 사랑하는 주인이 하자는 대로 따를 뿐이다.

팡링은 냉장고에서 지난번에 청샤오징이 사다 준 돼지 뼈를 꺼내 물에 삶은 다음 차갑게 식혀 콩콩이와 후추에게 하나씩 나눠줬다. 청샤오징은 개에게 이런 큼직한 뼈를 주면 씹고 뜯으면서 이빨이 깨끗해진다고 했다. 하지만 팡링은 개들이 큰 뼛조각을 삼키거나 너무 세게 씹어 이빨을 다칠까 봐 조마조마했다. 그래서 콩콩이와 후추가 신나게 뼈를 먹는 동안 옆에서 계속 지켜봤다.

"천천히 먹고 절대 삼키면 안 돼! 붙어 있는 고기만 다 발라 먹고 나한테 줘야 해."

팡링이 옆에서 얘기했지만 둘은 듣는 둥 마는 둥 뼈에만 정신이 팔려 있었다.

팡링은 후추에게 다가가 머리를 쓰다듬었다. 후추는 집이 생긴 이후 편하게 먹고 자더니 금세 살이 붙었다.

"후추야 맛있어? 예전에도 먹어본 적 있니?"

팡링은 후추를 바라보며 후추가 예전에 어떤 삶을 살았을지 또 한 번 궁금해졌다. 주인에게 학대당하고 버려진 경험이 있는 걸까? 팡링은 종종 후추에게 예전 일에 관해 물었지만 후추는 한 번도 반응을 보인 적이 없었다. 그러나 주인과 대화 경험이 별로 없는 동물들이 대부분 그랬기 때문에 팡링도 그러려니 하고 넘어갔다.

'맛있어요. 정말 오랜만에 먹는 거예요.'

"뭐라고?"

갑작스러운 후추의 반응에 팡링은 깜짝 놀랐다. 심지어 뼈에 정신이 팔렸던 콩콩이조차 놀라서 고개를 들었다.

'오랜만에 먹으니 너무 맛있어요. 멍멍이는 기뻐요!'

후추가 처음으로 보내는 메시지에 팡링은 당황해서 어찌할 바를 몰랐다. 그런데 멍멍이는 누구일까? 오랜만에 먹는다고? 설마 예전 주인도 후추에게 뼈를 줬던 걸까?

후추는 과연 어떤 삶을 살았을까?

9.
모두 다
널 위한 거야

후추가 처음으로 반응을 보인 이후 팡링은 종종 시간을 내어 후추와 위스퍼링을 시도했다. 하지만 결과는 매번 실망스러웠다. 후추와 위스퍼링이 불가능한 건 아니었지만 팡링의 질문에 돌아오는 답이 조금⋯⋯. 조금 바보 같았다. 예를 들면 이런 식이었다.

'후추는 이곳에 어떻게 오게 된 거야?'

'먹을 것이 많이 있어서요. 후추 배고파요!'

'후추야, 이 집에서 가장 좋아하는 곳은 어디야?'

'음식이 있는 곳이요. 맛있는 음식이 있는 곳을 좋아해요.'

'후추야, 다리는 어쩌다 다치게 된 거야?'

'무서워요! 뛰었어요! 엄마가 빨리 뛰라고 했어요⋯⋯ 배고파요! 밥을 못 먹었어요.'

후추의 모든 대답은 먹는 것과 관련이 있었다.

그런데도 팡링은 후추의 대답에 마음이 아팠다. 정황상 후추는 주인에게 버려진 것이 분명했고, 평소 다른 사람들과 대화를 제대로 나눠본 적이 없는 것 같았다. 그래서 마치 말을 처음 배우는 어린아이처럼 표현이 서툴렀다. 후추는 제대로 된 식사도 못 하고 주인에게 버려진 모양이었다. 그러면서 빨리 뛰라고까지 했다니……. 인간의 탈을 쓰고 그럴 수는 없는 일이었다. 그러나 안타깝게도 세상에는 이렇게 무섭고 잔인한 사람들이 참 많다. 개에게 독을 먹이는 사람, 키우던 개를 버리는 사람, 개를 잡아먹겠다고 죽이는 사람, 이유 없이 학대하는 사람……. 마치 사람이 아니면 생명이 없다고 생각하는 것처럼 말이다. 후추를 처음 발견했을 때 몸 여기저기에 상처가 있었던 것을 떠올려 보면 후추에게는 예전 일을 떠올리는 것이 즐겁지 않을 수도 있다는 생각이 들었다.

팡링은 후추가 가여워서 금방이라도 눈물이 쏟아질 것 같았다. 그러다 우연히 한심한 눈빛으로 후추를 바라보고 있는 콩콩이를 발견했다.

'저 바보는 먹는 거에만 관심이 있어요.'

콩콩이의 말처럼 후추는 태생적으로 약간 둔하고 바보 같은 면이 있었다. 지금 이 순간에 굉장히 충실해서 먹을 것이 있으면 곧바로 먹고 할 일이 없으면 내내 잠을 잤다. 반면 콩콩이는 후추와 달랐다. 콩콩이는 영리하고 독립적이며 자기가 하고 싶은 일을 하는 자유로운 성격의 소유자였다. 하지만 그렇다고 콩콩이가 고집이 센 개는 아니었다. 아무리 자신이 하고 싶은 일이 있어도 팡링이 허락하지 않으면 절대 고집을 피우지 않았다. 콩콩이에게는 팡링이 전부였고, 다른 사람이 먹을 것으로 유인해도 절대 따라가지 않을 충직한 개였다. 팡링은 그런 콩콩이를 보며 자신이 귀하디귀한 보물을 주웠다고 생각했다.

그런데 요즘 후추에게 쏟는 관심이 심기를 불편하게 만들었는지 종종 팡링을 가만히 노려보고 있는가 하면 말을 걸어도 제대로 대꾸하지 않았다. 팡링은 혹시 콩콩이가 집안의 서열을 정리하기 위해 후추에 해코지하는 건 아닌지 걱정이 되었다. 그래서 얼른 콩콩이의 마음을 풀어주려고 노력했다.

"콩콩아, 그러지 말고 화 풀어. 엄마는 너희 둘을 똑같이 사랑해."

콩콩이는 팡링에게 다가와 얼굴을 핥았다. 동물 행동 전문가는 다르게 해석할지도 모르지만, 팡링은 콩콩이의 이런 행동을 '당신을 용서해요. 나도 사랑해요'라고 받아들였다.

"산책하러 가자!"

팡링이 하네스를 집어 들자 둘 다 제자리에서 빠르게 달려왔다. 팡링은 둘에게 하네스와 목줄을 채워주고 곧장 공원으로 향했다.

팡링은 편의점 야간 근무를 그만둔 이후 원래의 생활 리듬을 되찾았고 이제 오전 시간은 무조건 콩콩이와 후추를 위해 보냈다. 그녀는 매일 둘을 공원으로 데려가 잔디밭에서 마음껏 뛰어노는 모습을 지켜봤다. 그 시간은 하루 일과 중 유일하게 인간 세상의 모든 번뇌를 잊고 눈앞의 행복에 집중할 수 있는 시간이었다.

팡링을 대신해 편의점 야간 근무를 시작하게 된 샤오멍은 예전에 그녀가 그랬던 것처럼 매일 퇴근하면 공원으로 찾아와 개들을 함께 산책시키고, 그런 다음에야 집에 가서 잠을 보충했다. 그리고 가끔 오후에 무무카페로 찾아와 위스퍼링을 거들었다. '가끔'이라고 말한 이유는 요즘 샤오멍이 결석하는 날이 점점 많아졌기 때문이었다.

"팡링 누나, 오늘 오후에도 무무 카페에 가기 힘들 것 같아요."

공원에서 만난 샤오멍이 피곤한 얼굴로 커피를 마시며 말했다.

팡링은 야간 근무가 얼마나 피곤한 일인지 누구보다 잘 알았기 때문에 샤오멍을 나무라지 않았다.

"괜찮아요. 집에 가서 푹 쉬어요. 그리고 앞으로도 무리해서 나올 필요는 없어요. 당분간 쉬었다가 나중에 일이 적응되면 천천히 나와요."

"집에 가서 자려고 못 간다고 그런 게 아니에요."

샤오멍이 말했다.

"오늘이 에이미 생일이라 깜짝 선물을 해주려고요."

"깜짝 선물?"

그리고 속으로 생각했다.

'에이미는 좋겠네. 나는 마지막으로 깜짝 선물을 받아본 게 언제였더라……'

샤오멍은 신나서 자신의 계획을 이야기했지만, 팡링은 정신이 다른 데 팔렸었다. 최근 공원에서 자주 만나는 잘생긴 남자가 저 멀리서 걸어오고 있었기 때문이었다. 잘생긴 남자는 검은 점박이 믹스 견 '누누'를 데리고 매일 팡링과 비슷한 시간에 공원으로 산책을 나왔는데 콩콩이와 누누는 첫 만남 때부터 마치 오래된 친구처럼 잘 어울려 놀았다. 원래 개들끼리 어울려 놀면 개 주인들끼리도 자연스레 이야기를 나누게 되는 법인데 순둥이 같은 후추까지 옆에 있으니 잘생긴 남자와 대화를 나눌 기회가 종종 생겼다.

잘생긴 남자는 콩콩이를 보더니 누누를 잔디밭에 풀어줬다. 팡링은 그를 보자마자 반갑게 손을 흔들었다. 샤오멍은 남자를 한 번 훑어보더니 팡링에게 말했다.

"누나는 저 남자가 좋아할 만한 타입이 아니에요."
"그걸 어떻게 알아요!"

팡링은 괜히 옆에서 산통을 깨는 샤오멍이 얄미웠다.

"딱 보면 몰라요?"

남자는 깔끔한 외모에 몸이 굉장히 좋았다. 산책 나오느라 티셔츠와 청바지만 대충 걸치고 나왔는데도 완전 모델 같았다.

그는 팡링에게 다가와 반갑게 인사를 건넸다. 그리고 옆에 있는 샤오멍을 보고 물었다.

"동생분이세요?"
"제 조수에요."

팡링이 대답했다.

샤오멍은 눈을 동그랗게 뜨고 팡링을 바라봤다.

"아, 무슨 일을 하시기에 조수까지 두시고……. 사업을 하세요?"

잘생긴 남자가 후추를 쓰다듬으며 말했다.

"그런 건 아니에요……."

팡링이 쑥스러워하며 웃자 샤오멍이 더 이상 두고 볼 수 없다는 듯 끼어들었다.

"애니멀 위스퍼러에요. 인터넷에 검색하면 나올 정도로 유명한 분이에요."

샤오멍이 말했다.

"애니멀 위스퍼러라면……."

남자가 팡링을 바라보며 진지하게 물었다.

"그러면 동물들과 대화를 나눌 수 있는 거예요?"

팡링이 고개를 끄덕였다.

"필요하시면 누누와 대화를 나눌 수 있게 도와드릴 수 있어요."

팡링은 잘생긴 남자와 더 자주 만날 기회를 잡았다고 생각했지만, 그는 곧바로 정중히 거절했다.

순간 팡링의 얼굴에 미소가 사라졌다. 설마 이 사람도 나를 사기꾼이라고 생각하는 건가?

"위스퍼링을 믿지 않으세요?"

팡링이 조심스럽게 물었다.

"믿어요! 저도 믿습니다."

남자가 말했다.

"다만 누누가 무엇을 원하는지는 제가 이미 다 알고 있거든요. 그래서 도움이 필요 없다고 말씀드린 거예요."

잘생긴 남자는 멀리서 해맑게 뛰어놀고 있는 누누를 바라보며 다정하게 말했다.

"그럼 혹시 위스퍼링을 할 줄 아세요?"

남자가 또 한 번 고개를 저었다.

"그런 건 아니고, 누누와 아침부터 저녁까지 언제나 함께 있다가 보니 무엇을 원하는지 잘 알고 있을 뿐이에요. 누누는 말은 못 하지만 자신이 원하는 걸 어떤 방식으로든 알려주려고 하죠. 사실 전 자신의 반려동물과 소통하기 위해 애니멀 위스퍼러를 찾아가는 사람들이 잘 이해되지 않아요. 물론 당신의 직업을 비난하려는 말은 절대 아니에요. 다만 정말 좋은 주인이라면 자신의 반려동물이 무엇을 원하는지 정도는 잘 알고 있어야 하는 거 아닌가요?"

역시! 잘생긴 얼굴만큼이나 생각도 멋진 남자였다.

"저희 부모님이 개를 좋아하셔서 아주 어렸을 때부터 집에는 늘 개가 세 마리 이상 있었어요. 저는 늘 개들에게 둘러싸여 지냈죠. 그래서 개들이 배가 고픈지, 속상한지, 밖에 나가고 싶은지, 기분이 어떤지 눈빛만 봐도 알 수 있어요. 제게는 아주 자연스러운 일이에요. 생각해 봐요, 만약 아침부터 저녁까지 늘 함께 지내는 가족이 서로 무슨 생각을 하는지 전혀 모른다면 얼마나 슬프겠어요?"

맞는 말이었다. 하지만 안타깝게도 한 지붕 아래 사는 가족들도 서로의 생각을 이해하지 못하는 경우가 참 많다. 우습고도 슬픈 이 현실을 팡링은 누구보다 잘 이해했다.

"정말 대단하시네요! 이러다 제 일자리가 없어지겠는데요?"

팡링이 웃으며 말했다.

"그럴 리가요! 저는 제 가족에게만 관심이 있을 뿐이에요. 다른 사람들의 가정사에는 관심이 없답니다."

남자는 팡링이 하는 일을 제대로 꿰뚫어 보고 있는 듯했다. 그의 말대로 팡링이 요즘 주로 하는 일은 남의 집 가정 분란을 해결하는 것이었다.

"그럼 저도 애니멀 위스퍼러라고 할 수 있나요?"

샤오멍이 끼어들었다.

팡링이 고개를 돌려 가식적인 미소를 지으며 고개를 끄덕였다. 샤오멍은 '조용히 하고 가만히 있어'라는 그녀의 진짜 의도를 곧바로 알아차렸다.

"애니멀 위스퍼러는 개와 고양이 말고 다른 동물들과도 소통할 수 있나요?"

"가능해요. 거북이, 도마뱀, 심지어 금붕어와도 소통해 봤는걸요. 그런데 금붕어는 너무 작아서 소통하는 데 어려움이 많았어요."

"그러면 앵무새는요?"

"물론 가능하죠."

남자가 진지한 표정으로 고개를 끄덕였다. 마치 팡링의 능력을 인정해 주기라도 하는 것처럼⋯⋯은 아니고 소개해 줄 사람이 있었기 때문이었다.

"친구네 집에 앵무새 한 마리가 있는데 온종일 시끄럽게 울어 대나 봐요. 게다가 친구가 집에 들어가기만 하면 더 큰 소리로 울어대서 미치겠다고 하더라고요. 그 쪽에게 도움을 받으면 원인을 알 수 있지 않을까 해서요."

"네, 하지만 동물과 위스퍼링을 하기 전에 동물 주인이랑 먼저 대화를 나눠봐야 해요."

"물론 그래야죠."

이 일을 계기로 팡링은 잘생긴 남자와 연락처를 교환하게 되었다. 팡링은 괜스레 마음이 설레었다. 드디어 그녀의 무료한 삶에도 변화가 생기는 걸까?

그때 훤칠한 외국 남자 한 명이 그들에게 다가왔고, 그를 본 잘생긴 남자의 얼굴에 다정한 미소가 번졌다.

"친구가 와서 먼저 가볼게요! 그러면 앵무새를 키운다는 그 친구랑 얘기해 보고 연락드릴게요!"

잘생긴 남자는 휘파람 소리를 내어 누누를 불렀다. 누누는 소리를 듣자마자 곧바로 주인에게 달려왔다. 같이 놀던 친구가 갑자기 떠나버리자 콩콩이는 어리둥절했다.

팡링은 잘생긴 남자가 누누를 데리고 떠나는 모습을 지켜봤다. 그가 외국 남자와 팔짱을 끼고 다정하게 걸어가는 모습도……! 아주 잠깐 달콤한 상상에 빠졌던 팡링은 다시 단조롭고 무료한 현실로 돌아왔다.

팡링만큼이나 실망한 콩콩이와 여전히 아무것도 모르고 헤헤 웃고 있는 후추와 함께.

팡링이 샤오밍을 돌아보며 물었다.

"어떻게 알았어요? 내가 저 남자 타입이 아니라는 걸?"

팡링은 혹시 샤오밍이 자신의 동지를 알아본 건 아닌지 의심했다.

사실 샤오멍도 놀라는 것은 마찬가지였다. 그가 팡링에게 그렇게 말한 이유는 이제는 의형제나 다름없는 무무의 짝사랑을 도와주기 위해서였다.

에이미는 눈을 감고 샤오멍의 안내를 받으며 한 걸음 한 걸음 앞으로 걸어갔다.

"이제 됐어?"

에이미가 긴장된 미소를 지었다.

"거의 다 왔어. 몇 걸음만 더."

샤오멍은 에이미의 손을 잡고 다정하게 말했다.

"너무 긴장돼!"

에이미는 궁금함을 참지 못하고 살짝 눈을 떠봤지만, 샤오멍이 곧장 손바닥으로 가리는 바람에 아무것도 보지 못했다.

"눈 뜨면 안 돼!"

"니니는? 니니도 안에 있어?"

"니니도 안에서 기다리고 있으니까 걱정하지 마."

에이미는 샤오멍의 안내에 따라 어떤 장소에 도착했다.

"자, 이제 눈을 떠도 돼!"

샤오멍이 다정하게 속삭였다.

에이미가 눈을 뜨자 상상도 못한 광경이 펼쳐져 있었다.

작은 무대 위에 피아노 한 대가 놓여 있고 무대 조명이 피아노 위를 비추고 있었다. 그리고 피아노 옆에는 니니가 얌전히 앉아 에이미를 기다리고 있었다.

에이미는 너무 놀라 제자리에 얼어붙고 말았다.

"그날 연주회가 끝나고 말했잖아. 너도 언젠가 무대 위에서 피아노를 연주해 보고 싶다고. 그래서 친구에게 부탁해서 장소를 빌렸어. 비록 콘서트홀처럼 큰 무대는 아니지만 원래 위대한 음악가들도 처음에는 이런 작은 무대에서 시작했다고 하잖아. 너도 유명한 피아니스트가 되어서 언젠가 세계적인 무대에서 연주하는 날이 오길 바라."

샤오멍은 벅찬 마음으로 자신이 준비한 선물을 소개했다. 하지만 정작 에이미는 매우 난처한 표정이었다. 그녀는 피아노 레슨을 오랫동안 받기는 했지만, 무대공포증이 너무 심해 사람들 앞에서 연주해 본 적이 한 번도 없었다. 그녀에게 연주회란 집에서 니니에게 피아노 연주를 들려준 게 다였다. 그런 어려움을 샤오멍에게도 분명히 이야기한 적이 있는데 자신의 생일날 이런 난감한 '서프라이즈'를 준비하다니 에이미는 도저히 어떻게 반응해야 할지 몰랐다.

"피아노 연습을 안 한 지 너무 오래돼서······."

에이미가 힘없이 말했다.

"괜찮아. 그러면 연주회라고 생각하지 말고 우리끼리 편하게 즐기러 왔다고 생각해. 평소에 니니에게 들려주던 것처럼 말이야."

샤오멍이 에이미를 격려했다.

에이미는 벌써 사시나무 떨듯 떨고 있었지만, 샤오멍은 이를 알아차리지 못했다. 그는 청중석으로 가 의자를 정리하며 무대 설치를 도와준 직원들에게까지 연주를 들으러 오라며 초청했다.

에이미는 피아노 옆에 앉아 있는 니니를 바라봤다. 집에서 니니에게 피아노 연주를 들려줄 때 니니가 즐거워하던 모습을 상상하니 긴장이 조금 풀렸다.

그때 청중석에서 박수 소리가 들려왔다. 청중은 몇 명 없었지만, 박수 소리는 우레와 같았다. 에이미는 할 수 없이 무대로 올라갔다. 밝은 무대 조명이 그녀의 눈을 찔렀다. 뜨거운 조명의 열기에도 불구하고 그녀의 몸은 여전히 덜덜 떨렸고, 다리는 굳어서 움직이지 않았다. 온 힘을 다해 앞으로 걸어갔지만, 피아노는 점점 멀어지는 것만 같았다.

무언가 축축하고 차가운 것이 에이미의 손끝을 건드렸다. 고개를 숙여보니 니니였다. 에이미가 무대에 올라오는 것을 보고 마중 나온 것이다. 니니는 어서 피아노 연주를 들려달라는 듯 해맑게 웃으며 따라왔다. 에이미는 잔뜩 경직되어 있던 근육이 조금씩 풀리는 걸 느꼈다. 집에서 피아노 연주를 할 때면 언제나 니니가 곁에 있었다. 니니는 에이미에게 최고의 청중이었고, 지금도 이렇게 그녀의 곁을 지키고 있었다.

에이미는 더 이상 두렵지 않았다. 그녀가 피아노로 다가가 의자에 앉자, 니니도 신이 나서 발밑에 자리를 잡고 앉았다.

에이미가 고개를 숙여 니니에게 말했다.

"연주 시작할게!"

니니는 활짝 웃으며 에이미의 연주를 기다렸다.

에이미가 피아노 연주를 시작했다. 그녀에게 이 연주회는 여전히 니니만을 위한 것이었다. 청중석에서 지켜보는 사람들의 시선도, 화려한 무대 조명도, 무대공포증도 니니만 곁에 있으면 더 이상 두렵지 않았다.

샤오멍은 청중석에서 에이미의 유려한 피아노 연주를 감상했다. 무슨 곡을 연주하고 있는지는 몰랐지만, 그녀의 손끝이 만들어 내는 모든 선율에 빠져들었다. 그녀는 그 어느 때보다 자신감 넘치고 아름다웠다. 샤오멍은 에이미에게 이런 선물을 해줄 수 있어서 뿌듯했고, 그녀가 너무나 자랑스러웠다.

연주가 끝나자, 청중들은 박수로 화답했다. 에이미는 청중석으로 눈길을 주지 않고 가만히 니니를 쓰다듬었다. 그리고 잠시 후 니니를 품에 안고 인사도 없이 무대를 내려가 버렸다.

샤오멍은 얼른 에이미에게 다가갔다. 그는 최고의 찬사로 그녀의 연주가 얼마나 훌륭했는지 이야기해 주고 싶었다. 그런데 에이미의 표정이 어두웠다.

"왜 그래? 아직도 떨려서 그래? 연주 정말 멋졌어! 인생 첫 연주회를 무사히 마친 걸 축하해! 네가 포기하지 않는다면 언젠가 세계적인 무대에서 연주하는 날이 올 거야! 넌 세계 최고의 거장이 될 거라 믿어."

샤오멍은 자신이 할 수 있는 칭찬이란 칭찬은 모두 했다. 그러나 에이미는 표정이 여전히 어두웠다.

"나 먼저 집에 갈게."

"어? 내가 레스토랑도 예약해 놓았는데? 애견 동반 식당이라 니니도 같이 갈 수 있어."

"아니야. 그냥 집에 갈래."

"그래……. 알겠어. 그러면 집에 바래다줄게."

"괜찮아. 택시 타고 가면 돼. 니니랑 둘이 갈 수 있어."

샤오멍이 무슨 말을 하든 에이미는 차갑게 거절했다. 에이미가 니니를 데리고 밖으로 나가려고 할 때 샤오멍이 앞을 가로막았다.

"내가 뭘 잘못한 거야? 네가 무대에서 연주해 보고 싶다고 해서 그 소원을 들어준 것뿐인데……. 네가 원하던 게 아니었어?"

샤오멍은 긴장해서 목소리까지 떨렸다.

"오늘 고마워. 먼저 가볼게."

에이미는 샤오멍의 눈을 쳐다보지도 못하고 니니를 끌고 가버렸다.

"다 너를 위해서 한 일이었어. 그런데 대체 왜 그러는 거야?"

샤오멍이 에이미의 손을 잡아 끌어당기는 바람에 둘은 눈이 마주쳤다. 샤오멍은 에이미의 눈에 눈물이 맺혀 있는 걸 발견했다. 그는 너무 놀라 손을 놓았고 에이미는 그대로 니니를 끌고 떠나버렸다.

샤오멍은 한동안 멍하니 서 있었다. 그는 이 모든 상황을 도무지 이해할 수 없었다.

팡링은 오늘도 무무 카페에 들어서자마자 계산대로 향했다. 이제 무무도 더 이상 긴장하지 않았다. 팡링은 언제부터인가 카페에 들어오면 곧바로 자신의 자리로 가지 않고 계산대로 와서 무무와 이야기를 나눴다.

"오늘은 왜 이렇게 일찍 왔어요?"

무무가 물었다.

팡링은 아무 대답도 하지 않고 의자에 앉아 무슨 말인가 하려고 뜸을 들였다.

"무무 씨,"

팡링이 말을 꺼냈다.

"샤오멍이랑 친하죠?"

무무는 의외의 질문에 조금 놀랐다.

"많이……는 아니고, 그럭저럭 친한 편입니다."

"그러면 요즘 샤오멍이 왜 그러는지 아세요? 전화도 안 받고, 메시지에 답장도 안 하고……. 새벽에 편의점에 가서 무슨 일 있냐고 물어봤는데 절대 말을 안 해요. 도대체 무슨 일인지 걱정돼 죽겠어요."

팡링은 샤오멍을 진심으로 걱정하고 있는 것 같았다. 무무는 고개를 숙이고 고민했다.

"어서 말해 봐요!"

팡링은 무무가 뭔가 알고 있다는 사실을 눈치챘다.

무무가 한숨을 내쉬며 말했다.

"에이미랑 무슨 일이 있었던 것 같아요."

"두 사람 사이에 무슨 일이 있었나요?"

무무는 금붕어처럼 입을 뻐끔 벌렸지만, 아무 말도 하지 못했다. 그러다 잠시 후 다시 말을 꺼냈다.

"린아이링 씨에게 한 번 물어보세요."

9. 모두 다 널 위한 거야 301

"아이링이요? 왜요?"

팡링은 이해할 수 없었다. 아이링과 샤오멍이 그새 친구라도 된 건가?

"그 친구분 잠이 안 올 때마다 편의점에 가서 술을 마신다면서요. 그러면서 둘이 친해진 것 같더라고요."

팡링은 여전히 이해가 되지 않았다.

그때 한 남자가 카페 문을 열고 들어와 두리번거리며 누군가를 찾았다.

"의뢰 예약한 고객이 도착한 것 같네요!"

남자를 본 무무가 말했다.

팡링이 고개를 돌리자 잔뜩 긴장해 있는 한 남자가 보였다. 무무는 남자에게 다가가 위스퍼링 예약을 한 것이 맞는지 확인하고 팡링의 전용 자리로 안내했다.

이 남자는 공원에서 만난 잘생긴 남자의 친구였다. 서로 간단히 자기소개를 하며 자리에 앉는데 그러는 동안 남자는 계속 주변을 계속 두리번거렸다.

"왜 그러세요?"

보다 못한 팡링이 물었다.

남자는 어색하게 머리를 만지며 말했다.

"사진만 있어도 애니멀 위스퍼링이 된다는 게 신기해서요. 도대체 어떤 원리죠? 혹시 이 가게에 어떤 신령한 기운이 있어서 이곳에서 일하시는 건가요?"

팡링은 남자의 말을 듣자마자 눈을 부릅떴다. 하지만 이러한 일반적인 무지에 대응하는 것도 그녀의 일이었기에 인내심을 발휘해 차분히 설명했다.

"애니멀 위스퍼링은 영적인 힘과는 아무 관련이 없어요. 이곳에서 일하는 이유는 제게 익숙한 장소이기 때문이고, 사진으로 진행하는 이유는 혹시나 앵무새가 밖에서 너무 흥분하면 위스퍼링이 제대로 진행되지 않을까 봐서입니다."

"그래서 위스퍼링이 과학적이라는 말씀이죠?"

남자가 팡링을 바라보며 말했다. 팡링은 그제야 남자의 얼굴에 다크 서클이 심하게 내려와 있는 것을 보게 되었다. 시끄럽다는 그 앵무새 때문에 잠도 제대로 못 잔 것 같았다.

"네 그렇다고 할 수 있어요. 물론 받아들이는 사람에 따라 다른 식으로 해석할 수도 있습니다. 애니멀 위스퍼링을 안 믿으시나요? 그러면 왜 저에게 의뢰하신 거죠?"

남자는 팡링의 직설적인 질문에 조금 당황한 듯 보였다.

"솔직히 믿기지는 않습니다. 하지만 저도 이제 다른 방법이 없어서요."

그는 자신의 앵무새 '아잉'의 사진을 꺼냈다. 아잉은 노랑, 빨강, 녹색의 아름다운 깃털과 크고 부리부리한 눈을 가진 앵무새였다. 사진만 봐서는 그렇게 말썽을 부릴 것 같은 모양새는 아니었다.

"정말 시끄러워 못 살겠어요."

남자는 피곤한 두 눈을 비비며 말했다.

"저 혼자 시끄러운 거면 괜찮은데, 이웃집에서 벌써 몇 번이나 찾아와 항의했어요. 그 집에 개를 키우는데 아잉이 울 때마다 개가 흥분해서 계속 짖는 바람에 건물 전체가 아주 난리예요. 개를 키우는 집 바로 옆집에서는 개가 하도 짖어서 시끄러워 죽겠다며 당장 개를 다른 곳에 보내라고 협박까지 했대요. 그래서 이웃집에서 할 수 없이 자기네 개가 짖는 이유는 다 우리 집 앵무새 때문이라고 증거 영상을 찍어서 보여줬나 봐요. 얼마 전에는 경찰도 찾아오고, 이제 정말 어떻게 해야 할지 모르겠어요. 제 앵무새도 아닌데……."

"본인 앵무새가 아니라고요? 그러면 누구 앵무새죠?"

팡링이 의아한 표정으로 물었다.

하지만 남자는 질문을 듣고도 일부러 대답을 피했다. 팡링은 상대방이 대답을 회피한다는 걸 알고 더 이상 묻지 않았다.

팡링은 앵무새의 습성에 대해 잘 알지 못했다. 그런데 아잉의 주인의 설명을 들어보니 앵무새는 원래 울음소리가 아주 커서 실내에서 울면 옆에 있는 사람은 귀가 찢어질 것 같이 괴롭다고 했다. 그래서 앵무새를 키우는 사람은 앵무새가 집안에서 울지 못하게 통제하는 법을 배운다고 한다. 마치 강아지들에게 아무 때나 짖지 못하게 훈련하는 것처럼 말이다.

"저도 아잉이 집안에서 울지 못하게 훈련 시켰어요. 예전에는 제 말도 아주 잘 들었어요. 그런데 요즘 무슨 일인지 온종일 울기만 해요. 혼을 내봐도 소용없고, 울지 않으면 맛있는 간식을 주겠다고 달래 봐도 소용이 없었어요. 그냥 미친 듯이 울기만 해요…… 저도 정말 미치겠어요."

남자는 절망스럽게 테이블에 엎드렸다. 팡링은 남자가 그대로 잠들어 버릴까 봐 얼른 그를 일으켜 세웠다.

"네, 알겠어요. 제가 한 번 물어볼 테니 기운 내세요."

팡링은 사진을 손에 들고 알록달록 아름다운 빛깔의 생명체를 바라보며 자신의 의식이 그의 몸속으로 들어갈 수 있게 정신을 집중했다. 팡링은 점점 자신의 어깨에서 아름다운 날개가 뻗어 나오고 두 발이 날카로운 발톱으로 변하는 것을 느낄 수 있었다.

아잉은 기분이 좋은 듯 노래를 흥얼거리고 있었다. 저우제룬의 노래였다! 아잉은 가수처럼 두 발로 박자를 맞추며 멋들어지게 노래를 불렀다. 잠시 후 아잉의 목소리가 갑자기 커지더니 이번에는 록밴드 메이데이(우웨텐, 五月天- 역주)의 노래 〈온유〉의 후렴 부분을 부르기 시작했다. 이 노래는 사람들 대부분이 따라 부르기 힘들어하는 곡이었다. 특히나 후렴 부분은 노래방에서 부를 때 음이탈이 많이 난 곳이었다. 그러나 아잉은 이 노래를 부르는 데 전혀 무리가 없어 보였다.

하지만 팡링의 눈에 한 가지 이상한 점이 보였다. 아잉이 노래를 부르는 동안 계속 이리저리 걸어 다닐 뿐 날지 않았다. 날개가 있는 새라면 클라이맥스 부분에서는 날개를 활짝 펴고 날아오를 법도 한데 어째서 걷기만 하는 걸까?

'제 노래가 마음에 드셨나요?'

'응 정말 잘 부르더라. 아잉은 노래 부르는 걸 좋아하는구나?'

'네! 아빠가 음악 듣는 걸 좋아해서 자주 틀어놓는데, 그때마다 따라 불러요! 정말 신나요!'

알고 보니 아잉의 울부짖는 소리는……. 신나게 노래를 부르는 소리였다!

"혹시 요즘 집에서 옛날 노래를 많이 듣는 편인가요?"

팡링의 질문에 남자의 눈이 커졌다.

"저우제룬이나 메이데이 정도면 그렇게 옛날 노래는 아니지 않나요?"

그러나 남자는 팡링의 예상과는 전혀 다른 말을 했다.

"어쨌든 중요한 건 옛날 노래냐 아니냐가 아니라, 아잉이 저우제룬과 메이데이 노래를 부르고 있더라고요."

남자는 그제야 너무 놀라 입이 쩍 벌어졌다. 그의 반응에 팡링은 뿌듯함을 느꼈다.

"그러니까……. 아잉이 노래를 부르는 거라고요?"

"네. 노래를 부르고 있는 거예요. 그것도 아주 신나게. 음도 굉장히 정확해서 듣자마자 무슨 노래인지 바로 알겠던데요!"

팡링은 아잉의 노래 실력을 칭찬했다.

"하지만……."

남자가 팡링을 바라보며 말했다.

"아무리 노래를 부르는 거라 해도 사람들 귀에는 그저 울부짖는 소리로 들릴 뿐이에요. 꽤-액! 꽤-액! 음정도 박자도 없고 그저 꽤-액 꽤-액 소리만 들린다고요!"

남자는 이성을 잃은 듯 점점 목소리가 커졌다. 그가 앵무새

소리를 흉내 내자 주변 테이블에 앉은 사람들이 모두 놀라 쳐다봤다. 무무는 남자를 가만히 지켜봤다. 하지만 사람이 잠을 제대로 못 자면 어떻게 되는지 잘 알았기 때문에 우선은 잠자코 있었다.

"아잉에게 제발 노래를 그만 불러달라고 얘기해주세요."

'아잉아, 왜 요즘 들어 갑자기 노래를 부르기 시작한 거야?'

'너무 심심해서요. 그리고 아빠를 즐겁게 해주고 싶기도 하고요. 아빠가 음악 듣는 걸 좋아하잖아요.'

'예전에는 심심하지 않았어?'

'예전에는 엄마가 있었으니까요. 엄마가 저랑 같이 놀아주셔서 심심하지 않았어요. 아빠는 저랑 놀아주지 않아요. 아빠는 행복하지 않아요.'

'예전이라면……. 그럼 지금은 엄마가 없다는 말이니?'

'엄마는 아빠한테 화가 나서 날아가 버렸어요.'

'날아갔다고?'

'네. 그리고 집에 돌아오지 않았어요. 제가 나가서 엄마를 찾아보려고 했는데 찾을 수 없었어요.'

팡링은 아잉이 날아다니는 모습을 볼 수 있었다. 아잉은 아빠에게 화가 나서 날아가 버렸다는 엄마를 찾으러 집 밖으로 날아간 적이 있었다. 하지만 결국 엄마를 찾지 못하고 집으로 돌아와야 했다.

반려동물들과 대화를 나누다 보면 주인들이 감추고 싶어 하는 비밀스러운 모습까지 알게 되는 경우가 많다. 종종 팡링의 머릿속에 전달되는 주인들의 벌거벗은 모습이라든가 화장실에서의 모습이라든가 하는 등의 장면은 서로 민망한 상황을 피하려고 위스퍼링 내용과 관련이 없는 한 주인들에게는 모른 척했다. 하지만 지금처럼 반려동물이 이상 행동을 하는 원인이 바로 주인이 감추려는 비밀에 있다면 반드시 이 문제를 주인에게 확인해 봐야 했다. 문제는 팡링이 이런 이야기를 상대방에게 자연스럽게 할 수 있는 말재간이 없다는 것이었다.

"저……. 실례합니다만……. 이 말을 어떻게 꺼내야 할지 모르겠네요. 워낙 개인적인 일이라……. 그래도 그게……."

팡링은 말을 빙빙 돌려 떠듬떠듬 이야기했다.

"네? 대체 무슨 일이죠?"

남자가 답답한 듯 물었다.

"혹시 얼마 전에 이혼을 하셨나요? 아니면 여자 친구랑 헤어졌다던가……. 아무튼 예전에 아잉에게 엄마가 있었던 건 맞죠?"

남자가 놀란 표정으로 팡링을 바라봤다. 남자가 눈을 너무 크게 떠서 저러다 눈알이 튀어나오는 건 아닌가 무서울 지경이었다.

"당신이……. 당신이 그걸 어떻게 알았어요?"

"그야……. 아잉이 그렇게 말했으니까요. 아잉이 노래를 자주 부르는 이유는 요즘 너무 심심해서래요. 당신이 노래 부르는 모습을 보니 행복해 보여서 자기도 기분 전환하기 위해 노래를 부른다고 하더라고요. 그러면서 예전에는 엄마가 있어서 심심하지 않았다고 했어요."

남자의 피곤한 얼굴에 슬픔이 더해졌다.

팡링이 두려워하던 상황이 바로 이런 것이었다.

"네⋯⋯. 예전에는 아잉에게 엄마가 있었죠. 아잉은 그녀가 기르던 새였어요."

남자가 앞에 놓은 잔을 들어 물을 한 모금 마셨다. 이제 피곤함보다 더 무거운 감정이 그를 짓누르고 있었다.

"아잉이 그러는데⋯⋯. 엄마가 날아가서 돌아오지 않았대요."

남자는 가만히 팡링을 바라봤다. 그의 눈빛에서 조금씩 팡링에 대한 경계심이 느껴졌다. 남자는 잠시 생각에 잠겨있다가 한숨을 크게 한 번 내쉬고 말을 꺼냈다.

"아내가 저희가 사는 건물에서 뛰어내렸어요."

남자의 말에 이번에는 팡링의 눈이 튀어나올 듯 커졌다.

"하지만 죽지는 않았어요. 집이 2층인데 거기서 뛰어내린다고 죽지는 않죠."

그의 담담한 어조에 팡링은 당혹스러웠다.

"이웃집 사람이 아내를 발견해 병원으로 옮겼어요. 아주 높은 곳에서 떨어진 건 아니었지만 다리에 골절이 있고 뇌진탕 증세도 보여서 병원에 며칠 입원하게 되었어요. 아내는 퇴원하면서 저에게 이혼을 요구하고 친정집으로 가버렸어요. 그리고 돌아오지 않았죠."

남자의 말을 듣고 팡링은 이런 생각이 들었다. 만약 아잉이 아내가 키우던 새라면 집에 돌아와서 데려갔을 텐데 아직 남자랑 살고 있는 걸 보면 그가 아잉을 데려가지 못하게 막은 건가? 하지만 아내와의 이혼으로 남자가 겪었을 마음의 고통을 생각해서 더 이상 추궁하지 않기로 했다.

"그런 일이 있고 난 이후에 아잉이 밖으로 날아간 적이 있죠?"

남자는 더 이상 놀라지 않았다. 이미 애니멀 위스퍼러의 능력을 충분히 신뢰하고 있는 것처럼 보였다.

"네. 갑자기 날아가 버려서 저도 정말 놀랐어요. 개가 도망가면 쫓아가기라도 하지, 새는 쫓아갈 수도 없고 그저 돌아오기만을 바랐죠. 아내도 떠났는데 아잉마저 제 곁을 떠나면 정말 견딜 수 없을 것 같았어요……. 다행히 아잉은 크게 한 바퀴를 돌고 나서 다시 집으로 돌아왔어요. 그날 이후 한동안 아잉을 새장에 가둬놓았는데 그 이후로는 한 번도 집 밖으로 날아간 적은 없었어요."

그래서 아잉은 날지 않고 걷기만 했던 것이다.

'밖으로 나갈 일이 없으니 날 필요도 없죠. 아빠도 제가 나는 걸 안 좋아하세요.'

아잉은 새장에 갇혀 있는 동안 자신은 아름다운 날개가 있지만 날아오를 수 없는 운명이라는 걸 깨닫고 두 발로 걷는 동물이 되기로 결심한 것 같았다. 하지만 분명 아잉에게는 날 수 있는 능력이 있었다.

'만약 하늘을 날 수 있다면 심심하지 않을 것 같은데, 어떻게 생각해?'

'아빠가 허락하지 않을 거예요. 아빠는 저더러 절대 떠나면 안 된다고 말씀하셨어요.'

아잉이 절대 떠나면 안 된다고?

팡링은 처음부터 의문이 드는 부분이 있었다. 남자는 아잉이 자신이 키우던 새가 아니라고 하면서 아잉에게는 떠나면 안 된다고 말하고 있다. 그리고 팡링이 더욱 의아하게 생각한 점은 아잉이 자기가 키우던 새가 아님에도 불구하고 경찰이 찾아왔을 때 다른 곳에 보내지 않았다는 점이다. 그리고 이렇게 위스퍼링으로 문제를 해결하려는 걸 보면 주인이 아잉을 무척 사랑한다는 걸 알 수 있었다.

'아잉아, 너는 엄마를 찾으러 가고 싶니?'

'네. 그렇지만 아빠를 떠나지 않을 거예요.'

'아빠가 떠나지 못하게 해서 그러는 거니?'

'아빠가 불쌍하니까요.'

'아빠가 불쌍하다고?'

'아빠 혼자 너무 불쌍해요. 아잉이는 아빠가 없으면 안 돼요. 제가 아빠를 사랑해 줄 거예요. 아빠를 위해 노래도 불러줄 거예요.'

아잉은 아빠가 불쌍해서, 아빠를 행복하게 해주기 위해 노래를 불렀다 말썽꾸러기가 아니라 아빠를 끔찍이 생각하는 착한 아이였다. 비록 정반대의 결과를 불러왔지만 아잉은 주인을 누구보다 사랑하는 앵무새였다. 남자가 아잉을 곁에 두고 싶은 이유가 무엇이든 지금 둘은 서로가 서로에게 의지하는 한 가족이 틀림없었다. 팡링은 이 가족이 함께 잘 지낼 수 있는 방법을 찾아줘야만 했다.

"아잉이 떠날지도 모른다는 걱정은 안 하셔도 돼요. 당신 곁을 지킬 거라고 했거든요. 당신을 행복하게 해주고 싶어서 노래를 부른다고 했어요."

"행복이요? 이게 지금 행복한 겁니까? 부탁인데 제발 노래를 그만 불러달라고 좀 얘기해주세요."

"그러면 당신 스스로 행복해지는 방법을 찾아보세요!"

남자는 팡링의 시선을 일부러 회피했다.

팡링은 아랑곳하지 않고 계속 말했다.

"아잉이 노래를 부르는 또 다른 이유는 너무 심심하기 때문이라고 했어요. 아잉과 시간을 함께 보내는 건 어때요? 데리고 외출한다거나……. 아잉이 심심하지 않게, 재미있는 일을 만들어 주면 되잖아요."

"앵무새를 데리고 산책이라도 하라는 말인가요? 사실 저도 생각 안 해 본 건 아니에요. 하지만 데리고 나갔다가 또 날아가 버릴까봐 두려워요."

"하지만 지난번에도 다시 돌아왔잖아요. 안 그래요?"

"그렇긴 하죠……. 하지만 돌아오지 않으면요? 다른 사람이 잡아가기라도 하면요? 새 전용 산책하는 줄을 사용해 볼까 생각했지만 그것도 영 믿을만하지 않더라고요. 어떻게 하면 좋을까요?"

팡링은 남자가 아잉을 잃게 될까봐 굉장히 두려워하고 있다는 걸 알았다. 아내를 잃고 하나 남은 가족, 아잉마저 잃게 될지도 모른다는 두려움에 남자는 아잉을 가둬놓았다. 그렇게 하면 영원히 함께 있을 수 있을 거란 생각에서였다.

"하지만 시도라도 해 보셔야죠. 지금 이대로 노래만 부르게 놔둔다면 결국에는 다른 방식으로 아잉을 잃게 될 거예요."

남자는 한동안 아무 말이 없었다.

팡링은 아잉의 처지가 어떤지 잘 알 것 같았다. 반려동물도 어린아이와 마찬가지로 집안에 큰 변화가 생겼을 때 소리 없는 피해자로 전락하기 쉽다. 물리적인 폭력을 당하지 않는다 하더라도 그들을 돌봐야 하는 가장으로서의 절망과 또 한 번 가족을 잃을지도 모른다는 두려움은 어떠한 형태로든 그들에게 표출되기 때문이다.

"아잉은 자신이 떠나면 아빠가 슬퍼할 거라는 걸 알고 잘 알고 있어요. 그래서 저한테도 아빠를 떠나지 않을 거라고 말했고요. 그러니 걱정할 필요는 없어요."

팡링은 아잉이 아빠를 불쌍하게 생각한다는 말은 전하지 않았다. 세상에 다른 사람이 자신을 불쌍히 여기는 걸 견딜 수 있는 남자는 별로 없다는 걸 알기 때문이었다.

"아잉과 더 많은 시간을 보내겠다는 데 동의하시면 아잉에게 전해드릴게요. 아빠가 앞으로 산책도 데려가고 같이 놀아주기도 할 거라고요. 대신 그렇게 해주면 아잉도 노래를 그만 불러야 한다고 얘기할게요. 이렇게 하면 문제가 해결되지 않을까요?"

남자는 여전히 아무 말도 하지 않았다. 그러다 고개를 들고 창밖을 바라봤다. 플루메리아 나무 위로 따뜻한 햇살이 내리쬐는 화창한 날씨였다.

"그런데 앵무새랑은 어떻게 놀아줘야 하는지 정말 모르겠어요……"

"그런 건 걱정하지 말아요. 인터넷에 찾아보면 좋은 아이디어를 얻을 수 있을 거예요. 그런 걸 조금씩 따라 하다 보면 금방 익숙해질 테고요. 저도 얼마 전까지 개를 어떻게 키워야 하는 건지 전혀 몰랐는데 지금은 두 마리나 키우고 있어요."

이렇게 말하고 나니 팡링도 조금 어이가 없었다.

'반년 사이에 개를 두 마리나 키우게 되다니……. 천팡링 정말 미친 거 아니니?'

"좋습니다!"

남자가 대답했다.

"그렇게 한번 해 보죠! 예전에 새를 산책시킨다는 말을 듣고 어이가 없었는데 저에게 이런 날이 올 줄은 몰랐네요. 일단은 숙면을 위해서라고 해두죠!"

팡링은 아이에게 남자의 말을 전달했다. 앞으로 아빠가 아이을 데리고 산책하러 가고, 함께 놀아주기도 할 테니 노래는 이제 그만 불렀으면 좋겠다고 말이다. 아잉은 노래 부르는 즐거움을 포기해야 한다는 말에 잠시 망설였다. 하지만 아잉이 노래 부르는 소리 때문에 아빠가 머리가 아프고 잠도 잘 못 잔다고 팡링이 설명했더니 결국 포기하고 조건을 받아들였다.

'대신 아빠가 행복해 보이지 않으면 다시 노래를 부를 거예요.'

팡링은 아잉의 말에 웃음이 터져 나왔다. 그리고 이 말을 남자에게 그대로 전달했다.

남자도 웃었다. 그의 웃음 속에서 아잉을 잃지 않게 될 거라는 안도감이 느껴졌다.

팡링은 콩콩이와 후추를 데리고 편의점에 내려갔다. 후추는 청샤오징을 보자마자 달려가 안기며 애교를 부렸다. 청샤오징도 후추를 보자마자 기뻐서 어쩔 줄 모르며 서로 부둥켜안았다.

콩콩이는 차가운 눈빛으로 둘을 바라봤다. 하지만 이번에는 지켜보고만 있지 않고 행동으로 보여줬다. 콩콩이는 청샤오징에게 다가가 그의 팔 아래로 파고들어 자신을 쓰다듬게 했다.

"콩콩이 너도 쓰다듬어 달라고? 당연히 쓰다듬어 줘야지! 콩콩이가 샘이 났구나."

개 두 마리가 자기를 놓고 질투하다니, 청샤오징은 기분이 좋을 수밖에 없었다. 하지만 팡링의 눈에는 이 모습이 조금 낯설었다.

"얘들이 원래 이렇게 질투가 심했나요?"

팡링이 물었다.

"그걸 나한테 물으면 어떡해요? 그런 건 주인이 제일 잘 아는 거 아닌가요?"

청샤오징이 반문했다.

팡링이 미간을 찌푸렸다. 청샤오징을 질투해서가 아니라 정말로 뭔가 이상해서였다.

"콩콩이가 예전에는 이렇지 않았는데 요새는 왜 이렇게 후추를 신경 쓸까요?"

"콩콩이한테 한 번 물어봐요. 애니멀 위스퍼러 아닙니까! 한 시간에 10만 원 넘게 받는······."

역시 청샤오징의 관심사는 언제나 돈이었다.

팡링이 바닥에 쪼그려 앉자 후추가 먼저 얼른 주인에게 돌아왔다. 그 모습을 본 콩콩이도 빠르게 팡링에게 달려왔다. 그런데 후추가 팡링의 품에 파고들려고 하자 콩콩이가 이빨을 드러내며 낮게 으르렁거렸다. 후추는 할 수 없이 슬금슬금 뒤로 물러나 청샤오징의 품으로 돌아갔다.

팡링과 청샤오징은 콩콩이의 이런 행동에 깜짝 놀랐다. 얼마 전까지만 해도 둘이 아무 문제없이 잘 지냈는데 요즘 들어 콩콩이가 부쩍 샘을 내기 시작하더니 이제는 급기야 후추를 위협하기까지 하다니. 어쨌든 팡링의 기분은 썩 나쁘지 않았다.

그때 중년 부부 한 쌍이 편의점에 들어왔다. 청샤오징은 '어서 오세요'라고 인사하며 계산대로 돌아갔고 팡링은 얼른 개들을 입구에서 멀리 데려갔다. 부부는 들어오자마자 청샤오징을 바라봤다. 눈빛을 보니 물건을 사러 온 것이 아니라 다른 목적이 있는 것 같았다.

"안녕하세요. 저희는 멍이쥔 군의 부모입니다."

청샤오징과 팡링 두 사람 모두 깜짝 놀랐다. 그러나 훨씬 더 놀란 쪽은 청샤오징이었다. 그는 혹시나 자신이 미성년자를 불법 고용했다고 오해받을까 봐 샤오밍을 고용한 이유에 대해 자세히 설명했다. 샤오밍이 이미 만 18세가 넘었고, 지금은 학교 수업을 듣고 있지 않다고 했고, 특별히 하는 일이 없으니 돈을 벌고 싶다고 했다 등등…….

"걱정하지 마세요. 그런 문제를 따지러 온 건 아닙니다. 샤오밍은 제 아들이에요. 그 아이에 관한 일은 저도 잘 알고 있어요."

샤오밍의 엄마가 말했다. 샤오밍의 아빠는 '제 아들'이라는 말이 거슬렸는지 샤오밍의 엄마를 흘겨봤다.

샤오밍의 엄마가 팡링을 보더니 말을 걸었다.

"그쪽이 혹시 뭐라더라……. 애니멀 위스퍼러? 그분인가요?"

부부는 의심 가득한 눈빛으로 팡링을 바라봤다.

"네. 천팡링이라고 합니다."

"제가 이해할 수 없는 건 왜 착실히 공부하던 애가 갑자기 편의점에서 일한다고 하질 않나, 애니멀 위스퍼링인가 뭔가를 배우겠다고 하질 않나 하는 겁니다. 제가 같이 살지 않아서 그런지 모르는 일이 너무 많은 것 같네요."

그때 샤오밍의 엄마가 손으로 아빠를 툭 쳤다. 쓸데없는 얘기는 하지 말라는 신호인 것 같았다. 샤오밍의 아빠는 헛기침을 한 번 하고는 말을 계속했다.

"샤오밍은 착한 아이예요. 지금까지 우리 기대를 벗어난 적이 한 번도 없었죠. 그거 아세요? 샤오밍은 학교에서 1등을 한 번도 놓친 적이 없었어요. 그런데 대학에 합격하자마자 갑자기 자기가 무엇을 하고 싶은지 모르겠다며 1년만 휴학하고 싶다고 하더라고요. 1년 동안 쉬면서 학교로 다시 돌아갈지 말지 고민해 보겠다면서요."

팡링은 그동안 샤오밍이 우등생이었다는 말을 믿지 않았는데 거짓말이 아니었다. 그저 철없는 어린애로만 알았는데 그렇게 대단한 수재였다니!

"샤오밍이 저희처럼 금융업에 종사하기를 바랐는데 생물학 쪽에 더 큰 관심을 보이더라고요. 그래서 의대에 진학해서 의사가 되었으면 좋겠다고 생각했어요. 그런데 얘가 상의도 없이 수의대에 지원했지 뭐예요. 자기는 동물들이 너무 좋다면서. 그리고 이제

는 애니멀 위스퍼링인가 뭔가를 배우겠다고 하고…….»

샤오밍 엄마가 계속 '애니멀 위스퍼링인가 뭔가'라고 말하자 팡링은 슬슬 화가 나기 시작했다.

"어쨌든,"

샤오밍의 엄마가 이어서 말했다.

"두 사람이 요즘 샤오밍과 가장 가까운 사이고, 두 분 다 제 아들보다 인생 선배시니 부탁 좀 드릴게요. 1년 후에는 반드시 학교로 돌아가야 한다고 샤오밍을 설득해 주세요."

"수의대도 나쁘지 않죠. 요즘은 집에서 동물을 키우는 사람이 많으니 전망이 있다고 봐요. 의대에 가면 더 좋겠지만 샤오밍이 수의대가 더 좋다고 하면 저희는 전적으로 지원해 줄 겁니다. 하지만 아예 학교에 돌아가지 않겠다고 할까봐 걱정이에요. 수재 소리 듣던 애가 고졸이 된다니……."

샤오밍 엄마의 얼굴에 근심이 가득했다. 세상 물정 모르는 아들이 왜 부모가 그를 위해 마련해준 모든 것을 버리고 굳이 힘든 길을 가려고 하는지 이해할 수 없었을 것이다.

"모두 그 아이를 위한 일이에요. 두 분이 꼭 도와주셨으면 좋겠습니다. 편의점 일은 내년 여름 방학 전까지만 하는 걸로 해주세요. 방학 때는 학교에 돌아갈 준비를 해야 하니까요."

팡링과 청샤오징은 마치 큰 잘못을 저지른 어린아이들처럼 샤오밍 부모가 하는 말을 가만히 듣고 있었다.

사실 팡링은 두 사람이 하는 말을 귀담아듣지 않았다. 그들이 하는 말은 팡링의 귓가에서 그저 '웅웅'거리는 소리로 들릴 뿐이었다. 사실 틀린 얘기는 하나도 없었지만 뭔가 듣기에 거북하고 이상한 말들이었다. 다행히 그동안 콩콩이와 후추는 바닥에 엎드려 잠들어 있었다.

샤오멍의 부모가 편의점을 떠나고 난 후 청샤오징은 한숨을 크게 한 번 내쉬었다.

"그러니까 저 사람들 눈에 우리가 지금 하는 일은 정상적이지 않은가 봐요."

"점장님은 정상적인 일을 하고 계시죠. 제가 하는 일이야말로 비정상적인가 보네요."

청샤오징과 팡링이 함께 웃음을 터트렸다.

"듣자 하니 요즘 샤오멍이랑 에이미 사이가 별로 안 좋은 거 같던데요."

팡링이 말했다.

"맞아요. 요 며칠 좀 이상하더라고요……. 부모님은 알고 계시나 모르겠네요."

수업을 마친 초등학생들이 편의점에 몰려 들어오기 시작했다. 팡링은 청샤오징에게 인사하고 재빨리 개들을 데리고 집으로 올라갔다. 아이들이 개에게 관심을 보이기 시작하면 끝이 없었기 때문이다.

저녁에 팡링은 콩콩이와 후추를 위해 고기와 당근, 양배추, 귀리 등을 넣고 끓인 음식을 만들어줬다. 아무거나 가리지 않고 잘 먹는 후추는 금방 한 그릇을 뚝딱 비웠다. 하지만 콩콩이는 냄새

9. 모두 다 널 위한 거야

를 한번 맡아 보더니 꽝링을 바라보며 말했다.

'채소가 너무 많아요. 별로예요.'

그러고는 소파로 올라가 버렸다.

"얘가 뭘 모르네. 이게 얼마나 건강에 좋은 음식인데! 다 널 위해서 만든 거야."

꽝링은 얘기하다 말고 '다 널 위해서'라는 말에 샤오멍 부모가 떠올랐다. 그리고 아잉도, 그녀에게 상처만 주고 떠나간 전 남자 친구도, 자신을 버리고 떠난 엄마도…….

사람들은 대체 무슨 권리로 이런 말을 하는 걸까? '다 널 위해서'라는 일이 그 사람에게 정말 좋은 일인지 어떻게 장담할 수 있단 말인가?

꽝링은 콩콩이가 먹지 않은 밥그릇을 치우며 말했다.

"먹기 싫으면 먹지 마. 오늘은 그냥 굶어."

10.
당신은 아무것도 바꿀 필요 없어요

린아이링은 요즘 고양이를 키운다. 그녀는 해피 생각이 날까봐 개는 절대 키우지 않을 거라고 했었다. 하지만 넓은 집에 혼자 사니 너무 적적하다면서 어느 날 6개월 된 새끼 고양이를 입양해 '텐텐'이라는 이름을 붙여줬다.

그런데 이후 그 넓은 집은 그야말로 쑥대밭이 되었다. 집에 있는 가구란 가구는 모두 찢기고 부서지고 뭐 하나 성한 것이 없었다. 심한 것은 산산조각이 났고, 그나마 덜한 것도 고양이 발톱이 할퀴고 간 자국이 가득했다. 작고 귀여운 고양이 한 마리가 이렇게 엄청난 일을 저지를 줄이야! 린아이링은 고양이 때문에 미쳐버릴 것만 같았다. 하루 종일 고양이만 쫓아다니느라 진이 다 빠져서 다시 돌려보내야겠다는 생각도 했다. 하지만 고양이가 크고 초롱초롱한 눈망울로 그녀를 바라볼 때면 모든 화가 스르르 풀리고 말았다.

아이링은 소고기 샤부샤부를 핑계로 팡링을 집으로 초대했다. 명목상으로는 지난번에 이상한 여자를 소개해 줘서 너무 미안하다며 부른 것이지만 사실은 팡링에게 텐텐과 대화를 나눠보라고 부탁하기 위해서였다. 팡링은 이미 모든 걸 알고 있었다. 그녀는 아이링이 고양이를 키운다는 말을 들었을 때부터 조만간 이런 날이 오리라는 것을 예상했다. 하지만 팡링에게도 다른 속셈이 있었다. 그녀는 아이링에게 샤오멍에 관해 물어볼 좋은 기회라고 생각해 흔쾌히 수락했다.

팡링이 아이링의 '호화 저택'에 도착해보니 집 상태는 들었던 것보다 훨씬 더 참혹했다. 더 이상 호화 저택이 아니라 귀신의 집 같았다. 그 어떤 방도 온전한 곳이 없었다. 커튼, 소파, 테이블, 의자… 대리석으로 만든 가구 외에 모든 가구가 재난을 면치 못했다. 이런 참혹한 현장 한 가운데 테이블이 있고 그 위에 샤부샤부 냄비가 놓여있었다. 집주인 아이링은 이미 상황에 익숙한 듯 아무렇지 않게 저녁을 준비하고 있었다.

"대체 여기서 어떻게 사는 거야?"

팡링이 물었다.

"이것도 다 익숙해지더라."

검은 고양이 한 마리가 아이링의 방에서 뛰어나왔다. 이 녀석이 바로 사건의 범인이 틀림없었다.

테이블 위에서 샤부샤부 국물이 보글보글 끓어올랐다. 팡링은 최고급 소고기 한 점을 집어 국물에 담갔다. 잠시 후 고기를 맛

본 팡링의 얼굴에 절로 미소가 번졌다.

"야야야, 여기 좀 봐봐! 얘가 무슨 말을 하고 싶은 걸까?"

아이링이 텐텐을 안아 올리며 말했다. 팡링은 아이링의 품 안에서 발버둥 치는 작은 악마를 흘끔 쳐다봤다.

"이제 6개월밖에 안 되었다며! 그렇게 어린애들은 표현을 잘 못해서 위스퍼링이 힘들어."

성년이 되지 않은 동물은 어린아이랑 똑같아서 자기가 하고 싶은 말만 하기에 대화가 힘들다.

"한 번 물어보기나 해봐! 그리고 기왕 말을 거는 김에 제발 집 안 물건 좀 그만 망가뜨리라고 얘기 좀 해줘."

텐텐은 아이링의 손에서 몸부림치더니 결국 도망쳐 나와 소파에 뛰어 올라갔다. 그러고는 발톱을 세워 소파 천을 마구 할퀴었다.

"그만해!"

아이링이 얼른 다가가 텐텐을 소파에서 쫓아냈다.

"이 소파는 일본에서 무려 항공으로 수입한 한정판 소파란 말이야! 이걸 네가 다 망가뜨리다니!"

팡링은 가만히 지켜보다가 웃음을 터트렸다.

"누가 너더러 고양이를 키우래? 고양이가 소파를 할퀴는 건 당연한 거 아니야? 그게 그렇게 싫었으면 강아지를 키웠어야지."

"강아지? 그래 텐텐이 강아지였다면 소파가 이렇게까지 처참하게 망가지지는 않았겠지."

아이링은 젓가락으로 팡링이 갓 건져놓은 소고기를 집어갔다.

팡링의 원망스러운 눈빛을 아는지 모르는지 아이링은 고기를 입에 넣으며 말했다.

"그래서 위스퍼링이 불가능하다는 말이야?"

팡링이 젓가락을 내려놓고 고양이 소리를 흉내 내며 말했다.

"가능하지! 텐텐이 이렇게 말했어. '엄마, 저는 아직 아기잖아요. 아기들은 원래 다 그래요. 그러니까 제발 가구들 좀 저렴한 걸로 바꿔요'."

아이링이 고기를 삼키며 팡링을 흘겨봤다.

"재미없거든!"

아이링은 고개를 돌려 어느새 다시 소파 위에 올라가 천을 할퀴고 있는 텐텐을 바라보며 말했다.

"좋아. 내일 디자이너를 불러서 싹 다 다시 맞추지 뭐."

팡링은 쓴웃음을 지으며 역시 부자들은 저렴한 가구에 대한 개념이 일반인들과는 완전히 다르다고 생각했다.

"이따가 개들 산책시키러 가야 해?"

아이링이 물었다.

"아니, 여기 오기 전에 다 끝내고 왔어."

"잘됐다!"

아이링이 의자에서 벌떡 일어나 주방으로 가더니 냉장고에서 비장의 무기를 꺼내왔다. 차가운 보드카였다!

"밸런타인데이를 기념하며!"

아이링이 차가운 술병을 들고 오며 팡링에게 말했다.

팡링이 미간을 찌푸렸다.

"제발 같이 마시자. 밸런타인데이에 노처녀 둘이 뭐하겠니? 술이라도 마셔야지! 오늘은 취하기 전에는 집에 못 가! 여기 방도 많으니까 자고 가도 되고!"

아이링이 찬장에서 유리컵 두 개를 꺼내오며 옛날이야기를 꺼냈다. 둘은 대학 시절에 기숙사에서 몰래 술을 마시다가 술에 취해 담을 타고 내려가 운동장에서 고래고래 소리를 지른 적이 있었다.

팡링은 독주를 보고 조금 겁을 먹었다.

"나 내일 위스퍼링 의뢰도 있단 말이야. 이거 마시면 내일까지 술이 안 깰 거 같은데, 이러다 일을 망치면 네가 책임질 거야?"

팡링이 아이링이 건넨 술잔을 밀어냈지만, 아이링은 기어코 다시 팡링 앞에 돌려놨다

"제발 홍 좀 깨지마! 혹시 알아? 술기운에 위스퍼링이 더 잘될지도! 네가 그랬잖아. 사람들이 동물들이랑 소통하지 못하는 이유가 자신의 능력을 스스로 억압하기 때문이라고 말이야. 술 마시고 억압에서 벗어나면 위스퍼링이 훨씬 잘 될지도 몰라."

"말도 안 되는 소리 좀 하지 마."

말은 그렇게 해도 팡링은 어느새 술잔을 들고 있었다. 팡링은 아이링과 건배한 뒤 잔에 담긴 술을 한 번에 다 마셨다. 차가운 독주는 몸에 들어가자마자 따뜻한 물줄기가 되어 몸속의 모든 기관으로 퍼져나갔다. 팡링은 몸과 마음이 뻥 뚫리는 기분이 들었다.

"샤오멍이랑은 어떻게 친해진 거야?"

팡링이 물었다. 그녀의 얼굴은 벌써 빨갛게 달아올라 있었다.

아이링이 웃으며 말했다.

"예전에 네가 일할 때 편의점에 술 마시러 자주 갔었잖아. 지금은 네가 없으니까, 샤오멍이 내 새로운 술친구가 된 거야. 술 마시면서 별의별 얘기를 다 했는데 최근에 여자 친구랑 싸웠다고 엄청나게 속상해하더라."

"여자 친구랑은 대체 왜 싸운 거래?"

팡링이 자신의 술잔에 술을 따르며 말했다.

아이링은 샤오멍과 에이미가 다툰 일을 팡링에게 자세히 이야기했다. 팡링은 이야기를 들으면서 마음이 답답했다.

"그런 일로 싸웠다고? 에이미가 왜 기분이 나빴는지 샤오멍에게 얘기했대? 아니면 샤오멍이 에이미에게 왜 그런지 물어봤대?"

아이링은 자기도 이해할 수 없다는 표정으로 어깨를 한 번 으쓱했다.

"나도 똑같이 물어봤어. 그런데 샤오멍은 어떻게 다시 연락해야 할지 모르겠다고 하더라."

팡링과 아이링은 둘 다 의자 등받이에 등을 기대고 가만히 생각에 잠겼다.

"어떤 감정인지 알 것 같기도 해."

팡링이 말했다.

"나도 그래."

아이링이 대답했다. 그리고 술을 한 잔 더 따랐다.

"그런 게 바로 연애의 감정이지!"

팡링이 말했다.

아이링은 팡링의 말에 대답하지 않고 술잔을 비우며 코웃음을 칠뿐이었다. 두 사람이 사랑 이야기를 시작하면 늘 팡링이 혼자 얘기하고 아이링은 듣기만 하는 쪽이었다. 팡링이 비현실적인 사랑을 꿈꾸는 쪽이라면 아이링은 누구보다 현실적이었다. 그녀는 팡링이 헛된 꿈으로 인해 상처받지 않도록 눈앞에 현실을 직시할 수 있게 도와주는 사람이었다.

"우리 나이에도 말이야…"

먼 곳을 응시하던 팡링이 다시 시선을 돌려 아이링을 바라봤다.

"그런 감정을 다시 느낄 수 있을까?"

"다시 연애할 수 있느냐는 말이야?"

아이링이 물었다.

팡링이 고개를 끄덕였다.

"당연하지. 상대만 있다면 말이야."

아이링이 채소를 냄비에 넣으며 대답했다.

"괜찮은 사람들은 이미 다 짝이 있겠지?"

팡링이 말했다.

"설령 남아 있는 남자가 있다고 하더라도 20대 때처럼 순수한 연애를 하기는 힘들 거야. 직업, 수입, 생활수준, 가치관 이것저것 다 맞는 사람을 찾는 것보다 로또에 당첨되는 게 더 쉬울지도 몰라."

"정말 어렵네, 어려워."

팡링은 술잔에 남아 있는 술을 비우고 다시 한 잔 따라서 한 번에 들이켰다. 그러더니 갑자기 무언가 생각난 듯 눈빛이 반짝였다.

"사실 남자들은 죄다 개만도 못한 존재들이야. 개들은 정말 진실해. 내가 사랑을 주면 열 배 혹은 그 이상으로 갚아주거든. 그런데 남자들은 말이야, 아무리 잘해줘도 고마운 줄도 모르잖아? 그저 어린 여자면 좋아서 정신을 못 차리고… 하여튼 남자들의 말은 절대 믿을 게 못 돼! 차라리 개를 키우는 게 낫지! 콩콩이, 후추 말고 개를 또 키우게 되는 한이 있더라도 절대 남자는 안 키울 거야!"

아이링은 팡링을 가만히 바라봤다. 팡링의 얼굴은 술이 올라 새빨개져 있었고, 알코올의 작용으로 감정이 격해지고 목소리도 점점 커졌다.

"너를 좋아하는 사람이 생각보다 가까운 곳에 있을지도 몰라. 네가 애써 외면하고 있을 뿐이야."

아이링이 말했다.

"나를? 누가?"

팡링이 깜짝 놀라며 물었다.

아이링은 더 이상 아무 말도 하지 않고 샤부샤부 냄비에 채소를 집어넣었다.

"뭐야, 왜 말을 하다 말아. 말해 봐…"

팡링이 투덜댔다. 그러면서 술을 또 한 잔 따랐다. 아이링은 팡링이 너무 과음하는 것 같아 손을 뻗어 그녀를 제지했다.

팡링이 말했다.

"그러고 보면 왜 매번 내 얘기만 해? 네 얘기 좀 해봐. 홍콩에서 갑자기 돌아온 이유가 뭐야? 게다가 성형까지 하고, 대체 무슨 일이 있었던 거야?"

팡링의 말을 듣자마자 아이링의 눈빛이 심하게 흔들리기 시작했다. 하지만 아이링은 곧 아무 일도 없었다는 듯 계속 고기를 먹었다.

"그렇게 계속 피하려고만 하지 마. 난 뭐든 너한테 다 얘기하잖아. 대체 무슨 일인데 그래?"

팡링은 계속해서 아이링을 추궁했다.

아이링은 여전히 입을 꾹 다물고 아무 말도 하지 않았다. 그리고 술을 한 잔 가득 따르더니 한 번에 들이켰다. 팡링도 술병을 가져가 자신의 잔에 따르려고 했지만 아이링이 이를 제지했다.

"왜 그래? 취해야 집에 갈 수 있다며."

"너 이미 취했어."

"넌 그냥 나한테 아무것도 알려주기 싫은 거야. 넌 예전에도 그랬어. 늘 내 얘기만 듣고, 내 문제를 대신 해결해 주기까지 하면서 정작 네 얘기는 절대 안 하더라? 나는 너를 도울 수 없다고 생각하는 거야? 그런 거야?"

"술주정 그만 부리고 취했으면 얌전히 밥이나 먹어. 아니면 저기 가서 고양이랑 놀아주던가."

계속 말썽을 피우던 텐텐은 이제 소파에 앉아 꼼짝도 안 하고 두 사람을 지켜보고 있었다.

"괜히 말 돌리지 말고 빨리 말해! 남자 문제지? 그렇지? 잘생겼어? 아니면 연하? 성형까지 한 걸 보니 분명 연하였겠지… 어린 애들이랑 경쟁하려면 그 정도 노력은 해야 하니까!"

"너 대체 지금 무슨 얘기를 하는 거야?"

"아! 너 혹시 그럼… 여자?"

"그만 해라!"

아이링이 눈을 부릅뜨고 말했다. 그녀의 인내심이 한계에 도달하고 있었다.

"흥!"

팡링도 이제 그만 포기해야겠다고 생각하고 마지막으로 농담을 던졌다.

"뭐 그러면 설마 유부남인가?"

그런데 팡링이 던진 농담에 아이링은 갑자기 저주에 걸린 사람처럼 완전히 굳어버렸다. 팡링은 아이링의 반응이 심상치 않다는 걸 알아차렸다. 설마 그녀의 말이 사실인 건가?

"너… 정말 유부남을 좋아하기라도 한 거야?"

아이링은 고개를 푹 숙인 채 아무 대답도 하지 않았다.

팡링은 갑자기 술이 확 깨는 것 같았다.

"너 같이 일도 잘하고, 돈도 많고, 예쁘고 훌륭한 사람이 뭐가 아쉬워서 유부남을 만나?"

아이링은 여전히 아무 말이 없었다. 그리고 여전히 아무렇지도 않은 척 젓가락으로 고기를 집어 냄비에 집어넣었다.

팡링이 갑자기 일어나 아이링 쪽으로 다가가더니 아이링의 젓가락을 집어 던졌다. 하지만 아이링은 아무 반격도 하지 않고 자리에 가만히 앉아 있을 뿐이었다. 아이링은 팡링이 왜 이렇게까지 격하게 반응하는지 알고 있었다. 팡링은 결혼을 앞두고 약혼자의 바람으로 지울 수 없는 상처를 입었다. 이 모든 사실을 알고 있었기 때문에 아이링은 그동안 자신이 홍콩에서 돌아온 진짜 이유를 그녀에게 말할 수 없었다.

"대답해 봐! 대체 어떤 여자가 유부남이랑 바람을 피우냐고! 너 때문에 상처받게 될 여자 생각은 안 해? 그 사람이 어떤 심경일지 생각은 해 봤냐고!"

팡링은 아이링에게 계속 따져 물었다. 마치 아이링이 자신의 약혼자와 바람을 피운 여자인 것처럼. 도대체 왜 남의 약혼자를 뺏어간 거야? 왜 남의 인생을 구렁텅이에 빠트린 거야? 도대체 왜!

아이링은 팡링의 계속되는 질문에 위축되지 않고 그녀를 똑바로 바라보며 말했다.

"난 아무에게도 상처 주지 않았어. 그 남자가 결국에는 자기 아내를 선택했거든. 나는 그 남자를 위해 이 모든 걸 감당했는데 결국 아내에게 돌아가더라. 상처받은 건 나야! 무너진 건 내 행복이라고! 너는 남자가 바람을 피웠으면 그 남자를 탓해야지, 왜 상대 여자만 탓하는 거야? 양다리를 걸친 건 분명 그 남자였잖아! 그 남자가 너한테 애정이 없었던 거지, 그 여자는 남자를 사랑한 것뿐이잖아!"

팡링은 손을 들어 아이링의 뺨을 때리려다가 그녀의 얼굴 앞에서 겨우 손을 멈췄다.

"우리 오늘 술을 너무 많이 마셨나 봐…"

아이링이 말했다.

"난 아니야."

아이링이 무거워진 분위기를 풀어보려고 했지만, 팡링은 그녀의 말을 차갑게 끊어버렸다. 그리고 소파로 가서 가방을 챙긴 다음 서둘러 아이링의 집을 나왔다.

아이링은 쾅 닫힌 문을 멍하니 바라봤다. 어렵게 다시 만난 친구를 이렇게 또 잃게 되는 건 아닌지 두려웠다.

오늘 팡링의 위스퍼링 상대는 갈색 토이푸들이었다.

팡링은 평소 토이푸들과 위스퍼링하는 것을 좋아했다. 토이푸들은 대개 자신감이 넘치고 똑똑했다. 다만 똑똑한 만큼 예민하기에 주인의 상태를 파악하는 능력이 뛰어나고 주인의 영향을 많이 받는 종이기도 했다.

그래서 토이푸들의 문제는 주인과 이야기를 나누다 보면 어느 정도 파악할 수 있다.

그러나 오늘은 팡링의 기분이 영 좋지 않았다. 그날 밤 아이링과 그 일이 있고 난 뒤 며칠 동안 내내 마음이 무거웠다. 팡링은 그날 술이 깨자마자 아이링에게 했던 말들을 후회했다. 하지만 아이링이 유부남을 만났다는 사실은 도무지 받아들일 수가 없었다. 세상에 남자가 얼마나 많은데 하필 왜 임자가 있는 남자를…!

팡링은 무무 카페에 도착하자마자 내내 아이링과의 일을 생각하며 무거운 표정으로 앉아 있었다. 샤오밍은 아주 오랜만에 위스퍼링을 도우러 왔다가 팡링의 심기가 매우 불편한 것을 보고 얼른 계산대로 가서 무무와 대화를 나눴다.

"여자들은 왜 저러는지 모르겠어요. 분명 얼굴에는 '나 무슨 일 있어요'라고 쓰여 있는데 물어보면 아무 말도 안 하고. 옆에 앉아 있기 너무 무서워요."

샤오밍은 레몬 물을 한 잔 마시고 케이크를 만들고 있는 무무에게 말했다.

"새로운 메뉴예요? 저도 맛 좀 보게 해주세요!"

평소 같으면 크게 한 조각 내어줬을 법도 한데 어쩐지 오늘은 무무도 말없이 케이크를 진열대에 넣었다.

"싫으면 싫다고 해요. 오늘 둘 다 정말 왜 그래요. 뭐 잘못 먹었어요?"

샤오밍이 투덜댔다.

무무는 팡링을 바라봤다. 그녀가 기분이 좋지 않으니 무무도 저절로 기분이 처졌다. 심지어 오늘은 카페 안에 흐르는 음악조차 뭔가 슬펐다.

의뢰인은 약속 시간이 한참 지났는데도 도착하지 않았다. 안 그래도 기분이 안 좋은 팡링은 의뢰인에게 여러 차례 메시지를 보냈다. 하지만 돌아오는 답장은 계속 이런 식이었다.

'금방 도착해요.'

'죄송합니다.'

'금방 가요.'

팡링의 인내심이 점점 바닥나고 있었다.

"대체 오는 거야 안 오는 거야? 나는 뭐 시간이 넘쳐나는 사람인 줄 아나!"

팡링이 참다못해 이렇게 늦으면 의뢰를 취소할 수밖에 없다고 메시지를 보내려던 찰나, 의뢰인이 도착했다.

의뢰인은 얼굴이 예쁘고 몸매도 좋은 중년 여성이었다. 남자들에게 인기가 꽤 많을 법한 외모였지만 입고 있는 옷이나 액세서리가 그녀에게 영 어울리지 않았다. 마치 40대 중년 여성이 20대 젊은 아가씨처럼 보이려 애쓴 느낌이었다. 손에는 귀여운 토이푸들을 안고 있었는데 어딜 가나 주목받을 스타일이었다. 물론 좋은 의미의 주목은 아니었지만…

의뢰인은 도착하자마자 서둘러 팡링에게 사과했다.

"정말 죄송합니다. 페퍼를 데리고 택시를 잡으려니까 너무 안 잡히지 뭐예요. 겨우 한 대 잡았는데 기사분이 운전을 너무 험하게 해서 페퍼가 토를 하려고 하는 거예요. 그래서 급하게 내렸는데 택시를 다시 잡으려니까 또 안 잡히더라고요. 그러다 보니 이렇게 늦었어요. 정말 죄송합니다."

팡링의 시선은 그녀의 손에 들려 있는 토이푸들에게 꽂혀 있었다. 주인이 연신 허리를 숙여 사과할 때마다 2킬로그램도 채 안 되어 보이는 작은 강아지는 세상이 뒤집히는 것처럼 느껴질 것이다.

"어서 앉으세요. 시간이 얼마 남지 않았습니다."

팡링의 차가운 대답에 호들갑을 떨던 의뢰인은 얼른 팡링의 맞은편 자리에 앉아 작은 손가방에 담아온 토이푸들을 꺼냈다.

"이 아이가 바로 페퍼랍니다."

의뢰인은 갑자기 텔레비전 프로그램의 진행자처럼 과장된 목소리로 페퍼를 소개했다.

"페퍼에게 무슨 문제가 있는 거죠?"

"페퍼가 자꾸 자기 엉덩이를 물어요."

의뢰인이 페퍼의 매너벨트를 풀었다. 팡링은 페퍼의 상태를 보고 깜짝 놀랐다. 페퍼의 엉덩이 부분에는 털이 하나도 없었고 피부에도 선명한 이빨 자국이 나 있었다.

"어휴… 이 정도면 병원에 데려가 보셔야 할 것 같은데요."

샤오밍이 뒤에서 갑자기 나타나는 바람에 의뢰인은 깜짝 놀라 소리를 질렀다.

"아, 이 사람은 제 조수입니다."

팡링이 샤오밍을 흘겨보며 말했다. 그리고 얼른 앉으라는 눈짓을 보냈다.

"병원에도 당연히 데려가 봤죠. 그것도 여러 군데 데려가 봤어요. 먹는 약이며 바르는 약이며 온갖 방법을 다 써봤지만 그래도 엉덩이를 계속 물더라고요. 온종일 엘리자베스 칼라(개나 고양이가 수술부위나 염증부위를 핥지 못하게 씌워놓는 의료용 넥카라-역자 주)를 씌워놓자니 애가 더 우울해할 것 같고, 정말 어떻게 해야 좋을지 모르겠어요."

여자는 안타까운 눈빛으로 페퍼를 바라봤다. 하지만 페퍼는 주인의 극진한 사랑을 받는 강아지치고는 상당히 무기력해 보였다.

보아하니 이번에도 주인이 무언가 숨기고 있는 것 같았다. 팡링은 개에게 직접 물어보기로 했다.

'페퍼야, 이렇게 엉덩이를 물면 아프지 않니?'

페퍼는 아무 대답도 하지 않았다. 여전히 강한 무기력함만 전해질 뿐이었다.

팡링은 질문의 방향을 바꿔보기로 했다.

'페퍼야, 왜 그렇게 무기력해 보이니?'

'무기력한 게 뭐예요?'

'그건…(왜 또 단어를 물어보는 거야. 국어 시험도 아니고 정말…) 어떤 일도 네 힘으로 바꿀 수 없다는 생각이 들 때 느끼는 감정, 뭐 대충 그런 거야.'

'네, 그렇군요.'

'페퍼는 바꾸고 싶은 게 있니?'

페퍼는 곧바로 대답하지 않고 고개를 들어 주인을 바라봤다. 주인은 소녀처럼 해맑게 페퍼를 바라봤지만, 페퍼는 이내 고개를 돌려 무기력한 표정으로 팡링을 바라봤.

'엄마는 왜?

'엄마 아니고, 누나예요.'

'이 사람이 누나라고?'

'네.'

'그러면 엄마는?'

'엄마는 없어요. 엄마가 자기는 엄마가 아니고 누나래요.'

눈앞에 앉아 있는 이 여자는 최소 마흔 살은 넘어 보였다. 강아지 엄마가 되는 게 뭐가 어떻다고 굳이 자기를 누나라고 하라는 걸까. 그녀의 말투나 행동 그리고 옷차림은 모두 나이에 맞지 않게 어색했다. 말할 때마다 괜히 콧소리를 내고, 주름을 가리기 위해 화장을 아주 두껍게 하고, 가방에는 분홍 헬로키티 키링을 달고 다녔다. 거기에 옷차림은 말할 것도 없었다.

팡링은 여자를 보면서 어쩐지 안타까운 생각이 들었다. 나이가 좀 있기는 해도 충분히 매력이 넘치는 여성이었는데 어울리지 않는 행동과 차림새 때문에 괜히 무슨 사연을 숨기고 있는 사람처럼 보였다.

"무슨 일이에요? 뭐가 잘못되었나요?"

팡링이 여자를 바라보며 생각에 잠긴 사이, 그녀는 이미 팡링이 자신의 겉모습을 평가하고 있다는 사실을 눈치 챈 것 같았다.

"아무것도 아니에요. 키링이 너무 예뻐서 보고 있었어요. 정말 특별하네요."

팡링은 얼른 시선을 돌려 페퍼와 계속 대화를 나눴다.

'페퍼는 누나가 바꿨으면 하는 점이 있어?'

'우리 이런 식의 대화는 그만하면 안 될까요?'

'어? 뭐라고?'

위스퍼링 일을 하면서 강아지 때문에 사레가 들린 것은 처음이었다.

'누나는 제가 왜 계속 엉덩이를 무는 건지 알고 싶은 거잖아요. 저는 이미 다 말했는데 이해하지 못한 것 같네요. 누나가 슬플 때 저는 항상 옆에 있어 줘요. 하지만 누나는 울기만 하고 저는 신경도 안 써요. 누나는 기쁠 때 저를 필요로 하지 않아요. 저는 하루 종일 집에 남겨져 있어요. 어떤 날은 제 밥을 챙겨주는 것도 까먹고 나가서 할 수 없이 다른 곳에 밥을 얻어먹으러 간 적도 있어요. 다행히 어떤 아주머니가 저를 예쁘게 봐주셔서 먹을 것도 주시고 그곳에서 지내게 해주셨어요. 그렇지만 저는 누나가 보고 싶어서 밥만 몇 번 얻어먹고 다시 집으로 돌아갔어요.'

"페퍼가 가출한 적이 있었나요?"

팡링이 주인에게 물었다.

"가출이요? 아니요. 그런 적은 없어요. 다만 제가 술에 많이 취해서 페퍼를 제대로 안고 오지 못한 날이 있었는데 그날 저를 따라오다가 놓쳤는지 사라진 적이 있었어요. 가출한 건 아니에요. 다행히 이틀 뒤에 혼자서 집에 찾아왔어요."

그녀는 페퍼가 가출했었냐는 질문에 겁을 먹고 서둘러 해명했다. 하지만 페퍼가 사라졌던 이틀 동안 페퍼를 찾으러 갔는지에 대해서는 아무 설명이 없었다.

팡링은 샤오밍을 바라봤다. 그는 못마땅한 표정으로 위스퍼링 내용을 기록하고 있었다. 분명 페퍼 주인의 말이 마음에 안 드는 모양이었다. 팡링도 주인이 영 못마땅한 건 마찬가지였지만 샤오밍의 발을 밟으며 표정 관리를 하라고 눈치를 줬다.

'누나는 제가 사라진 것도 몰랐어요. 집에 돌아갔더니 저더러 언제 나갔었냐고 물어보더라고요.'

주인의 무관심은 페퍼의 마음에 큰 상처가 되었을 것이다. 팡링은 더 물어볼 것도 없이 페퍼가 왜 엉덩이를 물기 시작했는지 알 것 같았다. 자기 엉덩이를 무는 다른 개들과 마찬가지로 이건 생리적인 문제가 아니라 심리적인 문제 때문이었다. 그러니 아무리 병원을 이곳저곳 다니고 유명하다는 약을 쓴다고 하더라도 페퍼의 심리적인 문제를 해결해 주지 않으면 아무 소용이 없다.

'페퍼야, 내가 이런 이야기를 할 거라는 걸 어떻게 알았어?'

'저는 이미 여러 이모 삼촌과 이야기를 나눠봤으니까요.'

"세상에나!"

"네? 무슨 일이에요?"

주인이 호들갑을 떨며 물었다.

"페퍼가 그러는데,"

팡링은 대답하기 전에 한숨을 한 번 내쉬었다.

"페퍼는 자기가 관심을 못 받는다고 생각해요. 당신이 힘들 때 위로를 해줘도 자기를 모른 척하고, 어떤 날에는 밥도 챙겨주지 않고 나가서 다른 집에 가서 얻어먹어야 한 적도 있대요. 페퍼에게 밥을 준 집에서 계속 같이 살자고 했지만, 페퍼는 당신이 걱정돼서 집에 다시 돌아온 거예요."

"그럴 리가요!"

여자가 갑자기 크게 소리치는 바람에 계산대 뒤에 있던 무무가 놀라 내다봤다.

"제가 페퍼를 얼마나 사랑하는데요! 사료든 뭐든 항상 최고급으로만 사주고, 미용실도 제일 좋은 곳으로 보내준다고요! 게다가 제가 어딜 가든 이렇게 함께 데리고 다니는데 페퍼에게 무관심하다니요!"

"제가 아니라 페퍼가 한 말이에요! 그리고 다른 위스퍼러들에게도 그렇게 이야기했다던데요."

팡링이 침착하게 따져 물었다.

"아… 사실 다른 위스퍼러들에게 데려가 봤어요. 하지만 다들 당신만큼 실력이 대단하지는 않았어요! 제발 우리 페퍼에게 엉덩이를 그만 물라고 전해주세요. 그러면 페퍼도 너무 아프고 누나도 마음이 너무 아프다고요."

여자의 말투는 정말 듣고 있기 고역이었다. 팡링은 카운터로 시선을 돌렸다가 무무가 이어폰을 꽂고 있는 모습을 봤다. 더 이상 귀를 더럽히지 않겠다는 특별 조치였다.

'페퍼야, 대체 누나가 너에게 어떻게 했기에 엉덩이를 계속 무는 거니?'

'누나가 아니라 삼촌이에요.'

'삼촌?'

'네, 삼촌들이요. 매번 다른 삼촌들이 와요.'

남자들이라면… 설마?

"실례지만 혹시 무슨 일을 하시죠?"

"저는 화장품 영업을 합니다."

"Ok, 알겠습니다."

'페퍼는 삼촌들이 왜 그렇게 많은지 알고 있니?'

'누나는 그 삼촌들을 무척 좋아해요. 삼촌들이 집에 오면 아주 잘해줘요. 그런데 집에 한 번 왔던 삼촌이 다음에 오지 않으면 누나

는 슬퍼해요. 그리고 다른 삼촌이 집에 와요. 그 삼촌이 다음에 오지 않으면 누나는 또 슬퍼해요...'

'삼촌들이 누나의 남자 친구니?'

'남자 친구가 뭔지는 잘 모르겠고 그냥 삼촌들이에요. 어떤 삼촌이 누나에게 큰 소리로 욕을 했어요. 목소리가 너무 커서 무서웠어요. 누나를 지키려고 삼촌을 물었다가 발로 차였어요. 누나도 그 모습을 보고 삼촌에게 큰 소리를 질렀는데 저는 너무 무서웠어요.'

'그러면 누나랑 삼촌이 큰 소리를 지르고 싸우지 않으면 엉덩이 무는 걸 그만할 수 있겠니?'

'아니요.'

'그럼 어떻게 하면 좋겠니?'

'누나가 행복해야만 엉덩이를 그만 물 거예요.'

'누나는 삼촌들이랑 만날 때 가장 행복한 것 같니?'

'누나는 삼촌들이 누나를 더 이상 좋아하지 않을까 봐 걱정해요. 그러면 저도 누나가 걱정돼요. 그래서 누나가 저에게 관심을 돌리도록 엉덩이를 무는 거예요.'

페퍼는 이미 주인의 마음을 꿰뚫고 있었다. 그녀는 누군가 자신을 사랑해 주기를 끊임없이 갈망하고, 상처받을 걸 알면서도 사랑에 뛰어드는 그런 여자였다. 진정한 사랑을 찾으려 애쓰지만, 늘 돌아오는 건 몸과 마음의 상처뿐이었다.

'페퍼야, 누나는 늘 이런 모습이었니?'

'아니요. 누나가 엄마였을 때는 매일 행복해 보였어요. 그때 엄마는 지금보다 더 예쁘고 따뜻한 사람이었어요. 요리도 아주 잘하셨고 매일 저에게 근사한 밥을 만들어주셨어요. 그때 저는 제가 세상에서 가장 예쁘고 행복한 강아지라고 생각했어요.'

'그러면 엄마가 왜 변한 거야?'

'아빠가 오지 않아서 엄마는 너무 슬펐어요. 그리고 그 이후에 만나는 삼촌마다 엄마를 힘들게 했어요.'

'페퍼는 누나가 다시 예전의 엄마로 돌아오기를 바라니?'

'아니요.'

'그러면 페퍼가 원하는 건 뭐야?'

'페퍼는 누나를 아주 많이 사랑해요. 분명 세상 어딘가에 페퍼처럼 누나를 사랑해 줄 삼촌이 있다는 걸 누나가 알았으면 좋겠어요. 그 삼촌을 만나서 누나가 행복해지면 좋겠어요.'

'누나가 그 삼촌을 못 찾으면?'

'그래도 누나 곁에는 페퍼가 있잖아요.'

팡링은 여자를 가만히 바라봤다. 조금 전까지만 해도 그녀는 나이보다 족히 스무 살은 젊게 차려입은 이 여자를 멸시와 조롱의 눈빛으로 바라봤다. 하지만 지금은 아니었다. 이제는 같은 여자로서 그녀가 안쓰럽게 느껴졌다. 팡링도 결국 그녀와 같은 처지가 아니었던가? 다만 그녀는 끊임없이 상처받으면서도 계속해서 사랑의 불구덩이로 뛰어들었고, 팡링은 사랑에 대한 강한 의심을 한 채 가만히 사랑이 찾아오기만을 기다렸다.

린아이링도 다르지 않았다. 아이링이 만나면 안 되는 상대를 만나긴 했지만 그렇다고 그녀의 상처가 여기 있는 그 누구의 것보다 가볍다고 할 수는 없었다.

아이링은 그 남자를 만족시키기 위해 많은 일을 감당했다고 말했다. 그러면 결국 성형수술도 그 남자를 위해 했던 것일까? 여자들은 사랑에 빠지면 바보가 된다. 여자들은 자신이 사랑하는 남자를 붙잡아 두기 위해 그들이 원하는 모습으로 자신을 왜곡하고 바꾸기를 서슴지 않는다. 하지만 남자는 그런 여자를 신경이나 쓸까? 만약 남자가 진심으로 여자를 생각한다면 그녀가 자신의 모습을 바꾸도록 놔두지 않았을 것이다. 남자를 위해 자기 자신을 바꾸는 여자들은 결국 상처받게 된다. 린아이링과 팡링 그리고 눈앞에 있는 이 여자처럼.

팡링은 이 독특한 여자를 조금은 이해할 수 있을 것 같았다. 그녀는 많은 사람의 주목을 받고 싶어서 이러는 것이 아니라 젊어 보이는 옷차림과 언행으로 자신이 아직 여자로서 쓸 만하다는 걸 보여주려는 것이었다. 그런데 여자는 특정 나이가 넘어가면 더 이상 여자로서 가치가 없어지는 걸까? 자신을 사랑해 주는 사람을 만나지 못하면 더 이상 여자가 아닌 걸까? 흔히 여자는 사랑해 주는 사람이 없으면 인생이 비참하다고 말한다. 그러면 지금 혼자서도 인생을 안정적으로 잘 꾸려나가고 있는 팡링도 결국 여자로서는 가치가 없는 걸까?

눈앞에 있는 이 여자는 남자들이 생각하는 '가치 있는 여자'가 되기 위해 얼마나 많은 대가를 치르고, 또 얼마나 많은 상처를 받았을까?

"저기… 페퍼 누님?"

"편하게 조앤Joan이라고 불러주세요."

"네, 그럴게요."

팡링은 잠시 망설이다가 말을 꺼냈다.

"조앤 씨, 당신은 진정한 사랑이 무엇이라고 생각하세요?"

조앤은 팡링의 질문이 너무 의외라 갑자기 말문이 막혔다. 애니멀 위스퍼링을 하다 말고 인생철학을 논하게 될 줄이야! 그녀는 어색하게 웃으며 당혹감을 감췄다.

"우리 페퍼가 대체 무슨 이야기를 했기에 그런 질문을 하시는 거예요?"

"제가 이렇게 물어보는 까닭은 페퍼가 당신을 진심으로 사랑하기 때문이에요. 당신을 사랑하기 때문에 자신이 원하는 것보다 당신이 무엇을 원하는지 더 많이 생각해요. 당신을 사랑하기 때문에 저 작은 몸을 날려서라도 당신을 괴롭히는 사람들로부터 지켜주려고 해요. 당신을 사랑하기 때문에 가끔 혼자 남겨져 배고픔에 시달릴지라도 당신 곁을 떠나지 않는 거예요. 페퍼는 당신을 사랑하기 때문에 당신의 슬픔이 곧 자신의 슬픔이고, 당신의 행복이 곧 자기 행복인 아이예요. 그래서 누군가에게 이렇게 크고 견고한 사랑을 받는 조앤 씨는 과연 사랑이 무엇이라고 생각하는지 알고 싶었어요."

조앤은 팡링의 말이 다 끝나기도 전에 눈물을 터트렸다. 눈물을 보인다는 건 그 사람의 가장 취약한 면이 건드려졌다는 의미였다.

"페퍼가…… 또 무슨 얘기를 하던가요?"

조앤이 흐르는 눈물을 닦으며 물었다.

"페퍼는 당신이 예쁘고 마음이 따뜻한 사람이라고 했어요. 당신이 요리도 잘하고 자기에게 근사한 밥을 만들어줘서 자신이 세상에서 가장 행복한 강아지라고 생각했대요. 자기만큼 당신을 사랑해 주는 남자를 만나서 행복해졌으면 좋겠대요. 그리고 설령 그런 남자를 만나지 못한다 해도 당신을 누구보다 사랑하는 자신이 곁에 있다는 걸 잊지 않기를 바란대요."

팡링의 말에 조앤은 흐느껴 울었다.

팡링은 카운터 뒤에 있는 무무를 바라봤다. 무무는 고개를 푹 숙인 채 케이크 만드는 일에 전념하고 있었지만, 계산대 앞에는 이미 티슈가 한 움큼 놓여있었다. 팡링은 할 수 없이 자리에서 일어나 직접 티슈를 가지러 계산대 앞으로 갔다.

"꼭 그렇게 사람을 울려야 직성이 풀리나 봐요."

무무가 웬일로 팡링에게 한마디 했다.

"제가 일부러 울리는 거 아니에요. 자기네들이 울고 싶어서 우는 거지……."

팡링이 티슈를 집어 가며 말했다.

"저도 상당히 피곤하거든요!"

팡링은 자리로 돌아와 조앤에게 티슈를 건넸다. 그녀가 티슈를 건네받아 눈물을 닦자 짙은 화장 아래 가려져 있던 맨얼굴이 드러났다. 꾸미지 않아도 아주 예쁘고 단아한 얼굴이었고 무엇보다 전혀 나이가 들어 보이지 않았다. 조앤 스스로 자신이 나이 들어 보인다고 생각한 까닭은 분명 그녀가 만났던 남자들이 그렇게 생각하도록 만들었기 때문일 것이다.

"다 제 잘못이에요. 페퍼에게 너무 미안해요……. 사실 전 이미 다 알고 있었어요. 하지만 인정하고 싶지 않았어요. 모든 게 제 잘못이라는 걸 인정하고 싶지 않았어요. 지난번에 제가 술에 취해서 페퍼를 잃어버렸을 때 사실 페퍼를 찾으러 다니지 않았어요. 감히 그럴 수가 없었어요……. 페퍼를 제대로 돌보지도 못하는 제가 무슨 자격으로……. 페퍼가 엉덩이를 물어 상처가 심해졌을 때도 분명 페퍼의 마음에 문제가 생긴 거라는 걸 알면서도 약을 바르면 금방 괜찮아질 거라고 모른 척했어요. 모든 게 제 잘못이라는 걸 알면서도……. 그러는 동안 우리 페퍼가 어느덧 8살이 되었네요."

"당신 잘못이 아니에요."

팡링이 조앤의 말을 끊었다.

"페퍼는 당신에게 잘못이 있다고 생각하지 않아요. 페퍼는 오직 당신이 행복하기만을 바라고 있어요. 이렇게 페퍼의 무한한 사랑을 받는 걸 보면 당신은 분명 훌륭한 사람일 거예요. 그러니 꼭 행복하세요. 당신이 행복해야 당신을 사랑하는 페퍼도 행복하니까요."

조앤은 페퍼를 품에 꼭 안고 뽀뽀했고, 페퍼는 그녀의 얼굴에 흐르는 눈물을 열심히 핥아줬다. 팡링의 눈가도 어느새 촉촉이 젖어있었다. 이런 게 바로 진정한 사랑이 아닐까. 세상의 그 누구도 갖지 못한 진실한 사랑이 이 둘 사이에는 존재하고 있었다. 사랑이란 이처럼 오묘한 것이다!

그 어느 때보다 사랑이 충만하고 훈훈했던 위스퍼링이 끝나자 팡링은 머리가 맑아지고 마음이 한결 가벼워지는 걸 느꼈다. 하지만 샤오멍은 그렇지 않은 것 같았다. 그의 표정은 어두웠고 생각이 복잡해 보였다.

"위스퍼링도 기분 좋게 잘 끝났는데 표정이 왜 그렇게 어두운 거예요?"

"물어보고 싶은 게 있는데요… 개를 키우는 여자들은 남자 친구보다 개가 더 우선인가요?"

샤오멍이 잔뜩 일그러진 표정으로 물었다.

팡링은 이게 대체 무슨 질문인가 싶어 어리둥절했다.

"그런 것 같기도 하고, 아닌 것 같기도 하고요… 개들은 늘 주인 곁에 있고, 주인의 마음을 잘 알고 있잖아요. 그렇지만 남자들은… 글쎄요, 좋은 남자는 개보다 훨씬 나으려나? 잘 모르겠네요. 왜 갑자기 개랑 비교하려는 거예요?"

팡링은 어떤 대답을 해야 할지 몰라 횡설수설하다가 샤오멍에게 되물었다.

샤오멍은 아무 대답도 하지 않았다.

"에이미와의 문제에 갑자기 왜 니니를 끌어들이는 거예요? 무슨 일인지 자세히 얘기해 봐요."

팡링은 샤오멍을 도와주고 싶어 건넨 말이었는데 어찌 된 일인지 샤오멍은 갑자기 가방을 챙기더니 인사도 하지 않고 카페를 나가버렸다.

샤오멍이 서둘러 카페를 나가는 모습을 보면서 팡링은 고개를 절레절레 저었다. 그녀는 테이블에 있는 사용한 잔들을 모아 카운터로 가져갔다. 무무가 잔들을 건네받으며 팡링에게 말했다.
"새로운 케이크를 구워봤어요!"

하지만 팡링은 그의 말을 못 들었는지 아무 대꾸도 하지 않은 채 생각에 잠겨있었다.
"무슨 생각을 그렇게 해요?"
"아무것도 아니에요. 그냥…"
팡링이 말끝을 흐렸다.
"그냥 뭐요?"
무무는 괜히 마음이 급해졌다.
"왜 이 세상은 여자에게 사랑이 전부인 것처럼 포장할까요? 분명 어떤 상업적인 계략이 숨어 있는지도 몰라요. 사실 연애라는 건 매우 귀찮고 힘든 거잖아요. 여자가 자기 자신을 사랑하고 혼자서도 행복하게 살 수 있으면 그만이죠. 그렇지 않아요?"
팡링의 말에 무무는 그저 어색하게 웃으며 고개를 끄덕일 수밖에 없었다. 그리고 말없이 뒤돌아서서 조금 전 신선한 딸기로 정성 들여 장식한 케이크를 냉장고에 도로 집어넣었다.

이른 아침부터 청샤오징이 팡링에게 전화했다. 편의점에 팡링 앞으로 택배 한 상자가 와 있으니 찾아가라는 전화였다. 팡링은 개들을 데리고 편의점으로 내려갔다.
내려가 보니 말이 '한 상자'지 거대한 상자 하나가 놓여 있었다. 개들을 데리고 도저히 집으로 옮길 수 있는 크기의 상자가 아니었다. 팡링은 샤오밍에게 택배 상자를 뜯어서 안에 뭐가 들어있는지 확인하고 비닐봉지 두 개에 나눠 담아 달라고 부탁했다.

"비닐봉지 두 개에 200원이에요."

역시 청샤오징은 그냥 지나치는 법이 없었다.

"알겠어요. 얼른 상자나 뜯어보세요."

샤오밍이 커터 칼을 가져와 테이프를 뜯고 상자를 열려는 찰나 청샤오징이 갑자기 그를 제지했다.

"혹시 폭탄이라도 들어있으면 어떡하지?"

청샤오징이 의심스러운 눈초리로 상자를 바라봤다. 진심인지 장난인지 알 수가 없었다.

"무슨 소리 하시는 거예요? 대체 누가 점장님 편의점을 폭파하려 한다고."

"내가 아니라 이건 팡링 씨 당신 앞으로 온 택배잖아요. 당신을 폭파하려고 하는 거죠. 최근에 누구한테 원한 같은 걸 산 적 없나 곰곰이 생각해 봐요."

청샤오징이 농담하고 있다는 걸 알면서도 팡링은 눈을 부릅뜨고 그를 쳐다봤다. 한편 샤오밍은 커터 칼을 들고 두 사람 사이에 무표정하게 서 있었다. 샤오밍은 에이미와 사이가 틀어진 이후로 내내 저런 표정을 하고 있었다.

'뭐예요? 아직도 화해 안 한 거예요?'

'그런 것 같아요. 신경 쓰지 마요.'

팡링과 청샤오징은 서로 눈빛으로 대화를 주고받았다.

"아, 아무튼 누굴 폭파하려고 했든 여기서 터지면 다 같이 죽는 거죠. 뭐!"

청샤오징이 능청스럽게 말했다.

"점장님도 참……."

팡링이 눈을 흘기며 말했다.

샤오멍이 칭칭 감긴 테이프를 모두 뜯어내고 드디어 상자를 열었다. 그는 상자 안을 확인하자마자 탄성을 내질렀다.

"와!"

"뭔데?"

"뭐예요?"

팡링과 청샤오징이 동시에 물었다.

"육포가 가득 들어있어요. 집에서 직접 만든 것 같은데요!"

샤오멍이 육포 한 봉지를 꺼내 팡링에게 건넸다. 세 사람은 신이 나서 상자 안에 있는 육포 봉지들을 꺼냈다. 상자 아래쪽에는 도시락 상자 두 개도 함께 들어 있었다. 팡링은 상자 바닥에서 쪽지 한 장을 발견했다.

'팡링 씨, 안녕하세요. 그날은 정말 감사했습니다. 페퍼를 위한 위스퍼링이었지만 저 때문에 매우 힘드셨죠? 저와 페퍼를 위해 애써주셔서 정말 감사드립니다. 집에 돌아와서 종일 페퍼와 함께 시간을 보내면서 팡링 씨가 저에게 해준 말들도 곰곰이 되새겨봤어요. 따뜻한 조언을 해주셔서 정말 감사합니다. 요즘 페퍼를 위해 다시 음식을 만들기 시작했어요. 팡링 씨도 개를 두 마리 키우고 있다고 들었어요. 제가 직접 만든 육포랑 개들을 위한 도시락을 함께 보냅

니다. 아이들이 제 선물을 좋아했으면 좋겠네요. – 조앤'

"와! 이 도시락 좀 봐요! 팡링 씨랑 저랑 하나씩 먹으라고 보내줬나 봐요!"

청샤오징의 감탄에 팡링은 얼른 고개를 들었다. 대박! 도시락은 당장 유명 잡지에 실어도 될 만큼 모양이 근사했다.

"주세요. 이건 콩콩이랑 후추를 위한 거래요!"

팡링이 청샤오징을 제지하며 말했다.

"개들한테 줄 도시락이라고요? 개들한테 줄 도시락을 뭣 하러 이렇게 예쁘게 만든대요? 어차피 순식간에 먹어 치울 텐데."

팡링은 청샤오징의 손에서 얼른 도시락을 빼앗아 봉투에 담았다.

위스퍼링을 통해 동물의 문제뿐만 아니라 동물과 주인의 관계 그리고 그들의 생활 방식까지 개선했다면 애니멀 위스퍼러로서 이보다 더 뿌듯할 수 없었다.

팡링은 육포 한 봉지를 들고 콩콩이와 후추 앞에 쪼그려 앉았다. 후추는 고기를 보자마자 침을 흘리며 달려들려고 했다. 하지만 팡링은 청샤오징에게 목줄을 건네며 콩콩이와 이야기를 나눌 동안 후추를 잠시 데리고 있어 달라고 부탁했다.

"콩콩아, 후추가 있든 없든 엄마는 콩콩이를 아주 많이 사랑해!"

콩콩이가 팡링의 얼굴을 온 힘을 다해 핥았다. 이것은 콩콩이가 팡링에게 사랑을 표현하는 방식이었다.

"엄마는 콩콩이가 영원히 행복했으면 좋겠어. 콩콩이가 행복해야 엄마도 행복하니까."

콩콩이는 팡링을 쓰다듬어 주려는 듯 머리를 가까이 들이밀었다. 역시나 콩콩이가 사랑을 표현하는 방식 중 하나였다.

팡링은 조앤에게 받은 육포 덩이 하나를 꺼낸 다음 잘게 잘라서 콩콩이에게 줬다.

"엄마가 널 이만큼 사랑하니까 후추하고도 잘 지내야 해. 엄마는 둘 다 똑같이 사랑하니까 샘낼 필요 없어. 알겠지?"

그런데 그때 후추가 팡링의 손에 들려진 육포를 보고 무작정 달려들었다.

"어어어! 더 이상 못 잡고 있겠어요!"

청샤오징이 소리쳤다.

'저리 가! 저리 가라고!'

후추는 콩콩이가 이빨을 드러내며 으르렁거리자 그제야 발걸음을 멈추고 돌아섰다. 청샤오징은 그런 후추가 불쌍했는지 육포 두 덩어리를 집어가 한쪽 구석에서 후추에게 먹였다.

"엄마가 후추랑 사이좋게 지내야 한다고 얘기 중이었는데! 후추한테 대체 왜 그러는 거야…"

'내가 서열이 더 높다는 걸 후추도 알아야 해요!'

"서열은 무슨 서열이야! 가족한테 누가 그렇게 으르렁대?"

'내가 서열이 더 높다는 걸 후추도 알아야 해요!'

팡링은 더 이상 아무 말도 하지 않았다. 집안일은 집에 가서 다시 해결하기로 하고 콩콩이를 데리고 봉투를 챙겨 후추에게로

갔다. 그렇게 개들과 함께 편의점을 나서려는데 마치 문을 열고 들어오는 린아이링과 마주쳤다.

팡링은 뒤로 두 걸음 물러서며 린아이링이 먼저 지나가도록 길을 비켜줬다. 팡링은 자신의 행동을 이해할 수 없었다. 분명 페퍼와 위스퍼링을 할 때는 아이링의 심경을 모두 이해한다고 했으면서 왜 정작 이렇게 마주치니 아무 말도 나오지 않는 걸까.

그때 어디선가 따가운 시선이 느껴졌다. 샤오밍이었다. 그는 '두 사람 도대체 무슨 일이에요?' 하는 시선으로 둘을 번갈아 바라보고 있었다. 팡링은 그렇게 물음표 가득한 시선을 좋아하지 않았다. 그래서 얼른 개들을 데리고 편의점을 나서려는데 이번에는 청샤오징이 멍한 표정으로 편의점 밖을 응시하고 있었다.

"뭘 그렇게 보세요? 예쁜 여자라도 있어요?"

팡링이 장난스럽게 물었지만, 청샤오징은 여전히 심각한 표정으로 편의점 밖을 주시하고 있었다.

"그게 아니라 수상한 남자 하나가 며칠째 이 근처를 서성이고 있는 걸 봐서요. 방금도 그 남자를 본 것 같은데 내가 지켜보고 있다는 걸 알았는지 사라지고 없네요."

팡링도 청샤오징을 따라 편의점 밖을 한 번 살펴봤지만, 수상해 보이는 사람은 없었다.

"너무 걱정하지 마세요. 무슨 일이 생기면 관리실에 얘기하시면 되잖아요. 동네 이장님이랑도 친하고 워낙 뒷배가 든든하시니 누가 감히 점장님을 해치러 오겠어요."

그러나 팡링의 농담에도 청샤오징의 표정은 여전히 어두웠다.

"팡링 씨도 여기 사니까 당분간 주변을 잘 살펴보고 항상 조심해요. 예전에 일가족 살인사건이 났었잖아요. 그 범인을 아직도 못 잡았대요. 사건이 발생한 곳이 여기서 멀지 않거든요. 우리도 경계를 늦추면 안 돼요."

청샤오징의 말에 팡링도 잊고 있었던 사건이 떠올랐다. 당시 신문 1면에 크게 났던 사건이었는데 그 일이 있은 지 벌써 1년이 다 되었다. 그런데 범인을 아직 못 잡았다는 사실은 오늘 처음 알게 되었다. 사건은 점점 사람들에게 잊혀 가고 있는데 아직도 범인을 잡지 못했다니…

"일가족 살인사건이라니요? 왜 저는 몰랐죠?"

커피를 사서 편의점을 나서던 린아이링이 그들 옆을 지나가며 물었다.

"네가 아직 홍콩에 있었을 때 일어난 일이야. 꽤 오래전 일이라 나도 잊고 있었어."

팡링이 대답했다.

두 사람은 언제 싸웠냐는 듯 이렇게 다시 대화의 물꼬를 텄다. 하지만 이 대화는 여기서 끝이 났다. 린아이링이 먼저 커피를 들고 편의점을 떠났고 팡링도 개들을 데리고 집으로 올라갔다.

집에 돌아온 팡링은 혹시 수상한 사람이 집에 숨어들지는 않았을까? 집안 곳곳을 살펴봤다. 아무도 없는 것을 확인하고 거실로 돌아와 보니 후추가 육포 봉투 옆을 서성이며 냄새를 맡고 있었다. 그 모습을 본 콩콩이가 얼른 달려와 후추를 쫓아냈다.

'규칙을 함부로 어기면 안 돼!'

"콩콩이 정말 대단한데! 나쁜 사람이 나타나면 우리 콩콩이가 지금처럼 엄마를 지켜줄 거지?"

팡링은 콩콩이를 혼내는 대신 반어법을 써보기로 했다. 개에게 이 방법이 효과가 있을지는 모르겠지만.

'무슨 소리예요. 엄마가 저를 지켜줘야죠!'

콩콩이는 어리둥절한 표정으로 팡링을 바라봤다.

손바닥만 한 토이푸들도 주인을 지키려고 몸을 날렸다는데, 덩치가 몇 배는 더 큰 이 중형견은 위험한 상황이 닥치면 주인이 자신을 지켜줘야 한다고 오히려 당당하게 말한다. 현생의 모든 만남은 다 전생의 업보라더니… 팡링은 콩콩이와 후추가 자신의 업보라면 기꺼이 감당하리라 생각했다.

11.
후추의 과거

아침 8시 알람 소리에 팡링이 잠에서 깼다. 그녀는 얼른 손을 뻗어 알람을 끄고는 세상 모든 이들이 그러는 것처럼 다시 이불 속으로 파고들었다.

만약 개를 키우지 않았다면 10시 넘어서까지도 계속 잘 수 있었을 것이다. 그러나 팡링은 시간 개념이 철저한 개와 함께 살고 있었다. 콩콩이는 알람이 울렸는데도 팡링이 일어나지 않으면 침대로 뛰어 올라가 앉아 잠들어 있는 게으른 주인의 모습을 뚫어져라 쳐다보고 있었다. 이런 뜨거운 시선에도 팡링이 일어나지 않으면 그때부터는 그녀의 얼굴을 마구 핥았다. 그러면 팡링은 그제야 침대에서 일어나 콩콩이와 후추의 아침 식사를 준비하러 갔다.

팡링이 침대에서 나가면 콩콩이가 곧장 그 자리를 차지했다. 콩콩이는 이불 위에 몸을 둥글게 말고 앉아 주인의 냄새를 맡았다.

한편 다리가 성치 않은 후추는 콩콩이에 비해 움직임이 적은 편이었다. 대신 후추에게는 쥐도 새도 모르게 조용히 팡링에게 다가가는 능력이 있었다. 팡링이 아침 식사를 준비할 때면 후추는 어느새 뒤에 바짝 다가와 몸을 세우고 앉아 있었고, 언제나 그녀를 깜짝 놀라게 했다.

'밥, 밥, 밥, 밥 주세요!'

요 며칠 팡링은 아침 식사로 개 사료 대신 신선한 음식을 만들어줬다. 그렇다고 거창한 식사는 아니고 고기를 물에 삶아주는 정도였다. 생각해 보니 고급 사료를 먹어도 하루에 4천 원이 족히 드는데 닭가슴살 큰 거 한 덩이가 보통 3천 원 정도 하니 한 끼 정도는 고기를 먹여도 괜찮겠다 싶었다. 그래서 요즘 아침 식사는 늘 물에 삶은 고기였다. 메뉴가 고기로 바뀐 이후 후추는 매일 이렇게 주방으로 와서 고기를 기다렸다.

'밥, 밥, 밥, 밥, 밥······'

"알겠어, 알겠어. 금방 줄 테니까 조금만 기다려··· 우리 후추는 왜 이렇게 먹는 거에 집착할까··· 예전처럼 배를 곯을까 봐서 그래?"

팡링은 고기를 그릇에 덜어 후추의 전용 테이블 위에 올려놓았다. 후추는 음식을 보자마자 허겁지겁 달려들다가 팡링에게 붙잡혔다. 후추는 요즘 식사 훈련을 받는 중이었고, 팡링의 OK 사인 없이는 음식을 절대 먹지 못했다. 행여나 산책하다가 독이 든 음식을 함부로 주워 먹는 끔찍한 일이 생기는 걸 방지하기 위해서였다.

팡링은 후추를 한 번 쓰다듬어 주고는 'OK!'라고 외쳤다. 후추는 팡링의 사인을 받자마자 밥그릇으로 돌진해 그 안에 담긴 고기를 허겁지겁 먹었다.

"콩콩아! 빨리 나와서 밥 먹어."

팡링은 아이에게 얼른 일어나라고 말하는 엄마 같았다.

콩콩이는 후추와 달리 음식보다는 팡링이 밤새 덮고 잔 이불에 더 집착했다.

콩콩이는 남아 있던 그녀의 체취가 모두 사라지고 나서야 침대에서 내려와 천천히 자신의 테이블로 가서 먹곤 했다.

콩콩이와 후추는 그야말로 성향이 완전히 달랐다. 콩콩이가 예쁘고 도도한 걸그룹 멤버라면 후추는 그냥 하루 종일 먹을 생각만 하는 푹 퍼진 아줌마였다.

콩콩이가 불러도 나오지 않자, 팡링은 더 기다리지 않고 주방으로 가서 자신의 아침 식사를 준비했다. 그때 휴대전화 메시지 알림음이 울렸다. 팡링이 전화를 들어 메시지를 확인했다. 어라? 샤오밍의 메시지였다!

'지금은 절대 개들을 데리고 내려오지 마세요. 무조건 제가 OK할 때까지 기다리세요!'

샤오밍은 조금 철이 없긴 해도 사리 분별이 분명한 친구인데 이렇게 밑도 끝도 없이 명령조의 메시지를 보내다니 의외였다. 편의점에 무슨 일이 생긴 걸까? 팡링은 마음이 초조해졌다.

'무슨 일 있어요?'

샤오밍은 답이 없었다. 지금은 편의점에 손님이 가장 많은 시간인데 무슨 일이 생긴 건 아닌지 걱정이 되었다.

전화기를 내려놓고 뒤돌아보니 콩콩이가 어느새 자기 밥그릇 앞에 와서 아침을 먹고 있었다. 일찌감치 먹고 난 후추는 자기 방석 위에 누워 쉬고 있었다.

'이제 괜찮아요. 위험 경보 해제!'

이번에는 청샤오징이 보낸 메시지였다. '위험 경보'라니! 대체 무슨 위험을 의미하는 걸까? 팡링은 콩콩이가 식사를 끝내자마자 개들을 데리고 서둘러 편의점으로 내려갔다.

"무슨 일이에요?"

팡링이 편의점 문을 벌컥 열며 물었다. 편의점은 평소와 똑같은 모습이었다. 불이 난 흔적도 없었고 누군가 침입해 난동을 부린 것 같지도 않았다. 그런데 왜 팡링에게 내려오면 안 된다고 했던 걸까?

"팡링 씨, 당분간 특히 조심해야겠어요."

청샤오징이 걱정스러운 얼굴로 팡링에게 다가왔다.

"지난번에 내가 수상한 남자가 주변을 서성인다고 얘기했었죠?"

팡링도 들어서 알고 있었지만, 그 남자를 직접 보지는 못했다.

"조금 전에 그 남자가 편의점에 들어오더니 대뜸 여기 애니멀 위스퍼러가 있지 않냐고 묻는 거예요!"

청샤오징은 흥분해서 점점 목소리가 커졌다.

"게다가 팡링 씨가 검정개 한 마리랑, 점박이 개 한 마리를 키우는 것까지 알고 있더라고요! 도대체 무슨 의도로 접근하는 건지 모르겠지만 아무튼 조심해요. 개들도 항상 옆에 바짝 데리고 다니고요. 그렇다고 남자가 흉악하게 생긴 건 아니고, 생긴 건 멀끔했어요. 자기가 기자라고 하던데, 진짜인지 아닌지는 모르죠……."

"아이링 누나가 조금 전에 얘기해주고 갔는데 그 사람 이름이 뭐라더라, 우런?"

퇴근 시간이 되어 옷을 갈아입고 나온 샤오멍이 말했다.

"마침 아이링 누나가 그 자리에 있어서 저한테 몰래 알려줬어요. 아이링 누나가 절대 누나에 대해 그 사람한테 말하면 안 된다고 신신당부했어요. 도대체 그 사람이 누구예요?"

팡링은 남자의 이름을 듣자마자 돌로 한 대, 머리를 세게 맞은 것 같았다.

우런, 본명은 우스런이었고 그 남자는 기자가 맞았다. 그는 예전에 고객으로 위장하고 팡링에게 위스퍼링을 의뢰한 적 있었다. 그리고 다른 친구들까지 동원해 팡링을 골탕 먹이고 신문에 위스퍼링은 모두 사기라며 크게 보도한 적이 있었다. 그때 팡링이 받은 충격은 이루 말할 수 없이 컸고, 그 사건을 계기로 그녀는 힘들게 일구어 놓은 위스퍼링 사업을 접어야 했다. 그 이후 힘든 마음을 결혼으로 극복해보려고 했지만 결국 더 큰 상처를 입게 되었다.

"정말 나쁜 사람이네요! 그런데 그 사람이 누나가 아직도 '무무 카페'에서 일하는지도 물어봤어요. 점장님이 아무 말도 안 하긴 했지만 아무래도 그쪽으로도 누나를 찾으러 갈 것 같아요."

팡링은 샤오멍의 말을 듣고 고개를 끄덕였다. 이제 겨우 삶의 안정을 되찾았나 싶었는데 그 악마 같은 놈이 다시 나타나다니!

팡링은 힘없이 축 처진 어깨로 개들을 데리고 편의점을 나섰다.

"팡링 씨!"

청샤오징이 팡링의 어깨를 두드리며 말했다.

"당분간 조심히 다녀요. 무슨 일 있으면 바로 나한테 연락하고요. 그리고 샤오밍아, 너도 물론 피곤하겠지만 며칠 동안은 팡링 씨 일할 때 카페에 같이 가주고 새벽에 수상한 낌새라도 보이면 바로 관리실에 전화하거나 경찰을 불러! 알겠지?"

팡링은 청샤오징에게 감사 인사를 하고 편의점을 나왔다. 샤오밍은 우런이 공원에서 기다리고 있을지도 모르니 자신이 대신 개들을 산책시키겠다며 팡링에게 올라가 쉬고 있으라고 말했다. 팡링은 샤오밍의 배려에 마음이 따뜻해졌다. 그녀는 지금 이 상황이 너무나 두려웠지만 샤오밍과 청샤오징이 곁에 있다고 생각하니 조금은 안심이 되었다.

팡링은 집에 돌아와 홀로 소파에 앉았다. 긴장하고 두려웠던 마음이 풀리면서 갑자기 울음이 터져 나왔다. 사람이 어떻게 그렇게 사악할 수 있을까? 왜 자기와 상관도 없는 사람의 인생을 망치려고 그렇게 애를 쓰는 걸까? 팡링은 이해할 수 없었다.

오늘 무무 카페 내부의 공기는 평소와 다르게 차갑고 서늘했다.

운동복을 입은 한 남자가 바에 앉아 음료 주문도 하지 않고 무무와 대화를 나누고 있었다.

"천팡링이 여기서 일하죠?"

우런이 물었다.

"잘 모릅니다. 당신과 상관없는 일이고요."

무무가 차갑게 말했다. 그는 우런이 허튼짓하면 당장이라도 달려들 기세로 눈을 부릅뜨고 바라봤다.

"제가 듣기로는 여기서 위스퍼링 일을 다시 시작한 지 꽤 되었다고 하던데요."

우런이 무무를 심문하듯 물었다.

"다시 말씀드리지만 그건 그쪽과 상관없는 일입니다."

"그냥 위스퍼링에 관심이 많아서 물어보는 겁니다. 예전보다 사업이 더 잘된다면서요? 비용도 더 비싸지고 예약하기도 힘들다고 하던데."

우런이 담뱃갑과 라이터를 만지작거렸지만, 카페 안은 금연구역이었다. 니코틴 중독인 그는 슬슬 초조해졌다.

"저희 고객의 사생활에 관한 질문은 받지 않습니다. 당신과 전혀 상관없는 일이니까요."

무무의 강경한 태도에 우런은 웃음으로 무거운 분위기를 풀어보려고 했다.

"사장님, 사업하시는 분이 손님한테 그렇게 무섭게 말하셔도 됩니까? 물도 한 잔 주시고, 무엇을 마실 건지도 물어보셔야죠."

"물은 알아서 따라 드시고 주문하고 싶으시면 메뉴판을 달라고 하세요. 천팡링 씨에 관해 묻지만 마시고요!"

우런은 한숨을 내쉬며 두 손을 들어 올려 항복한다는 표시를 했다.

"대체 이렇게까지 하시는 이유가 뭡니까? 둘이 무슨 관계에요? 혹시 연인관계? 아니면 전 여친?"

"당신과 상관없는 일이라니까요!"

무무가 참다못해 씩씩거리며 카운터 밖으로 걸어 나오자 우런이 서둘러 말했다.

"사장님, 내가 정말 좋은 뜻으로 말씀드리는 거예요. 혹시 천 팡링한테 마음이 있으면 잘 알아보셔야 할 거예요. 나중에 상처받지 마시고요."

우런의 말에 무무는 갑자기 걸음을 멈췄다. 그때 카페 창밖으로 팡링과 샤오멍이 함께 걸어오고 있는 모습이 보였다. 무무는 얼른 카페 밖으로 나가 두 사람 앞을 가로막았다.

"오늘 의뢰는 취소하는 게 좋겠어요. 저 사람이 아까부터 와서 행패를 부리고 있는데 마주쳐서 좋을 것 없잖아요."

샤오멍이 카페 안을 둘러보다가 바에 앉아 메뉴판을 들여다보고 있는 우런을 발견했다.

"저 자식이 여기가 감히 어디라고! 들어가서 뜨거운 맛 좀 보여줘야겠어요."

샤오멍이 주먹을 꽉 쥐며 카페 안으로 들어가려는데 무무가 그를 막아섰다.

"침착해. 저 사람은 기자야. 네가 말썽을 피워서 저 사람이 기사라도 내면 그 피해는 고스란히 팡링 씨한테 가는 거라고!"

무무의 말에 샤오멍은 발걸음을 멈췄지만, 여전히 화가 안 풀린 듯 씩씩거렸다.

바에 앉아 있던 우런이 고개를 돌리다 카페 밖에 서 있던 팡링과 눈이 마주쳤다. 그는 반갑게 웃으며 팡링을 향해 손을 흔들었다. 팡링은 그가 분명 무슨 속셈이 있어서 찾아왔을 거라는 걸 알았지만 그렇다고 아무 잘못도 없는데 겁쟁이처럼 도망치고 싶지는 않았다.

"그냥 들어갈게요. 내가 잘못한 일도 없는데 저 사람이 뭘 어쩌겠어요!"

팡링은 그녀를 붙잡는 무무의 손을 뿌리치고 당당히 카페 안으로 들어갔다.

우런은 능글맞은 표정으로 팡링에게 다가와 허락도 없이 그녀의 앞에 앉았다. 팡링은 가져온 책에 시선을 고정한 채 그를 모른 척했다.

"죄송합니다. 위스퍼링을 원하신다면 예약하셔야 해요. 현장 의뢰는 받지 않습니다."

우런이 어떤 말을 꺼내기도 전에 샤오멍이 다가와 말했다.

우런은 샤오멍을 보고 웃으며 말했다.

"편의점에서 일하는 그 직원 맞죠?"

그런 다음 팡링을 놀리듯 말했다.

"이렇게 어린 남자 친구가 있었어요?"

"저는 이분 조수입니다. 잘 알지도 못하시면서 너무 무례하시네요! 기자들은 늘 이런 식으로 막무가내입니까?"

샤오멍이 흥분해서 소리치자 우런은 이번에도 두 손을 올리며 항복을 표시했다.

"다들 오늘 왜 이렇게 흥분하는 거예요? 네네, 사실 저도 잘 압니다. 예전에 그 일 때문에 저한테 화가 많이 나 있다는 걸요. 하지만 변명하자면 저도 다 먹고살기 위해 어쩔 수 없이 한 일이었어요. 저도 결국 신문사에서 월급을 받는 직장인 아닙니까. 위에서 쓰라면 써야지 어쩌겠어요."

우런의 표정은 꽤 진지해 보였다. 팡링은 여전히 책에 시선을 고정한 채 샤오멍에게 조용히 속삭였다.

"무무에게 가서 도와줄 일이 없는지 한 번 물어봐요."

샤오멍은 망설였지만, 팡링은 단호했다. 그는 할 수 없이 눈을 부릅뜨고 우런을 향해 '내가 지켜보고 있다'라는 손짓을 하며 자리를 떠났다.

샤오멍이 자리를 떠난 후에도 팡링은 여전히 고개를 들지 않았다. 그녀의 계속되는 냉대에 우런은 조금 의기소침해졌다.

"어려서 공부를 안 하던 애들이 커서 기자가 된다는 말이 있죠."

우런이 자조 섞인 말투도 얘기를 꺼냈다.

"저도 어렸을 때 공부를 열심히 안 했을 거 같나요? 우리 집은 가난했어요. 하지만 저는 누구보다 열심히 공부했어요. 장학금도 받고 어디서든 일등을 놓치지 않았죠. 제 성적이면 그 어렵다는 대만 대학교 법학과도 쉽게 갈 수 있었어요. 그렇지만 저는 기자가 되고 싶었어요. 기자로서 세계 각지에서 일어나고 있는 모든 일들을 사람들에게 알려주고 싶었어요. 기자가 될 수만 있다면 세상을 바꿀 수 있을 거라고 생각했죠······."

우런의 말을 듣던 팡링이 코웃음을 치며 말했다.

"당신은 해냈어요! 제 세상을 완전히 바꿔놓으셨잖아요!"

하지만 팡링은 여전히 고개를 숙인 채 우런을 바라보지 않았다.

우런은 한숨을 내쉬었다.

"그때 그 일은 정말 저도 어쩔 수 없는 일이었어요. 저는 팡링 씨한테 사과하지 않을 거예요. 팡링 씨를 다치게 한 사람은 따로 있으니까요. 저는 그저 그 사람이 휘두른 칼에 불과해요."

"사람은 누구나 선택이라는 걸 할 수 있어요. 어쩔 수 없다는 이유로 살인자의 칼이 되기로 한 건 순전히 당신의 선택이에요. 당신 스스로 정의를 선택할 수도 있었는데 말이에요."

팡링의 말은 들은 우런은 허탈한 웃음을 지을 뿐이었다. 팡링은 그제야 처음으로 고개를 들어 우런을 바라봤다. 그는 여전히 능글맞은 미소를 짓고 있었지만, 눈빛은 상당히 지쳐 보였다.

"팡링 씨,"

우런이 얼굴에 웃음기를 싹 지우고 창밖의 플루메리아 나무를 바라보며 진지하게 얘기를 시작했다.

"팡링 씨는 그때 그 일 외에는 인생에 별다른 고난은 없었던 것 같네요… 한번 생각해 보세요. 만약 그 일보다 더 큰 시련이 있었다면 한가롭게 저를 원망하며 하고 싶은 일을 하며 살 수 있었을까요? 아마 그 시련에서 벗어나기 위해 발버둥 치고 있었겠죠."

팡링은 우런이 곧 자신의 묵은 사연을 털어놓으리라는 것을 알 수 있었다. 그리고 그녀는 왠지 모르게 그 이야기가 기다려졌다. 어쩌면 그 속에서 그를 용서할 수 있는 이유를 찾을 수도 있을 거란 희망 때문이었을까?

"저라고 그때 회사의 제안을 거절하고 싶지 않았겠어요? 그 일이 있기 얼마 전에 한 친구에게 빚보증을 서 준 적이 있는데 그 친구가 갑자기 돈을 갖고 사라지는 바람에 하루아침에 제가 그 빚을 다 떠안게 되었어요. 빚을 갚느라고 당시 약혼녀와의 결혼식도 미뤄야 했죠. 그래도 그녀는 저를 믿고 묵묵히 기다려 줬어요. 우리는 여기저기서 돈을 빌리고, 돈이 된다는 일은 물불 안 가리고 했어요. 그러느라 너무 지치고 힘들었지만, 제때 빚을 갚지 않으면 빚쟁이들이 찾아와 행패를 부렸기 때문에 어떻게든 돈을 마련해야 했어요."

우런은 물을 한 모금 마셨다. 그리고 크게 심호흡하며 경직된 몸을 이완하려 애썼다. 이야기하다 보니 당시 절박했던 심정이 다시 떠오르는 모양이었다.

"그때 팡링 씨의 일은 당시 저희 편집장님 아이디어였어요. 그런 자극적인 기사를 써야 히트 칠 수 있다면서 직원들에게 허위 기사를 쓰게 시켰어요. 그렇지만 그 일을 아무도 하고 싶어 하지 않았어요. 당연한 일이었죠. 기자의 양심을 버리고 왜곡된 사실을 기사로 썼어야 했으니까요. 결국 편집장은 자신의 뜻에 따라 기사를 쓰는 사람에게 거액의 보너스를 주겠다고 선언했어요. 그때 저는 그 돈이 절실하게 필요했기 때문에 제가 하겠다고 했어요. 덕분에 거액의 보너스를 받고 승진까지 할 수 있었어요……."

팡링도 한때 돈이 절실했던 적이 있었기 때문에 그의 마음이 어떠했을지 이해할 수 있었다. 그리고 만약 자신이 그런 절박한 상황에 처했다면, 우런과 같은 선택을 했을지도 모른다는 생각이 들었다. 하지만 이것이 그를 완전히 용서할 수 있는 이유가 될 수는 없었다.

"그래서 빚은 다 갚았나요?"

팡링이 물었다.

우런이 쓴웃음을 지으며 말했다.

"빚은 다 갚았어요. 하지만 얼마 후에 제 약혼녀가 자궁경부암 판정을 받았어요. 그동안 돈을 버느라 바빠서 몸에 이상이 있는 것도 몰랐던 거죠. 암을 발견했을 때는 이미 너무 늦은 상태였어요."

"그래서 약혼녀는 어떻게 되었어요?"

"작년에 세상을 떠났어요.

우런의 얼굴에서 웃음이 사라지고 슬픔과 절망감이 드리웠다.

팡링은 안타까운 눈빛으로 우런을 바라봤다. 하지만 우런은 이내 모든 감정을 속으로 삼키고 밝은 미소를 지었다. 팡링은 조금 전까지만 해도 우런의 미소가 느끼하고 불쾌하다고 느꼈는데 이제는 그가 아무리 활짝 웃어도 슬퍼 보였다.

우런은 주머니에서 명함 한 장을 꺼내 팡링에게 건넸다. 어느 유명 인터넷 독립 매체의 명함이었는데 이 회사는 공정하고 진실한 보도를 하는 것으로 소문난 곳이기도 했다.

"회사를 그만두고 한동안 폐인처럼 살았어요. 그러다 예전에 같이 일하던 선배가 새로운 회사에 가서 함께 일해보지 않겠냐고 묻더라고요. 그리고 나서 곰곰이 생각해 보니 제 안에 아직 못다 이룬 꿈에 대한 불씨가 남아 있다는 걸 알게 되었어요. 그래서……."

우런은 어깨를 으쓱하며 말끝을 흐렸다. 그 후에 어떻게 되었는지는 팡링도 잘 알 테니 말이다.

예전에 팡링의 아버지가 했던 말이 떠올랐다.

"나쁜 사람들에게도 저마다 어쩔 수 없는 사연이 있더라."

검사였던 팡링의 아버지는 언제나 인간의 선한 본성을 신뢰하셨다. 당시에 해결해야 하는 사건들이 워낙 많아 졸속 수사를 하거나 심지어 뇌물을 받는 검사들도 많았지만, 그녀의 아버지는 조금이라도 억울한 사람이 생기지 않도록 모든 사건을 진심으로 꼼꼼히 수사했다. 그러나 한편으로는 아버지가 이렇게 일에만 몰두하셨기 때문에 팡링과는 점점 사이가 어색해질 수밖에 없었다. 사람들은 언제나 아버지가 얼마나 대단한 사람인지 칭찬했지만, 그녀는 한 번도 아버지가 대단하다고 느낀 적이 없었다. 그녀에게 아버지는 한 번도 곁에 있어 준 적이 없고 소통이 불가한 그런 존재일 뿐이었다.

"그럼…… 이렇게 저를 다시 찾아오신 이유가 뭔가요?"

팡링이 우런에게 물었다. 그러면서 우연히 시선이 카운터 뒤에 서 있는 무무에게 닿았다. 그는 지인에게 부탁해 스웨덴에서 힘들게 가져왔다는 칼 세트를 꺼내놓고 우런을 향해 눈을 부릅뜬 채 칼을 갈고 있었다. 샤오밍은 무무가 갑자기 칼을 들고 뛰어들지는 않을까 긴장한 표정으로 그를 감시하고 있었다. 팡링은 그런 둘의 모습이 웃기고 귀여웠다.

우런은 가방에서 가족사진 한 장을 꺼내 팡링 앞에 내려놓았다. 그러면서 손으로 사진 속에 있는 개를 가리켰다.

팡링은 깜짝 놀라 하마터면 소리를 지를 뻔했다!

사진 속에 있는 개는 분명 후추였다. 단색 털을 가진 개들은 서로 비슷하게 생긴 아이들이 많아서 구분하기 어렵지만 점박이 개들은 무늬가 저마다 달라서 분명히 알아볼 수 있었다. 팡링은 의아한 눈빛으로 우런을 바라봤다.

"이 사진은 얼마 전 일가족 살인사건이 일어났던 집의 가족사진입니다. 온 가족이 처참하게 살해당한 사건이었죠. 함께 살고 있던 할머니, 할아버지께서도 변을 당하셨어요. 현장은 그야말로 피바다였어요. 그런데 이렇게 큰 사건을 검찰에서는 여전히 해결하지 못하고 있어요. 생존자가 없으므로 진상을 파악하기 어렵다는 이유로 손을 놓고 있는 거죠. 하지만 현장에서 이 사진 속에 있는 개의 사체는 발견되지 않았어요. 즉, 이 사건의 생존자가 있다는 의미죠! 바로 이 개 말이에요."

팡링은 후추에 대한 의문을 감추고 우런에게 되물었다.

"하지만 설령 이 개가 정말로 살아남았다고 하더라도 무엇을 할 수 있겠어요? 그저 개일 뿐이잖아요."

"당신이 바로 애니멀 위스퍼러잖아요!"

우런은 희망에 가득 찬 눈빛으로 팡링을 바라봤다.

"이 개는 한동안 사라져서 보이지 않았는데 몇 달 전쯤 동네 사람 하나가 이 개가 다시 돌아온 걸 봤다고 하더라고요. 다리에 상처가 나 있었는데 그 사람이 부르니까 그대로 도망가 버렸대요. 그런데 참 이런 기가 막힌 우연도 있더라고요. 팡링 씨에게 이 일에 관해 설명한 후 도움을 청하려고 수소문하던 참에 그 개가 팡링 씨와 함께 있는 걸 보게 되었어요!"

"아니요. 그건 당신이 잘못 본 거예요. 제가 키우는 개는 다른 개예요."

팡링이 우런의 말을 끊으며 말했다. 한창 기대에 가득 차 있던 우런이 실망한 목소리로 되물었다.

"팡링 씨, 그게 정말이에요? 사진을 한 번 자세히 봐주세요. 점박이 무늬는 개마다 다 다르므로 잘못 봤을 리 없어요."

"제가 아니라고 하면 아닌 거예요. 그 개는 그저 보통 개예요. 춥고 무서운 거리에서 헤매다 이제 겨우 따뜻한 집을 찾은 개라고요. 그 아이를 함부로 이용하려고 하지 마세요. 인간들이 저지른 잘못은 인간들이 해결해야 해요."

"팡링 씨 제발…"

우런이 간절하게 부탁했다.

"그만 가보세요. 위스퍼링을 의뢰한 고객이 곧 도착할 예정이라 준비해야 해요."

팡링의 단호한 태도에 우런은 어쩔 수 없이 자리에서 일어나야 했다.

"혹시 생각이 바뀌면 언제든 연락해 주세요."

팡링은 또다시 책에 시선을 고정한 채 우런의 시선을 회피했다.

우런은 머리를 한 번 긁적이고는 자리를 떠났다. 그는 카페를 나가면서 여전히 눈을 부릅뜨고 칼을 갈고 있는 무무와 그 옆을 지키고 있는 샤오밍에게 가볍게 묵례했다. 조금 전까지만 해도 함께 화를 내며 씩씩거리던 샤오밍이 우런의 목례에 화답하자 무무가 불만스럽게 쳐다봤다. 그러나 그것도 잠시, 무무는 이내 고개를 돌려 걱정스러운 표정으로 팡링을 바라봤다.

팡링은 우런이 남기고 간 가족사진을 보며 고민에 빠졌다. 과연 정의를 선택하는 게 맞을까? 후추에게 진짜 범인을 찾을 기회를 줘야 할까? 아니면 후추가 그날의 무서운 기억을 다시 떠올리지 않도록 보호해 줘야 할까?

며칠 있으면 단오다. 청샤오징의 아내는 사람들과 함께 나눠 먹으라며 종즈(粽子, 찹쌀, 돼지고기, 팥 등을 대나무 잎으로 감싸서 찐 음식으로 중국에서 단오에 먹는다-역주)를 한 아름 만들어서 남편에 들려 보냈다. 이에 청샤오징은 겸사겸사 저녁에 테라스에서 고기 파티를 열기로 했다. 팡링, 샤오밍 그리고 콩콩이와 후추가 파티에 초대받았다.

"점장님, 고기는 원래 추석 때 구워 먹는 거 아닌가요? 날도 더운데 단오에 무슨 고기에요……."

샤오밍은 안 그래도 덥고 후덥지근한 날에 화로 앞에서 고기를 굽느라 땀을 한 바가지 흘리고 있었다.

"추석 때도 더운데 다들 고기 구워 먹잖아! 나이도 어린 애가 구우라면 조용히 굽지 말이 많네. 지금 어른들끼리 중요한 이야기하고 있으니까 끼어들지 말고, 힘들면 에이미한테 연락해서 도와 달라고 해."

샤오멍은 에이미의 이름을 듣자마자 표정이 시무룩해졌다. 그리고 말없이 계속 고기를 구웠다.

"그래서 그 기자가 정말로 부탁할 일이 있어서 팡링 씨를 찾아갔다는 거죠? 대체 무슨 일인데요?"

청샤오징이 긴장한 목소리로 물었다.

다 같이 즐기자고 마련한 자리였는데 점점 분위기가 무겁게 변해갔다.

팡링은 오후에 우런이 주고 간 가족사진을 보여주며 후추에 관한 일을 모두에게 이야기했다. 청샤오징은 가족사진을 손에 들고 말없이 바라보다가 갑자기 편의점 안으로 들어가서 라이터를 가지고 나오더니 사진에 불을 붙여 태워버렸다.

"뭐 하시는 거예요? 남의 가족사진을!"

팡링이 급히 말렸지만, 후추의 가족사진은 이미 한 줌의 재로 변해 있었다.

"어차피 프린터로 출력한 건데 뭐 어때요! 우리 편의점에서도 사진 출력하잖아요. 사건 파일에 수십 장은 더 있을 거예요."

청샤오징은 화로 앞으로 가 그릇에 고기를 가득 담아 후추에게 다가갔다.

"후추야, 지나간 일을 다시 떠올릴 필요는 없어. 이제 이곳이 네 집이야. 과거는 깨끗이 잊어버리렴."

후추는 무슨 말인지 전혀 알아듣지 못했다. 그저 청샤오징이 들고 있는 고기에 정신이 팔렸을 뿐이었다. 청샤오징은 인자한 아버지처럼 고기를 한 점 한 점 호호 불어 후추에게 먹여줬다. 그 모습을 본 콩콩이는 자기도 질 수 없다며 얼른 청샤오징에게 달려가 자기도 고기를 달라고 재촉했다.

"그러면 점장님도 후추가 과거의 일을 다시 떠올리지 않는 게 좋다고 생각하시는 거죠?"

팡링이 그릇에 구워진 고기를 옮겨 담으며 말했다. 콩콩이와 후추는 자기들에게 주는 고기인 줄 알고 얼른 달려와 팡링 앞에 앉았다.

"당연하죠. 후추는 그냥 개일 뿐이잖아요. 개들은 하루 종일 먹고, 놀고, 싸고 그렇게 매일 아무 걱정 없이 살아야 해요. 지나간 일을 다시 떠올리게 해서 뭐 하려고요? 게다가 개가 하는 말을 믿는 사람들이 얼마나 되겠어요? 어차피 별 도움이 안 될 거라면 굳이 그 끔찍한 일을 다시 경험하게 만들지는 말아요."

청샤오징이 잘 구워진 고기를 먹으며 말했다.

"하지만… 그건 두 분의 생각이고, 후추의 의견도 물어보셔야죠."

어디선가 남자의 목소리가 들려왔다. 두 사람이 깜짝 놀라 고개를 돌려보니 무무가 테이블에 앉아 있었다.

"언제 왔어요?"

청샤오징이 물었다.

"아까부터 여기 있었거든요! 이거 다 무무형이 준비해 온 거란 말이에요!"

샤오멍이 고기를 구우며 소리쳤다.

"저도 린푸롱의 생각에 동의해요!"

이번에는 여자 목소리였다. 린아이링이었다.

"다들 자기 생각만 이야기하고 있는데 당사자는 후추 아닌가요? 당연히 후추가 어떻게 생각하는지도 알아봐야죠!"

팡링은 두 사람의 등장에 어리둥절했다. 게다가 팡링과 린아이링은 여전히 어색한 사이였다. 린아이링은 음료를 들고 샤오멍에게 다가갔다. 보아하니 두 사람 모두 샤오멍이 초대한 것 같았다.

"린푸롱? 린푸롱이 누구예요? 혹시 그쪽이 푸롱이예요?"

청샤오징이 웃음을 터트리며 말했다.

"네, 제 이름이 린푸롱입니다. 이름이 뭐가 어때서요? 너무 멋진 이름이라 부럽습니까?"

무무는 이렇게 대꾸하고 다시 말없이 음식을 먹었다.

"참나, 어른들끼리 유치하게 뭐 하는 거예요? 팡링 누나, 후추에게 예전 일에 대해 다시 얘기하고 싶은지 물어봤어요?"

샤오멍이 화로에 소시지를 올려놓으며 물었다. 그런데 그때 소시지에서 나온 기름 때문인지 갑자기 화로에 큰불이 붙었다. 깜짝 놀란 샤오멍은 얼른 물을 뿌려 불을 껐다.

팡링은 사람들의 말을 못 들은 척 아무 말 없이 접시에 담긴 음식을 먹었다.

그러자 린아이링이 후추에게 다가가 물었다.

"후추야, 네 엄마 아빠가 나쁜 사람한테 살해를 당했잖아, 그렇지? 네가 그날 본 것만 얘기해주면 그 나쁜 사람한테 복수를 할 수 있어!"

"너 지금 뭐 하는 짓이야?"

팡링이 아이링을 밀어내며 소리쳤다.

그런데 후추는 아이링의 말을 알아들었는지 갑자기 뒷걸음질 치더니 제자리에서 빙글빙글 돌기 시작했다. 그 모습을 본 콩콩이가 얼른 달려가 후추의 얼굴을 핥았다. 놀란 후추를 안심시키려고 하는 것 같았다.

팡링은 후추가 충격을 받았을까 봐 얼른 목줄을 채워 옆으로 데려왔다.

후추의 반응에 모든 이가 깜짝 놀랐다. 특히 린아이링은 후추에게 미안해 어쩔 줄 모르는 표정이었다.

"그런데 후추가 얘기해준다면 우리도 후추의 상처를 더 잘 이해할 수 있지 않을까요?"

무무가 이번에도 핵심을 짚으며 말했다.

"맞아요. 처음 발견했을 때 후추는 엄청 겁을 먹고 있었어요. 음식을 줘도 먹지를 못하고……. 콩콩이가 도와주지 않았다면 후추는 굶어 죽었을지도 몰라요."

청샤오징이 콩콩이를 쓰다듬으며 말했다.

"후추 다리에 있던 상처가 칼에 베인 상처였나요?"

팡링이 물었다.

"의사가 그런 것 같다고 했어요. 하지만 거리에 워낙 이상한 사람들이 넘쳐나니 어떤 정신 나간 사람이 그런 걸 수도 있죠."

샤오멍이 말했다.

팡링은 후추를 바라봤다. 조금 전까지만 해도 음식만 보면 흥분해서 달려들던 후추가 이제는 우울한 표정으로 엎드려 있었다. 후추는 지금까지 먹는 거에 관한 이야기 말고는 다른 이야기를 한 적이 없었다. 하지만 어쩌면 후추는 떠올리기에 너무너무 무서운 이야기라 먹는 것으로 자신의 두려움을 감추고 있는 게 아닐까? 팡링이 이번에는 콩콩이를 바라봤다. 어떻게 하면 좋을지 콩콩이가 대신 알려주면 좋으련만 콩콩이는 자기가 상관할 일이 아니라는 듯 무심하게 엎드려 있었다.

인간은 근심 걱정이 가장 많은 동물이다. 하지만 개들은 그렇지 않다. 개들은 단순하고 어떤 일에 크게 연연하는 법도 없다. 그래서 개들과 함께 있을 때는 사람도 잠시나마 근심 걱정에서 벗어날 수 있다.

어쩌면 사람들이 개를 키우는 이유도 바로 이런 점 때문일지도 모른다. 반면 천진난만한 동물들은 인간 세계에 살면서 그들의 근심과 걱정을 함께 떠안고 살기도 한다. 그래서 팡링은 위스퍼링을 할 때마다 이런 생각이 들었다. 동물들은 왜 그들이 몰라도 되는 인간 세계의 근심과 걱정까지 떠안으면서 인간들과 함께 살고 싶어 하는 걸까? 정답은 어쩌면 단순히 음식 때문일지도 모른다. 그러나 한 가지 분명한 건 개들이 인간의 감정을 더 잘 이해한다는 점이다.

오전 8시 알람이 울렸다. 팡링은 여느 때처럼 알람을 끄고 다시 이불 속으로 파고들었다. 그런데 오늘 그녀의 잠을 깨운 건 콩콩이가 아니라 바로 초인종 소리였다. 콩콩이와 후추도 깜짝 놀라 방석에서 내려와 문 앞으로 달려갔다.

"이렇게 이른 시간에 대체 누구지?"

팡링은 침대에서 내려와 산발이 된 머리를 손으로 대강 정리했다. 그녀는 우체국에서 등기 우편이 온 줄 알고 서랍에서 도장까지 꺼내 들고 문을 열었다. 그러나 문 앞에는 그녀가 생각지도 못한 사람이 서 있었다.

"좋은 아침이야, 천팡링! 오랜만이네."

남자는 팡링의 후줄근한 모습을 보고 미소를 지으며 말했다.

"아침잠 많은 건 여전하구나?"

그는 팡링과 비슷한 또래의 남자였다. 팡링은 한때 이 남자를 잘 알았다. 그건 그녀가 지금보다 훨씬 어렸을 때의 기억이었다. 팡링이 이제 막 사회생활을 시작했을 무렵, 주말마다 아버지의 제자라는 젊은 남자가 집에 찾아왔다. 그는 아버지와 함께 차를 마시고, 바둑을 두고, 때로는 아버지의 개를 데리고 함께 등산을 가기도 했다. 팡링은 아버지와 그의 관계를 질투했었다. 정작 친딸인 자신은 아버지와 혈연관계인 것 외에는 아무런 연결고리도 없었으니 말이다. 그런데도 남자는 당시 팡링의 인생에 꽤 중요한 인물이었다. 그가 팡링에게는 오빠처럼 기댈 수 있는 존재였기 때문이다. 그는 자신의 오토바이 뒷자리에 팡링을 태우고 어디든 함께 다녔다. 그녀가 필요할 때는 언제든지 달려왔고 그녀의 변덕스러운 성질도 너그럽게 받아줬다.

그런 그가 어쩌다 자신의 인생에서 자취를 감추게 되었는지는 그녀도 확실히 알지 못했다. 당시 팡링은 애니멀 위스퍼러 실습을 마치고 본격적으로 위스퍼링 일을 시작할 준비를 하고 있었다. 그녀는 당연히 그가 자신을 응원해 줄 것으로 생각했는데 그의 반응은 차가웠다.

"넌 이런 말도 안 되는 일이 네 문제를 해결해 줄 수 있을 거라고 생각하는 거야?"

그날 두 사람은 처음으로 크게 싸웠다. 팡링은 그 후로 며칠 동안 그를 모른 척했고 남자도 먼저 사과할 생각이 전혀 없어 보였다. 그렇게 서로 연락을 안 하고 지내다가 어느 날부터인가 남자는 더 이상 집에도 찾아오지 않았다. 팡링은 아버지에게 남자가 집에 오지 않는 이유가 뭔지 물어보지 않았다. 그로 인해 조금이나마 생명력을 되찾았던 집안은 그가 떠나자 다시 적막한 폐허가 되었다.

팡링과 아버지는 여전히 소통 불가였다. 두 사람 모두 집 안에 있는 늙은 개에게 자신의 마음을 털어놓을지언정 서로에게는 단 몇 마디도 하기 힘들어했다.

남자의 이름은 바로,

"리즈청!"

콩콩이는 경계심 가득한 눈빛으로 낯선 남자를 보며 끊임없이 짖어댔다. 후추도 곧 합세할 기세였지만 팡링은 아무것도 안 들리는 듯 문 앞에 그저 멍하니 서 있었다. 그녀는 도저히 이해할 수 없었다. 자신의 인생에서 갑자기 사라졌던 남자가 어떻게 이렇게 의외의 시간에 집 앞에 서 있는 걸까?

"잠깐 들어가도 될까? 얘들은 내가 별로 반갑지 않은 모양이긴 한데."

리즈청의 말에 팡링이 드디어 정신을 차리고 콩콩이와 후추를 제지하며 둘을 거실로 들여보냈다. 하지만 개들이 위스퍼러의 말이라고 무조건 다 듣는 건 아니었다. 콩콩이는 여전히 남자를 보며 짖어댔다. 그러다 그가 소파에 자리를 잡고 앉자 가까이 다가가 머리부터 발끝까지 자세히 '검사'했다.

"나 지금 네 개한테 검문당하고 있는 거니?"

그가 조심스럽게 손을 뻗어 콩콩이를 쓰다듬었다. 그러자 콩콩이는 곧바로 경계심을 풀고 즈청의 손길을 받아들였고 심지어 몸을 뒤집어 배를 까 보이기까지 했다.

"잠깐만 기다려 봐. 나는 가서…"

팡링이 방을 가리키며 말했다. 남자는 콩콩이를 계속 쓰다듬으며 고개를 끄덕였고, 팡링은 얼른 욕실로 들어갔다.

팡링은 욕실에 들어가 거울에 비친 자신의 모습을 바라봤다. 그녀는 지금 이 상황이 너무나 혼란스러웠다. 사라졌던 그가 갑자기 왜 다시 나타난 건지 아무리 생각해도 이해할 수가 없었다. 그것도 이렇게 이른 아침에… 잠깐, 팡링은 그가 아버지의 제자였다는 사실을 잠시 잊고 있었다. 계획대로라면 그는 분명 지금 검사가 되어 있었을 것이다. 그렇다면 설마…?

팡링은 최대한 서둘러 단장을 마치고 나갔다. 그녀가 거실로 돌아왔을 때 콩콩이와 후추는 이미 리즈청에게 배를 까고 누워 있었다.

"이 개가…"

즈청이 후추를 가리키며 말했다.

"커 가족이 기르던 개 맞지?"

그의 말을 듣자마자 팡링은 속으로 생각했다.

'역시나!'

즈청이 팡링을 찾아온 목적은 분명해 보였다. 역시나 연락을 끊고 살던 사람이 갑자기 다시 나타난다는 건 다 이유가 있어서였다.

"내가 여기 사는 건 어떻게 알았어?"

팡링은 즈청의 질문을 일부러 회피했다.

"린아이링이 알려줬어."

"린아이링?"

"나를 문 앞에까지 데려다줬어. 사실 너한테 자기가 데려다줬다는 말은 절대 하지 말아 달라고 했는데……."

즈청은 말하면서 양손으로 콩콩이와 후추를 쓰다듬었다. 콩콩이는 처음 보는 이 남자의 안마 서비스가 상당히 만족스러운 표정이었다. 팡링은 속에서 화가 끓어올랐지만, 꾹 참고 주방으로 들어가 커피를 준비했다.

"말하지 말라고 하는데 말하는 건 뭐야?"

팡링이 즈청에게 말했다. 그녀는 대체 린아이링이 무슨 생각으로 이러는 건지 궁금했다. 혹시 그날 저녁에 있었던 일을 복수하려고 이러는 건가?

"어차피 알게 될 텐데 뭘. 얼마 전에 우런에게 네 소식을 좀 알아봐 달라고 부탁했거든. 듣자니 너한테 한 방 먹었다던데! 그래서 할 수 없이 네 동창한테 연락을 해봤지. 너도 알잖아, 예전에 린아이링이 만나던 사람이 내 친구인 거. 그 친구가 린아이링 연락처를 알려줬고 이렇게 너를 다시 찾게 된 거야."

리즈청의 가장 큰 장점은 언제나 솔직하다는 점이었다. 하지만 그것이 가장 큰 단점이기도 했다. 팡링은 커피잔을 들고 주방 벽에 기대어 서서 즈청을 흘겨봤다.

"그러면 결국 우런을 보낸 것도 오빠였단 말이야?"

팡링의 말투에서 분노가 느껴졌다.

리즈청은 개들을 쓰다듬으며 고개를 끄덕였다.

"사실 그 사람 굉장히 훌륭한 기자야. 진실을 찾고자 하는 노력이 대단하지. 커 가족 살인 사건은 나도 손 놓고 있던 일인데, 그 사람이 알려주지 않았다면 이런 단서가 있다는 것도 영원히 몰랐을 거야. 정말 그 사람은 네가 생각하는 것처럼 그렇게 나쁜 사람이 아니야."

리즈청이 우런을 감싸며 말했다. 십 년 만에 다시 만나자마자 이런 설교나 늘어놓다니, 팡링은 리즈청이 아직도 자기를 어린애 취급하는 것 같아 기분이 썩 좋지 않았다.

팡링이 소파 한쪽 끝에 앉았다.

"콩콩이, 후추 어서 이리 와!"

리즈청의 안마에 취해 있던 콩콩이는 팡링의 명령에 갑자기 벙찐 표정을 지었다.

'저는 여기 있고 싶은데, 왜요?'

콩콩이가 말했다. 하지만 팡링이 진지하다는 걸 알아차리고 곧바로 그녀의 옆으로 가서 앉았다.

"그러면 오빠가 그 일가족 살인사건 담당 검사야? 그렇게 큰 사건을 맡은 걸 보니 직급이 꽤 높은가 봐? 그러신 분이 내가 키우는 개한테 도움을 요청하러 온 거야?"

팡링이 퉁명스럽게 말했다.

리즈청은 팡링의 질문에 그 어떤 것도 답하지 않고 이렇게 되물었다.

"아직도 화가 안 풀렸구나?"

즈청이 고개를 숙이며 말했다. 팡링은 지금 그의 표정이 어떤 의미인지 알 수 없었다. 잠시 후 즈청은 고개를 들었고 예전처럼 온화한 미소를 지으며 팡링을 바라봤다. 팡링은 그 미소를 기억했다. 그 따뜻한 미소에 팡링은 그를 믿고 의지했었다.

"난 네가 애니멀 위스퍼러가 되겠다는 걸 한 번도 반대한 적이 없어. 그 일이 거짓이라고 생각한 적도 없었지. 그때 너한테 그렇게 말한 이유는…"

즈청이 잠시 망설였다. 과연 이 말을 그녀에게 하는 게 맞는지 고민하는 것 같았다. 잠시 후 그가 말을 이었다.

"만약 네가 아버지를 정말로 이해하고 싶으면 아버지와 직접 대화를 나눠보라고 한 말이었어. 아버지의 개가 아니라……."

그의 말에 팡링은 가슴이 철렁 내려앉는 것 같았다.

당시 팡링과 아버지는 한집에 살면서도 얼굴을 마주하고 대화를 나누는 일이 거의 없었다. 하지만 부녀 모두 집에서 키우던 늙은 개 '두두'에게는 무슨 이야기든 다 털어놓았다. 팡링은 아버지가 도대체 무슨 생각을 하시는지 알고 싶었고, 그래서 애니멀 위스퍼링을 배우기로 마음먹었다. 팡링은 위스퍼링을 배우고 나서 두두에게 아버지에 관해 이것저것 물어보기 시작했다. 그러나 두두는 늘 이렇게 대답할 뿐이었다.

'만약 네가 아버지를 정말로 이해하고 싶으면 아버지와 직접 대화를 나눠봐. 나에게 와서 묻지 말고…'

리즈청이 한 말은 두두가 그녀에게 늘 하던 말이었다.

팡링은 고개를 숙인 채 옛 생각에 잠겨있었다. 결국 모든 해결 방법과 정답은 자기 자신에게 있는 건데, 팡링은 그동안 자신이 도움을 줬던 수많은 동물 주인과 마찬가지로 이 점을 알지 못했다.

"그래서 후추에게 증인이 되어달라고 부탁하러 온 거야?"

팡링이 물었다.

"후추를 정식 증인으로 법정에 세울 수는 없어. 다만 네가 도와준다면 후추를 통해서 범인에 대한 단서를 찾을 수 있을지도 몰라."

그의 단호한 목소리에 둘의 사이가 다시금 멀어졌다. 리즈청은 공과 사가 분명한 사람이었고, 일할 때만큼은 더 이상 팡링이 아는 따뜻한 오빠가 아니었다.

팡링은 후추의 크고 둥근 눈망울을 가만히 들여다봤다. 백내장으로 인해 두 눈이 약간 흐릿해져 있었지만, 후추는 팡링을 바라보며 환한 미소를 지었다. 후추는 집에 온 그날 이후 매일 매일 행복했다. 과거에 무슨 일이 있었든 그건 모두 지나간 일일 뿐, 지금은 그저 행복하기만 한 후추였다.

"나도 잘 모르겠어."

팡링이 말했다.

"뭘 모르겠다는 거야?"

즈청이 되물었다.

"후추에게 과거의 일을 다시 떠올리게 하는 게 맞는 건지 말이야. 후추는 처음 발견했을 때 두려움에 떨고 있었어. 그러다 이제 겨우 집에 적응하고 안정을 되찾은 것 같단 말이야. 만약 후추가 정말 그 집에서 기르던 개가 맞다면 그날의 끔찍한 기억을 잊기 위해 얘도 얼마나 노력했겠어. 그런데 그 일을 다시 기억해 내라고 하는 게 과연 잘하는 일일까?"

팡링의 이야기를 듣고 있던 콩콩이가 갑자기 리즈청을 노려보며 말했다.

'저리 가요! 저리 가요!'

자기도 그 생각에 반대한다는 말을 전달하고 싶은 것 같았다.

리즈청도 팡링의 마음을 이해했다. 하지만 그는 하루빨리 사건의 진상을 밝혀내어 세상에 알려야 하는 의무도 있었다.

"그래."

즈청은 명함을 한 장 꺼내 팡링에게 건넸다.

"우선 천천히 고민해 보고 마음이 바뀌면 전화 줘. 알겠지?"

11. 후추의 과거

즈청은 곧장 가방을 들고 떠날 준비를 했다.

그 모습을 보고 팡링이 차갑게 웃었다.

"그냥 그렇게 간다고?"

팡링의 말이 즈청을 붙잡았다.

"몇 년 동안 내내 연락도 없다가 이렇게 갑자기 집에 찾아와서 일 얘기만 하고 그냥 간다고? 오빠는 어떻게 된 사람이 일 외에 다른 얘기는 할 줄 몰라?"

즈청이 난처한 표정으로 팡링을 바라봤다.

"글쎄……. 넌 내가 무슨 말을 해주기를 바라니?"

"그냥 아무 말이나 해봐! 그동안 어떻게 지냈는지, 결혼은 했는지, 아이는 있는지, 어디에 살고, 직장은 어디에 있는지, 최근에 무슨 영화를 다운받고 요즘은 무슨 음악을 좋아하는지……. 보통 사람들은 이런 얘기들을 한다고! 일 얘기 말고 이런 시시콜콜한 얘기를! 그런데 어쩜 그렇게 할 말만 딱 하고 가버릴 수가 있어? 오빠도 왜 점점……."

팡링이 말끝을 흐렸다. 그녀는 '오빠도 왜 점점 아빠처럼 변해가는 거야'라고 말하고 싶었다. 하지만 그 말은 끝내 혼자 삼켰다. 그녀의 아버지 그리고 아버지의 제자인 리즈청, 그들은 다른 사람들에게 자신의 마음을 털어놓지 못하는 저주라도 걸린 것일까? 그들은 사방이 벽으로 둘러싸인 꽉 막힌 공간에 자기 자신을 가두고 그 안을 일로 가득 채운 다음 조금도 외롭지 않은 척 살아간다.

"사실 나도 다 알고 있었어……."

즈청이 들릴 듯 말 듯 힘없는 목소리로 말했다.

"대체 뭘 알고 있었다는 거야?"

팡링이 되물었다.

즈청은 고개를 푹 숙인 채 팡링과 눈을 마주치지 못했다. 조금 전 일 얘기를 할 때와 사뭇 다른 모습이었다.

"그동안 너한테 무슨 일이 있었는지 다 알고 있었어. 다 알았는데…… 그런데 난……."

즈청은 더 이상 무슨 말을 해야 할지 몰라 그냥 도망치기로 결심했다. 그는 현관으로 걸어가 떠날 준비를 했다.

즈청이 작은 소리로 말했다.

"미안해……."

"뭐가 미안하다는 거야?"

팡링이 소리쳤다.

하지만 즈청은 팡링의 말을 못 들은 척 그냥 가려고 했다. 팡링이 문 앞을 가로막으며 즈청을 붙잡았다

"도대체 나한테 뭐가 미안한지 말해 보라고!"

즈청은 고개를 들어 팡링을 바라봤다. 자신감 넘치고 당당하던 눈빛은 온데간데없고, 이제 그의 눈빛은 후회와 미안함으로 흔들렸다.

"미안해. 네가 어떤 상황인지 잘 알면서도 그동안 연락을 안 했어. 정말 미안해……."

팡링은 그를 원망할 수 없었다. 그녀도 즈청과 마찬가지였으니까. 사실 즈청이 어느 날 갑자기 '사라졌다'라고 했지만, 그녀는 그의 전화번호를 알고 있었고 종종 여러 메신저에서 그의 아이디

를 발견하기도 했다. 하지만 팡링은 애써 그를 모른 척했고, 한때 그녀의 인생에 중요한 버팀목이었던 그를 그대로 사라지게 했다. 어쩌면 그녀는 오늘처럼 즈청이 먼저 찾아와 주기만을 기다렸는지도 모른다. 그러나 막상 이렇게 다시 만나고 나니 무슨 말을 해야 할지 몰랐다.

그들은 서로의 눈을 가만히 바라봤고, 1초가 한 시간처럼 천천히 흘러갔다. 둘은 서로의 눈망울에 완전히 빠져들기 전 가까스로 정신을 차리고 고개를 돌렸다. 리즈청은 문을 열고 팡링의 집을 떠났다.

리즈청이 떠나고 팡링은 소파에 풀썩 주저앉았다. 그 모습을 본 콩콩이가 얼른 곁으로 다가왔다. 후추는 팡링 앞에 앉아 그 큰 눈망울로 그녀를 걱정스럽게 바라봤다. 팡링이 손을 뻗어 후추의 머리를 쓰다듬으며 조금 전 일어난 일을 떠올렸다. 그러다 자기도 모르게 눈물이 터져 나왔다. 팡링은 소파에 엎드려 큰소리로 통곡했다. 그동안 억눌러왔던 모든 감정이 한꺼번에 쏟아져 나왔다. 콩콩이는 팡링의 얼굴을 열심히 핥으며 그녀를 위로했다.

그런데 그때 후추가 낮게 신음했다.

'운다. 운다. 엄마가 운다.'

후추의 말에 팡링이 깜짝 놀라 고개를 들었다. 후추가 먹는 이야기 외에 처음으로 팡링에게 보내는 메시지였다. 팡링은 이 기회를 놓치고 싶지 않았다. 그래서 얼른 눈물을 닦고 후추에게 계속 말을 걸었다.

"후추야, 무슨 일이야? 엄마가 울다니……. 엄마가 왜 울어?"

후추는 곧바로 팡링에게 어떤 장면을 보여줬다.

한 인도네시아 여자가 후추에게 나가라고 소리쳤다. 어떤 남자가 그 여자를 붙들고 있었는데 후추가 여자를 구하려고 달려들었다. 하지만 남자가 휘두른 칼에 상처를 입고 뒤로 물러날 수밖에 없었다. 남자는 다시 여자에게 달려들어 그녀를 죽이려고 했다. 인도네시아 여자는 또 다른 칼을 들고 남자에게 맞서면서 후추에게 어서 도망치라고 소리쳤다. 후추는 울고 있는 여자를 보며 제자리에서 빙글빙글 돌며 신음했다. 후추는 결국 살기 위해 도망쳐야 했고, 집에서 나와 다리를 절뚝이며 아무도 없는 새벽 거리를 홀로 걸어갔다.

후추가 보여준 잔혹한 장면에 팡링은 너무 놀라 후추를 꼭 끌어안았다.

"후추는 엄마가 보고 싶니?"

'엄마가 울어요. 엄마가 슬퍼요. 도망가야 했어요. 밥도 다 먹지 못했는데 도망가야 했어요.'

"후추가 엄마를 구하려고 했니?"

'엄마는 하늘나라에 갔어요. 저는 너무 슬펐어요. 엄마 안녕.'

"엄마를 죽인 남자가 누군지 알아? 어떻게 생겼는지 기억해?"

'나쁜 사람이에요. 멍멍이를 아프게 했어요. 그 사람을 물어버릴 거예요.'

"후추야, 엄마를 죽인 그 사람을 잡고 싶니?"

'나쁜 사람이에요. 그 사람을 물어버릴 거예요.'

"후추야, 엄마를 죽인 사람이 누군지 조금 전 그 삼촌에게 알려줄 수 있겠니? 그러면 그 삼촌이 나쁜 사람을 잡아줄 거야."

'나쁜 사람이에요. 그 사람을 물어버릴 거예요. 삼촌이 그 사람을 잡아서 물어버려요.'

후추의 표현 방식은 어린아이처럼 서툴렀다. 후추의 감정이 점점 격해지면서 더 이상의 대화는 힘들었지만, 후추가 엄마의 죽음을 무척 슬퍼하고 있다는 사실 하나는 분명히 알게 되었다. 그리고 후추가 말하는 엄마는 그 집에 살던 인도네시아 여성, 즉 그 집의 가정부였던 것 같았다.

후추에게 이러한 기억을 떠올리는 것은 엄청 힘든 일이었을 것이다. 그런데 후추는 왜 하필 지금 팡링에게 이 메시지를 전달하고 싶었던 걸까?

편의점 안, 린아이링이 한 손에 커피를 들고 창밖을 바라보고 있었다. 그러다 리즈청이 팡링의 집에서 내려오는 모습을 보게 되었다. 밖으로 나온 리즈청은 가방을 바닥에 내려놓고 두 손으로 얼굴을 감쌌다. 그리고 잠시 후 다시 가방을 들고 주차장으로 향했다.

리즈청은 아이링을 보지 못했다. 아마 팡링의 집에 자신을 데려다주고 바로 떠났을 거라고 생각한 것 같았다. 그러나 아이링은 내내 편의점에서 그가 내려오기만을 기다리고 있었다. 아이링은 팡링이 그토록 기다렸던 옛사랑을 그녀의 곁으로 보내면서 둘의 묵은 상처가 조금이나마 아물 수 있기를 바랐다. 하지만 지금 리즈청의 모습을 보니 전혀 아닌 것 같았다.

"저 남자는 누구예요?"

샤오멍이 아이링 옆에 다가와 물었다.

"검사님."

깊은 생각에 잠겨있던 아이링이 조용히 대답했다.

"오, 검사님! 그러면 후추를 만나러 오신 거예요?"

샤오멍이 흥분하며 말했다.

"저 남자는 팡링의 옛사랑이기도 해."

아이링은 이 말을 남기고 편의점을 떠났다.

"옛사랑이라고……?"

샤오멍이 혼잣말을 중얼거렸다. 그는 상황이 점점 꼬이고 있다는 생각이 들었다.

아침 시간에는 무무 카페에 손님이 거의 없었다. 샤오멍은 바에 앉아 무무카페의 대표 메뉴인 흑당 라테를 마시고 있었다. 하지만 그의 표정에는 근심이 가득했다. 샤오멍 앞에 있는 이 남자, 그러니까 린무무 씨가 마치 좀비처럼 완전히 넋을 놓고 스웨덴제 칼을 계속 갈고 있었기 때문이다.

"그러니까 그 남자가 팡링 씨 옛사랑이라는 말이지?"

무무가 물었다.

"네. 아이링 누나가 그렇게 말했어요."

샤오멍이 대답했다.

무무가 고개를 들었다. 손에는 여전히 칼이 들려 있었고 눈은 살기로 가득했다.

"그 남자를 린아이링 씨가 데려왔고?"

무무가 말했다.

샤오멍은 깜짝 놀라 바에서 벌떡 일어났다.

"네……. 아마 그럴 거예요. 오늘 아침 일찍 편의점에 왔는데 팡링 누나네 집에 친구 하나를 데려다줘야 한다고 그랬어요……. 아마 그 남자를 말하는 거 같았어요."

무무는 한숨을 크게 한 번 내쉬더니 다시 묵묵히 칼을 갈기 시작했다.

샤오멍은 조심스럽게 의자에 놓인 가방을 집어 들고 말했다.

"저는 이만 가볼게요. 제 할 일은 다 했으니 이만 자러 갑니다."

샤오멍은 가방을 들고 카페를 나가려다 말고 갑자기 무슨 생각이 들었는지 무무에게 돌아와 말했다.

"그렇게 계속 아무 말도 안 하고 있다가는 좋아하는 여자를 다른 사람에게 뺏길지도 몰라요."

샤오멍은 무무에게 이 말을 던지고 곧장 뒤돌아 카페를 나갔다.

무무는 제자리에 멍하니 서 있었다. 그러다 고개를 숙였는데 손가락에서 피가 흐르고 있는 것이 보였다. 손가락을 다친 줄도 모르고 계속 칼을 갈고 있었다. 무무는 얼른 휴지로 손가락을 감싸며 생각했다.

샤오멍의 말대로 이렇게 가만히 있을 수만은 없다고 말이다.

12.
후추의 증언

그날 이후 리즈청은 팡링에게 다시 연락하지 않았다. 하지만 그렇다고 모든 일이 없던 일처럼 덮어지는 것은 아니었다. 그날 후추가 팡링에게 전달한 메시지는 그녀에게도 너무나 큰 충격이었고 며칠 동안 악몽에 시달릴 정도였다. 매일 밤 악몽에 시달리는 건 후추도 마찬가지였다. 후추는 자면서 '끄잉… 끄응… 끄응'하고 신음 소리를 냈고, 네 발을 끊임없이 움직였다. 마치 어디론가 빠르게 달려가고 있는 것 같았다. 팡링은 후추를 깨우고 싶었지만 움직임이 너무 격렬해서 가까이 다가가지 못했다. 갑자기 놀래서 깬 후추가 팡링을 물 수도 있는 상황이었다. 팡링은 조금 거리를 두고 서서 후추의 이름을 계속 불렀다. 잠시 잠에서 깬 후추는 자신이 안전한 집에 있다는 걸 깨닫고 다시 편안하게 잠들었다.

날씨가 점점 더워지면서 콩콩이와 후추의 산책 시간도 줄어

들었다. 개들도 뜨거운 날씨가 힘든지 공원에서 볼일만 보고 얼른 집에 돌아가고 싶어 했다. 더위를 타는 건 후추가 더 심했다. 후추는 팡링의 집에 살고부터 살이 5킬로그램이나 쪄서 뜨거운 날씨에 걸어 다니는 것을 더욱 힘들어했다. 팡링은 개들을 데리고 나무 그늘이 드리워진 벤치를 찾아가 앉았다. 그리고 그릇에 물을 따라 콩콩이와 후추에게 줬다. 둘은 사이좋게 번갈아 가며 물을 마셨다.

팡링은 며칠 동안 후추의 일을 계속 고민해 봤다. 어쩌면 후추는 그 사람에게 복수하고 싶은 마음이 없을 수도 있다. 하지만 그때 그 일을 회상하며 괴로워하는 후추의 모습을 보니 오히려 정식 위스퍼링을 통해 과거의 일을 털어놓는 편이 후추의 상처를 치유하는 데 도움을 줄 수 있을 거란 생각이 들었다.

팡링은 집에 오자마자 에어컨부터 틀었다. 그리고 서랍에서 리즈청의 명함을 꺼내 적혀 있는 번호로 전화를 걸었다.

"전화할 줄 알았어!"

리즈청의 휴대전화에는 이미 팡링의 번호가 저장되어 있었던 모양이다. 그는 전화를 건 사람이 팡링이라는 것을 확인하고 흥분한 목소리로 전화를 받았다.

"물어볼 게 있어. 그 집에서 일하던 가정부가 인도네시아 여자였어?"

팡링은 리즈청이 전화를 받자마자 인사도 생략하고 곧장 본론으로 들어갔다.

"그 여자가……. 인도네시아 사람 맞는 것 같아. 그렇게 어린 여자는 아니었어."

"키가 좀 작고 중국어를 할 줄 아는 사람이었지?"

"맞아······. 그걸 네가 어떻게 알아?"

"그 여자 혹시 정원에 있는 개집 주변에서 살해당했어?"

"그 여자 시체는 실내에서 발견되었어. 그렇지만 개집 주변에도 피가 많이 흘러 있었던 건 맞아. 왜 갑자기 이런 걸 물어보는 거야?"

리즈청은 사건 파일을 뒤적이며 팡링의 질문에 답을 찾아줬다.

"마지막으로 하나만 더, 혹시 그 집에서 개를 어떤 이름으로 불렀는지 알아?"

"이름? 그건 우리 조사 범위에 들어가지 않아서······. 그런데 이웃들 말로는 특별한 이름이 있었던 건 아니고 그냥 멍멍이라고 불렀다는 것 같아."

팡링은 전화기를 내려놓고 안타까운 눈빛으로 후추를 바라봤다. 그리고 깊은 한숨을 내쉬며 말했다.

"좋아. 위스퍼링을 해볼게."

팡링이 전화기를 들어 리즈청에게 말했다.

"결정한 거야?"

리즈청이 흥분한 목소리로 말했다.

후추는 산책하고 와서 지쳤는지 새근새근 잠들어 있었다. 팡링은 과연 무엇이 후추를 위한 최선의 선택인지 알 수 없었다. 하지만 그녀는 후추의 주인으로서 선택의 모든 결과를 기꺼이 감당할 준비가 되어 있었다.

"응, 결정했어!"

후추의 위스퍼링은 무무 카페가 아니라 팡링의 집에서 하기로 했다. 그녀는 며칠 전에 청샤오징과 샤오밍에게 자신의 결정에 관해 이야기했다. 샤오밍은 조금 걱정스러운 표정이었지만 반대하지는 않았다. 그러나 청샤오징의 반응은 차가웠다. 그리고 그날 이후 청샤오징은 팡링을 편의점에 찾아오는 보통 손님처럼 데면데면하게 대했다.

팡링은 무무에게만큼은 후추의 위스퍼링을 결정하게 된 계기를 설명했다. 무무는 팡링의 마음을 누구보다 잘 이해해 줬다. 그는 팡링에게 만약 후추가 그때 그 일을 다른 사람에게 털어놓지 않는다면 그 기억은 후추에게 영원한 상처로 남게 될 거라고 말했다. 그리고 만약 지금 그 일을 하지 않으면 앞으로 계속 마음에 걸릴 거라며 그녀를 다독여 줬다.

"때로는 마음속에 있는 얘기들을 털어놓고 용기 있게 대면해야 그 일에서 완전히 해방될 수 있어요."

무무가 팡링에게 말했다.

"점장님은 저에게 화가 많이 나신 것 같아요. 이제 저를 모르는 사람처럼 대하세요."

"팡링 씨가 자기 뜻대로 따르지 않으니 속이 상하신 거죠. 하지만 좋은 사람이잖아요. 후추가 행복하게 잘 지내면 화가 풀릴 거예요. 너무 걱정하지 말아요."

무무는 머릿속에 리즈청에 관한 생각으로 가득 차 있으면서도 그에 관해서는 한마디도 묻지 않았다. 괜히 섣불리 이야기를 꺼냈다가 팡링의 반감만 살 수 있다는 생각이 들었기 때문이다. 지금은 팡링의 결정을 응원해 주는 일에만 집중하기로 했다.

팡링은 무무를 바라보며 환하게 웃었다.

"정말 대단하세요! 커피도 내리고, 케이크도 굽고, 사람들의 마음을 읽는 독심술에 이제는 심리 분석까지!"

갑작스러운 팡링의 칭찬에 무무는 갑자기 얼굴이 빨개졌다.

(성공이야! 무무가 속으로 생각했다.)

"뭐… 별거 아니에요. 카페를 운영하다 보면 다들 이 정도는 하죠…"

"하긴 온종일 사람들 하는 얘기를 엿듣다 보면 없던 능력도 생기겠죠."

"엿듣는다고요?"

아니, 칭찬하는 게 아니었나? 무무는 다시 말이 없어졌다.

팡링은 리즈청에게 전화를 걸어 자신의 결정을 알린 이후 후추를 볼 때마다 괜히 미안한 마음이 들었다. 후추를 위해 결정을 내리기는 했지만, 이 일이 정말 후추가 원하는 일이 맞는지 100% 확신이 들지는 않았기 때문이다. 팡링은 요 며칠 후추를 볼 때마다 이렇게 얘기해줬다.

"며칠 뒤에 엄마랑 예전에 있었던 일에 관해 이야기할 거야. 잘 할 수 있지?"

'네! 배고파요! 밥 주세요! 맛있는 밥 주세요!'

후추는 그저 천진난만한 멍멍이였다. 팡링은 그런 모습을 보니 괜히 더 마음이 아파서 후추가 좋아하는 간식을 잔뜩 사놓고 먹고 싶어 할 때마다 줬다. 콩콩이는 바보같이 하루 종일 간식만 찾는 후추를 못마땅하게 바라봤다.

'바보!'

'식충!'

'뚱땡이!'

'멍청이!'

"자, 콩콩아 그만. 콩콩이는 엄마의 제일 친한 친구잖아! 엄마는 우리 콩콩이를 제일 사랑해!"

팡링은 속상한 콩콩이를 달래줬지만, 콩콩이의 기분은 쉽게 풀리지 않았다.

일상의 모습은 평소와 크게 다르지 않았다. 콩콩이와 후추는 매일 정해진 시간에 먹고 마시고 잠을 잤고, 아침저녁으로 하루 두 번 산책을 다녀왔다. 청샤오징은 여전히 팡링에게 데면데면했지만, 뒤에서는 샤오밍을 시켜 개들의 간식을 보내주는 등 팡링을 챙겼다. 모든 걱정과 고민은 인간들의 머릿속에만 존재할 뿐 개들에게는 모든 날이 똑같았다. 밥을 먹을 수 있고, 뛰어놀 수 있고, 자신을 사랑해 주는 누군가가 있다면 충분했다.

누군가 팡링의 집 초인종을 눌렀다. 약속 시간은 오후 두 시 반이었는데 리즈청은 십분 일찍 도착했다. 그는 언제나 시간 약속을 칼같이 지키는 사람이었다.

리즈청은 빈손이 아니었다. 이번에는 개들에게 줄 간식뿐만 아니라 팡링의 간식까지 두 손 가득 챙겨왔다. 모두 비싸고 좋은 것들이었다.

"애들이 좋아할지 모르겠네. 개들이 뭘 좋아하는지 몰라서 괜찮아 보이는 가게에 들어가서 물어보니까 점원이 수제 간식이 몸에 좋다고 추천해 주더라고, 그래서 조금 사 봤어."

"안목이 대단하네! 이렇게 고급스러운 간식을 다 사 오고 말이야."

팡링은 차를 우려 즈청이 가져온 마카롱과 함께 내왔다.

"사실 나도 잘 몰라서 사무실에 있는 인턴 여직원한테 물어보고 사 온 거야."

팡링은 리즈청이 일 외에는 아무것도 모르는 것까지 어쩜 그렇게 아버지와 닮았을까 생각했다.

"사무실에 몇 시까지 다시 들어가 봐야 해?"

"오후에 반차 내고 와서 천천히 가도 돼."

"반차?"

팡링은 깜짝 놀랐다. 리즈청 같은 워커홀릭이 휴가도 쓸 줄 알았다니!

"외출을 하면 사람들이 어디 가냐고 물을 텐데, 개의 증언을 들으러 간다고 할 수도 없고 여러모로 난처해서 그냥 휴가를 썼어."

"그런데 어차피 사람들은 개의 증언을 믿지 않을 텐데 왜 후추의 증언이 필요한 거야?"

"후추의 이야기를 들어보면 어디에서부터 수사를 시작해야 할지 실마리를 찾을 수 있을 것 같아서. 물론 다른 증거들은 내가 찾아야겠지······. 개가 하는 말을 믿는 사람들은 별로 없을 테니까."

'개가 하는 말을 믿는 사람들은 별로 없다'라는 말이 팡링의 머릿속에 맴돌았다. 세상에 동물들과 소통할 수 있다고 믿는 사람들은 많지 않다. 동물들은 표현 능력이 없고 지능이 낮아서 표현한다고 해도 사람들 대부분은 진실하지 않다고 생각한다. 하지만 팡링은 인간들의 생각이야말로 돈이나 권력 등의 외부 요소에 의해 쉽게 바뀌고 흔들릴 수 있다고 생각했다. 그에 비해 동물들의 시선은 언제나 진실했다. 따라서 만약 동물도 증언할 수 있다면 인간보다 훨씬 진실할 것이다.

"그럼 시작해 볼까! 후추에게 물어보고 싶은 것들이 뭐야?"

"그날 있었던 사건에 대한 전반적인 이야기를 듣고 싶어. 전후 사정 같은 거 말이야."

팡링은 리즈청의 질문을 듣고 쓴웃음을 지었다. 인간들의 소통방식이란! 개에게 사건의 전후 사정을 이야기해 보라니……. 팡링은 자신이 미리 생각해 둔 방식으로 질문을 해보기로 했다.

"그 집 가족사진을 갖고 있어?"

즈청이 사진 한 장을 내밀었다. 우런이 팡링에게 보여줬던 사진과 같은 것이었다. 즈청은 사진 속에 있는 사람들을 한 명 한 명 가리키며 팡링에게 소개했다. 집주인, 집주인의 아내, 집주인의 어머니, 큰아들, 작은딸 이렇게 다섯 식구였다.

"가정부 사진은 없어?"

팡링이 물었다.

즈청이 가방을 뒤져 사진 한 장을 더 꺼냈다. 사진 속에는 이

목구비가 뚜렷하며, 상냥하고 성실해 보이는 인도네시아 국적의 젊은 여성이 있었다. 집주인을 잘못 만나 타국에서 비명횡사한 안타까운 인물이었다.

'후추야, 이 사람이 예전 네 엄마니?'

팡링이 인도네시아 여성의 사진을 후추에게 보여줬다. 후추는 사진을 보자마자 격렬한 반응을 보였다.

'엄마! 엄마!'

'엄마가 멍멍이를 얼마나 많이 사랑했는지 얘기해 줄 수 있니?'

팡링의 머릿속에 후추가 전달하는 화면이 그려졌다. 멍멍이는 그 집에 오자마자 정원에 있는 개집에 하루 종일 묶여 있었다. 멍멍이는 외롭고 무서운 마음에 밤마다 울부짖었다. 어느 날 밤에 성격이 괴팍한 집 주인이 욕설을 퍼부으며 달려 나오더니 밧줄로 멍멍이의 입을 묶어버렸다. 집주인이 집안으로 돌아간 뒤 인도네시아 여성이 허겁지겁 다가와 멍멍이의 입에 묶인 밧줄을 풀어주고 품에 안아 자신의 방으로 데리고 들어갔다. 그날 이후 그 여성은 멍멍이의 엄마가 되었다. 멍멍이는 낮에는 정원에 묶여 있다가 밤에는 엄마의 품에 안겨 잠을 잤다.

'그 집에서 엄마 말고 너에게 잘해준 사람이 또 있었니?'

팡링은 후추의 눈을 통해 커 가족 사람들이 눈앞에 왔다 갔다가 하는 장면을 볼 수 있었다. 간혹 허리를 굽혀 머리를 쓰다듬어 주거나 어르는 모습도 보였다.

'너에게 말을 거는 사람은 없었니?'

'있었어요. 멍멍이가 왕왕 짖으니까, 멍멍이에게 왕왕 짖지 말라고 말했어요!'

'너에게 왕왕 짖지 말라고 했다고? 왜? 멍멍이는 언제 왕왕 짖은 거야?'

팡링의 머릿속에 또다시 후추가 전달하는 화면이 그려졌다. 한 남자가 문을 열고 들어와 먼저 멍멍이의 머리를 쓰다듬었다. 그런데 멍멍이는 남자의 따뜻한 손 외에 딱딱하고 차가운 무언가가 자신의 머리에 스치고 있다는 느낌을 받았다. 고개를 들어보니 남자의 손가락에 금반지가 빼곡하게 끼워져 있었다. 멍멍이는 그저 그 모습이 신기하고 재미있었다. 남자가 집으로 들어가고 뭔가 한바탕 난리가 난 것 같았다. 여자의 비명이 들려오고 얼마 지나지 않아 집주인이 남자를 끌고 정원으로 나왔다. 둘은 한바탕 싸움을 벌였고 집주인은 남자를 집 밖으로 내쫓았다. 그리고 멍멍이에게 다가와 왜 짖어야 할 때 짖지 않았느냐고 혼을 냈다.

'멍멍이는 집주인 아저씨네 가족을 싫어했니? 금반지를 낀 그 남자는 어땠어?'

'멍멍이는 남자가 싫어요! 물어버릴 거예요!'

팡링은 예전에 후추가 보여줬던 장면을 떠올렸다. 인도네시아 여성이 멍멍이에게 도망가라고 소리칠 때 한 남자가 다가와 그녀를 끌고 갔다. 그런데 그 남자의 손에는 분명 금반지가 끼워져 있지 않았다.

'금반지를 낀 그 남자가 엄마를 데려갔니?'

'물어버릴 거예요! 물어버릴 거예요!'

후추는 팡링의 질문에 대답하지 않았지만, 또 다른 화면이 팡링의 머릿속에 전달되었다.

멍멍이는 남자에게 달려들어 인도네시아 여성을 붙잡고 있는 그의 손을 물었다. 그때 남자가 칼로 멍멍이의 뒷다리를 베는 바람에 남자를 놓아줄 수밖에 없었다.

남자의 얼굴은 자세히 보이지 않았다.

팡링은 흐릿한 화면을 통해 남자의 머리 스타일 정도만 알아볼 수 있었다. 약간 장발에 곱슬기가 있는 머리였다. 하지만 그때로부터 시간이 많이 흘렀으니 머리 스타일은 똑같지 않을 가능성이 컸다.

"혹시 용의자의 사진도 갖고 있어?"

팡링이 물었다.

"어떻게 되고 있어? 단서를 좀 찾았어?"

"우선 사진이 있으면 보여줘 봐. 확인해 보고 싶은 게 있어서."

즈청은 서류 가방에서 사건 파일을 꺼내 그 속에 있는 사진 몇 장을 보여줬다.

"우리는 토지 분쟁 때문에 일어난 사건이라고 가닥을 잡고 수사 중이었어. 집주인 커 씨가 동부지역에 토지를 개발하면서 그쪽 토박이들이랑 심한 분쟁이 있었거든. 우리는 그 토박이들이 복수한 거라고 의심했는데 관련된 증거를 아무것도 찾지 못했어."

즈청이 보여준 사진 속 남자들은 죄다 험악한 얼굴에 머리 스타일은 대머리거나 짧게 자른 깍두기 머리였다. 곱슬곱슬한 중 장발의 머리를 한 남자는 보이지 않았다.

"이 사람 중에 예전에 머리가 길었던 사람도 있어?"

팡링이 물었다.

"머리가 길었던 사람?"

즈청이 웃었다.

"이런 일을 하는 사람들이 머리를 기른다고? 아마 이 사람들은 평생 이 머리 스타일로 살았을걸?"

"게 중에 꾸미는 걸 좋아하는 사람도 있을 수 있지!"

팡링이 투정을 부리듯 말했다. 둘은 마치 십 년 전 오빠 동생 관계로 잠시 돌아간 것 같았다.

즈청도 이를 눈치채고 온화한 미소를 지으며 팡링을 바라봤다.

"후추가 두 사람의 이미지를 보여줬는데 아무래도 같은 사람인 것 같아. 그 중 한 사람은 손에 금반지를 잔뜩 끼고 있었고, 다른 한 사람, 즉 살인을 저지른 범인은 어깨에 닿을 정도의 장발을 하고 있었어. 조사하던 사람들 중에 이런 특징을 가진 사람은 없었어?"

"금반지를 잔뜩 끼고 있었다고?"

즈청이 의아한 표정을 지으며 말했다.

"이 사람들을 전부 만나봤는데 금반지를 끼고 있다고 해도 기껏해야 하나 정도였어. 손가락에 금반지를 여러 개 끼고 있었던 흔적도 없었고 말이야."

"그리고 후추가 범인의 왼손을 물었어."

팡링이 말했다.

"엄청나게 세게 물었기 때문에 범인의 손에는 개한테 물린 상처가 선명하게 남아 있을 거야."

즈청이 고개를 저었다.

"그럴 리가 없어. 이 사람들 손에는 아무런 상처가 없었단 말이야."

지금까지 알아낸 단서들로는 아직 범인을 특정하기는 어려웠으므로 팡링은 계속 질문을 해보기로 했다. 하지만 어떻게 더 자세히 물어봐야 할까? 팡링은 그동안 후추가 끔찍했던 그날의 사건을 자세히 기억하지 않기를 바랐지만 아이러니하게도 지금은 하나라도 더 알아내기 위해 애쓰고 있었다.

'후추야, 예전 엄마가 죽은 그날 무슨 일이 있었는지 기억나니?'

팡링은 후추가 떨고 있는 것을 느낄 수 있었다.

'멍멍이는 배가 고팠어요. 엄마가 밥을 줬어요. 엄마가 소리쳤어요! 빨리 뛰어! 빨리 뛰어! 엄마가 소리쳤어요…….'

'그날 멍멍이는 무엇을 하고 있었는지 천천히 얘기해줄 수 있겠니?'

팡링의 머릿속에 후추가 전달하는 화면이 펼쳐졌다. 멍멍이는 가정부의 방에서 곤히 자고 있었다. 그때 방 밖에서 어떤 소리가 들렸고 멍멍이가 놀라 고개를 들었다. 가정부도 잠에서 깼다. 밖에서 싸우는 소리가 점점 크게 들려왔고 비명도 들려왔다. 가정부는 잔뜩 긴장한 채 방문을 열고 바깥을 살폈다. 멍멍이는 벌써 아침이 되어서 밥을 먹으러 가는 줄 알고 가정부를 뒤따라 나섰다. 하지만 밖은 아직 깜깜했다. 그때 한 남자가 아래층으로 뛰어 내려왔다. 손에는 피 묻은 칼을 쥐고 있었다.

　가정부는 남자를 보자마자 소리를 질렀고 멍멍이도 큰 소리로 짖기 시작했다. 남자는 칼을 들고 그들에게 다가왔다. 가정부는 겁에 질려 밖으로 도망쳤고 멍멍이도 그녀의 뒤를 따라 달렸다. 멍멍이는 가정부보다 빨리 달려 대문에 먼저 도착했다. 그런데 뒤에서 가정부의 비명이 들려왔다. 멍멍이가 뒤돌아보니 가정부가 남자에게 붙들려 있었다. 멍멍이는 남자에게 달려들어 손을 물었다. 남자는 고통스럽게 비명을 지르며 가정부를 놓고 손에 들고 있던 칼로 멍멍이의 뒷다리를 베었다. 다행히 멍멍이가 재빨리 피해서 다리가 잘리지는 않았다. 멍멍이는 고통스럽게 울부짖으며 뒤로 물러났고 가정부는 다시 남자에게 붙잡혔다.

　"멍멍아, 빨리 뛰어! 빨리 뛰어!"

　가정부가 계속 같은 말을 반복했다. 멍멍이는 남자가 칼을 들어 가정부의 등에 꽂는 것을 보고 기겁해서 뒷걸음질 쳤다. 그리고 대문의 문틈으로 도망쳐 나왔다. 멍멍이는 상처 입은 뒷다리를 절뚝이며 앞만 보고 달려갔다.

　'엄마가 아파요. 멍멍이도 아파요. 엄마가 울어요. 멍멍이는 빨리 뛰었어요. 빨리 뛰었어요…….'

　후추의 아픔이 팡링의 마음속에 그대로 전달되었다. 팡링은 신음하는 후추를 꼭 끌어안았다. 후추는 온기를 되찾은 듯 팡링의 품을 파고들었다. 그때 콩콩이가 후추 옆에 다가왔다. 하지만 이번에는 질투가 아니라 위로해 주러 온 것이었다. 콩콩이는 후추의 얼굴을 열심히 핥아줬다.

"더 알아낸 내용이 있어?"

리즈청이 조급하게 물었다. 팡링은 후추가 전해준 이야기를 그에게 들려줬다.

팡링은 마치 현장에 직접 있었던 사람처럼 이야기를 전하며 두려움에 눈물을 흘렸다.

"후추의 말을 정리해 보면 범인은 사건이 발생하기 전에 커 씨 집을 찾아가 다툰 적이 있고 그다음에 살인을 저질렀다는 건데……. 원한을 살 만한 사람이 토지 분쟁이 있었던 그 집안 사람 말고 또 누가 있으랴……."

리즈청은 잠시 고민하다가 서류 가방에서 사진 두 장을 더 꺼냈다. 각각 한 남자와 여자의 사진이었다.

"사진 속 이 여자는 커 씨 애인이야. 남자는 여자의 남편이고. 이 남자의 머리 스타일은 네가 얘기한 거랑 비슷한 것 같아. 사건이 벌어지기 전에 커 씨랑 이 남자랑 싸운 적이 있었거든. 그래서 이 남자도 용의자 중 한 명으로 의심하고 있었어."

팡링은 남자의 사진을 가만히 들여다봤다. 머리 스타일은 비슷했지만, 팡링이 화면 속에서 봤던 남자보다 덩치가 훨씬 커 보였다.

"이렇게 덩치가 컸던가?"

리즈청은 팡링의 말을 듣고 다시 서류 가방을 뒤지기 시작했다.

"아무래도 이 사람은 아닌 거 같아."

12. 후추의 증언 407

리즈청은 갑자기 무언가 생각난 듯 가방을 내려놓고 팡링에게 말했다.

"그럼 혹시 사건이 발생하기 며칠 전에 뭔가 인상 깊었던 일이 있었는지 물어봐."

팡링은 이렇게 두루뭉술한 질문에 대한 답을 들을 수 있을 거라고 생각하지 않았다. 하지만 후추가 예전에 어떻게 살았는지 궁금하기도 하고 밑져야 본전이니 일단 시도해 보기로 했다.

'후추야, 그 일이 있기 며칠 전에 집에 무슨 특별한 일이 있었니? 평소와 달랐던 점이라던가 말이야.'

후추는 한동안 아무 말이 없었다. 열심히 기억을 되짚어 보는 중인 것 같았다.

'언니가 돌아왔어요. 언니가 아파요. 멍멍이를 쓰다듬어 줬어요. 언니가 울어요.......'

팡링의 눈에 마르고 가녀린 여자가 한 명 보였다. 여자는 모자를 쓰고 마스크로 얼굴을 가린 채 캐리어를 끌고 집으로 들어왔다. 멍멍이는 처음에 여자를 알아보지 못하고 마구 짖다가 집주인에게 발로 차였다. 멍멍이는 곧 언니가 다시 돌아왔다는 걸 알고 반갑게 달려갔다. 하지만 이번에도 집주인 남자가 멍멍이를 발로 걷어찼고, 멍멍이는 시무룩하게 개집으로 다시 들어갔다.

그날 밤 언니가 가정부의 방에 들어와 멍멍이와 같이 있고 싶다면서 데리고 갔다. 언니는 멍멍이를 안고 거실 소파에 앉아 노래를 부르며 멍멍이를 쓰다듬었다. 멍멍이가 언니를 바라봤을 때 언니는 울고 있었고 그 모습을 본 멍멍이는 마음이 아팠다.

'언니가 화가 났어요. 크게 소리 질렀어요. 멍멍이는 무서워서 엄마에게 달려갔어요.'

팡링의 머릿속에 또 다른 시간의 화면이 그려졌다. 언니는 아래층으로 내려오며 미친 듯이 소리를 질렀다. 휴대전화를 집어 던지고 머리를 감싼 채 포효했다. 집주인과 그의 아내가 언니를 에워싸고 있었다. 그 모습을 보고 놀란 멍멍이는 얼른 가정부의 방으로 달려갔고 가정부 역시 겁을 먹고 멍멍이를 꼭 끌어안고 있었다…….

"혹시 그 집 딸에게 무슨 일이 있었어?"

팡링의 질문에 리즈청이 깜짝 놀랐다. 집주인의 딸은 살해되기 몇 달 전, 같이 살던 남자 친구와 헤어지고 갑자기 짐을 싸서 집에 돌아왔다.

"당시에 나도 치정이 얽힌 살인인가 싶어 그 여자의 전 남자 친구를 찾아갔었어. 그런데 그 남자에게는 그날 현장에 없었다는 알리바이가 있었어. 동부 해안 쪽에 이모님 집에서 같이 살고 있었는데 그 이모님이 평소에 해변을 다니면서 떠돌이 개들 밥을 챙겨주나 봐. 그 사건이 일어난 날 무렵 이모님이 며칠 동안 몸이 안 좋으셔서 자기가 대신 개들 밥을 챙겨주러 갔었대. 방금 생각났는데 네가 말한 것처럼 그 남자 왼손에는 개에 물린 상처가 있었어! 그 남자는 분명 떠돌이 개들에게 밥을 주다가 물린 거라고 했어. 자기가 처음 해보는 일이라 서툴러서 실수했다면서 말이야. 그래서 그날은 이모님이 남자랑 같이 해변에 갔었다고 이모님이 직접 말씀해 주셨어."

즈청의 얘기를 듣던 팡링은 뭔가 익숙한 풍경이 떠올랐다. 이모님 대신 떠돌이 개들에게 밥을 챙겨주러 간 곳이 동부 해안가라고……? 그래! 팡링이 예전 바다에 뛰어들 결심을 하고 찾아갔던 곳이 바로 동부 해안가였다. 그곳에서 콩콩이를 처음 만났을 때 콩콩이가 이렇게 물었다.

'아주머니가 며칠 안 오셨는데 혹시 아주머니 대신 온 건가요?'

"그 이모님이 개들에게 밥을 챙겨주던 곳이 어느 해변에서 가까운 곳인지 알아?"

"그건 안 물어봤어."

리즈청은 팡링의 질문이 사건과 무슨 관련이 있는지 도무지 이해할 수 없다는 표정이었다.

"혹시 그 이모님 사진도 갖고 있어?"

리즈청은 팡링이 지금 자신을 가지고 놀고 있는 건 아닌가 생각했다. 그러다 팡링의 진지한 눈빛을 보고 서류 가방에서 두꺼운 파일을 하나 꺼내 사진을 찾기 시작했다.

"이모님, 이모님, 이모님……. 분명 이쪽에 있었는데."

즈청은 파일을 뒤지며 중얼거렸다.

팡링은 그런 그의 모습이 귀여웠다.

"찾았다!"

즈청은 마치 귀한 보물이라도 찾은 듯 큰 소리로 외치며 팡링에게 사진을 건넸다.

"그날 함께 수사를 나갔던 경찰이 찍은 사진이야. 거기 있는 여자가 이모님이고 옆에 있는 사람이 바로 그 남자야. 커 씨 딸의 전 남자 친구."

팡링은 사진을 자세히 살펴보며 생각했다. 살인사건은 팡링이 둥베이자오에 가기 며칠 전에 일어났다. 만약 이모님이 개들에게 밥을 주는 구역에 콩콩이도 있었다면 콩콩이는 사건 당일 이 남자를 만났을 것이다. 만약 콩콩이가 이 남자를 만난 적이 없다면 아마도 이모님이 조카를 숨겨주기 위해 거짓말을 한 것일 수도 있다.

"내 추론이 맞았는지 틀렸는지 잘 모르겠지만 일단 해볼게!"

팡링은 즈청에게 이렇게 말하고 콩콩이를 불렀다.

"콩콩아, 엄마한테 와 봐!"

즈청은 여전히 어리둥절한 표정이었다.

"콩콩아, 엄마 좀 도와줘야겠어."

콩콩이는 처음에는 엄마의 말이 이해되지 않아 갸우뚱하더니 이내 팡링의 얼굴을 핥으며 알겠다는 표시를 했다.

'콩콩아, 이 사진 속 여자가 혹시 예전에 콩콩이에게 밥을 챙겨주던 그 아주머니가 맞니?'

'네 맞아요. 왜요?'

팡링은 속으로 쾌재를 불렀다.

'예전에 엄마를 처음 만났을 때 아주머니가 며칠 동안 안 오셨다고 했잖아, 그럼 혹시 이 남자가 대신 밥을 챙겨주러 온 적 있니?'

팡링이 사진 속 남자의 모습을 콩콩이에게 전달했지만 콩콩이는 그저 갸우뚱할 뿐이었다.

'대신 밥을 주러 오는 사람은 없었어요! 그때 며칠 동안 밥을 못 먹어서 배가 많이 고팠어요. 엄마가 대신 밥을 챙겨주러 온 사람인 줄 알았어요.'

Bingo!

"그 남자는 떠돌이 개들한테 밥을 주러 간 적이 없어. 이모님이 개들에게 밥을 주던 구역에 콩콩이도 있었는데 우리가 처음 만났을 때 콩콩이가 그랬어, 밥을 주는 아주머니가 며칠 동안 오지 않았다고 말이야. 그리고 방금 콩콩이가 그러는데 아주머니가 안 오시는 동안 다른 사람이 온 적은 없었대. 이모님이 거짓말을 한 것 같아. 그 남자의 알리바이는 거짓이야."

팡링의 말을 들은 리즈청은 눈이 휘둥그레졌다. 리즈청은 팡링이 둥베이자오에는 왜 갔고, 그곳에서 어떻게 콩콩이를 만나게 되었는지 궁금했다. 하지만 이 상황이 너무 놀라워 물어보는 것을 까먹었다. 세상에 이런 우연이 또 있을까! 사건 현장에 있던 개에게 도움을 청하러 왔는데 그 집에 있던 다른 개에게서도 이렇게 큰 단서를 얻다니 말이다.

"어쨌든 후추가 그날 현장에 있었으니까 후추에게도 남자를 본 적이 있냐고 물어봐야 해. 만약 그 사람이 후추가 본 남자라면……."

팡링이 말했다.

팡링은 마치 십 년 전처럼 당당하고 의기양양한 소녀의 모습이었다.

그녀는 다시 정신을 집중해서 남자의 인상착의를 후추에게 전달하려고 애썼다. 그러자 후추가 갑자기 흥분해서 뛰어오르며 짖기 시작했다. 후추는 쉴 새 없이 짖으며 제자리에서 빙글빙글 돌기 시작했다.

'물어버릴 거예요! 물어버릴 거예요! 물어버릴 거예요!'

팡링과 즈청은 후추의 반응에 너무 놀라 말을 잇지 못했다. 팡링은 얼른 다가가 후추를 품에 꼭 안았다. 팡링의 품에서 후추는 조금씩 안정을 찾기 시작했다. 콩콩이도 팡링에게 가까이 다가갔다.

"콩콩이도 오늘 정말 잘했어! 고마워!"

팡링이 콩콩이에게 이렇게 말했다. 그런 다음 품에 안고 있는 후추에게 조용히 속삭였다.

"후추야 고생했어. 이제 무서워하지 않아도 돼."

리즈청도 콩콩이와 후추 곁으로 다가와 개들을 쓰다듬어 줬다.

"이 정도면 도움이 많이 되었지?"

팡링이 물었다.

즈청이 고개를 끄덕였다.

"딸의 전 남자 친구랑 그 이모님을 찾아가서 다시 조사해 봐야겠어. 문제는 남자의 알리바이가 거짓이라는 걸 증명할 수 있는 방법을 찾아야 해. 그 사람들한테 가서 이모님이 밥을 주던 개가 그러더라고 말할 수는 없잖아."

즈청이 웃음을 띠며 말했다. 팡링도 그의 말에 웃음을 터트렸다. 두 사람의 눈이 다시 마주쳤고 팡링은 즈청의 눈 속으로 힘없이 빠져들어 갔다. 그때 즈청의 입술이 팡링의 입술에 닿았다.

하늘이 빙빙 도는 듯한 아찔한 이 느낌! 아주 오랫동안 느껴 보지 못한 감정이었다. 팡링은 두 손으로 즈청의 목을 감싸 안았다. 즈청도 팡링의 몸을 감싸 안았다.

그런데 그 모습을 본 콩콩이가 화를 내며 맹렬히 짖기 시작했다.

'엄마를 물지 말아요! 엄마를 물지 말아요!'

팡링은 곧바로 즈청을 밀어내고 뒤돌아 콩콩이를 달랬다.

"아니야, 이 삼촌은 엄마를 물지 않았어. 그러니까 걱정하지 마."

팡링이 당황하며 콩콩이에게 설명했다. 하지만 콩콩이는 여전히 즈청을 바라보며 맹렬히 짖었다.

'아니에요! 분명히 엄마를 물었어요! 제가 다 봤어요!'

팡링은 즈청에게 사과했다. 즈청은 괜찮다며 소파 옆으로 돌아와 자신의 물건들을 챙겼다.

"벌써 가려고……?"

팡링이 물었다.

"응. 단서를 찾기는 했지만, 아직 해야 할 일이 많아서."

즈청이 말했다.

팡링의 눈빛에 아쉬움이 가득했다.

"오늘……. 휴가 냈다고 하지 않았어?"

콩콩이는 팡링이 자기 때문에 속상해하는 줄 알고 얌전히 앉아 팡링의 눈치를 살폈다.

"응. 그렇긴 한데, 그래도 할 일이 많으니까 시간 있을 때 가서 해야지."

즈청의 표정은 어딘가 어색해 보였다. 마치 일을 핑계로 서둘러 도망치려는 사람처럼. 하지만 도대체 그는 무엇으로부터 도망을 치려는 걸까? 콩콩이? 팡링? 아니면 조금 전 그 키스?

"그래! 가봐! 그 나쁜 놈 얼른 잡아야지."

팡링은 실망감을 애써 감추고 즈청을 보내줬다.

"고마워."

즈청은 가방을 들고 후추를 한 번 쓰다듬어 줬다. 그리고 팡링을 바라봤다. 이제 그의 눈빛은 후회와 괴로움으로 가득했다. 그 눈빛은 다시 한 번 팡링에게 상처를 줬다.

즈청이 떠나고 콩콩이가 팡링 앞에 다가와 말했다.

'정말이에요. 저는 저 아저씨가 엄마를 무는 줄 알았어요.'

팡링은 콩콩이의 얼굴을 쓰다듬으며 이마에 입을 맞췄다. 그리고 콩콩이를 품에 꼭 안았다.

'걱정하지 마. 너 때문에 그러는 게 아니야.'

위스퍼링이 끝나고 팡링은 콩콩이와 후추를 데리고 공원에 산책하러 갔다. 개들은 여느 때처럼 잔디밭에서 냄새를 맡거나 친구를 만나면 함께 쫓고 쫓기며 신나게 뛰어다녔다. 후추는 조금 전 떠올려야 했던 끔찍한 기억들은 벌써 잊어버린 것 같았다.

팡링은 벤치에 앉아 넋이 나간 표정으로 조금 전 있었던 일을 떠올렸다.

그때 누군가 팡링의 옆에 앉았다. 고개를 돌려보니 아이링이 와 있었다. 아이링이 신나게 뛰어노는 개들을 바라보며 말했다.

"저렇게 신나게 노는 걸 보니 위스퍼링이 무사히 끝났나 봐?"

"개들은 언제나 지금 이 순간을 살아. 우리 인간들처럼 과거의 일에 연연하지 않지."

"내가 리즈청을 데려다줘서 원망스럽니?"

팡링이 고개를 저었다.

"원망해도 너를 원망하지는 않아. 너는 그 사람이 사건을 해결할 수 있게 도와줬을 뿐이잖아."

팡링은 여전히 조금 전 그 키스를 떠올렸다. 키스 후에 냉랭한 모습으로 급히 떠나던 즈청의 모습도……. 팡링은 그의 키스를 받아들인 자기 자신이 원망스러울 뿐이었다.

"네가 진심으로 행복했으면 좋겠어."

아이링이 말했다.

"네가 줄곧 그 사람을 그리워한 거 알아. 그 사람이 나를 찾아왔을 때 이런 생각이 들었어. 만약 이번에 네가 그 사람을 다시 만난다면 적어도 그 사람에 대한 감정을 확인할 수 있을 거라고 말이야."

팡링은 아이링의 말을 듣고 쓴웃음을 지었다.

"덕분에 잘 확인했어. 그 사람은 정말 아니더라. 정말 아니야! 난 정말 바보 같아……."

팡링은 괴로운 얼굴로 고개를 저었다.

아이링이 안쓰러운 표정으로 팡링을 바라봤다.

"사랑 앞에서 바보가 되지 않는 여자가 어디 있겠어? 나도 그랬잖아. 뭐 그리 대단한 사랑이라고 그 남자를 위해서 몸에 칼을 대고, 내연녀까지 되려고 했는지……. 그때는 그 사람의 사랑만 얻을 수 있으면 뭐든 다 할 수 있을 것 같았어. 그런데 그렇게 얻은 사랑은 오래 못 가더라. 일부러 유부남인 줄 알면서 만난 거 아니야. 다른 사람의 가정을 망치려는 생각도 정말 없었어……."

아이링이 울먹이기 시작했다.

팡링이 아이링을 바라봤다. 그리고 고개를 끄덕이며 다 괜찮다는 눈빛을 보냈다. 팡링은 울고 있는 아이링을 꼭 안아줬다. 화해의 포옹이었다. 진정한 친구란 아무리 자주 싸우고 서로 멀어져도 언제든 다시 서로의 곁으로 돌아오는 그런 존재다.

신나게 뛰어놀던 콩콩이와 후추가 갑자기 놀이를 멈추고 나무 뒤를 응시했다. 그러더니 둘이 앞서거니 뒤서거니 하면서 나무를 향해 돌진했다.

"콩콩아! 후추야!"

팡링이 자리에서 일어나 큰 소리로 이름을 부르며 달려갔다. 아이링도 팡링을 따라 달렸다. 개들은 나무 뒤에서 나온 수상한 사람한테 반갑게 뛰어오르며 안겼다. 자세히 보니 수상한 사람은 다름이 아닌 청샤오징이었다.

"그래, 그래. 나도 너희가 너무 보고 싶었어! 너희 엄마가 너희에게 험한 일을 시킨다고 해서 이 삼촌이 조금 삐졌었어."

청샤오징은 쪼그려 앉아 행복한 미소를 지으며 개들을 쓰다들었다. 그러다 팡링이 다가오는 것을 보고는 갑자기 자리에서 아무 일도 없었다는 듯 헛기침을 했다.

"점장님이셨어요! 나쁜 사람이 개들한테 해코지하는 줄 알고 얼마나 놀랐는데요!"

"그렇게 개들을 걱정하는 사람이 그런 일을 시켜요?"

청샤오징이 팡링에게 쏘아붙였다.

"왜 화를 내세요!"

"내가 화를 내든 말든 무슨 상관이에요! 어차피 팡링 씨 마음대로 할 거면서! 콩콩이랑 후추한테는 내가 아빠나 다름없다는 걸 잊었어요?

"네네, 제가 잘못했어요. 그렇지만 후추를 보세요. 이렇게 멀쩡하잖아요! 왜 나무 뒤에 그렇게 숨어 있고 그러세요."

"아무 일도 없었다니 다행이오. 후추한테 무슨 일이라도 생기면 가만 놔두지 않으려고 했는데."

청샤오징이 옆에 놓인 봉투를 들어 팡링에게 건넸다.

"소고기 조금 샀어요. 애들이 고생했을 텐데 기분 좀 풀어주려고요. 가서 삶아줘요. 콩콩이랑 후추 주려고 산 거니까 뺏어 먹을 생각하지 말아요!"

팡링이 건네받은 봉투는 생각했던 것보다 훨씬 무거웠다. 내용물을 보니 소고기 '조금'이 아니었다. 개들이 일주일 동안 충분히 먹고도 남을 양이었다.

"점장님, 정말 감사해요. 콩콩이랑 후추를 이렇게 생각해 주는 사람은 역시 아빠밖에 없네요!"

팡링은 청샤오징이 칭찬에 약하다는 걸 알고 있었다. 다행히 청샤오징도 팡링의 칭찬에 기분이 좋아진 것 같았다.

"정말 좋은 사람이야."

아이링이 말했다.

"맞아 좋은 사람이야. 약간 까칠하고 잔소리를 많이 하기는 해도 불쌍한 사람이나 동물을 보면 그냥 지나치지 못하는 따뜻한 사람이야. 개를 키우면서도 못된 짓을 하는 사람들이 많은데 그런 사람들에 비하면 훨씬 대단하지."

팡링이 감탄하며 말했다.

콩콩이와 후추는 벌써 고기가 들어있는 봉투를 뚫어져라 쳐다보고 있었다. 후추는 거의 봉투 안으로 기어들어 갈 기세였다.

'먹고 싶어요! 먹고 싶어요!'

'저두 먹구 싶어요!'

콩콩이와 후추가 동시에 팡링에게 메시지를 전달했다. 팡링은 두 아이의 해맑은 모습을 보면서 안심했다.

"그래, 이제 집에 가자! 가서 아빠의 고기를 먹어보자!"

팡링은 콩콩이와 후추의 목줄을 채워서 집으로 향했다.

"아! 아빠의 고기가 아니라 '아빠가 사준 고기'라고 해야지! 물론 아빠의 고기보다 맛있을 거야 하하하하!"

아이링은 개들을 데리고 걸어가는 팡링의 뒷모습을 보면서 마음이 따뜻해지는 것을 느꼈다. 그리고 자기도 모르게 팡링의 뒤를 따라갔다.

12. 후추의 증언

13. 사건의 진실

무무 카페의 점장 린무무가 아침 일찍 편의점에 찾아왔다. 무무는 일본 보자기에 정성껏 싸온 커다란 무언가를 테이블 위에 올려놓고 가만히 창밖을 바라보고 있었다.

청샤오징이 무무를 보면서 투덜거렸다.

"저 자식은 남의 편의점에 왔으면 뭐라도 사야지, 왜 아무것도 안 사고 자리만 차지하고 있는 거야. 자기도 장사를 하니까 잘 알 텐데 말이야."

계산대에서 계산하던 샤오멍이 대답했다.

"그냥 앉아 있게 두세요. 동네 할아버지, 할머니들은 야쿠르트 하나 사서 오후 내내 앉아 있다가 가시기도 하잖아요."

"그야 할아버지, 할머니들은 내쫓으면 큰일 나니까 그렇지! 아마 그러면 동네 할아버지, 할머니들이 다 찾아와서 뭐라고 할

걸! 그때는 정말 큰일 나는 거야."

청샤오징이 계산대에 서서 말했다.

사실 샤오멍은 무무가 오늘 편의점에 온 이유를 알고 있었다.

잠시 후 팡링이 개들을 데리고 편의점으로 들어왔다.

"아침 식사하러 왔어요?"

청샤오징이 팡링을 반갑게 맞이했다.

팡링이 고개를 끄덕이며 테이블이 있는 곳으로 갔다. 팡링이 진열대에서 삶은 달걀을 고르고 있을 때 무무가 소리 없이 그녀의 뒤에 나타났다.

"오늘 아침 식사는 제가 준비해 왔어요. 공원에 가서 같이 드실래요?"

무무는 보자기에 싸 온 도시락을 팡링 앞에 내밀며 수줍게 웃었다.

팡링은 어리둥절한 표정으로 무무를 바라봤다. 그러다 갑자기 아침에 머리도 안 빗고 그냥 나온 게 떠올랐다.

청샤오징과 샤오멍은 팡링과 무무가 개들을 데리고 공원으로 걸어가는 뒷모습을 지켜봤다.

"어라? 드디어 행동으로 보여주기로 한 건가?"

청샤오징이 말했다.

"오랫동안 준비한 일이에요. 아마 저 형 어제 한숨도 못 잤을 걸요."

샤오멍이 말했다.

청샤오징은 여전히 투덜거렸다.

"피크닉 갈 생각이라면 편의점에서 음식을 사 가도 되잖아! 음식은 다른 데서 가져오고 기다리는 건 여기서 한다고? 도대체 우리 편의점을 뭐라고 생각하는 거야? 여기가 뭐 버스 정류장이야?"

샤오밍은 청샤오징의 쪼잔함에 고개를 절레절레 저었다.

무무는 공원에 도착해 자리를 잡고 앉자마자 콩콩이와 후추를 위한 도시락부터 꺼내줬다.

"세상에! 사람이 먹는 음식보다 근사한데요!"

팡링이 무무의 손에서 도시락을 가져가며 말했다.

무무 앞에 앉아 음식을 기다리던 콩콩이와 후추는 곧장 팡링의 앞으로 옮겨갔다. 팡링은 개들이 흘린 침이 땅을 흥건하게 적시고 있다는 것도 모르고 계속 도시락을 보며 감탄만 하고 있었다.

"이게 다 뭐야, 고기파이, 고기 젤리, 고기 푸딩, 볶음밥까지…! 와 무무 씨, 이러시면 앞으로 저만 힘들어져요! 얘들이 이렇게 맛있는 음식을 먹고 집에 가면 제가 주는 사료를 먹으려고 하겠어요?"

"그러면 앞으로 사료를 안 먹으면 되죠! 제가 매일 맛있는 음식을 해줄게요."

무무는 팡링의 손에 있는 도시락을 가져가 콩콩이와 후추 앞에 내려놓았다. 그런데 개들은 침을 흘리며 전전긍긍할 뿐 도시락을 먹지 않았다.

"왜 그러지? 왜 음식을 안 먹는 거예요?"

무무가 물었다.

팡링이 웃으며 콩콩이와 후추의 머리를 쓰다듬었다.

"착하기도 하지. 자, 이제 먹어!"

팡링의 말에 콩콩이와 후추는 신이 나서 도시락을 먹기 시작했다.

"와! 팡링 씨 말을 정말 잘 듣네요!"

무무는 개들을 쓰다듬어 주려고 손을 뻗었다가 곧바로 팡링에게 제지당했다.

"먹을 때는 개도 안 건드린다는 말이 있죠?"

팡링이 말했다.

무무는 고개를 끄덕였다. 그리고 두 사람을 위해 준비한 음식을 꺼냈다. 샌드위치, 오믈렛, 파이, 소시지, 과일샐러드에 향긋한 커피도 빠지지 않았다.

"무무 씨, 정말 대단하네요!"

팡링이 무무가 준비한 음식을 보고 감탄했다. 그리고 손으로 오믈렛 한 조각을 집어 입에 넣고는 마치 맛집 프로그램에 나오는 리포터처럼 맛있어 미치겠다는 표정을 지었다.

"고마워요. 여기…… 이게 있는데……."

무무가 손에 포크를 들고 말했다.

팡링은 무무의 손에 들린 포크를 보고 민망한 표정으로 건네받았다.

"미안해요. 너무 맛있어 보여서 그만… 그런데 원래 맛있는 음식은 손으로 먹어야 제맛이잖아요!"

그러면서 팡링은 손으로 샌드위치를 집었다. 무무도 웃으며 팡링을 따라 했다. 음식을 먹는 동안 두 사람 사이에 웃음이 끊이지 않았다.

"그런데 집이 여기서 멀지 않아요? 어떻게 여기까지 올 생각을 했어요?"

"그렇게 멀지 않아요……. 버스로 다섯 정거장밖에 안 되는걸요."

무무가 웃으며 말했다.

팡링은 마음이 따뜻해지는 걸 느꼈다. 그리고 언제나 자신의 옆에 있어 준 무무에게 고마웠다. 사실 그녀는 일찌감치 무무의 마음을 눈치채고 있었다. 린아이링이 너를 좋아하고 있는 사람이 가까이 있을지도 모른다고 했을 때도 곧바로 무무를 떠올렸다. 팡링은 무무가 먼저 손을 내밀어 주기만을 기다렸다. 그녀는 사랑에 관해서만큼은 이처럼 수동적인 사람이었다. 오늘따라 날씨도 정말 좋았다. 뜨거운 햇볕 대신 시원한 바람이 살랑살랑 부는 아침이었다.

그런데 그때 편의점 근무복을 입은 샤오멍이 두 사람을 향해 전속력으로 달려오고 있는 모습이 보였다.

"팡링 누나!"

샤오멍이 들고 있던 휴대전화를 팡링에게 건네며 숨을 헉헉 몰아쉬었다.

"이거……. 얼른 이것 좀 보세요!"

한 뉴스 채널의 기자회견 장면이었다.

"세상을 떠들썩하게 했던 일가족 살인사건에 대한 수사가 최근 큰 진전을 보였습니다. 검찰은 오랜 수사 끝에 커 씨 둘째 딸의 전 남자 친구인 장징펑 씨를 유력한 용의자로 지목하고 며칠 전 장 씨를 긴급 구속했습니다. 이틀에 걸친 조사 끝에 장 씨는 모든 범죄 사실을 인정했습니다. 자세한 내용은 리즈칭 담당 검사와의 기자회견을 통해 알아보도록 하겠습니다."

기자의 설명이 끝나고 곧바로 화면에 리즈칭의 모습이 보였다. 기자들 앞에 선 리즈칭은 수사 결과에 대해 침착하게 설명했다.

"저희는 한 달 전쯤 장징펑이 이 사건과 관련되어 있다는 제보를 받게 되었습니다. 그래서 치정에 의한 살인사건이라고 판단하고 경찰과 협조해 수사에 나섰습니다. 장징펑은 해외에서 운영하고 있던 사업이 어려워지자, 정신적으로 불안 증세를 보이며 여자 친구에게도 여러 차례 폭력을 가했습니다. 커 씨의 딸은 폭력을 견디지 못하고 남자 친구 몰래 도망을 나와 부모님 집에 숨어있었습니다. 이 사실을 알게 된 장징펑은 커 씨의 집에 여러 차례 찾아가 난동을 부렸는데 커 씨 가족이 계속 그를 무시하자 우발적으로 범행을 저질렀다고 합니다. 장씨는 구속된 이후 범죄 사실을 모두 인정했습니다. 다만 심신미약으로 인한 우발적 살인이라고 주장하고 있는 상황입니다."

"소문에 의하면 이번 사건의 결정적인 단서를 찾기 위해 애니멀 위스퍼러를 찾아가 예전에 커 씨가 키우던 개의 증언을 받아냈다고 하는데 모두 사실입니까?"

한 여성 기자가 리즈칭에게 질문했다. 팡링은 대체 저 여자가 어떻게 이 사실을 알고 있는지 의아했다.

단상 위에 선 리즈청은 믿을 수 없다는 표정을 지었다.

"정말 황당한 소문이네요. 하지만 우리 검찰은 절대 그렇게 비과학적인 방법으로 수사를 하지 않습니다. 소문은 소문일 뿐……."

"그러면 그 개를 찾으신 건 맞나요?"

기자가 리즈청의 말을 끊으며 물었다.

리즈청은 웃음기 하나 없는 진지한 표정으로 대답했다.

"아니요. 우리는 그 개를 찾지 못했습니다."

팡링은 아무 말 없이 기자회견을 지켜봤다.

그러나 샤오멍은 리즈청에 말에 화가 나 혼자 씩씩거렸다.

"지금 이 사람 뭐라고 하는 거예요! 분명 자기가 먼저……."

"저 사람도 저렇게 말할 수밖에 없었을 거예요."

팡링이 샤오멍의 말을 끊으며 말했다. 사실 팡링도 말은 그렇게 했지만, 실망스러운 마음까지 감추기는 힘들었다.

"만약 저 사람이 후추의 행방에 관해 이야기하면 사람들은 우리를 가만두지 않을 거예요. 아마 우리를 보호해 주려고 그러는 것 같아요……."

샤오멍은 팡링의 말을 이해했지만, 여전히 억울한 표정이었다.

무무는 휴대전화를 샤오멍에게 다시 건넸다.

"이제 이 일은 신경 쓰지 말아요. 이미 지나간 일이고 우리가 해야 할 일도 다 했잖아요. 앞으로 잘 사는 게 더 중요하죠."

무무가 팡링을 바라보며 말했다. 그는 자연스럽게 팡링의 손을 잡았다. 팡링은 무무의 손에서 따뜻한 기운이 전해지는 것을 느끼며 그의 손을 꼭 움켜잡았다. 그리고 그를 바라보며 환하게 웃었다.

시간은 계속 흘러갔다.

팡링은 여전히 다양한 동물들과 그의 주인을 만나 갖가지 기상천외한 가정 분란을 해결했다. 예전과 다른 점은 이제 종종 콩콩이와 후추를 데리고 카페에 온다는 것이었다. 그리고 위스퍼링이 끝나면 무무가 카페를 닫는 시간까지 머물렀다가 함께 산책하며 집으로 돌아갔다. 콩콩이와 후추도 무무를 무척 좋아했다. 개들의 마음을 얻으려면 우선 그들의 입맛부터 사로잡으라는 말이 있는데 무무는 자신만의 탁월한 재능으로 순식간에 마음을 얻는 데 성공했다.

린아이링은 고양이 텐텐을 위해 집안의 가구를 모두 바꿨다. 그런데 한 번에 온 집 안 가구를 다 바꾸면서 그녀의 높은 안목과 텐텐의 요구까지 모두 만족시키는 건 쉬운 일이 아니었다. 그래서 아예 린아이링이 직접 디자이너와 합작해 가구 제작에 참여했고, 내친김에 반려동물 전문 가구 디자인 사업을 시작했다. 그렇게 린아이링은 부잣집 백수 딸내미에서 당당한 커리어 우먼으로 화려하게 복귀했다.

팡링과 무무가 연인관계로 발전하면서부터 샤오멍은 더 이상 팡링의 위스퍼링을 도우러 오지 않았다. 물론 둘 사이에 눈치

없이 끼고 싶지 않아서 그런 것도 있지만 그보다 더 큰 이유는 곧 1년간의 휴학 기간이 끝나기 때문이었다. 샤오멍은 여전히 자신이 하고 싶은 일을 찾지 못했다. 하지만 우선은 학교로 복귀하기로 했다. 샤오멍이 학교로 돌아가는 조건으로 부모님은 그가 혼자서 나가 사는 것을 허락해줬다. 사실 이 문제로 다툼이 좀 있었지만 부모님은 결국 샤오멍의 조건을 받아들이셨다. 대신 생활비 일부는 샤오멍 스스로 벌어야 했다. 샤오멍은 청샤오징에게 낮 시간대로 근무 시간을 바꿔 달라고 부탁했고 청샤오징도 이를 흔쾌히 허락했다. 다만 야간에 근무할 사람을 구하지 못해 청샤오징이 한동안 직접 야간 근무를 해야 했다.

오늘도 팡링은 무무 카페에서 아주 까다로운 위스퍼링 의뢰를 한 건 마쳤다. 의뢰인의 고양이는 중병에 걸려 당장 병원에 입원해야 하는 상태였는데 주인은 끝까지 고양이의 의견을 먼저 물어보겠다고 고집했다. 팡링은 의료 문제는 의사의 조언을 무조건 따라야 한다고 말했지만, 주인은 계속 고집을 피웠다. 병원에 입원하는 걸 좋아하는 사람이 없듯 동물도 당연히 병원에 가는 걸 원치 않을 것이다. 동물이 하루빨리 치료받아야 하는 상황이라면 주인이 책임감을 느끼고 동물을 위한 결정을 내려야 한다. 몇 번의 실랑이가 오고 간 끝에 주인은 결국 팡링의 조언을 받아들였다. 팡링은 주인을 설득하느라 말을 하도 많이 해서 기진맥진한 상태였다.

의뢰인이 떠나자 무무가 다가와 그녀에게 시원한 물을 따라줬다. 두 사람은 서로 마주 보고 웃었다.

그때 카페 문이 열리는 소리가 들렸다. 무무는 재빨리 뒤돌아 손님이 들어오는 것을 확인했다. 그러다 손님의 정체를 확인하고 그대로 얼어붙었다.

리즈청이었다.

'저 자식이 여긴 무슨 일로 온 거지…….'

무무는 생각했다.

하지만 겉으로는 아무렇지도 않은 척 평온한 표정으로 '어서 오세요'하고 인사했다.

무무는 팡링을 바라봤다. 그녀는 무무보다 더 놀란 표정이었다. 무무는 조용히 뒤로 물러나 두 사람을 지켜보기로 했다.

리즈청은 팡링이 있는 곳으로 자연스럽게 걸어가 웃으며 인사를 건넸다. 한 달 전의 키스 사건이 불현듯 팡링의 머릿속에 떠올랐다. 그녀는 떠오르는 기억을 밀어내기 위해 머리를 한 번 세차게 흔들었다.

"여긴 무슨 일로 왔어?"

팡링은 애써 담담하게 물었다.

즈청은 팡링의 냉랭한 태도에 조금 당황한 듯 보였다.

"너한테 수사 결과에 대해서 자세히 얘기도 해주고, 그날 기자회견에서 내가 한 말에 대해서 해명을 좀 해야 할 것 같아서……."

"해명할 필요 없어. 나도 다 이해하니까."

팡링이 리즈청의 말을 끊었다.

"오빠 입장이 어떤지 나도 다 이해한다고."

즈청은 고개를 끄덕였다. 그는 팡링이 그 일에 대해 뭐라고 더 얘기할 줄 알고 기다렸지만, 그녀는 고개를 푹 숙인 채 아무 말이 없었다. 팡링은 어딘지 모르게 어색하고 불편한 모습이었다.

"그래서 어떻게 된 거야?"

팡링이 먼저 말을 꺼냈다.

"수사 결과 알려주러 왔다며?"

잠시 의기소침해 있던 즈청은 곧바로 본업인 검사의 눈빛으로 돌아왔다.

"장징펑은 원래부터 감정 기복이 심한 사람이었대. 그래서 예전에도 여러 번 사고를 쳤나 봐. 그러다 커 씨의 딸 커즈전을 알게 되었는데 커즈전의 조언으로 의사를 만나면서 상태가 조금 나아졌나 봐. 그러면서 둘은 연인관계로 발전했어. 처음에는 둘 사이에 아무 문제도 없었고, 결혼까지 생각할 정도로 진지한 관계였대. 심지어 커즈전의 아빠 커위밍도 자기 인맥을 동원해서 장징펑이 동남아에서 사업을 시작할 수 있도록 도와줬어. 그런데 금융 위기를 겪으면서 상황이 완전히 변한 거야. 커위밍은 장징펑이 자신의 도움 없이 혼자 힘으로도 사업을 이끌어갈 수 있어야 한다며 모든 지원을 끊었어. 그런데 장징펑은 원래 사업을 할 줄 모르는 사람이었던 거야. 예비 장인의 지원이 끊기자마자 사업은 계속 어려워졌고, 게다가 동남아에 살면서 병원 진료를 정기적으로 받지 않다 보니 다시 감정 기복이 심해졌어. 그때부터 술만 마시면 커즈전에게 손을 대기 시작한 거야. 점점 폭력이 심해지니까 커즈전이 견디지 못하고 부모님 집으로 도망을 갔대."

"결국 장징펑의 사업은 망했어. 그런데 장징펑은 그게 모두 자신을 버리고 도망간 커즈전이랑 자신을 도와주지 않은 커위밍 때문이라고 생각한 거야. 그래서 대만으로 돌아온 이후 커 씨 집에 찾아가 난동을 부렸나 봐. 그때 손에 금반지를 잔뜩 낀 남자가 집에 와서 난동을 부리는 장면을 봤다고 했지? 아마 그 사람이 장징펑이었던 것 같아. 사실 장징펑은 커즈전을 다시 만나고 싶어서 그 집을 찾아갔었는데 커위밍이 자신을 받아주지 않고 무시만 하니까 화가 났던 거지. 그래서 새벽에 몰래 찾아가 일을 저지른 거야. 장징펑은 처음부터 가족들을 다 죽일 생각은 없었대. 그런데 막상 상황이 격해지니까 자기도 모르게 이성을 잃고 그런 끔찍한 일을 저지른 거야."

즈청이 이야기하는 도중 무무가 커피를 가져왔다. 무무는 커피를 내려놓고 카운터로 돌아가면서도 둘의 이야기에 귀를 기울였다.

"그럼 장징펑의 이모님이 거짓 증언을 한 거야? 위증도 처벌받지 않아?"

팡링이 물었다.

"그 이모님은 건강이 많이 안 좋아져서 얼마 전에 세상을 떠나셨대. 이모님이 돌아가시고 장징펑이 이모님이 하시던 일을 이어받아 실제로 떠돌이 개들한테 밥을 주러 다녔나 봐. 벌써 몇 달째 그렇게 하고 있었더라고. 그런데 얼마 전에 누가 개들 밥에 독을 타서 떠돌이 개 여러 마리가 죽었는데 우리가 찾아갔을 때 장징펑은 죽은 개들 사체를 치워주고 있었어. 우리한테 동물 장의사한테 연락해 줄 수 있냐고 부탁하더라. 죽은 개들이 좋은 곳으로 갈 수 있게 잘 보내주고 싶다면서 말이야. 그런 끔찍한 일을 저지른 살인자의 모습이라고는 전혀 상상할 수 없었어……."

"어떻게…… 어떻게 그럴 수가 있지?"

즈청은 쓴웃음을 지으며 커피를 한 모금 마셨다. 그리고 말했다.

"예전에 선생님께서 이런 말씀을 하셨어. 나쁜 사람들에게도 저마다 어쩔 수 없는 사연이 있을 거라고. 그래서 범죄를 저질렀다고 해서 무조건 그 사람을 극악무도한 사람으로 몰아세우지 말고 어떤 사정이 있었는지 잘 헤아려 보라고 하셨어. 그래야 그들이 저지른 실수가 우리의 실수가 되지 않는다고……."

즈청이 말하는 선생님은 바로 팡링의 아버지였다. 팡링은 다시 한 번 즈청에게서 아버지의 모습을 봤다. 심지어 둘은 커피를 마시는 모습마저 똑같았다.

"그래서 그 남자가 범죄를 모두 인정한 걸로 다 끝난 거야?"

팡링이 물었다.

"응. 그렇게 오랫동안 숨어서 나타나지 않더니 잡히자마자 바로 모든 걸 인정하더라. 사실 장징펑은 우리가 처음 찾아갔을 때 범죄 사실을 다 말하려고 했는데 이모님이 말려서 못 했대. 이모님이 돌아가시고 나서는 자수할 용기가 나지 않아서 오히려 우리가 찾아오기만을 기다리고 있었다더라. 모든 사실을 인정하고 마음속에 무거운 돌덩이를 내려놓고 싶었대."

두 사람은 한동안 아무 말이 없었다. 끔찍한 범죄를 저지른

'나쁜 사람'을 드디어 잡았는데 생각했던 것보다 기쁘지 않았다.

"장징펑이 잡혀 온 이후에 떠돌이 개들은 어떻게 되었을까?"

팡링이 물었다.

"걱정하지 마. 안 그래도 나한테 개들을 돌봐줄 수 있는 사람을 알아봐달라고 부탁하더라고. 그러면서 자기가 갖고 있던 모든 현금을 그 사람 앞으로 남겼어. 그 돈으로 계속 개들을 돌봐 달라고……. 우리가 찾은 증거나 그의 자백이 아니었다면 정말 그가 다섯 사람을 잔혹하게 살해한 살인자라는 사실을 믿기 힘들었을 거야."

즈청이 허탈한 미소를 지으며 말했다.

"나쁜 사람들에게도 저마다 어쩔 수 없는 사연이 있을 것이다."

팡링은 이 말을 혼자 중얼거렸다. 우런이 이 자리에서 팡링에게 자신이 한 일을 고백했을 때 그녀도 같은 말을 떠올렸었다. 인연을 끊다시피 한 아버지가 자신의 인생에 이렇게 큰 영향을 미치고 있을 줄은 생각도 못 했다.

"맞다!"

즈청의 말을 듣고 생각에 잠겨있던 팡링이 고개를 들었다.

"얼마 전에 화롄에 가서 선생님을 뵙고 왔어."

팡링은 즈청을 바라봤다. 그녀의 눈빛은 차갑고 불안해 보였다. 그가 무슨 이야기를 꺼낼지 다 알고 있는 것 같았다.

"요양병원 직원이 그러는데 최근 네가 다녀간 적이 한 번도 없다고 하더라. 시간 될 때 한 번 찾아가 봐. 아무 말씀도 못 하시고 누워계시기만 하지만 만약 의식이 있으시다면 너를 많이 보고 싶어 하실 거야."

즈청의 말에 팡링은 고개를 숙였다. 그와 눈을 마주칠 자신이 없었다.

잠시 아무 말이 없던 팡링이 즈청에게 물었다.

"오빠가 가니까 반가워하셨어?"

"나도 잘 모르겠어. 아무 표현도 못 하시고 천장만 바라보고 계시니까…"

그때 즈청의 휴대전화가 울렸다. 그는 전화를 받고 돌아와 서둘러 가방을 챙겨 떠날 준비를 했다.

"그만 가봐야겠어."

즈청이 말했다.

"우리 또 볼 수 있겠지?"

그의 말끝에 물음표가 붙었다. 하지만 팡링은 대답하지 않았다.

즈청은 계산대로 가서 커피값을 계산했다. 무무는 즈청에게 일부러 쌀쌀맞게 대했지만, 그는 전혀 알아차리지 못했다. 즈청이 신경 쓰는 건 오직 팡링이었다. 그는 카페 문을 열고 나가는 그 순간까지 팡링에게서 시선을 떼지 못했다.

즈청이 떠난 후 팡링은 침울한 표정으로 앉아 있었다. 무무는 망고 케이크 한 판을 다 들고 가서 팡링 앞에 놓았다.

"누가 그러는데 여자들은 우울할 때 달콤한 것을 먹으면 기분이 좋아진대요! 달콤한 음식을 먹으면 뇌에서 엔도르핀이 분비되는데 이 엔도르핀이 걱정이나 고민을 잊게 해준다고 하네요."

무무가 말했다.

팡링은 하얀 생크림 위에 달콤한 망고가 듬뿍 올라간 케이크를 보고 활짝 웃었다. 그리고 울었다. 그녀는 포크를 들고 케이크를 크게 한 입 집어 먹었다. 무무는 그런 팡링을 바라보며 가만히 미소 지었다.

한여름이 되자 매일 밤 팡링 옆에서 잠을 자던 콩콩이도 비교적 통풍이 잘되는 강아지용 해먹 침대로 내려가 후추와 함께 잠을 잤다. 팡링은 개들도 현실적인 선택을 할 줄 안다는 사실에 감탄했다.

깊은 밤, 팡링은 잠들지 못하고 계속 뒤척였다. 눈을 감으면 최근에 있었던 많은 일들이 파노라마처럼 펼쳐졌다. 살인사건, 후추의 기억, 해변에서 개들에게 밥을 주던 살인자, 죽은 개들의 사체를 치워주던 살인자, 그리고 병상에 누워 있는 아버지, 리즈청……

팡링은 침대에서 벌떡 일어났다. 팡링의 기척에 콩콩이와 후추도 잠에서 깼다.

"잠이 안 와서 편의점에 가서 뭐 좀 사오려고 하는데 너희도 같이 갈래?"

팡링이 콩콩이와 후추에게 물었다. 둘은 당연히 좋다고 따라나섰다. 폭풍우가 몰아치는 날만 아니라면 개들은 언제든 어디든 따라나설 것이다.

팡링은 개들을 데리고 편의점으로 내려갔다. 야간 근무가 며칠 남지 않은 샤오멍은 팡링을 보자 놀라면서도 반갑게 맞아줬다.

"오빠가 야간에 근무하는 날이 며칠 안 남은 걸 알고 보러 왔구나!"

샤오멍이 콩콩이와 후추를 쓰다듬으며 말했다.

"잠이 하도 안 와서 그냥 내려와 본 거예요."

팡링은 간식거리 몇 개와 맥주를 들고 계산대로 가서 계산했다. 샤오멍은 바코드를 다 찍더니 갑자기 자기 지갑을 꺼내 계산했다.

"웬일이에요? 복권이라도 당첨되었어요?"

팡링이 물었다.

"예전에 누나도 종종 사주셨잖아요. 저는 이제야 처음 사드리는 건데요 뭘."

샤오멍이 대답했다.

팡링이 샤오멍을 흐뭇하게 바라봤다. 그리고 간식을 뜯어 샤오멍과 나눠 먹었다.

"그래서 수의사가 되기로 한 거예요?"

팡링이 물었다.

샤오멍은 어깨를 으쓱하며 별다른 말을 하지 않았다.

"에이미와는 어떻게 지내요?"

팡링은 샤오멍에게 직접 물어보기로 했다. 원래 이런 얘기는 깊은 밤에 해야 제격이니까.

그러나 샤오멍은 이번에도 어깨를 으쓱할 뿐 아무 대답도 하지 않았다. 보아하니 여전히 에이미와 연락을 하지 않는 것 같았다.

"사실 며칠 전에 에이미를 봤어요."

샤오멍이 말했다.

"그래요? 그래서 어떻게 되었어요?"

"제가 숨어버렸어요……."

샤오멍이 기어들어 가는 목소리로 말했다. 팡링은 의외로 샤오멍의 말에 웃음을 터트렸다. 마치 그녀 자신도 똑같은 경험이 있었던 것처럼 말이다.

"그거 알아요? 그렇게 계속 숨기만 하면 두 사람 사이는 그냥 흐지부지 끝나 버리고 말 거예요. 에이미를 그렇게 많이 좋아한 게 아니라면 상관없지만 만약 그 마음이 진심이었다면, 아마 에이미는 작은 씨앗이 되어 샤오멍 씨 마음 깊은 곳에 심기게 될 거예요. 처음에는 눈에 보이지 않으니 씨앗이 사라져 버렸다고 생각하겠지만, 인생의 어느 순간 갑자기 싹을 틔워 당신을 슬프게 할 거예요. 그런 순간은 십 년, 이십 년 후에 갑자기 찾아오기도 한답니다."

팡링은 마치 어린아이에게 동화를 들려주듯 과장된 손짓까지 해가며 말했다. 하지만 어른인 샤오멍은 그녀가 무슨 말을 하려는지 금방 이해했다.

"누나랑 그 검사님 얘기를 하는 거죠?"

샤오멍이 물었다.

"맞아요."

팡링은 웬일로 한 번에 수긍했다.

"지금 무무 형이랑 잘 만나고 있는데도 여전히 그런 생각이 들어요?"

이번에는 팡링이 어깨를 으쓱했다.

"팡링 누나, 예전에 내가 왜 애니멀 위스퍼링을 배우게 되었는지 물어본 적 있었죠?"

샤오멍이 물었다.

팡링이 고개를 끄덕였다.

"아직 제 질문에 대답하지 않았어요. 지금 얘기해줄 수 있어요?"

팡링은 샤오멍에게 한 번도 자신의 이야기를 하지 않았다는 사실에 놀랐다. 하지만 생각해 보니 주변에 자신의 이야기를 아는 사람은 린아이링, 리즈청을 제외하고는 거의 없었다.

팡링은 때로는 그녀 자신조차 마주하기 힘든 자신의 이야기를 용기 내어 꺼내기로 했다.

"나는 아주 오래전부터 아버지와 사이가 별로 좋지 않았어요. 아버지는 원래 말씀이 별로 없는 분이세요. 나랑 집에서 시간을 보내는 것보다 사무실에서 늦게까지 야근하는 걸 더 좋아하셨어요. 아버지와 나는 제대로 된 대화를 나눈 적이 거의 없었어요. 그런데 어느 날, 아버지가 집에서 키우는 개하고는 자주 대화를 나눈다는 걸 알게 되었어요. 어느 날 밤에 잠이 안 와서 나왔다가 아버지가 개와 이런저런 이야기를 나누고 계신 걸 봤죠. 나는 아버지를 이해하고 아버지와 소통하는 법을 배우고 싶었어요. 그러려면 먼저 아버지의 생각을 알아야 했어요."

여기까지만 이야기했는데도 똑똑한 샤오멍은 이미 모든 걸 이해했다.

"하지만 그 개는 아버지에게 가서 직접 물어보라고 했죠?"

샤오멍이 물었다.

"맞아요. 열심히 위스퍼링을 배워서 드디어 아버지에 관해 물어봤는데 나한테 그렇게 얘기하더라고요."

"어휴, 엄마, 아빠랑 대화하는 게 얼마나 어려운 일인데요! 개들이 이런 인간들의 고충을 이해하겠어요?"

부모와의 소통으로 힘들어했던 샤오멍은 팡링의 마음을 누구보다 잘 이해했다.

"그런데 난 그 이후로도 계속 미루기만 했어요. 그러다 어느 날 아버지가 중풍으로 쓰러지셨는데 생각했던 것보다 상태가 빠르게 안 좋아졌어요. 지금 요양병원에 입원해 계시는데 움직이지도 못하고 종일 누워만 계세요. 온종일 천장만 바라보면서요. 누가 불러도 반응이 전혀 없으시고, 생각은 할 수 있는지 없는지 그것도 모르겠어요······."

샤오멍은 팡링이 가족에 관해 이야기하는 것을 처음 들었다. 아직 어린 샤오멍은 자신의 부모님은 물론 주변 친구들 부모님 중에도 아직 병상에 누워 있는 분은 없었다. 그러다 팡링의 아버지 이야기를 들으니 덜컥 겁이 났다.

"그렇지만 누나는 동물들과 위스퍼링이 가능하니 같은 방식으로 아버지와도 소통할 수 있지 않을까요?"

샤오멍의 기상천외한 아이디어에 대해 팡링도 잠시 생각해 봤지만 이내 반박했다.

"에이, 그렇게는 안 될 것 같아요."

"왜요?"

"애니멀 위스퍼링은 당사자 둘이 모두 대화할 의지가 있어야 소통이 이루어지는 거예요. 만약 아버지가 대화를 원하지 않는데 내 멋대로 아버지의 의식에 들어가는 건 아주 위험한 일이에요."

팡링이 설명했다.

"아버지는 다른 사람과 대화를 나누고 싶으셔도 그러지 못하는 상황이잖아요. 생각해 보세요. 하루 종일 말도 못 하고 움직이지도 못하는 몸속에 영혼이 갇혀 있는 거라면 얼마나 답답하고 괴롭겠어요!"

팡링은 아무 말이 없었다.

엄마가 집을 나간 이후 아버지는 인생의 전부였다. 팡링은 그런 아버지와 한 번이라도 진심 어린 대화를 나누고 싶었다. 대화를 나눌 수 있다면 그동안 왜 엄마의 소식을 물어보지도 못하게 했는지, 왜 딸이랑 대화하는 거보다 개랑 대화하는 걸 더 좋아했는지 꼭 물어보고 싶었다. 팡링은 아버지에게 묻고 싶은 것이 너무나 많았다. 하지만 그 어떤 것 하나 물어보기가 겁이 났다. 질문을 잘못 던졌다가 모든 것이 수포가 돼 버릴까 봐 두려웠기 때문이다.

콩콩이와 후추는 편의점 바닥에 엎드려 곤히 잠들어 있었다. 이제는 둘 다 팡링의 일과에 맞춰 낮에 깨어 있고, 밤에 자는 개들로 변한 것이다. 팡링은 남아 있는 맥주를 다 마시고 맥주 캔을 재활용통에 집어넣었다. 그리고 샤오멍에게 다시 다가가 말했다.

"부탁 하나만 해도 돼요?"

"무슨 일이에요?"

"내일 조금 멀리 갈 일이 있어서 그러는데 콩콩이랑 후추 좀 돌봐줄 수 있어요?"

"그럼요! 어디 가시게요?"

샤오멍이 물었다.

팡링은 대답하지 않았다. 그녀는 마음속에 깊이 심겨 있는 씨앗이 싹을 틔우기 전에 얼른 뽑아버려야겠다고 생각했다. 그리고 그 기회는 지금이 아니면 영영 없을지도 몰랐다.

이른 아침. 팡링이 혼자 편의점에 내려왔다. 그녀는 샤오멍에게 집 열쇠를 건네고 커피 한 잔을 샀다. 청샤오징이 무슨 일인지 궁금해 이것저것 물어봤지만, 그녀는 웃으며 아무 대답도 하지 않았다. 그리고 편의점을 나와 택시를 타고 기차역으로 갔다.

그녀는 어제 화렌으로 가는 기차를 예약해 뒀다.

화렌으로 가는 기차 안에서 팡링은 아무 생각도 나지 않았다. 아버지 생각도, 콩콩이나 후추의 생각도……. 그러다 유일하게 머릿속에 잠깐 떠오른 건 아버지가 키우던 개 '두두'에 관한 생각이었다. 두두는 아버지의 유일한 소통 창구였다. 애니멀 위스퍼링을 배우고 두두와 처음 연결되었을 때 팡링은 아주 특별한 느낌을 받았었다.

두두는 마치 오랫동안 그녀를 기다리고 있었던 것 같았다. 그녀가 처음 두두의 몸에 들어갔을 때 느낀 감정은 따뜻함이었다.

자신을 돌봐주던 할머니 할아버지의 무릎에 앉아 이야기를 나누는 것처럼 정겹고 따뜻했다.

두두는 평생 아버지와 팡링의 이야기를 들어주면서 언젠가 자신의 이야기를 들어줄 사람이 찾아오기를 간절히 바랐다고 했다. 팡링과의 첫 위스퍼링을 마치고 며칠 뒤 두두는 꿈을 꾸다 평온하게 세상을 떠났다. 개들은 죽을 때 눈을 반쯤 뜨고 죽지만 꿈을 꾸다 평온하게 죽는 개들은 눈을 완전히 감고 죽는다고 한다. 팡링은 두두가 처음으로 자신의 이야기를 들어주는 사람을 만나고 더 이상 세상에 미련 없이 편안하게 떠난 거라고 생각했다.

요양병원에 도착했을 때 간호사는 팡링을 보고 놀란 눈치였다. 그리고 이내 오랫동안 아버지를 방치하고 찾아오지 않은 팡링을 질책했다. 간호사는 요즘 사람들은 자기 생각만 한다는 둥, 직접 와서 보질 않으니 환자들이 얼마나 힘든지 모른다는 둥 가시 돋친 말들을 팡링에게 쏟아냈다. 팡링은 간호사의 말을 묵묵히 듣고만 있었다. 잠시 후 간호사는 팡링을 아버지의 병실로 안내하고 문을 열었다. 팡링은 아버지의 모습을 보자마자 그 자리에서 한 발짝도 움직일 수가 없었다.

아버지는 오랫동안 누워 있기만 해서 사지의 근육이 다 위축되고 위에 연결된 콧줄로만 식사하다 온몸이 뼈가 다 보일 정도로 말라 있었다. 아버지는 두 눈을 크게 뜨고 천장만 바라보고 있었다. 겁에 질린 것처럼 크게 뜬 두 눈은 그 어떤 소리와 움직임에도 아무 반응이 없었다.

"그러면 얘기 나누세요. 궁금한 점 있으면 부르시고요."

간호사가 나가고 병실에는 팡링과 아버지 둘만 남겨졌다. 아버지가 병상에 누워 꼼짝 못 하는 상태인데도 팡링은 여전히 아버지와 함께 있는 것이 어색했다.

팡링은 지난 일 년 동안 정말 많은 일을 겪었으면서도 아버지에게 무슨 말을 해야 할지 몰랐다. 그녀는 침대 옆에 가만히 앉아 안쓰러운 표정으로 아버지를 바라봤다. '아빠'라는 말조차도 입에서 나오지 않았다.

팡링은 샤오멍의 조언을 떠올렸다. 그래서 아버지에게 가까이 다가가 정면에서 얼굴을 마주하고 아버지의 두 눈을 가만히 바라봤다. 그렇게 아버지 영혼의 창문을 열고 내면으로 들어가고 싶었다. 그래서 아버지가 무슨 생각을 하고, 무엇을 느끼는지 알고 싶었다. 하지만 아버지의 두 눈은 블랙홀처럼 깊고 또 깊었다. 팡링은 어떤 희미한 신호라도 찾을 수 있기를 바랐지만 아무것도 없었다. 아무것도.

팡링은 아버지의 침대에 엎드려 울음을 터트렸다. 팡링은 주름으로 쭈글쭈글하고 검버섯으로 뒤덮인 아버지의 손을 봤다. 초등학교 때 그녀는 매일 이 크고 묵직한 손을 잡고 학교에 갔다. 따뜻하고 든든했던 그 손은 이제 살가죽이 뼈를 겨우 덮고 있는 앙상한 모습이었다. 팡링은 두 손을 뻗어 아버지의 손을 꼭 잡았다. 그리고 잠시 후 고개를 들어 아버지의 얼굴을 바라봤다. 아버지의 눈가에서 눈물이 흘러내리고 있었다.

14.
365일째 날

팡링은 편의점에서 아침 식사를 하고 있었다.

샤오멍이 야간 근무를 그만둔 이후 청샤오징은 자신이 직접 야간 근무를 서고 있었다. 그러느라 매일 녹초가 되어서 팡링과 시시콜콜한 이야기를 나눌 기운조차 없었다.

한창 바쁜 아침 시간이 지나고 손님이 줄어들자, 청샤오징은 팡링이 앉아 있는 테이블로 와서 의자를 끌어다 앉았다.

팡링이 청샤오징을 의아하게 바라봤다.

"점장님이 이 자리에 앉는 건 처음 봤어요!"

청샤오징이 두 손으로 얼굴을 비볐다.

"손님도 별로 없고, 피곤해 죽겠으니 잠깐 앉읍시다."

그러더니 팡링에게 바짝 다가와 속삭였다.

"혹시 야간 근무 다시 할 생각 없어요? 사람 구하기가 너무 어려워요."

팡링이 콧방귀를 뀌며 말했다.

"제가 필요 없으실 때는 얘기도 안 하고 다른 사람을 구해놓더니, 이제 와서 제가 아쉬우신가 봐요?"

"요즘 정말 너무 힘들어요. 게다가 낮에 일하는 직원이 나갈 생각이 없어서 샤오밍도 실업자가 되기 일보 직전이에요. 근무 시간을 바꿔주겠다고 분명히 약속했는데 지금 이러지도 못하고 저러지도 못하는 상황이에요…"

청샤오징의 얼굴은 점점 더 피곤해 보였다.

"샤오밍은 걱정하지 마세요. 요즘 무무 카페에서 일하고 있으니까요."

"뭐라고요? 어떻게 나한테 한마디 말도 안 하고! 나는 그런 줄도 모르고 얼마나 걱정했는데!"

청샤오징은 흥분해서 말하다가 더 이상 화낼 기운도 없는지 금방 잠잠해졌다.

"저 대신 샤오밍을 고용했을 때 점장님도 말 안 했잖아요. 어쨌든 사람을 빨리 구해야 하니까 구인 광고라도 내 보세요."

팡링은 휴대전화에 시선을 고정한 채 말했다. 그 모습을 본 청샤오징은 얼른 고개를 들이밀어 휴대전화 화면의 내용을 확인하려 했다. 팡링은 얼른 전화기를 품에 감췄다.

"뭐 하는 거예요?"

"뭘 그렇게 봐요? 얘기하는데 집중도 안 하고."

"집중을 안 하긴요. 그게 아니라…"

팡링은 내친김에 청샤오징에게 메시지의 내용에 대해 상의했다.

"어떤 여자가 요즘 경제적으로 너무 어려운 데 자기네 개랑 꼭 하고 싶은 이야기가 있대요. 그래서 비용을 외상으로 해주면 안 되겠냐고 하는데……."

"당연히 안 되죠!"

청샤오징은 팡링의 말을 듣자마자 곧바로 대답했다.

"절대 이런 말에 마음이 약해지지 말라고 몇 번이나 얘기했잖아요. 세상에 공짜를 바라는 사람들이 얼마나 많은데요. 그런 여자는 아마 위스퍼링이 끝나고 나면 돈 얘기는 싹 잊고 모른 척할걸요? 다른 사람들의 선의를 이용하려는 사람들이 세상에는 참 많아요. 절대 그 여자 말을 믿지 말아요!"

청샤오징은 역시 입은 칼이지만 마음은 두부같이 말랑말랑한 그런 사람이었다.

팡링은 잠시 여자의 메시지에 대해서는 답장을 보류하기로 했다. 그녀는 오늘 콩콩이를 데리고 예방접종을 하러 병원에 가야 했다. 가는 김에 건강 검진도 받을 예정이었다.

"콩콩이가 여기 온 지도 벌써 1년이나 됐구나!"

청샤오징이 콩콩이 옆에 쪼그려 앉아 머리를 쓰다듬으며 말했다. 하지만 콩콩이는 병원에 가야 한다는 말에 아까부터 시무룩해 있었다.

"아직 1년이 되지는 않았어요. 하지만 며칠 뒤에 무무 씨랑 개들을 데리고 휴가를 갈 예정이라 미리 검사를 받는 거예요."

청샤오징이 씨익 웃으며 팡링에게 말했다.

"요즘 무무랑 사이가 좋은가 봐요! 사옹지마라는 말이 괜히 있는 게 아니군요. 바람난 남자 친구가 떠나고 그렇게 좋은 사람이 찾아왔잖아요!"

청샤오징의 말에 팡링은 조금 놀란 표정이었다.

"점장님…… 다 알고 계셨어요?"

"내가 왜 모를 거라고 생각했어요? 이 건물에서 일어나는 일은 내가 다 알고 있는데!"

팡링은 감격스러운 표정으로 청샤오징을 바라봤다. 그는 그동안 그녀의 상처를 다 알고 있으면서도 그녀에게 또 한 번 상처를 주게 될까봐 한 번도 내색한 적이 없었다. 그 상처로 인해 인생이 바닥으로 곤두박질치고 있을 때 그녀에게 새로운 인생을 시작할 기회를 준 것도 바로 청샤오징이었다.

"점장님, 감사합니다."

팡링이 말했다.

청샤오징이 손을 휘휘 내저으며 말했다.

"뭘 그런 걸 갖고 그래요."

그의 얼굴은 이미 귀까지 빨개져 있었다.

"그런데요 점장님……."

팡링이 말했다.

"왜요?"

"사옹지마가 아니라 새옹지마에요."

청샤오징의 얼굴에서 미소가 사라지고 귀는 더욱 빨개졌다.

"그게 그거죠! 다 알아들었으면서!"

깊은 밤, 늦게까지 잠 못 이룬 아이링이 편의점으로 들어왔다. 그녀는 술 판매대로 유유히 걸어가 술 한 병을 들고 계산대에 계산하러 갔다가 청샤오징이 있는 걸 보고 깜짝 놀랐다.

"깜짝이야! 여기 직원이 왜 이렇게 자주 바뀌는 거예요?"

"내가 일부러 그러는 줄 알아요? 그나저나 어차피 밤에 잠이 잘 안 오면 편의점에서 한번 일해 볼래요?"

"됐습니다. 요즘 사업하느라 얼마나 바쁜데요!"

"이제 우리 직원 꼬여내서 같이 술 마실 생각은 하지 말아요."

아이링이 5만 원짜리 지폐 한 장을 내밀었다. 청샤오징은 지폐를 받고 거스름돈을 거슬러줬다. 두 사람 사이에 소리 없는 신경전이 오갔다. 하지만 그것도 잠시 두 사람의 시선이 동시에 다른 곳으로 꽂혔다.

"먼저 가볼게요!"

두 사람이 이구동성으로 외치고는 각자 자신의 목표물을 향해 갔다.

청샤오징의 눈에 띈 사람은 에이미였다. 에이미는 청샤오징을 보자 당황한 기색이 역력했다. 아마도 샤오밍이 야간 근무를 그만둔 걸 모르고 온 눈치였다.

"샤오밍을 만나러 온 거예요? 샤오밍은 이제 여기서 일 안 해요. 복학하면서 낮에 수업을 들어야 해서 지금은 무무 카페에서 일한다나 봐요. 샤오밍이 얘기를 안 했나 보네요……."

에이미는 놀라고 또 실망한 것처럼 보였다. 그녀는 들릴 듯 말 듯 작은 목소리로 청샤오징에게 감사하다는 인사를 하고 편의점을 나서려고 했다.

"저기……."

청샤오징이 에이미를 붙잡았다.

에이미가 고개를 돌렸다. 그녀의 표정은 상당히 슬퍼 보였다.

"샤오밍은 좋은 아이예요…… 다만 그 나이 남자애들은 여자들만큼 성숙하지 않아요. 그래서 뭘 어떻게 해야 하는지 잘 모르는 것 같아요. 하고 싶은 이야기가 있으면 마음속에만 담아놓지 말고 잘 이야기해 봐요."

청샤오징은 샤오밍이 하고 싶었을 말을 대신 전해줬다. 에이미도 청샤오징의 말을 이해한 것 같았다. 그녀는 아무 말 없이 미소를 지으며 편의점을 떠났다.

한편 린아이링의 눈에 들어온 건 리즈청이었다.

아이링은 리즈청이 길을 건너 팡링의 집 쪽으로 걸어가고 있는 모습을 봤다. 그러나 그는 집 앞에서 왔다 갔다 할 뿐 쉽게 들어가지 못했다.

아이링은 술병을 들고 리즈청에게 다가갔다. 리즈청은 아이링을 보자마자 나쁜 짓을 하다 걸린 어린아이처럼 화들짝 놀랐다.

"저랑 술이나 한잔하시죠."

아이링은 술병을 들고 공원으로 향했다. 리즈청은 말 잘 듣는 아이처럼 그 뒤를 졸졸 따라갔다.

아이링은 공원에 도착해 긴 벤치를 하나 찾아 앉았고, 리즈청도 자연스럽게 옆자리에 앉았다. 아이링이 명품 가방에서 유리잔 두 개를 꺼내자, 리즈청은 웃음을 터트렸다.

"세상에, 누가 가방에 유리잔을 넣어서 다녀요?"

즈청이 말했다.

"언제 어디서든 우아하게 술을 마시고 싶은 사람이 가지고 다니죠!"

아이링이 대답했다. 그런 다음 와인 따개를 꺼내 방금 편의점에서 산 와인을 열어 즈청과 자신의 잔에 각각 따랐다. 아이링은 건배도 하지 않고 곧바로 술을 마시기 시작했다.

"팡링은 만나는 사람이 있어요."

아이링이 단도직입적으로 말했다.

리즈청은 아이링의 말을 듣고 잠시 멍하니 허공을 바라보더니 잠시 후 애써 웃음을 지으며 말했다.

"잘됐네요. 누군가 그 애와 함께 있다니 정말 다행이에요."

아이링은 그의 진심을 평가하려는 듯 눈을 똑바로 바라봤다. 하지만 리즈청은 아이링의 눈을 똑바로 바라보지 못했다.

"무무 카페의 사장이에요. 그 사람은 오랫동안 팡링을 좋아했어요. 팡링을 누구보다 잘 이해하고 아껴줄 수 있는 사람이에요."

아이링이 술을 한 모금 마시고 다시 말했다.

"그러니 이제 팡링을 찾아오지 마세요."

리즈청은 고개를 푹 숙이고 아무 말도 하지 않았다. 그리고 아이링이 따라 준 술을 한 번에 모두 마셔버렸다. 알코올의 쓴맛이 그의 미간을 찌푸리게 했다.

"제가 당신을 팡링에게 데려다준 건 당신이 팡링을 사랑하고 있다고 생각했기 때문이에요. 그런데 이제 알겠어요. 당신은 팡링을 사랑한 적이 없어요."

리즈청은 아이링의 말에 반박하고 싶었지만, 어디에서부터 어떻게 시작해야 할지 몰랐다.

"나를 너무 멋대로 판단하는 것 같네요."

리즈청이 말했다.

"그런가요?"

아이링이 와인을 따르며 말했다.

"그러면 조금 더 멋대로 판단해 볼까요? 당신은 그 누구도 사랑한 적이 없어요. 오직 당신 자신만 사랑할 뿐이죠."

"아이링 씨, 내가 그런 비난이나 받자고 여기 온 게 아닙니다. 그리고 나를 그렇게 함부로 판단할 만큼 우리가 가까운 사이는 아닌 것 같은데요?"

리즈청이 정색하며 말했지만, 아이링은 개의치 않고 계속 말을 이었다.

"당신은 팡링이 아버지랑 사이가 안 좋은 걸 알면서도 도와주지 않았어요. 그러면서 만날 그 집에 찾아가 아들 노릇을 하면서 사랑을 독차지하고, 정작 속상해하는 팡링 앞에서는 아무것도 모른다는 식이었죠. 팡링이 하는 일이 마음에 들지 않으면 마치 본인이 아버지라도 되는 것처럼 혼내고 설교하고, 그러면서 정작 팡링이 외롭고 힘든 순간에는 다 알면서도 모른 척 했잖아요. 일이 바쁘다는 핑계로, 어색하다는 핑계로… 당신은 팡링을 사랑한 적이 없어요. 그저 당신 자신을 사랑하고 언제나 당신의 감정이 우선일 뿐이었죠! 여기는 대체 왜 또 찾아온 건데요? 팡링한테 또 부탁할 일이라도 있는 거예요?"

아이링은 숨도 쉬지 않고 한바탕 말을 쏟아냈다. 그리고 가방에서 담배를 꺼내 불을 붙이고 한 모금 빨아들이며 화를 가라앉혔다. 즈청은 아이링의 말에 아무 말도 할 수가 없었다.

"저도 우리가 이런 얘기를 할 만큼 가까운 사이가 아니라는 건 알아요. 저는 예전부터 당신을 별로 좋아하지 않았어요. 그런데도 당신을 팡링에게 데려간 이유는 당신만이 팡링 마음속에 맺힌 응어리를 풀어줄 수 있기 때문이었어요. 이제 그 응어리도 다 풀린 것 같으니 새로운 응어리를 만들지 말고 팡링을 놓아주세요."

두 사람은 아무 말 없이 한참 동안 술을 마셨다. 리즈청은 아이링에게 담배 한 개비를 얻어 불을 붙여 피우기 시작했다. 그때 밤 조깅을 하던 한 아주머니가 다가와 그들을 나무랐다. 원래 공원은 금연 구역이다, 여기는 사람들이 운동하고 개들이 산책하러 오는 곳이다, 간접흡연이 얼마나 건강에 나쁜지 아냐 등등 한바탕 잔소리를 쏟아부었다. 린아이링은 들어도 못 들은 척 계속 담배를 피웠지만 리즈청은 정의로운 검사님답게 곧바로 담뱃불을 끄고 아주머니에게 사과까지 했다. 아주머니가 가고 내내 말이 없던 두 사람은 갑자기 웃음을 터트렸다.

"당신 말이 맞아요. 나는 좋은 남자가 아니에요. 사랑보다는 언제나 일이 우선이었어요. 그래서 그동안 만났던 여자들에게도 큰 상처를 줬죠. 이건 나도 어쩔 수 없는 일이에요. 하지만 팡링에 대한 내 마음은 진심이었어요. 팡링은 언제나 내 마음속에 있었어요. 내가 쉽게 다가가지 못한 이유는 팡링에게만큼은 상처를 주고 싶지 않았기 때문이에요. 나는 팡링처럼 좋은 사람을 만날 자격이 없는 사람이에요…….”

리즈청의 말에 아이링은 큰 소리로 웃음을 터트렸다.

"나는 자격이 없다는 말, 그거 정말 최악의 핑계인 거 아시죠? 와…… 리즈청 씨, 정말 최악이네요. 팡링 옆에 린무무가 있으니 다행이지……. 이제 팡링 근처에는 얼씬도 하지 말아요!”

알코올의 영향인지 리즈청은 아이링의 비난에도 큰 소리로 웃음을 터트렸다.

"이렇게 잘 아는 걸 보니 아이링 씨도 꽤 나쁜 여자였나 보네요.”

즈청이 말했다.

아이링은 고개를 끄덕였다. 그리고 혼자 중얼거렸다.

"맞아요, 저는 나쁜 여자예요…….”

거친 비난과 황당한 웃음 속에 와인 한 병이 어느새 바닥을 드러냈고, 두 사람 모두 취기가 올라 있었다. 아이링은 와인 병을 쓰레기통에 버리려고 일어났다가 신고 있던 하이힐 때문에 균형을 잃고 쓰러질 뻔했다. 다행히 옆에 있는 리즈청이 얼른 그녀를 붙잡아서 넘어지지는 않았다.

"어머, 고맙습니다. 최악의 남자님!”

아이링이 말했다.

"별말씀을요, 나쁜 여자님!"

리즈청이 대답했다.

술을 마신 리즈청은 대리운전을 불렀다. 그리고 가는 길에 아이링을 내려주겠다며 한사코 차에 태웠다.

"그거 알아요? 저희 엄마는 저를 요조숙녀로 키우고 싶어 하셨어요. 그런데 저는 어렸을 때부터 그런 엄마의 생각에 본능적으로 반항을 했어요. 지금도 엄마랑 같은 공간에 함께 있으면 한시도 평화로운 순간이 없어요."

아이링이 술에 취해 자신의 이야기를 중얼거렸다.

"별로 놀라운 얘기는 아니네요."

"제가 엄마한테 가장 많이 한 말이 뭔지 아세요?"

"글쎄요, 뭔데요?"

"나는 린즈링이 아니고, 린아이링이야!"

아이링은 이 말을 하고 큰 소리로 웃음을 터트렸다. 즈청도 아이링을 따라 웃었다. 그리고 그녀를 바라보며 '이 여자도 상처가 많은 사람이구나'라고 생각했다.

"도착했습니다."

즈청의 차가 아이링의 집 앞에 도착했다. 즈청은 아이링의 호화 주택을 보고도 별 감흥이 없었고, 아이링은 그런 반응에 오히려 마음이 따뜻해졌다.

"고맙습니다. 최악의 남자님!"

아이링이 말했다.

"잘 들어가요, 나쁜 여자님!"

즈청이 대답했다.

차 문이 닫히고 아이링은 떠나가는 즈청의 차를 바라봤다. 그녀는 아주 오랜만에 깊은 해방감을 느꼈다.

에이미가 무무카페 앞에 도착했을 때 내부 분위기가 뭔가 심상치 않았다. 불도 다 꺼져 있고, 손님도 한 명도 없었다. 그런데 문이 반쯤 열려 있는 걸 보고 에이미는 조심스럽게 카페 안으로 들어가 소리쳤다.

"아무도 없나요?"

인기척을 느낀 샤오멍이 계산대 뒤에서 걸어 나오며 말했다.

"오늘은 문 안 열어……."

샤오멍은 에이미를 보고 깜짝 놀라 말을 다 끝내지 못했다.

두 사람은 정말 오랜만에 다시 만났다. 샤오멍은 에이미를 보자 여전히 심장이 두근거렸다

그는 둘 사이의 어색했던 순간은 완전히 잊은 채 그저 에이미가 와서 기쁘고 반가웠다. 에이미의 표정을 보니 그녀도 같은 마음인 것 같았다.

샤오멍은 에이미를 자리로 안내하고 커피를 준비해 왔다.

"무무 형이랑 팡링 누나가 같이 휴가를 가서 며칠 동안 카페 문을 안 열어."

"두 사람 결국 이루어졌구나!"

에이미는 여전히 모르는 소식이 많았다.

"응. 최근에 정말 많은 일이 있었는데, 다행히 다 좋은 일이었

어!"

샤오밍이 웃으며 말했다. 그는 에이미와 다시 이렇게 마주 보고 이야기할 수 있어서 너무 기뻤다.

"학교에 복학했다며?"

에이미가 물었다.

"응. 계속 아무것도 안 하고 있을 수만은 없잖아."

샤오밍이 어깨를 으쓱했다. 그는 자신의 상황에 대한 확신이 없을 때 어깨를 으쓱하는 습관이 있었다.

"너는? 요즘 어떻게 지내?"

순간 에이미 얼굴에 미소가 사라졌다. 그녀는 자신이 앞으로 해야 할 이야기를 하기 위해 용기를 끌어모으고 있었다. 그 모습에 샤오밍도 긴장했다.

"최근에 니니를 데리고 병원에 가서 검사받았어. 미국에 데려갈 서류를 준비해야 해서…"

에이미의 밑도 끝도 없는 얘기에 샤오밍은 어리둥절했다.

"미국에? 니니를 왜 미국에 보내? 입양 보내는 거야?"

"아니, 왜냐하면…… 내가 곧 미국으로 가거든…….”

에이미는 온 힘을 다 끌어모아 이 말을 내뱉었다.

"미국에…… 여행이라도 가려고?"

"아니……. 나 미국으로 유학 가."

미국으로 간다는 말은 두 사람이 앞으로 다시 만나지 못할 수도 있다는 얘기였다. 처음에는 자주 연락한다고 해도 각자의 생활이 바빠지다 보면 점점 소원해지고 그렇게 저절로 둘은 연락이 끊기게 될 것이다.

"우리 아빠는 줄곧 내가 미국에서 피아노를 배웠으면 하셨어. 내가 훌륭한 피아니스트가 될 수 있을 거라 믿으셨어. 하지만 내 무대공포증이 너무 심해서 반쯤 포기한 상태였지. 그런데 그날 네가 날 위해 준비한 무대에서 나는 태어나서 처음으로 다른 사람들 앞에서 연주할 수 있었어. 그리고 나도 할 수 있겠다는 생각이 들었어. 니니만 내 옆에 있어 준다면 말이야. 이 이야기를 아빠에게 했더니 그럼 미국에 가서 한번 도전해 보자고 하시더라고."

샤오멍은 에이미의 눈빛에서 설렘과 두려움을 동시에 볼 수 있었다. 그는 에이미를 따라가고 싶었지만, 그것은 현실적으로 불가능한 일이었다. 샤오멍의 모든 삶은 이곳에 있었고 에이미는 자신의 꿈을 이루기 위해 미국으로 가야만 했다.

이제 두 사람은 각자 다른 방향으로 걸어가야 하는 순간이 온 것이다. 두 사람이 어깨를 나란히 하고 함께 걷던 시간에 마침표를 찍어야 할 때였다.

"우선은 일단 가보는 거야! 가서 적응 못 하면 다시 돌아올 수도 있어."

에이미가 말했다.

"안 돼! 절대 돌아오지 마!"

샤오멍 역시 온 힘을 다해 이 말을 내뱉었다.

"실패할지도 모른다는 생각은 버려! 기왕 가기로 마음먹었으면 꼭 성공해야지! 너는 할 수 있어! 그 누구도, 그 어떤 일도 네 꿈을 막지 못할 거야. 그리고 니니도 데려간다며, 걔들이 한 번 오고 가는 게 얼마나 복잡한 일인데 다시 돌아온다는 소리를 해? 그러니까 너 자신을 위해서, 그리고 니니를 위해서 포기하지 말고 꼭 성공해야 해. 알겠지?"

샤오멍은 감정이 격해져 눈물을 터트리고 말았다. 그는 고개를 숙이고 눈물을 닦았다. 에이미가 손수건 한 장을 그에게 내밀었다. 그 손수건은 원래 샤오멍의 것이었다.

"우리가 처음 만난 날 네가 나한테 준 거잖아. 매일 갖고 다녔어……"

에이미는 더 이상 말을 잇지 못했다.

'이 손수건을 네게 돌려주는 게 맞겠지. 하지만 이걸 네게 돌려주고 나면 우리가 이제 각자의 길로 걸어가야 한다는 걸 인정하는 것 같아 두려워. 미래의 우리는 서로의 추억으로만 남게 되겠지.'

"그날 그렇게 가버린 이유도 결국 다 이것 때문이었어? 무대에서 연주해 보니까 미국에도 갈 수 있겠다는 생각이 들어서?"

에이미가 고개를 끄덕이며 말했다.

"너랑 함께 있을 때 정말 행복했는데…… 미국에 가면……."

샤오멍이 애써 미소를 지으며 말했다.

"미국에서도 분명 너를 행복하게 해줄 수 있는 사람을 만나게 될 거야! 나는 괜찮으니까 내 걱정은 하지 마, 정말이야!"

말은 이렇게 하면서도 샤오멍의 눈에서는 계속 눈물이 흘러내렸다.

보통 연인들이 헤어지는 순간에 눈물을 흘리는 건 여자 쪽인데 이 커플은 어째서 남자가 저렇게 울고 있는 걸까? 아마도 여자는 오늘 이 자리에 오기까지 이미 눈물이 바닥날 만큼 울고 왔는지도 모른다.

두 사람은 서로를 마주 보고 앉아 한동안 아무 말이 없었다. 샤오멍은 어색함을 견디지 못하고 카페 정원으로 나가 꽃에 물을 주기 시작했다. 그러면서 혹시나 사람들에게 울었다는 것을 들킬까봐 호스로 얼굴에 물을 한 번 뿌려 눈물 자국을 지웠다.

에이미가 정원으로 나와 샤오멍에게 다가왔다.

"나 그만 가볼게."

샤오멍은 온 힘을 다해 미소를 지었다.

"페이스북, 인스타그램, 트위터 모두 팔로우할게!"

"고마워. 모두 다 네 덕분이야."

에이미가 샤오멍을 끌어안았다. 샤오멍도 호스를 내려놓고 에이미를 꽉 끌어안았다.

'우리가 조금 더 일찍 만났더라면…… 그랬다면 조금 더 많은 시간을 함께할 수 있었을 텐데. 하지만 이제 너무 늦어버렸어. 이 포옹을 끝으로 우리의 짧았던 사랑 이야기도 끝나는구나…….'

콩콩이와 후추는 펜션 안을 초조하게 왔다 갔다 했다.

'콩콩이: 여긴 어디예요? 배고파요. 밥은 언제 먹어요?'

'후추: 밥 주세요, 밥 주세요…… 똥 마려워요.'

"우리 밖에 나가서 놀자! 내일은 바닷가에 놀러 갈 거야. 콩콩아, 너는 방금 차에서 토했으니까 바로 뭘 먹으면 안 될 것 같아.

후추 너는 오는 내내 간식을 먹었잖아! 저녁은 안 먹어도 돼. 그리고 똥은 저기 배변 패드 위에다 누면 돼. 너 그런데 오늘만 벌써 세 번 누지 않았니?"

'콩콩이: 또 바닷가요? 저는 바닷가에 가기 싫어요. 공원에 가고 싶어요. 저는 공원이 좋단 말이에요.'

팡링은 콩콩이가 바닷가에서 떠돌이 생활을 했었다는 걸 잠시 잊고 있었다.

'후추: 똥 마려워요.'

후추는 식탁 근처에서 안절부절못하고 돌아다니더니 그곳에서 자신의 중요한 볼일을 해결하기로 마음먹었다. 팡링은 그 모습을 보고 한숨을 내쉬었다. 그리고 후추가 볼일을 마칠 때까지 기다렸다가 똥을 치웠다.

무무가 땀을 뻘뻘 흘리며 들어왔다. 얼굴에는 피곤한 기색이 역력했다.

"다 치웠어요?"

팡링이 물었다.

"일단 치우는 데까지는 치웠는데 토사물이 틈 사이로 다 들어가서 나중에 청소 업체에 맡겨야겠어요."

무무는 콩콩이의 토사물을 치우느라 그 고생을 하고 들어왔으면서 오자마자 개들부터 쓰다듬어 줬다.

오늘 아침 일찍 그들은 팡링의 차를 타고 대만 남부 컨딩(墾丁)을 향해 신나는 여행길에 올랐다. 차를 타고 가는 내내 아무 일 없이 잘 가다가 도착하기 바로 직전 무무가 차를 세우려는 찰나에 콩콩이가 갑자기 토를 했다. 토사물이 뒷좌석 여기저기 튀기고 토 냄새가 차 안 가득 퍼져나갔다. 지금 펜션 안에 퍼져 있는 후추의 똥 냄새가 더 심한지, 차 안에 남아 있는 콩콩이의 토 냄새가 더 심한지 비교하자면 정말 막상막하였다.

"개를 키우면 똥오줌이랑 친구가 되어야 한다고 그랬는데 이렇게 토사물과도 친해질 줄은 몰랐네요. 예전에 콩콩이를 처음 데리고 올 때도 차에 태우고 왔는데 그때는 멀쩡했거든요? 오늘은 왜 그랬는지 모르겠네요."

팡링이 화장실에서 손을 씻고 나오며 말했다.

"괜찮아요. 개들이 멀미하는 건 흔한 일이잖아요. 내일은 혹시 모르니 패드를 몇 장 더 깔아놓죠, 뭐."

무무가 콩콩이와 후추를 쓰다듬으며 말했다. 요즘 콩콩이와 후추는 무무를 바라볼 때 눈에서 꿀이 뚝뚝 떨어졌다. 마치 자신의 우상을 바라보듯 사랑이 충만한 눈빛으로 그를 바라봤다. 팡링은 그 모습에 괜히 질투가 났다.

"흥, 다음부터 너희는 데리고 오지 말아야겠다!"

팡링이 무무 옆에 앉으며 말했다. 사실 무무가 아무리 좋아도 콩콩이와 후추가 가장 사랑하는 사람은 팡링이었다. 둘은 얼른 팡링 앞으로 와서 애교를 부리며 그녀의 품에 파고들었다.

"배고파요?"

팡링이 고개를 저었다.

"그러면 디저트부터 먹을까요?"

"디저트요?"

팡링이 어리둥절해 있는 사이 무무는 벌써 주방으로 가서 무언가를 준비 중이었다.

잠시 후 거실 등이 갑자기 꺼지더니 무무가 딸기 생크림 케이크를 들고 나왔다. 케이크 위에는 물음표 모양의 촛불이 꽂혀 있었다. 무무는 생일 축하 노래를 부르며 걸어왔다.

"생일 축하해요."

무무가 팡링에게 입을 맞췄다.

팡링은 여전히 어리둥절한 표정으로 케이크와 촛불을 멍하니 바라보고 있었다.

"왜 그래요? 어디 아파요?"

무무가 걱정스러운 표정으로 물었다.

팡링이 얼른 고개를 저었다.

"벌써 일 년이 흘렀군요."

팡링이 중얼거렸다.

"네……. 오늘이 팡링씨 생일이잖아요."

팡링은 일 년 전 오늘 자신이 하려고 했던 일을 떠올렸다.

"한 가지 고백할 게 있는데요……. 말해도 돼요?"

팡링이 말했다.

무무가 긴장하며 고개를 끄덕였다.

"일 년 전 오늘, 나는 바다에 뛰어들려고 했었어요."

"네?!"

무무는 팡링의 말을 믿을 수 없었다.

"정말이에요. 일 년 전, 나는 누군가한테 버림받고, 수중에는 돈이 하나도 없었어요. 게다가 하나뿐인 가족은 의식도 없이 요양병원에 누워 있고, 가장 친한 친구와도 연락이 끊긴 상태였죠… 물론 그때는 무무 씨 생각을 못 했어요. 그저 내 인생에 아무것도 남지 않았다는 절망감에 빠져 무작정 차를 몰고 둥베이자오로 갔어요. 거기서 조용히 생을 마감할 생각이었는데 우연히 콩콩이를 만나게 되면서 바다에 뛰어들 생각을 접게 되었어요. 콩콩이를 데리고 집에 돌아오니 당장 먹고살 돈이 필요했어요. 그래서 편의점에서 일을 시작했고, 위스퍼링 의뢰도 다시 받기 시작한 거예요. 덕분에 좋은 사람들을 만났고 다시 지금의 내가 있게 된 거예요. 벌써 일 년이 지났는지 몰랐어요! 지난 일 년은 내게 정말 꿈같은 시간이었어요. 설마 이 모든 게 꿈은 아니겠죠?"

팡링의 눈에서 어느새 눈물이 흐르고 있었다. 콩콩이가 얼른 다가와 눈물을 핥았고, 팡링은 그런 콩콩이를 꼭 안아주며 말했다.

"나의 보물, 콩콩아! 정말 고마워. 너는 엄마 생명의 은인이야!"

'엄마 죽지 마요. 엄마 죽으면 안 돼요.'

무무가 다가와 팡링의 눈물을 닦아줬다.

"아니요. 이건 절대 꿈이 아니에요. 왜냐하면 꿈에서는 개가 차에다 토를 하지 않거든요. 그리고 꿈에서는 개가 식탁 옆에 똥을 누지도 않아요."

팡링과 무무가 함께 웃음을 터트렸다.

"이건 절대 꿈이 아니에요! 당신의 새로운 인생이죠. 당신은 정말 멋져요."

팡링이 무무의 품에 안겨 속삭였다.

"고마워요. 지금 정말 행복해요."

무무가 팡링의 이마에 입을 맞추며 말했다.

"어서 촛불을 꺼요!"

그런데 고개를 돌려보니 어쩐 일인지 케이크의 촛불은 이미 꺼져 있었고, 그 앞에서 콩콩이와 후추가 케이크를 뚫어져라 쳐다보고 있었다.

"후추, 너! 도대체 케이크 위에서 침을 얼마나 많이 흘렸으면 촛불이 다 꺼졌잖아!"

팡링이 후추에게 소리를 질렀다.

나흘간의 꿈같은 휴가가 끝나고 집에 가는 길에 큰비가 내렸다. 비 때문에 길이 밀려 늦은 밤에야 집에 도착했다.

"개들 데리고 먼저 올라가요. 나는 점장님께 들렀다가 갈게요."

팡링은 청샤오징에게 줄 기념품 선물을 들고 편의점으로 향했다.

그런데 편의점 계산대에는 청샤오징 대신 처음 보는 젊은 여자가 한 명 서 있었다.

"어서 오세요."

여자는 긴 머리에 피부는 하얗고 얇은 입술에 큰 눈을 가진, 남자들이 좋아하는 전형적인 미인이었다. 이런 여자가 혼자 야간 근무를 한다고?

"새로 온 직원인가요? 점장님은요?"

팡링은 갑작스러운 변화에 당황한 나머지 퉁명스럽게 물었다.

그러나 새로 온 직원은 개의치 않고 웃으며 말했다.

"그저께부터 일을 시작했어요. 점장님은 잠시 쉬시러 집에 가셨고요. 무슨 일 때문에 그러시죠?"

팡링은 청샤오징이 사람 뽑는 기준이 까다롭지 않다는 건 진즉에 알고 있었지만 그렇다고 이렇게 예쁜 여자를 한밤중에 혼자 근무를 서게 하다니 정말 너무하다는 생각이 들었다. 무슨 일이라도 생기면 어쩌려고…

하지만 어차피 편의점 주인은 청샤오징이었으므로 어떤 사람을 직원으로 뽑든 그건 팡링이 상관할 바가 아니었다. 팡링은 가져온 선물을 새로 온 여자 직원에게 내밀었다.

"나중에 점장님 오시면 좀 전해주세요…… 그…… 여기 건물에 사는 여자가 주고 갔다고 하면 알 거예요."

팡링이 말했다.

"이 건물에 사는 분이라면, 혹시 애니멀 위스퍼러 천팡링 씨인가요?"

"저를 어떻게 아세요?"

"얼마 전에 위스퍼링을 의뢰한 적이 있어요. 제가 돈이 없어서 외상으로 가능한지 물어봤는데……."

팡링은 그때 그 여자를 차단했었다.

"그게…… 제가 최근에 너무 바빠서 아직 답장 못 했나 봐요…… 제가…….”

'절대 차단한 건 아니에요.'

"그럼 아직 거절하신 건 아니네요? 정말 다행이에요! 제가 지금 도움이 꼭 필요해요. 커 씨 집안 살인사건도 팡링 씨가 도움을 주셨다고 들었어요. 저도 좀 도와주세요…….”

"네? 그 일을 어떻게 알고 계세요?"

팡링이 깜짝 놀라 물었다. 모두에게 비밀로 하기로 한 일 아니었나? 어떻게 처음 보는 이 여자가 그 일을 알고 있는 거지?

"검사님 한 분이 알려주셨어요. 팡링 씨를 추천해 주신 분도 그 분인데, 성함이…….”

"린즈청이요?"

"네! 맞아요!"

여자가 고개를 끄덕였다. 반면 팡링은 돌로 머리를 세게 맞은 느낌이었다. 리즈청 이 인간은 무슨 생각인 걸까? 왜 그런 비밀을 이야기하는 것도 모자라 팡링을 찾아가 보라고까지 한 걸까?

"팡링 씨,”

여자가 사진 한 장을 내밀었다.

"제발 부탁이에요. 경찰에서도 언론에서도 저희 아빠가 엄마를 죽였다고 말하고 있어요. 하지만 두 분은 서로 진심으로 사랑하셨어요. 아빠가 절대 그런 일을 저지르셨을 리 없어요! 그날 사건 현장에 저희 개가 있었어요. 도대체 무슨 일이 있었는지 물어봐야 해요.

팡링 씨, 제발 저희 좀 도와주세요. 위스퍼링 비용은 제가 편의점에서 일해서 번 돈으로 꼭 갚을게요."

여자가 건넨 사진 속에는 검은색 믹스견 한 마리가 보였다. 콩콩이와 거의 비슷하게 생겼지만, 콩콩이보다 귀가 쫑긋하고 얼굴도 훨씬 날렵했다.

"얘는 메이메이라고 해요. 그 일이 있고 나서 제가 아는 분 농장에 잠깐 맡겨 놓았어요. 돈을 벌어서 집을 구하면 다시 데려올 거예요. 하지만 그 전에 그날 도대체 무슨 일이 있었는지 꼭 알아야 해요. 팡링 씨, 저 좀 한 번만 도와주세요."

여자의 간절한 부탁에 팡링도 마음이 흔들렸다. 다만 팡링은 여전히 이해되지 않는 점들이 너무 많았다. 리즈청은 왜 이 여자에게 자신의 이야기를 한 걸까? 그리고 이 여자는 어쩌다 청샤오 징의 편의점에 와서 일하게 된 걸까? 이 일은 이상한 점이 너무 많았다.

하지만 지금 팡링은 메이메이의 사진을 받을 수밖에 없었다.

"지금은 시간이 너무 늦었어요. 다음에…… 날이 밝을 때 다시 얘기해요!"

팡링은 서둘러 편의점을 빠져나왔다. 그동안 편의점은 그녀에게 가장 안전하고 따뜻한 공간이었는데 그곳을 이렇게 서둘러 빠져나오게 되는 날이 올 줄은 몰랐다.

집에 돌아와 보니 무무가 콩콩이와 후추에게 밥을 먹이고 있었다. 그는 팡링의 표정을 살피더니 얼른 다가와 물었다.

"무슨 일 있었어요?"

무무가 티슈를 가져와 팡링의 이마에 흐르는 땀을 닦아줬다.

그녀는 그제야 자신이 땀을 비 오듯 흘리고 있다는 사실을 깨달았다.

"아무것도 아니에요. 점장님은 안 계시고 새로 온 직원한테 맡겨 놓고 왔어요."

팡링이 이마를 닦으며 애써 태연한 척했다.

"너무 덥네요!"

"에어컨 틀어놨어요. 정말 괜찮은 거 맞죠?"

팡링이 콩콩이 옆으로 다가가자 콩콩이가 걱정스러운 눈으로 바라봤다.

"괜찮아."

팡링이 콩콩이의 눈을 바라보며 말했다.

무무는 캐리어를 열어 짐을 꺼내 정리하기 시작했다. 팡링은 그런 무무를 지켜보다가 뒤에서 그를 꼭 끌어안았다.

"이렇게 좋은 사람을 난 왜 이제야 알아본 걸까요?"

"이제야 눈을 떴나 보죠!"

무무가 뒤로 돌아 팡링을 품에 안았다.

"내일은 내일의 태양이 떠오를 거예요. 지나간 일은 모두 잊고 우리 지금부터는 즐겁고 행복하게만 살아요! 알았죠?"

팡링이 고개를 들어 무무를 바라보며 대답했다.

"좋아요."

팡링이 무무에게 다가가 입을 맞췄고 두 사람은 진한 키스를 나눴다. 그리고 잠시 후 그들은 콩콩이와 후추가 모든 장면을 지켜보고 있었다는 걸 깨달았다.

'콩콩이: 나도 이제 알아요. 엄마를 물지 않았다는 것을요.'

'후추: 밥 주세요! 밥 주세요! 배고파요!'

"우리에게 사생활 같은 건 없나 봐요."

팡링이 말했다.

"괜찮아요. 얘들이 밖에 나가서 떠들고 다니지만 않으면 되죠."

무무가 말했다.

무무가 다시 팡링에게 입을 맞췄다.

팡링은 문득 주머니 속에 메이메이의 사진이 떠올랐다. 과연 메이메이는 무엇을 봤을까?

"무슨 생각해요?"

무무가 물었다.

"아무것도 아니에요. 내일 얘기해요!"

팡링이 대답했다.

우리는 흔히 사람이 동물을 구한다고 생각하지만, 사실 동물이 사람을 구하는 경우가 훨씬 많다. 우리가 힘들고 지칠 때마다 개, 고양이, 앵무새, 거북이 심지어 금붕어까지……. 반려동물들은 언제나 우리 곁에서 따뜻한 위로를 건넨다. 어쩌면 그들은 나 자신보다 나를 더 잘 알고 있을지도 모른다. 그리고 우리는 우리가 생각하는 것보다 훨씬 더 그들을 필요로 한다.

어쩌면 메이메이도 억울한 누명을 쓴 가족을 구할 수 있을지도……. 팡링은 잠시 생각에 잠겼다. 그러다 이내 생각을 접었 내일 일은 내일 생각해도 늦지 않았다.

　내일도 분명 행복한 하루가 될 것이다.

애니멀 위스퍼러

초판 1쇄 인쇄 2025년 6월 20일
초판 1쇄 발행 2025년 6월 27일

지은이 | 류카이시
옮긴이 | 이지수
펴낸이 | 엄남미
펴낸곳 | 케이미라클모닝
디자인 | 필요한디자인

등록 | 2021년 3월 25일 제2021-000020호
주소 | 서울 동대문구 전농로 16길 51, 102-604
이메일 | kmiraclemorning@naver.com
전화 | 070-8771-2052

ISBN 979-11-92806-29-7 (03110)

- 이 책은 저작권법에 따라 보호를 받는 저작물입니다. 무단 전제와 복제를 금합니다.
- 이 책의 내용의 전부 또는 일부를 사용하려면 반드시 저작권자와 케이미라클모닝 출판사의 동의를 받아야 합니다.
- 잘못된 책은 구입하신 서점에서 교환해 드립니다.
- 책값은 뒤표지에 있습니다.